KB238785

블러디 메리

THE QUEEN'S FOOL

THE QUEEN'S FOOL
Copyright ⓒ Philippa Gregory, 2003
ALL rights reserved

Korean translation copyright ⓒ 2005 by Hyundae Munwha Center
Korean translation rights arranged with ROGERS, COLERIDGE AND WHITE LTD
through EYA(Eric Yang Agency).

이 책의 한국어판 저작권은 에릭양 에이전시를 통한
ROGERS, COLERIDGE AND WHITE LTD 사와의 독점계약으로
한국어 관권을 '현대문화센타' 가 소유합니다.
저작권법에 의하여 한국 내에서 보호를 받는 저작물이므로
무단전재와 복제를 금합니다.

블러디 메리

필리파 그레고리 지음 _윤승희 옮김

THE QUEEN'S FOOL

Anthony에게

이 책을 읽기 전에

헨리 8세는 튜더 왕조를 연 헨리 튜더(Henry Tudor, Earl of Richmond, 헨리 7세)의 아들로 역대 영국의 왕들 중에서 가장 유명한 왕일 것이다. 그는 아버지인 헨리 7세가 약 30년에 걸친 분투 끝에 다른 귀족들을 물리치고 쟁취한 왕위를 고스란히 물려받았다. 장자 계승법에 따라 당연히 그의 형인 아더(Arthur)가 왕위를 물려받아야 했지만 아더의 뜻하지 않은 죽음으로 인하여 왕권뿐만 아니라 이미 형과 결혼했던 형수(스페인의 공주 캐서린, Catherine of Aragon)까지도 아내로 맞는다. 처음부터 문제의 소지가 많았던 결혼이었지만, 캐서린의 막대한 결혼 지참금을 놓치고 싶지 않았던 헨리 8세는 기필코 로마교황청의 인가를 얻어 결혼에 이른 것이다.

이 책의 전편 〈천일의 앤 불린(The Other Boleyn Girl)〉은, 우리가 익히 알고 있는 "천일의 앤"의 주인공 앤 불린(Anne Boleyn)이 캐서린 왕비의 시녀가 되기 위해 궁으로 들어와 헨리 8세의 총애를 받으면서(1521년 봄) 시작된다.

주인공인 "메리 불린(Mary Boleyn)"은 앤 불린의 자매이자 캐서린 왕비의 시녀로서 그녀 역시 왕의 총애를 받아 두 자녀(아들 하나, 딸 하나)를 낳지만 앤 불린의 시기와 질투, 그녀의 부계(父系)인 불린가(家)와 모계(母系)인 하워드 가(家)의 희생양으로 끝내 왕비의 자리에는 오르지 못한다.

간혹 다른 문헌이나 참고자료에는 메리 불린이 앤 불린의 언니로 표현되기도 하지만 이 책의 저자는 그녀를 앤 불린의 동생으로 표현했다. 독자 여러분은 이 점을 양지해야 할 것이다.

헨리 8세는 앤 불린과 결혼하기 위해 캐서린과의 결혼을 무효로 하고 이를 인정하지 않는 로마 교황청으로부터 영국교회를 분리시키고 막대한 수도원의 영지를 몰수하여 왕실의 부를 축적하였다.

후일 '피의 여왕(Bloody Mary)' 이라 불리는 메리 1세(Mary I, 첫 번째 왕비의 딸)가 종교적인 문제로 처형한 사람이 300여 명에 달하는 것도 이와 무관하지 않다. 그녀의 어머니인 캐서린은 구교도인 반면, 헨리 8세는 자신의 재위기에 신교도 국가로 전향시켰고, 메리 1세는 다시 영국을 구교도 국가로 만들려 했기 때문이다. 그러나 영국의 가장 위대한 여왕인 엘리자베스 1세(Elizabeth I)가 바로 처형당한 앤 불린의 딸이라는 사실은 아이러니하지 않을 수 없다.

〈천일의 앤 불린(The Other Boleyn Girl)〉은 앤 불린이 처형당하고 (1536년 5월 19일), 제인 시모어가 헨리 8세와 결혼함으로써(1536년 5월 20일) 대단원의 막을 내린다.

그리고 이 책 블러디 메리〈The Queen's Fool〉는 헨리 8세가 죽고 (1547년 1월 28일) 그의 아들인 에드워드 6세가 왕위에 올랐지만 16세의 어린 나이로 요절하고 만 뒤(1553년 7월 6일), 9일 천하로 끝난 "레이디 제인 그레이", 그리고 뒤를 이어 튜더 왕가의 배다른 자매 메리 공주와 엘리자베스 공주의 치열한 권력다툼이 야기한 반역과 음모의 소용돌이 속에서 위태로운 신앙과 보답받지 못하는 사랑을 극복하고 마침내 자신의 운명을 찾아가는 젊은 여인 한나의 이야기이다.

독자 여러분의 이해를 돕기 위해 헨리 8세 이후 튜더 왕가에 대해 간단히 소개한다.

헨리 8세는 6명의 부인을 두었지만 정작 적자(嫡子)는 에드워드 6세(Edward VI)뿐이다. 에드워드 6세는 10살의 어린 나이로 왕위에 오르지만 알려진 것처럼 결핵으로 투병하다 16살에 요절하고 만다. 이후 헨리 7세의 증손녀인 제인(Lady Jane Gray)이 왕위에 오르지만 군대를 이끌고 진격한 메리1세에 의해 왕위에 오른 지 9일 만에 폐위되고 다음해 그의 시아버지, 남편과 함께 처형되고 만다. 왕위에 오른 메리 1세는 아버지인 헨리 8세와 이복동생인 에드워드 6세의 종교개혁을 부정하고 구교 부활에 주력하여 많은 신교도를 처형했으나 그녀 역시 재위 5년 만에 암으로 세상을 등진다.

메리 1세에 이어 왕위에 오른 엘리자베스 1세는 이 책에서 묘사되는 것처럼 간악하고 권력 쟁취에 대한 야심으로 시기와 질투에 눈이 먼 어머니, 앤 불린과는 달리 안정되고 확고한 치세로써 영국의 절대주의 전성기를 이루었고, 국민들에게는 온갖 영광의 상징이 되었다. 영국이 일개 섬나라에서 대해상국으로 성장할 기초가 다져졌고 국민 문학의 황금시대가 도래한 것도 엘리자베스 1세에 의해서이다.

원서의 내용을 충실히 하고 그때그때의 정확한 묘사를 위해 프랑스어나 라틴어는 이탤릭체[예:*케리다(querida)*]로 구분하여 볼드 처리했다.

그리고 원문에서 "sir"로 표기된 호칭은 "각하"나 "나리"로 일괄 표기하여 독자 여러분들의 혼동을 피하도록 하였다. 아울러 왕의 사저는 우리의 사저(私邸)와는 분류되는 것으로써 왕의 방에는 알현실→처소→사저(처소보다 더 사적인 공간)가 있고 왕비의 방에는 내전이 추가됨으로 이의 혼동이 없기를 바란다.

튜더 왕조(House of Tudor, 1485-1603)와 인물 소개

Henry VII(헨리 7세)

Henry VIII(헨리 8세)

Edward VI(에드워드 6세)―헨리 8세와 셋째 왕비인 제인 시모어
사이에 낳은 아들

Jane(제인)―헨리 7세의 외증손녀

Mary I(메리 1세)―헨리 8세와 첫째 왕비 캐서린 사이에 낳은 딸

Elizabeth I(엘리자베스 1세)―헨리 8세와 둘째 왕비 앤 불린 사이
에 낳은 딸

헨리 7세 [Henry VII, 1457.1.28~1509.4.21]

재위 기간(1485~1509).

보즈워스 전투에서 장미전쟁을 종식시킴과 동시에 튜더왕조의 개
조로서 즉위함. 내란으로 혼란한 국내질서를 바로잡고 봉건가신단
(封建家臣團)을 해산시켜 귀족세력을 약화시킴. 재정을 튼튼히 하
였으며, 왕권을 신장시켜 영국의 절대왕정의 기초를 확립함.

헨리 8세 [Henry VIII, 1491.6.28~1547.1.28]

재위 기간(1509~1547).

헨리 7세의 둘째 아들로 형이 요절하자 아버지의 뒤를 계승하였으
며, 청년시절은 르네상스 군주로 알려짐. 형의 미망인인 왕비 캐서
린과의 사이에 아들이 없었기 때문에, 1527년경부터 시녀 앤 불린과
결혼하려고 하였으나 로마 교황이 이를 인정하지 않으므로 가톨릭

교회와 결별할 것을 꾀하여, 1534년 수장령(首長令)으로 영국 국교회(國敎會)를 설립하여 종교개혁을 단행함. 이어 1536년과 1539년에 수도원을 해산하고 그 소령(所領)을 몰수함.

종교정책 이외에도 왕권강화에 힘썼으며, 웨일스·아일랜드·스코틀랜드 등의 지배와 방비를 강화하고, 당시의 복잡한 국제정세 속에서도 몇 차례나 대륙에 출병함. 여섯 왕비 중 두 왕비와 울지, T.크롬웰, T.모어 등의 공신(功臣)을 처형하는 등 잔학한 점도 있었으나, 그 통치는 국민의 이익을 크게 배반하지 않았으며, 부왕이 쌓은 절대왕정을 더욱 강화함.

첫 번째 왕비: 이혼
두 번째 왕비: 처형
세 번째 왕비: 산후 사망
네 번째 왕비: 이혼
다섯 번째 왕비: 처형
여섯 번째 왕비: 헨리8세 사후 사망.

에드워드 6세 [Edward VI, 1537.10.12~1553.7.6]

재위 기간(1547~1553).

헨리 8세와 셋째 부인 제인 시모어 사이에 낳은 아들로 10세에 즉위하여 처음에는 외삼촌인 에드워드 시모어가 섭정하였으나, 인클로저 금지책으로 에드워드 시모어가 실각한 후에는 노섬벌랜드 공(公)이 실권을 잡음. 태어나면서부터 몸이 허약하여 16세에 세상을 떠났기 때문에, 그의 개성이 정치에 반영된 일은 거의 없음. 그러나 종교 면에서는 열렬한 신교도였으며, 중신들도 그의 뜻을 따라서 예배통일법(1549, 1552)과 일반 기도서의 제정 등 부왕의 종교개혁을 계승하여 신교정책을 추진함.

레이디 제인 그레이 [Lady Jane Gray, 1537.10~1554.2.12]

재위 기간(1553.7~1553.7, 9일간).
왕위에 올랐으나 9일 만에 폐위, 이듬해 처형당함.
'9일간의 여왕' 또는 '런던탑의 비극'으로 불림.
제인은 헨리 7세의 외증손녀로 매우 아름답고 영리하여 헬라어, 라틴어, 히브리어, 프랑스어, 이탈리아어에 능하였다고 함.
에드워드 6세가 16살의 나이로 숨지자, 제인을 며느리로 삼았던 존 더들리(John Dudley) 백작은 왕위 계승권자인 메리 1세와 엘리자베스 1세를 배제하고 제인을 왕위 계승자로 선언함. 이에 메리 1세는 군대를 이끌고 런던으로 진격하여 백작과 그의 아들 길포드(Guilford) 그리고 며느리 제인을 런던탑에 가두었고 1554년 2월 모두 처형함.

메리 1세 [Mary I, 1516.2.18~1558.11.17]

재위 기간(1553~1558).
헨리 8세와 첫째 왕비 캐서린의 딸.
레이디 제인 그레이를 처형하고 이복동생 에드워드 6세의 뒤를 이어 즉위함.
열렬한 구교도로서, 즉위 이듬해에 구교의 나라 에스파냐의 펠리페 2세와 결혼하여, 아버지와 동생의 종교개혁 사업을 부정하고 구교 부활에 주력하였으며 많은 신교도를 처형함. 이런 이유로 후에 '피의 메리(Bloody Mary)'라고 불림.

둘째 왕비 앤 불린의 딸인 엘리자베스보다 17년 먼저 공주로 태어났으나 어머니 캐서린이 폐위를 당하자 사생아가 됨.(형수와의 사이에서 낳은 딸(근친상간)이라는 이유.) 계모 앤 불린 역시 메리의 왕위계승 자격을 박탈하게 하고 박대함.

재위 5년 만인 1558년 11월 17일, 암으로 세상을 등짐.

엘리자베스 1세 [Elizabeth I, 1533.9.3~1603.3.23]

재위 기간(1558~1603).

영국 절대주의의 전성기를 이룸. 국교의 확립을 꾀하고 종교적 통일을 추진하였으며 화폐제도를 통일하고 중상주의 정책을 펼침. 빈민구제법에 의하여 토지를 잃은 농민의 무산화를 방지하였고 영국의 동인도회사를 설립함.

헨리 8세와 두 번째 왕비 앤 불린의 딸. 어머니가 간통과 반역죄로 참수된 뒤 궁정의 복잡한 세력다툼의 와중에서 왕위 계승권이 박탈됨. 또한 이복 언니 메리 1세의 가톨릭 복귀 정책이 불만을 사게 되어 와이어트 반란으로까지 확대되었을 때, 그녀도 반란 가담의 혐의를 받아 런던탑에 유폐(1554)되는 등 다난한 소녀시절을 보냄. 석방된 뒤 인문주의자 R. 어스컴에게 그리스 · 라틴의 고전을 배우고, 독일 · 프랑스 · 이탈리아 등의 외국어를 공부하여 역사 · 음악 · 신학에 능통함. 메리 1세가 죽자 뒤를 이어 25세에 즉위하였으며, 에스파냐 왕 펠리페 2세(메리 여왕의 남편)의 구혼을 받았으나 즉위하면서 이를 거절함. 그녀의 오랜 치세는 영국의 절대주의 전성기를 이루었으므로 국민으로부터 '훌륭한 여왕 베스'라고 불리며 경애의 대상이 됨.

여왕의 치세 중 영국은 한 섬나라에서 대해상국으로 성장할 기초가 다져졌고 문화면에서는 영국 르네상스라고 불리는 국민 문학의 황금시대가 도래하여 셰익스피어·스펜서·베이컨 등의 학자·문인이 속출됨. 영국 국민의 온갖 영광의 상징이 되었고, 영국의 절대주의는 절정에 이름. 처녀여왕으로서 노쇠하여 죽음.

헨리8세의 왕비들

첫 번째 왕비
캐서린 [Catherine of Aragon, 1485.12.16~1536.1.7]

아라곤 왕(에스파냐 왕) 페르난도 2세와 카스티야 여왕 이사벨 1세의 딸.

신성로마황제 카를 5세의 백모. 영국 왕 헨리 7세의 결혼정책에 의하여 1501년 그의 맏아들 아더와 결혼했으나 결혼 5개월 만에 남편과 사별하고, 1509년 시동생인 헨리 8세와 재혼함. 몇 명의 자녀를 낳았으나 딸 메리(메리 1세)만 남고 모두 요절함. 헌신적으로 남편을 섬겼으나 아들이 없는 것이 원인이 되어 남편의 사랑을 받지 못하고 1531년 이후 별거당함. 1533년 헨리가 교황의 반대에도 불구하고 그녀와 이혼하고 그녀의 시녀인 앤 불린과 재혼한 후에도 여러 차례의 압박에도 굴하지 않고 끝까지 합법적인 왕비임을 주장함.

두 번째 왕비
앤 불린 [Anne Boleyn, 1507~1536.5.19]

토머스 불린과 엘리자베스 하워드 사이의 딸이자, 엘리자베스 1세의 어머니.

어린 시절의 3년간을 프랑스에서 보낸 뒤 15세 때 귀국, 얼마 뒤 궁정으로 들어가 왕비 캐서린의 시녀가 됨. 그녀는 검게 빛나는 아름다운 눈 이외에는 별로 보잘것없는 여자였으나, 헨리는 그녀와의 결혼을 결심하고 교황에게 캐서린과의 결혼무효를 신청함. 그러나 교황이 이를 인정하지 않음으로써 왕과 교황이 대립하여 영국종교개혁의 발단이 됨. 1533년 1월 25일 헨리는 그녀와 비밀결혼을 하였고, 부활절에 이 사실을 공포함. 9월에 공주(엘리자베스 1세)를 낳았으며, 1534년 아이를 유산하고 1536년 1월 아들을 낳았으나 사산함. 왕자를 열망한 헨리에 의해 간통과 근친상간 오명을 쓰고 1536년 처형됨. '천일(千日)의 앤' 의 주인공.

세 번째 왕비
제인 시모어 [Jane Seymour, 1505~1537.10.24]

존 시모어와 마저리 웬트워드 사이의 딸.

앤 불린이 처형당한 다음날인 1536년 5월 20일, 헨리 8세와 결혼함.

1537년 헨리 8세의 뒤를 이을 왕자를 출산하였으나, 얼마 후 세상을 떠남. 그녀가 낳은 아들인 에드워드 6세는 헨리 8세의 뒤를 이어 잉글랜드 국왕이 되었으나 요절함.

헨리 8세는 살아생전 제인 시모어가 묻힌 윈저성의 성 조지 교회에 자신의 묘지를 미리 준비해둠. 그리하여 제인 시모어는 헨리 8세의 여섯 왕비 중 유일하게 헨리 8세와 함께 묻힌 아내가 됨.

네 번째 왕비

안나 클레페 [Anne of Cleves, 1515.9.22~1557.7.16]

윌리히 클레페 베르크의 공작 요한 3세와 마리아 폰 겔데른 사이의 딸.

안나는 1540년 1월 6일 헨리 8세와 결혼하였으나, 결혼 직후 이미 헨리 8세는 결혼 생활을 끝내기로 결심함.

헨리 8세는 안나가 조금도 매력적이지 않다고 생각했고 결국 두 사람은 1540년 7월 9일 이혼함. 대신 안나는 어느 정도의 재산을 받게 되었는데, 여기에는 앤 불린의 집이었던 히버 성도 포함됨.

안나는 사후 웨스트민스터 사원에 묻힘.

다섯 번째 왕비
캐서린 하워드 [Cather Howard, 1520~1542.2.13]

에드먼드 하워드와 조이스 컬페퍼 사이의 딸.

헨리 8세의 두 번째 왕비 앤 불린의 사촌 여동생.

캐서린 하워드는 19살 때 안나 클레페를 모실 시녀로 궁정에 옴.

헨리 8세는 마침내 안나와 이혼하기 직전인 1540년 6월 28일 캐더린 하워드와 다섯 번째 결혼식을 올림.

헨리 8세는 그의 젊은 아내에게 아낌없이 선물을 주었고, 그녀를 '가시 없는 장미' 혹은 '보석같이 아주 귀한 여성'이라고 호칭.

그러나 결혼한 지 1년도 안 되었을 무렵, 왕비의 부정에 대한 소문이 떠돌기 시작함. 크랜머 대주교는 증거가 충분했으므로 캐서린 왕비의 간통을 왕에게 고발함. 헨리 8세는 처음에 이 사실을 믿지 않았으나 이윽고 이 문제에 관한 조사를 계속하도록 허락함. 이후 캐서린이 결혼 전 난잡한 성생활을 했고, 결혼 후에도 남자들과 밀통

했다는 사실을 뒷받침하는 증거들이 충분히 수집되었으므로 결국 그녀는 그린 타워에서 처형됨.

여섯 번째 왕비
캐서린 파 [Catherine Parr, 1508?~1548.9.5]

켄달 토마스 파와 모드 그린 사이의 딸.
캐서린 파는 헨리 8세와 결혼하기 전 두 번의 결혼 경력이 있음.
헨리 8세와 캐서린 파는 1543년, 결혼식을 올렸으며 이 결혼식이 헨리 8세의 마지막 결혼임.
헨리 8세가 죽고 나자 그녀는 헨리 8세의 세 번째 부인인 제인 시모어의 남동생, 토머스 시모어와 네 번째 결혼을 함.
캐서린 파는 1548년 8월 30일, 메리라는 이름의 여자 아이를 출산함. 그러나 캐서린은 불행히도 출산 후 건강을 회복하지 못하고 9월 5일 세상을 떠남.

1548년 여름

흥분한 소녀는 숨이 넘어갈 듯 깔깔대며 햇살이 쏟아지는 정원을 달렸다. 그녀는 의붓아버지로부터 달아나는 듯하면서도 그의 손에 닿을 듯 말 듯 적당한 간격을 유지하며 달리고 있었다. 로자문드 장미 봉오리들이 탐스럽게 돋아난 정자에서는 소녀의 의붓어머니가 열네 살 난 딸과, 그 뒤에서 아름드리나무들 사이를 누비며 부드러운 잔디 위를 달리는 잘생긴 남편의 모습을 미소를 머금고 가만히 바라보고 있었다. 자신이 돌보고 있는 소녀와 수년간 사모해온 남자에게서 가장 좋은 점들만을 보기로 결심이라도 한 것 같았다.

남자는 소녀의 나풀거리는 드레스 자락을 잡아채더니 소녀를 와락 끌어당기고는 재빨리 속삭였다.

"벌칙이야."

붉게 달아오른 소녀의 뺨에 알맞게 그을린 남자의 얼굴이 닿았다.

벌칙은 두 사람만의 비밀이었다. 소녀는 수은처럼 미끄러지며 남자의 손을 벗어나더니 커다란 둥근 수반이 달린 화려한 분수 건너편으로 달아났다. 물속에는 살이 오른 잉어들이 천천히 헤엄치고 있었다.

엘리자베스 공주는 남자를 약 올리려고 몸을 앞으로 숙였다. 소녀의 들뜬 얼굴이 수면에 비쳤다.

"못 잡을걸요."

"천만에, 꼭 잡고 말 거야."

소녀는 몸을 더욱 숙여 네모나게 패인 드레스 목 선 아래로 자그마한 가슴을 드러냈다. 남자의 시선을 느끼며 소녀의 얼굴은 더욱 붉어졌다. 남자는 기대와 흥분이 가득한 눈으로 소녀의 얼굴에서 목까지 선홍빛으로 물드는 것을 지켜보았다.

"마음만 먹으면 얼마든지 잡을 수 있어."

남자는 소녀를 침대로 몰고 가 함께 뒹구는 상상을 하며 말했다.

"그럼 어디 잡아 봐요!"

자신이 얼마나 위험한 제안을 하고 있는지도 모른 채 소녀가 외쳤다. 그녀는 잔디를 밟으며 자신의 뒤를 쫓는 발소리와 자신을 움켜잡는 남자의 손과, 그리고 무엇보다 자신을 감싸 안는 그의 팔과 넓은 가슴을 간절히 원했다. 그의 상의에 뺨을 댄 채 까끌까끌한 자수 장식의 감촉을 느끼고, 다리에 밀착되어 오는 그의 강인한 허벅지를 느끼고 싶었다.

소녀는 작은 비명을 지르며, 강으로 이어지는 첼시아 정원의 주목 가로수 길을 따라 달렸다. 바느질을 하던 의붓어머니는 고개를 들어 나무들 사이를 달리는 사랑스러운 딸과 그 몇 발자국 뒤에서 쫓아가는 남편을 발견하고 미소 지었다. 시선은 다시 바느질감으로 향했고, 그녀는 남편이 엘리자베스 공주를 잡아 빙그르 돌린 후 주목나무의 빨갛고 앙상한 줄기에 밀어붙인 다음 반쯤 벌어진 입을 한 손으로 막는 것을 보지 못했다.

엘리자베스 공주는 흥분으로 눈을 반짝였지만, 달아나려고 하지 않았다. 그녀가 비명을 지르지 않으리라는 것을 깨달은 남자는 손을 치우고 짙은 갈색 머리를 숙였다.

엘리자베스 공주는 입술에 스치는 수염의 부드러운 감촉을 느끼고, 그의 머리카락과 피부에서 스며 나오는 강렬한 향을 맡았다. 소녀는 눈을 감고 고개를 젖혀 입술과, 목과, 가슴을 그의 입술에 맡겼다. 이빨의 예리한 감촉이 피부에 와 닿는 순간, 깔깔대던 어린 소녀는 어느새 처음으로 뜨거운 욕망을 느끼는 젊은 여인이 되었다.

소녀의 허리를 감싸고 있던 손이 서서히 부드럽게 풀리면서 딱딱한 스토마커(드레스의 가슴에서 아랫배에 걸쳐 덧대는 역삼각형 장식물: 역주)로부터 목으로 기어 올라갔다. 곧 손가락 하나가 속옷 속으로 기어 내려가 소녀의 가슴을 건드렸다. 유두가 단단하게 솟아올라 있었다. 남자의 손길에 소녀는 즐거운 교성을 작게 토했고, 남자는 암컷의 뻔한 욕망에 웃음을 삼켰다.

엘리자베스 공주는 그의 팔에 꼭 안긴 채 그의 허벅지가 다리 사이로 밀고 들어오는 것을 느꼈다. 강한 호기심이 발동했다. 이제부터 어떤 일이 벌어질지 궁금해서 견딜 수가 없었다.

그가 소녀에게서 몸을 떼려고 하자, 이번에는 소녀가 남자의 등 뒤로 팔을 돌려 그를 끌어 당겼다. 그의 입술이 다시 그녀의 입술을 찾았고, 고양이처럼 섬세한 그의 혀가 자신의 입가를 핥는 것을 엘리자베스 공주는 눈이 아니라 몸으로 느꼈다. 설명할 수 없는 느낌에 역겨움과 욕망을 동시에 느끼면서, 엘리자베스 공주는 자신의 혀로 그의 혀를 맞댔다. 성인 남자의 도발적인 키스는 이미 넘지 말아야 할 선을 넘고 있었다.

갑자기 모든 상황이 소녀가 감당할 수 없는 한계에 도달했다. 소녀는 몸을 빼려 했지만, 남자는 소녀가 아무렇지 않게 시작한 유희의 리듬에 몸을 맡겨 버렸다. 그 리듬은 이제 소녀의 혈관을 타고 흐르고 있었다. 남자의 손은 브로케이드 치마 끝을 잡더니, 치마를 들치며 안으로 기어 들어갔다. 소녀의 리넨 속옷 아래로 남자의 능숙한 손이 허벅지를 따라 위로 미끄러져 올라갔다. 본능적으로 소녀는 두

다리를 꽉 오므렸다. 남자의 손등이 부드럽고 교묘하게 소녀의 감추어진 곳을 스쳤다. 남자의 손가락 마디가 장난처럼 와 닿자, 소녀는 몸이 녹아내리는 것 같았다. 남자는 소녀가 그의 손놀림에 거의 무너지다시피 하는 것을 느꼈다. 아마 그가 한 팔로 소녀의 허리를 감싸 안고 있지 않았더라면, 소녀는 그대로 쓰러졌을 것이다. 순간, 남자는 왕의 딸 엘리자베스 공주를 왕후의 정원에서 정복할 수 있을지도 모른다고 생각했다. 소녀는 이름만 처녀였을 뿐, 실상은 창녀나 다름없었다.

보도 위를 걸어오는 가벼운 발소리에 남자는 드레스를 손에서 놓고 소녀를 등 뒤로 감추며 재빨리 돌아섰다. 소녀의 얼굴에는 기꺼이 자신을 맡기려는 듯한 몽환적인 표정이 떠올랐다. 욕망에 몸을 던진 것이다. 설마 아내 캐서린 왕비일까? 불길한 생각이 남자의 머리를 스쳤다. 날마다 아내의 코앞에서 아내가 돌보고 있는 어린 소녀를 유혹하며 아내의 사랑을 농락해 왔다. 전 남편 헨리 8세가 남기고 간 엘리자베스 공주의 양육을 맡은 캐서린 왕비, 남편의 임종을 지키면서도 마음은 다른 남자에게 향해 있었던 그녀가 이젠 알아버린 걸까?

하지만 그의 등 뒤에 서 있었던 것은 캐서린이 아니었다. 하얀색 스페인식 모자 끈을 턱 아래로 맨 겨우 아홉 살 정도 되어 보이는 어린 계집아이가 검은 눈을 커다랗게 뜨고 엄숙하게 자신을 바라보고 있었다. 소녀는 서적상들이 사용하는 끈으로 묶인 두 권의 책을 손에 들고, 뭔가를 관찰하듯 그를 바라보고 있었다. 마치 모든 것을 보았고 다 이해한다는 표정이었다.

"꼬마야, 무슨 일이니? 깜짝 놀랐잖니. 느닷없이 나타나서 웬 요정이 나타났나 했다."

남자는 일부러 쾌활한 목소리로 물었다.

남자가 일부러 목청을 높여 빠른 속도로 둘러대자 소녀는 얼굴을 찡그리며 대답했다. 스페인어 악센트가 강한 느릿느릿한 말투였다.

"죄송합니다, 나리. 아버지가 토머스 시모어 경에게 이 책들을 전해 드리라고 해서 왔는데, 정원에 계시다고 해서요."

소녀는 책 꾸러미를 내밀었다. 토머스 시모어는 마지못해 한 걸음 내딛어 소녀의 손에서 책을 건네받았다.

"서적상의 딸이구나. 스페인에서 온."

남자는 여전히 쾌활하게 말했다.

소녀는 긍정의 뜻으로 고개를 한 번 끄덕였지만, 여전히 그의 얼굴에서 진지하고 엄숙한 시선을 떼지 않았다.

"뭘 그렇게 뚫어지게 보는 거지?"

남자는 엘리자베스 공주에게 신경이 쓰여, 얼른 공주의 드레스 매무새를 고쳐주며 물었다.

"나리를 보고 있었어요. 정말 무서운 게 보였거든요."

"뭐?"

남자는 되물었다. 한순간, 자신이 잉글랜드의 공주를 싸구려 매춘부처럼 나무에 기대 세워 놓고 치마를 들치는 것을 보았다고 하지나 않을까 가슴이 철렁한 남자는 손으로 지갑을 만지작거렸다.

"나리의 뒤에 참수대가 있었어요."

느닷없이 나타난 소녀는 이렇게 말하고 마치 심부름을 다 마쳤으니, 햇살이 화사한 이 정원에는 더 볼일이 없다는 듯 뒤돌아서 가버렸다.

토머스 시모어는 엘리자베스 공주에게로 돌아섰다. 공주는 아직도 욕망에 떨고 있는 손가락으로 흐트러진 머리를 가다듬고 있었다. 그녀는 얼른 그에게 팔을 뻗어 아직 채워지지 않은 뭔가를 갈구했다.

"들었어?"

엘리자베스 공주는 짙은 색 두 눈을 가늘게 떴다.

"아뇨, 그 애가 뭐라고 했어요?"

소녀가 부드럽게 말했다.

"내 뒤에 참수대가 보였대!"

그는 떨리는 목소리를 감출 수가 없었다. 아무렇지도 않은 척 웃어보려고 했지만, 정작 그의 목소리는 두려움에 떨고 있었다.

참수대라는 말에 엘리자베스 공주는 갑자기 정신이 번쩍 들었다.

"왜요? 왜 그런 말을 했을까요?"

소녀의 목소리가 날카로워졌다.

"그걸 누가 알겠어? 멍청한 마녀 계집애 같으니. 외국에서 와서 우리말이 서투른가 봐. 아마 왕좌라고 말하려고 했던 걸 거야! 내 뒤에 왕좌가 보였다고!"

하지만 허풍을 떨 때와 마찬가지로 그의 농담도 별 효과가 없었다. 엘리자베스 공주가 아는 한 왕좌와 참수대는 항상 붙어 다녔기 때문이다. 공주의 얼굴은 핏기가 가시고 두려움으로 창백해졌다.

"그 여자애 누구예요? 어디서 일하는 애지요?"

긴장으로 목소리에는 날이 섰다.

남자는 아이가 사라진 방향으로 고개를 돌렸지만, 가로수 길에는 이미 아무도 없었다. 대신 멀리서 아내가 임신으로 무거워진 배를 안고 등을 뒤로 젖힌 채 천천히 다가오고 있는 것이 보였다.

"잠자코 있어. 모르는 척하는 거야, **예쁜이**. 새어머니를 괴롭히고 싶지는 않겠지?"

그는 재빨리 공주에게 주의를 시켰다.

하지만 쓸데없는 염려였다. 위험을 느끼자마자, 소녀는 정색을 하고 드레스 매무새를 고쳤다. 연극을 해야 한다는 것, 그래야 살아남을 수 있다는 것을 알고 있었던 것이다.

토머스 시모어는 엘리자베스 공주의 놀라운 연기력에 언제나 혀를 내둘렀다. 아직 열네 살이었지만, 어머니가 처형당한 그날부터 엘리자베스 공주는 하루도 빠짐없이 다른 사람을 속이는 훈련을 받아왔다. 십이 년이라는 긴 세월 동안 자신을 감추는 법을 배워온 것이다. 뿐만 아니라, 그녀는 거짓말쟁이의 피를 이어 받았다. 그것도 양친 모두로부터라고 생각하며 시모어는 냉소를 머금었다. 욕망을 느끼면서도, 그녀는 결코 위험이나 야심에 대한 경계를 늦추지 않았다.

시모어는 엘리자베스 공주의 차가운 손을 잡고 아내 캐서린을 향해 가로수 길을 따라 걷기 시작했다. 그는 즐거운 듯 웃으며 소리쳤다.

"내가 잡았어요!"

그가 주변을 돌아보았지만, 아이의 모습은 보이지 않았다.

"얼마나 달렸는지 몰라!"

그가 다시 한 번 큰소리로 말했다.

* * *

내가 바로 그 여자아이였다. 그날 나는 처음으로 엘리자베스 공주를 보았다. 그녀는 욕정에 숨가빠하며, 다른 여자의 남편에게 고양이처럼 몸을 맡기고 있었다. 하지만 토머스 시모어를 본 것은 그날이 처음이자 마지막이었다. 그날로부터 일 년도 채 못 되어, 그는 반역죄로 처형당했고, 엘리자베스 공주는 그와 평범한 면식밖에 없는 사이임을 주장하며 그와의 특별한 관계를 세 번이나 부인했다.

1552년~1553년 겨울

"기억나요!"

템스 강을 거슬러 올라가는 바지선의 난간에 기대 서 있던 나는 아버지를 향해 돌아서며 흥분해서 외쳤다.

"아버지, 기억나요! 강으로 이어지는 이 정원들이랑, 으리으리한 저택들이랑. 아버지가 나리에게 책을 갖다 드리라고 했던 그날, 그 잉글랜드 귀족 나리 말이에요, 정원에서 공주님이랑 함께 있는 나리를 보았어요."

오랜 여행으로 지친 아버지는 애써 나를 향해 웃어 주려고 했다.

"그러냐?"

아버지는 조용히 말했다.

"그때는 행복했지. 네 엄마가……."

아버지는 느닷없이 하던 말을 멈췄다. 아버지는 나와 단둘이 있을 때조차도 어머니에 대한 이야기를 하지 않았다. 처음에는 어머니를 죽이고 우리들을 뒤쫓는 사람들의 눈을 피하기 위해서였다. 하지만 이제는 슬픔이 종교재판만큼이나 두려웠다. 슬픔은 끈질기게 우리를 괴롭혔다.

"여기서 살 거예요?"

나는 강가에 아름답게 늘어선 궁전들과 평평한 잔디들을 보며 들떠서 물었다. 수년간 떠돌아다닌 나는 이제 새로운 집에 정착하고 싶었다.

"이렇게 근사한 곳은 아니란다. 우리는 작은 가게를 열어서 소박하게 시작할 거야, 한나. 우리는 다시 먹고 살 돈을 벌어야 해. 한 곳에 정착하게 되면, 너도 남자 옷을 벗고 여자처럼 꾸밀 수 있을 거야. 그리고 다니엘 카펜터와 결혼도 해야지."

아버지가 다정하게 말했다.

"그러면 이제 도망 다니지 않아도 되나요?"

나는 목소리를 아주 낮추어 물었다.

아버지는 망설였다. 우리는 종교재판을 피해 오랫동안 도망 다녔고, 이제 안전한 곳을 찾기란 거의 불가능했다. 우리는 어머니가 가짜 기독교인 즉 유대인이라는 사실이 밝혀진 바로 그날 밤 도망쳤다. 종교 재판소에서는 우리 같은 사람들을 마라노라고 불렀다. 교회재판소로부터 어머니를 넘겨받은 민사재판소가 어머니를 산 채로 화형에 처할 때쯤 우리는 이미 멀리 달아나 있었다.

아버지와 나는 가롯 유다처럼 우리의 목숨을 구하느라 바빴다. 아버지는 나중에 눈에 눈물을 가득 글썽이며 몇 번이고 말했다. 도망치지 않았더라도 어머니를 살릴 수는 없었을 것이라고. 우리가 아라곤을 떠나지 않았더라면, 우리도 잡혔을 것이고, 결국 세 사람 모두 죽었을 것이라고. 적어도 우리 두 사람은 살아남았다고. 어머니 없이 사느니 차라리 죽겠다는 나에게 아버지는 아주 느릿느릿 그리고 서글프게 언젠가는 목숨이 무엇보다도 중요하다는 것을 이해하게 될 것이라고 말했다. 어머니도 나를 살릴 수만 있다면 기꺼이 죽음을 택했을 것임을 언젠가는 나도 이해하게 될 것이라고도 말했다.

우리는 우선 국경을 넘어 포르투갈로 갔다. 우리를 숨겨서 국경을 넘게 해준 산적들은 아버지의 지갑에서 동전 하나까지 다 털어갔다. 필사본과 책들을 가져가지 않은 것은 그나마 그것들이 자신들에게 필요가 없었기 때문이었다.

보르도까지 배를 타고 오는 도중에는 폭풍이 몰아쳤다. 세찬 비와 파도를 피할 곳도 없는 갑판 위에서 아버지와 나는 소중한 책들을 추위와 비에 상하지 않도록 가슴에 꼭 끌어안았다. 파리까지 육로로 이동하는 내내 우리는 상인과 어린 남자 조수, 샤르트르 대성당을 찾아가는 순례자들, 떠돌이 장사꾼들, 재미삼아 여행을 다니는 하급 귀족과 시동, 파리의 큰 대학에 가는 학자와 그의 제자 등으로 신분을 위장해야 했다. 우리가 개종한 유대인들이며 옷에 밴 화형대의 연기 냄새가 채 가시지도 않은 채 밤마다 공포에 떠는 수상한 사람들임을 들키지 않으려고 갖은 방법을 썼다.

파리에서 만난 어머니의 가까운 친척들은 암스테르담에 있는 지인들에게 우리를 연결해 주었고, 암스테르담에서는 다시 런던으로 바로 올 수 있도록 도움을 받았다. 잉글랜드에서도 우리는 혈통을 숨긴 채 런던시민이 되어야 했다. 우리는 신교를 믿는 기독교도라는 새로운 신분을 기꺼이 받아들이려고 했다. 아니 기꺼이 받아들이는 방법을 배워야 했다.

근본을 밝힐 수 없고, 신앙을 드러낼 수도 없고, 방랑의 운명을 타고 났으며, 기독교 세계 어디에서도 받아주지 않는 민족, 그들이 파리에서나 암스테르담에서처럼 런던에서도 신분을 감춘 채 번창하고 있었다. 우리는 모두 기독교도 행세를 하고 교회의 법을 따랐으며, 동시에 유대교 축일과 단식일과 전통 제례도 지켰다. 많은 유대인들이 내 어머니처럼 두 신앙 모두에 충실했다. 비밀리에 안식일을 지키고, 몰래 촛불을 밝히고, 음식을 준비하고, 집안일을 하고, 대부분 잊혀 불완전한 기도문들을 외우며 하루를 경건하게 보냈다. 그리고 바로 다음날이 되면 깨끗한 마음으로 미사에 갔다.

어머니는 성서와 자신이 기억하고 있는 유대교의 율법을 모두 내게 가르쳤다. 어머니에게 그 둘은 어느 것 하나 더하고 덜함이 없이 모두 신성한 가르침이었다. 어머니는 우리의 혈통과 신앙은 남들에게 알려져서는 안 되는 중요하고도 위험한 비밀이라고 내게 가르쳐 주었다. 우리는 항상 비밀을 철저히 지켜야 했고 우리가 섬기는 신과, 우리가 모든 것을 아낌없이 바치는 교회와 수녀들, 사제들, 그리고 유대교 스승들을 믿어야 했다. 종교재판관들이 들이닥쳤을 때, 유대인들은 죄 없는 병아리들처럼 사로잡혀 목이 졸렸다.

겨우 목숨을 건진 사람들은 우리처럼 달아났다. 그리고 우리처럼 기독교 세계의 큰 도시에서 동족들을 만나 몸을 숨기고 먼 친척들이나 충실한 친구들의 도움을 받았다. 우리의 친척들은 우리를 런던에 보내주었고, 런던에서 카펜터라는 성으로 통하는 유대인 가족에게 소개장도 써주었다. 그들은 카펜터 가(家)의 소년과 나의 약혼을 주선했고, 아버지가 인쇄기를 살 수 있도록 자금도 조달해 주었으며 플리트가(街) 부근의 가게 위에 살 집을 구해 주었다.

* * *

런던에 도착한 후 몇 달 동안 나는 또 새로운 도시의 지리를 익혀야 했고, 아버지는 어떻게든 살아남아서 나를 먹여 살려야 한다는 각오로 인쇄소를 운영했다. 아버지가 가지고 있던 원고들은 곧 큰 인기를 끌었고, 특히 바지 허릿단 안에 숨겨가지고 들어와 영어로 번역한 복음서들은 찾는 사람들이 아주 많았다. 그는 한때 수도원의 도서관에 소장되어 있던 책들과 필사본들을 사들였다. 지금의 젊은 왕 에드워드의 아버지 헨리 8세가 파괴해 버린 수도원들이었다.

수세기에 걸친 학문적 업적이 헨리 8세의 손에 의해 뿔뿔이 흩어졌고 골목마다 차려진 인쇄소들은 종이들을 쌓아놓고 무게를 달아 팔았다. 학자에게는 천국 같았다. 아버지는 매일 밖으로 나가 희귀하고 값진 원고들을 가지고 왔고, 그것들을 주제별로 잘 정리해 놓으면 불타나게 팔렸다. 사람들은 런던의 거룩한 말씀에 열광했다. 피로에 지친 밤에도 아버지는 신앙심 깊은 사람들을 위해 인쇄기를 돌려 짧은 복음서들과 간단한 원고들을 찍어내었다. 모두 영어로 되어 있고, 명료하고 간결했다. 잉글랜드의 신교도들은 사제를 통하지 않고 스스로 성서를 읽을 수 있었고 적어도 우리에게는 그것이 좋은 기회였다.

우리는 싼 값에 원고들을 팔았다. 하느님의 말씀을 널리 퍼뜨리기 위해 원가와 다름없이 가격을 정했다. 사람들에게 말씀을 전하는 것이 옳은 일이라는 우리의 믿음을 적극적으로 알리려고 했다. 왜냐하면 우리는 이제 신실한 신교도들이었기 때문이다. 믿음에 목숨이 달려 있는 마당에 어떻게 신실하지 않을 수 있겠는가.

말 그대로 우리의 목숨이 우리의 믿음에 달려 있었다.

나는 심부름을 다녔고, 교정을 보았고, 번역을 도왔고, 인쇄기에 활자를 맞췄고, 날카로운 제본용 바늘로 책들을 꿰맸다. 그리고 인쇄기 정판대 위에 좌우가 뒤바뀐 채 배열된 활자들을 읽었다. 인쇄 일이 바쁘지 않을 때에는 가게 밖에서 손님들을 끌어 모았다.

나는 여전히 도망 다닐 때처럼 남자 옷차림이었다. 헐렁한 반바지 아래로 종아리를 드러내고, 맨발에 낡은 신발을 구겨 신고, 모자를 비스듬히 쓴 내 모습은 누가 봐도 할 일 없이 빈둥대는 남자아이 같았다. 나는 햇빛이 나는 날이면 부랑자처럼 가게 벽에 기대 앉아 희미한 잉글랜드의 햇볕을 쬐며 멍하니 거리를 바라보았다. 우리 가게 오른쪽에는 또 다른 서적상이 있었다. 우리 가게보다 작았고 더 싼 물건들을 팔았다. 왼쪽에는 싸구려 책, 시, 떠돌이 장사꾼이나 발라드 장사꾼들을 위한 소책자들을 인쇄하는 인쇄소가 있었다. 그 옆에는 세밀화를 그리거나 고급 장난감들을 만드는 화가가 있었고, 그 옆에는 초상화가의 가게가 있었다. 모두 종이와 잉크를 사용하는 직종에 종사했고, 아버지는 손이 거칠어지지 않고도 먹고 살 수 있는 직업을 가진 것에 감사해야 한다고 말했다. 마땅히 감사할 일이었지만, 나는 별로 고맙지 않았다.

좁은 골목은 파리에서 잠시 살던 곳보다 더 형편없었다. 다닥다닥 붙은 집들은 강가로 이어진 거리를 따라 모두 땅딸한 주정뱅이처럼 기울어져 있었다. 각 건물의 박공널 (지붕과 맞닿는 벽에 'ㅅ' 꼴로 붙인 두꺼운 판: 역주)에서 튀어나온 창들이 하늘을 가려, 안 그래도 빈약한 겨울 햇빛은 흙을 바른 벽에 소매에 난 절개선 같은 가느다란 줄무늬를 드문드문 그려 넣었다. 거리의 냄새는 농가의 거름냄새처럼 지독했다. 매일 아침 여자들이 튀어나온 창 너머로 요강이나 세숫대야를 비우고, 길 가운데로 난 하수구로 밤새 모인 분뇨를 흘려보냈다. 그러면 하수 물은 천천히 흘러 템스 강의 더러운 배수구로 느릿느릿 빠져나갔다.

나는 더 좋은 곳에 살고 싶었다. 나무와 꽃이 있고 강이 내려다보이던 엘리자베스 공주의 정원 같은 곳에 살고 싶었다. 나는 나보다 더 나은 사람이 되고 싶었다. 서적상의 누더기 조수도, 남장을 한 소녀도, 모르는 사람과 약혼한 여자도 아닌 다른 사람이 되고 싶었다.

멍하니 가게 앞에 서서, 골난 스페인 고양이처럼 햇볕을 쬐고 있던 나는 길바닥에 부딪치는 박차 소리에 눈을 번쩍 뜨고 신경을 곤두세웠다. 내 앞으로 긴 그림자를 드리우며 나타난 것은 젊은 남자였다. 부유한 옷차림에 실크해트를 쓰고 망토를 휘날리며 가느다란 은제 검을 차고 있었다. 이제까지 내가 본 중에 가장 잘생긴 남자였다.

그의 갑작스러운 출현에 놀란 나는 마치 하늘에서 천사가 내려 온 듯 그에게서 눈을 떼지 못했다. 하지만 그 뒤로 또 다른 남자가 오고 있었다.

이번에는 서른 살가량 되어 보이는 좀더 나이 든 남자였다. 창백한 피부는 그가 학자임을 말해주었고, 짙은 색 눈은 움푹 들어가 있었다. 나는 그런 비슷한 사람을 전에도 본 적이 있었다. 아라곤에 있을 때 아버지의 서점에 들르곤 했던 사람들이었다. 파리에서 우리를 만나러 온 사람들이나 이곳 런던에 있는 아버지의 고객들과 친구들도 모두 그런 모습이었다. 두 번째 남자는 학자였다. 구부정한 목과 둥글게 처진 어깨만 봐도 알 수 있었다. 그는 또한 작가였다. 오른쪽 세 번째 손가락에 오래된 잉크자국이 나 있었다. 아니, 어쩌면 학자나 작가와는 비교할 수도 없는 위대한 사상가인지도 몰랐다. 감추어진 비밀을 밝혀내는 사람 말이다. 그렇다면 그는 위험한 사람이었다. 이단을 두려워하지 않고, 질문을 두려워하지 않으며, 언제나 더 많이 알고자 진실 뒤에 감추어진 진실을 파헤치는 사람.

나는 이전에 그와 같은 제수이트 사제를 알고 있었다. 그 사람은 스페인에 있을 때 아버지의 가게에 찾아와 오래된 필사본들을 찾아달라고 했다. 성서보다도 오래되고, 하느님의 말씀보다도 더 오래된 필사본들이었다. 또, 유대인 학자도 한 사람 있었는데, 그도 아버지의 가게에 와서 금지된 책들, 남아 있는 토라, 즉 율법 책을 구해달라고 했다. 제수이트 사제와 학자는 책을 사러 자주 왔지만, 어느 날인가부터 발길을 끊었다.

사상이 칼보다 더 무서운 세상이었다. 사상은 대부분 금지되었고, 그렇지 않은 것들은 우리가 살고 있는 세상이 우주의 정중앙에 위치했다는 사실 그 자체에 대해서마저 의문을 갖게 했다.

나는 갑자기 나타난 이 세상사람 같지 않게 잘생긴 젊은 남자와 사제같이 생긴 좀더 나이 든 남자를 넋을 잃고 쳐다보느라 세 번째 남자는 미처 보지 못했다. 세 번째 남자는 온통 하얀색으로 차려 입고 유약을 바른 은처럼 광채를 띠고 있었기 때문에 번쩍거리는 망토에 햇빛이 반사되어 제대로 바라볼 수도 없을 정도로 눈이 부셨다. 나는 그의 얼굴을 보려고 했지만, 보이는 것이라고는 은빛 광채뿐이었다. 나는 눈을 깜빡여 보았지만 여전히 그의 얼굴을 볼 수 없었다. 불현듯 정신을 차린 나는 그 세 번째 남자가 누구든 간에 세 사람 모두 이웃 가게 입구에서 안쪽을 기웃거리고 있다는 것을 깨달았다.

우리 가게의 어두운 입구를 흘끗 돌아본 나는 아버지가 방 안에서 새로 잉크를 혼합하느라 내가 손님을 놓쳐버린 사실을 알지 못한다는 것을 확인했다. 이런, 게으른 멍청이. 자책도 잠시, 나는 얼른 그들 앞으로 뛰어나가 새로 배운 영어 악센트로 또박또박 말했다.

"안녕하세요, 나리들. 무엇을 찾으세요? 런던에서 가장 재미있고 도덕적인 책들이 저희 가게에 다 있습니다. 재미는 물론이고 가격도 아주 저렴한 필사본들과 예술성이 뛰어난 아름다운 그림들도 있고……."

"올리버 그린이라는 인쇄공의 가게를 찾고 있다."

젊은 남자가 말했다.

그 순간 그의 짙은 갈색 눈동자가 내 눈에 와서 꽂혔다. 나는 순식간에 런던의 모든 시계추들이 멎고, 시계들이 일시에 조용해진 듯, 온몸이 얼어붙어 버리는 것 같았다. 나는 겨울의 희미한 햇살 속에 소매에 절개선이 있는 붉은 재킷 차림 그대로 그를 영원히 잡아 두고 싶었다. 그가 나를 바라봐 주기를 바랐다. 나를 진실한 모습 그대로 그에게 보여 주고 싶었다. 누더기를 걸친 더러운 사내아이가 아니라 여자아이로, 성숙한 여성이 되어가는 모습 그대로 보이고 싶었다. 하지만 그의 시선은 나를 무관심하게 스쳐지나 우리 가게로 향했다. 나는 다시 정신을 차리고 문을 열어 세 사람을 안으로 안내했다.

"학자이자 서적상인 올리버 그린의 가게입니다. 안으로 들어오십시오, 나리들."

나는 세 사람을 안내하고는 안쪽의 어두운 방을 향해 외쳤다.

"아버지! 높으신 어르신 세 분이 찾아오셨어요!"

인쇄기용 높은 의자를 뒤로 미는 소리가 들렸다. 아버지는 앞치마에 손을 문지르면서 밖으로 나왔다. 잉크와 뜨거운 프레스로 압축된 종이 냄새가 함께 밀려 나왔다.

"어서 오십시오. 두 분 다 잘 오셨습니다."

아버지는 평상시에 입는 검은 옷차림이었고 소매 끝의 리넨 천에 잉크 얼룩이 묻어 있었다. 나는 잠시 동안 낯선 손님의 시선으로 아버지를 보았다. 거기에는 충격적인 경험으로 숱이 많은 머리카락이 하얗게 세고, 얼굴에는 주름살이 깊게 패고, 학자처럼 구부정한 자세 때문에 키가 원래보다 작아 보이는 쉰 살가량의 남자가 서 있었다.

아버지의 신호에 따라 나는 카운터 아래에서 세 개의 의자를 끌어냈다. 하지만 손님들은 앉지 않고 선 채로 주변을 둘러보았다.

"어떤 책을 보여드릴까요?"

아버지가 물었다. 아버지가 두려워하고 있다는 것을 나만이 눈치 채고 있었다. 세 사람 모두가 두려움의 대상이었다. 모자를 홱 벗어 젖히고 짙은 색 곱슬머리를 뒤로 쓸어 넘긴 잘생긴 젊은 남자와 수수한 차림의 좀더 나이 든 남자, 그리고 그 뒤에서 흰색 옷을 번쩍이며 조용히 서 있는 남자.

"서적상 올리버 그린을 찾고 있네."

젊은 귀족이 말했다.

"제가 올리버 그린입니다만…… 분부만 하시면, 뭐든 대령하겠습니다. 이 땅의 법률과 관습에 어긋나지 않는 것이면 무엇이든……."

아버지는 고개를 끄덕이며 조용히 말했지만 강한 스페인어 악센트가 드러났다.

"됐어, 그만. 스페인에서 온 지 얼마 되지 않았다던데, 올리버 그린?"

젊은 남자가 날카롭게 말했다.

아버지가 다시 고개를 끄덕였다.

"잉글랜드에 온 지는 얼마 되지 않았습니다만, 스페인을 떠난 지는 삼 년이나 되었습니다, 나리."

"잉글랜드인인가?"

"이제는 그렇습니다, 나리."

"이름이 뭐라고 했지? 지극히 잉글랜드적인 이름인걸?"

"전에는 베르데라고 했습죠. 이곳 사람들이 부르기 쉽도록 지금은 그린이라고 합니다."

아버지가 쓴 웃음을 지었다.

"기독교도인가? 기독교 이론과 철학서들도 만드나?"

위험한 질문을 받은 아버지가 마른침을 몰래 꿀걱 삼키는 것이 보였다. 하지만 대답하는 목소리는 냉정하고 거침이 없었다.

"여부가 있겠습니까, 나리."

"신교도인가, 구교도인가?"

젊은 남자가 나지막이 가라앉은 목소리로 물었다.

아버지는 그것이 어떤 대답을 원하는 질문인지도, 거기에 어떤 의미가 숨겨져 있는지도 알지 못했다. 대답 한마디에 우리는 목이 매달릴 수도, 불에 태워질 수도, 목이 잘릴 수도 있었다. 하지만 그들은 오늘 젊은 왕 에드워드가 통치하는 잉글랜드의 이교도들을 시험

하기로 작정을 한 모양이었다.

"신교도입니다. 스페인에서 구교도 의식에 따라 세례를 받았지만, 지금은 영국 국교회 신자입니다."

아버지가 눈치를 살피며 대답했다. 잠시 동안 침묵이 흘렀다.

"모두 하느님의 은총이지요."

아버지가 다시 말을 꺼냈다.

"저는 에드워드 국왕 폐하의 충실한 종입니다. 주어진 생업에 충실하고 국왕 폐하가 정하신 법을 따르고, 국왕 폐하의 교회를 숭배하는 것 말고 더 바라는 것은 없습니다."

아버지가 두려워서 흘리는 식은땀이 연기처럼 매캐한 냄새를 풍겼다. 그 냄새는 나마저 두려움에 떨게 했다. 나는 얼굴에 묻은 검댕을 닦아내려는 듯, 손등으로 뺨을 문질렀다.

"걱정할 거 없어요. 이 사람들이 원하는 것은 책이지 우리가 아니에요."

나는 스페인어로 재빨리 목소리를 낮추어 말했다.

아버지는 내 말을 들었다는 표시로 고개를 끄덕였다. 하지만 젊은 귀족이 나의 속삭이는 소리를 단번에 알아챘다.

"저 아이가 뭐라고 했지?"

"나리들은 학자들이시라고 말했습니다."

나는 영어로 둘러댔다.

"안에 들어가 있어라, *케리다(querida)*. 아이를 용서해 주십시오, 나리. 아이 엄마는 삼 년 전에 죽었고, 아이는 바보입니다. 문이나 지키라고 데리고 있답니다."

아버지가 서둘러 말했다.

"아이들은 진실만을 말하지. 괴롭히려고 온 것이 아니니 두려워할 것 없네. 자네의 책을 보러 왔을 뿐이야. 나는 학자네. 종교재판관이 아닐세. 가지고 있는 책들을 보여 주게."

나이 든 귀족이 쾌활하게 한 마디 했다.

문가에서 이러지도 저러지도 못하고 있는 나에게 나이 든 귀족이 물었다.

"그런데 아까 왜 우리들을 보고 세 분이라고 했지?"

아버지는 손가락들을 튀겨 나에게 가라고 명령했지만, 젊은 귀족이 말했다.

"잠깐, 저 애가 대답을 하게 내버려 둬. 뭐 못 할 말이라도 있나? 우리는 두 사람이란다. 너는 몇 사람이 보이니?"

나는 나이 든 남자와 젊은 남자를 차례로 보았다. 정말 두 사람뿐이었다. 반들반들하게 닦아놓은 백랍처럼 눈부시게 하얀 세 번째 남자는 온데간데없었다.

"나리 뒤에 또 한 분이 계신 것을 보았어요. 아까 밖에서요. 죄송합니다. 지금은 안 계시네요."

나는 나이 든 남자에게 말했다.

"바보이지만 착한 계집아이지요."

아버지는 다시 손짓으로 나를 쫓으려 했다.

"잠깐, 기다려. 남자아이가 아니었나? 계집아이라니? 왜 사내아이처럼 옷을 입고 있지?"

젊은 남자가 말했다.

"그리고 세 번째 남자는 도대체 누구냐?"

나이 든 남자가 물었다.

아버지는 질문 공세에 점점 더 불안해졌다.

"아이를 보내주십시오, 나리. 그냥 계집아이입니다. 마음이 여린 아이이지요. 제 어미를 잃은 충격에서 아직 벗어나지 못했습니다. 책을 보여드리겠습니다. 훌륭한 필사본들도 있습니다. 보여드릴 테니……."

아버지의 목소리는 애처로웠다.

"책을 보고 싶긴 하지만 우선 이 아이와 얘기해도 되겠지?"

나이 든 남자가 단호하게 아버지의 말을 잘랐다.

아버지는 높으신 귀족들의 요구를 차마 거절할 수 없었다. 나이 든 남자가 내 손을 잡고 좁은 가게의 중앙으로 나를 데리고 나왔다. 희뿌연 장식 유리창을 통해 들어온 희미한 빛이 내 얼굴을 비췄다. 나이 든 귀족은 손으로 내 턱을 쥐고 내 얼굴을 이리저리 돌려 보았다.

"세 번째 남자는 어떻게 생겼든?"

그가 조용히 물었다.

"온통 새하얀 모습이었어요, 그리고 빛났어요."

나는 부자유스러운 입술을 움직여 말했다.

"어떤 옷을 입었는데?"

"하얀 망토밖에 안 보였어요."

"머리에는 뭘 썼지?"

"그냥 흰색밖에 안 보였어요."

"얼굴은?"

"너무 눈이 부셔서 얼굴은 볼 수가 없었어요."

"그 사람 이름도 아니?"

알지도 못하는 단어가 내 입을 통해 튀어나왔다.

"**우리엘.**"

내 턱을 쥐고 있던 손이 멈췄다. 남자는 뭔가를 읽어내려는 듯 내 얼굴을 내려다보았다.

"**우리엘?**"

"예, 나리."

"전에 들어 본 적이 있는 이름이니?"

"아니요, 나리."

"우리엘이 누구인지는 알고 있니?"

나는 고개를 저었다.

"그냥 나리와 같이 오신 그분의 이름일 거라고 생각해요. 하지만 입 밖에 내기 전에는 한 번도 들어 본 적이 없는 이름이에요."

젊은 남자는 아버지에게 고개를 돌렸다.

"이 아이가 바보라고 했지? 그건 이 아이에게 남다른 능력이 있다는 뜻이었나?"

"아이가 철없이 지껄인 소리입니다. 그뿐입니다. 착한 아이입니다. 태어나서 이제까지 하루도 빠짐없이 교회에 보냈습니다. 나쁜 뜻으로 그러는 것이 아니라, 그냥 입에서 나오는 대로 지껄이는 겁니다. 저 아이 자신도 어쩔 수 없습니다. 바보니까요. 그뿐입니다."

아버지가 우겼다.

"그러면 왜 여자아이에게 남자 옷을 입혔나?"

그가 물었다.

아버지는 어깨를 으쓱했다.

"그거야, 나리. 세상이 흉흉하지 않습니까. 스페인에서, 프랑스로, 다시 저지대 국가들(현재의 베네룩스 삼국: 역주)을 지나 이곳까지 어미도 없는 아이를 혼자 데리고 왔습니다. 여기서는 심부름도 보내야 하고, 가게 일도 이것저것 닥치는 대로 시켜야 합니다. 사내 아이였다면 편했겠지요. 다 자란 처녀가 되면 드레스도 사주고 해야겠지만, 역시 어떻게 다루어야 할지는 막막합니다. 여자아이는 당최 골칫거리라니까요. 하지만 사내아이라면 다르지요. 사내아이로 기르면 꽤 쓸모가 있어요."

"저 아이는 특별한 능력이 있네."

나이 든 남자가 속삭였다.

"하느님, 감사합니다. 책을 찾으러 왔다가 우리엘 천사를 보고, 그의 신성한 이름을 아는 소녀를 만나다니."

그는 아버지에게로 고개를 돌렸다.

"저 아이가 신성한 존재들에 대해 조금이라도 알고 있나? 성서와 교리문답 책 말고 다른 것을 읽은 적이 있나? 아이가 자네의 책을 읽나?"

"하늘에 맹세코 절대로 그런 적 없습니다. 맹세컨대 나리, 저는 저 아이를 착하고 순진하게 키웠습니다. 저 아이는 아무것도 모릅니다. 정말입니다."

아버지가 천연덕스럽게 거짓말을 했다.

나이 든 남자가 고개를 저었다.

"애야, 두려워할 필요 없네. 나를 믿어도 좋아. 이 아이는 특별한 능력이 있네, 그렇지?"

그는 처음에는 내게, 그 다음에는 아버지에게 부드럽게 말했다.

"아닙니다. 이 아이는 그냥 바보입니다. 제가 평생 지고 가야 할 짐이지요. 쓸모없이 걱정거리만 안길 뿐입니다. 친척이라도 있다면, 보내버리고 싶을 정도입니다. 어르신들이 관심을 가지실 아이가 못 됩니다."

아버지가 단호하게 말했다. 나의 안전을 위한 항변이었다.

"진정하게. 우리는 자네를 괴롭히려고 온 것이 아니야. 이분은 존 디, 내 스승일세. 나는 로버트 더들리라네. 두려워할 필요 없어."

젊은 귀족이 부드럽게 말했다.

하지만 그들의 이름이 내 아버지를 더욱 불안하게 만들었다. 그도 당연했다. 그 잘생긴 젊은 귀족은 잉글랜드의 최고 권력자, 잉글랜드 왕의 보호자인 존 더들리 경의 아들이었다. 만약 아버지의 책들이 그들의 관심을 끈다면, 우리는 학문을 좋아하는 왕을 위해 책을 제공하고, 큰돈을 벌 수 있을 것이다. 하지만 만일 그들이 우리의 책을 선동적이라거나, 불경스럽다거나 이단적이라거나, 집요하다거나, 새로운 지식을 지나치게 많이 담고 있다고 판단하면, 우리는 감옥에 가거나 또다시 추방되거나 심지어 죽을 수도 있었다.

"정말 자비로우십니다, 나리. 책을 궁으로 가지고 갈까요? 여기는 빛이 어두워서 책을 읽기가 불편하실 겁니다. 귀하신 나리들께서 이런 누추한 곳에 계실 이유가……."

나이 든 남자는 나를 놓아주지 않았다. 그는 여전히 내 턱을 쥐고 내 얼굴을 들여다보고 있었다.

"성서에 관해 연구한 책들도 있습니다."

아버지가 급하게 말을 이었다.

"라틴어나 그리스어로 된 아주 오래된 것들도 있고, 다른 나라 말로 된 것들도 있습니다. 로마의 사원들과 소장품들에 대한 해설이 딸린 그림들도 있습니다. 숫자들로 된 산술표도 있습니다. 그냥 어디서 받은 거라 저같이 무식한 것은 봐도 모릅니다만. 그리스 시대의 해부학 그림들도 있고……."

마침내 존 디라는 남자가 나를 놓아 주었다.

"책을 보여 주겠나?"

존 디에게 책장과 서랍들을 둘러보도록 하는 것이 아버지에게는 영 내키지 않는 일이었다. 그 책들 가운데 일부가 새로운 정권하에서는 이단으로 금지될 수 있었기 때문이다. 그리스어와 헤브루어로 된 신비한 지혜에 관한 책들은 언제나 책장 뒤의 비밀 장소에 숨겨져 있다는 것도 나는 알고 있었다. 하지만 숨겨놓지 않은 책들 중에도 지금처럼 어수선한 시기에는 우리를 곤경에 빠트릴만한 것들이 있었다.

"제가 책들을 이리로 가져올까요?"

"아닐세, 내가 들어가서 보겠네."

"여부가 있겠습니까, 나리. 황송할 따름입니다."

아버지는 굴복했다.

아버지는 안쪽의 방으로 존 디를 안내했다. 젊은 귀족 로버트 더들리는 의자에 앉아 나를 흥미롭게 바라보았다.

"열두 살이라고?"

"예, 나리."

사실 나는 열네 살이 다 되었지만 거짓말을 했다.

"그리고 여자라고, 옷은 남자같이 입었지만?"

"예, 그렇습니다."

"결혼상대는 있나?"

"당장은 없습니다, 나리."

"그래도 머지않아 결혼할 정혼자는 있지?"

"예, 나리."

"네 아버지가 고른 상대는 누구지?"

"열여섯이 되면 외가 쪽의 사촌과 결혼하게 되어 있습니다. 특별히 바라지는 않지만요."

"어런하려고? 젊은 처녀들은 하나같이 결혼하기 싫다고 말한단다."

나는 화난 표정을 숨기지 못하고 그를 쏘아보고 말았다.

"저런! 내 말이 불쾌했나, 남장 아가씨?"

"제 마음은 제가 알아요, 나리. 저는 다른 여자들과 달라요."

"물론 그렇겠지. 그래, 네 마음은 어떤데?"

"저는 결혼하고 싶지 않아요."

"그럼 어떻게 먹고 살 거지?"

"저는 제 가게를 열어서, 제 손으로 책을 찍어내고 싶어요."

"그럼 너는 여자가 남편 없이 살아갈 수 있을 거라고 생각하니? 너처럼 예쁘고, 치마 대신 바지를 입고 있다고 해도 여자는 여자야."

"저는 그럴 수 있다고 생각해요. 건너편에 사는 과부 워딩 부인도 가게를 갖고 있어요."

"과부는 한때 남편이 있었잖아. 남편에게 물려받은 재산으로 사는 거지, 자기 힘으로 생계를 꾸리는 것은 아니야."

"여자도 혼자 힘으로 재산을 모을 수 있어요. 여자도 가게를 운영할 수 있다고 생각해요."

나는 고집스럽게 우겼다.

"가게 말고 또 뭘 부릴 수 있지? 배? 군대? 왕국?"

"언젠가는 여자도 나라를 다스리는 왕이 될 거예요. 이 세상 어떤 왕보다도 더 훌륭하게 나라를 다스릴 거라고요."

나는 강하게 쏘아붙인 후, 제풀에 놀라 손으로 입을 막고는 그의 표정을 살폈다.

"제 말이 심했어요. 여자는 아버지나 남편의 뜻에 순종해야 한다는 것을 저도 알고 있습니다."

그는 더 듣고 싶다는 듯 나를 보았다.

"그럼 내 생전에 여자가 왕위에 오를 것 같니?"

"스페인에서는 벌써 여왕이 나왔어요. 한 번요. 이사벨라 여왕이시지요."

나는 기어들어가는 목소리로 대답했다.

그는 고개를 끄덕이더니 더 캐묻지 않았다. 마치 벼랑 끝까지 간 두 사람 모두를 안전한 곳으로 끌어내려는 것 같았다.

"그건 그렇고, 화이트홀 궁전에 어떻게 가는지 알고 있니?"

"예, 나리."

"그럼 내 스승이 고른 책들을 궁전에 있는 내 방으로 가지고 오너

라. 할 수 있지?"

나는 고개를 끄덕였다.

"네 아버지의 가게는 장사가 잘되는 모양이구나? 책이 잘 팔리니? 손님도 많고?"

"그럭저럭요. 하지만 아직은 시작한 지 얼마 되지 않았어요."

나는 조심스럽게 대답했다.

"그럼 네 능력도 장사에는 별 도움이 안 되는 모양이구나?"

나는 고개를 저었다.

"능력이 아니에요. 아버지 말대로 모자란 거지요."

"능력이 아니라고? 그런데 다른 사람이 볼 수 없는 것들이 보이니?"

"가끔요."

"그럼 나한테서는 뭐가 보이지?"

그가 목소리를 너무 낮추는 바람에 대답하는 나도 속삭여야 할 것만 같았다. 나의 눈은 그의 장화, 긴 다리, 아름다운 겉옷, 새하얀 러프(주름 칼라: 역주)의 부드러운 주름, 관능적인 입술, 가늘게 뜨고 있는 눈으로 하나씩 옮겨갔다. 그는 나를 향해 미소 지었다. 마치 그의 시선을 받은 내 뺨과 귀와 심지어 머리카락까지도 스페인의 태양 아래에서처럼 달아오르고 있는 것을 눈치 채기라도 한 것 같았다.

"처음 뵈었을 때 아는 분 같았어요."

"언제부터 아는 사람?"

"앞으로 다가올 어느 때부터요. 나리를 알게 될 것 같았어요, 앞으로."

나는 말도 안 되는 소리를 했다.

"네가 사내였다면 어림도 없지. 네가 나를 알게 될 때, 나는 어떤 상황에 처해 있을까? 내가 위대한 사람이 되어 있을까? 네가 서적상을 갖게 될 때쯤이면 나도 왕국을 거느리고 있을까?"

그는 자신의 음탕함에 혼자 빙그레 웃었다.

"사실 저도 나리가 위대한 분이 되었으면 좋겠어요."

나는 잔뜩 긴장해서 대답했다. '더 이상 말하지 말아야지, 이런 달콤한 꾐에 넘어가서 겁 없이 다 털어놓을 수는 없어.' 라고 나는 마음을 굳게 먹었다.

"나에 대해 어떻게 생각하지?"

그가 다정하게 물었다.

나는 가만히 심호흡을 한 후 말했다.

"바지를 입지 않은 젊은 여자를 곤경에 빠뜨리실 분 같아요."

그는 큰소리로 한바탕 웃었다.

"세상에, 바로 맞혔군. 하지만 여자들을 곤경에 빠뜨리는 것은 두렵지 않아. 두려운 건 그 아버지들이지."

나는 나도 모르게 소리 없이 따라 웃었다. 웃고 있는 그의 눈매를 보고 있노라니 나도 모르게 따라 웃게 되었고, 뭔가 특별히 재치 있고, 어른스러운 한마디로 그의 눈길을 끌어 그가 나를 어린애가 아닌 여자로 봐주도록 만들고 싶어졌다.

"미래를 정확하게 예측한 적이 있니?"

그는 갑자기 정색을 하고 물었다.

마녀와 마법을 엄하게 다스리는 나라에서 이런 질문은 아주 위험했다.

"저에게는 그런 힘이 없어요."

나는 재빨리 대답했다.

"그렇지만, 힘도 없으면서 미래를 본단 말이야? 어떤 사람들은 신성한 재능을 타고 나지. 앞으로 벌어질 일을 미리 아는 재능 말이다. 나와 같이 온 디 선생은 천사들이 인간의 앞길을 이끌어 때때로 우리로 하여금 죄를 짓지 않도록 경고한다고 믿는단다. 별들의 움직임을 보고 운명을 점치듯이 말이다."

나는 그의 위험한 발언에 절대로 대답하지 않겠다고 결심하고 바보같이 고개를 저었다.

그는 진지해 보였다.

"춤을 추거나, 악기를 연주할 줄 아니? 가면극의 역할을 소화해 내거나 대사를 외는 것은 어때?"

"별로 잘하지 못합니다."

나는 시큰둥하게 대답했다.

그는 내가 주저하는 기색을 보이자 소리 내어 웃었다.

"그래, 어디 한번 보자꾸나. 남장 아가씨. 네가 뭘 할 수 있는지 말이다."

나는 사내아이처럼 가볍게 고개를 숙여 보인 다음 입을 다물어 버렸다.

* * *

다음날, 나는 책 한 꾸러미와 정성껏 말아 놓은 필사본 두루마리를 들고 시내 한복판을 지나, 템플 바와 코벤트가든의 푸른 들판을 거쳐 화이트홀 궁으로 향했다. 진눈깨비가 흩날리는 추운 날씨 탓에 나는 고개를 숙이고 모자를 귀까지 눌러 썼다. 매서운 강바람은 시베리아 벌판에서 불어오는 것 같았고, 킹즈가(街)에서 화이트홀 궁까지 나는 거의 바람에 날려가다시피 했다.

궁 안으로 들어가는 것은 처음이었다. 게다가 정문의 경비병들에게 책을 건네주기만 하면 될 것이라는 나의 예상과는 달리, 로버트 경이 갈겨 쓴 메모와 종이 아래 찍힌 곰과 막대기 문장을 본 경비병들은 마치 내가 귀공자라도 되는 듯 깍듯이 절을 하고, 나를 안내해 줄 사람을 불러주었다.

정문 안으로 들어서자, 아름답게 지어진 여러 개의 건물과 안뜰이 나타났다. 한가운데에는 사과나무와 정자와 의자들로 꾸며진 멋진 정원들이 있었다. 정문에서부터 나를 안내한 병사는 첫 번째 정원을 가로질러 갔고, 나는 그를 따라가느라 멋지게 차려 입은 귀족들과 귀부인들을 구경할 틈도 없었다. 그들은 모두 추위를 막기 위해 모피와 벨벳으로 몸을 감싸고 잔디 볼링을 하고 있었다. 또 다른 병사 두 명이 열어 준 문을 통해 실내로 들어가자, 커다란 방에 또 다른 무리의 근사한 귀족들이 모여 있었고, 그런 방들이 끝도 없이 이어졌다. 나를 안내해 준 병사는 여러 개의 문을 지나 기다란 복도로 나를 데리고 갔다. 그 끝에는 로버트 더들리가 있었다. 나는 이 넓은 궁에서 유일하게 아는 사람을 만나 너무나 반가웠던 나머지 그에게 달려가 소리쳤다.

"나리!"

경비병은 나를 저지해야 할지 말아야 할지 잠시 망설였지만, 로버트 더들리가 손을 흔들어 그를 물러가게 했다.

"남장 아가씨로군!"

그는 탄성을 지르며 벌떡 일어섰다. 그때야 나는 그가 혼자가 아니라는 사실을 깨달았다. 그곳에는 열다섯 살의 어린 왕 에드워드가 있었던 것이다. 왕은 화려한 푸른색 벨벳으로 아름답게 차려 입었지만, 그의 안색은 백지장처럼 창백했고, 몸은 내가 그때까지 본 어떤 남자보다도 여위어 있었다.

나는 한쪽 무릎을 꿇고, 책을 꼭 끌어안았다. 내가 모자를 벗으려고 기를 쓰고 있는데, 로버트 경이 말했다.

"이 아이가 남장 소녀입니다. 훌륭한 배우가 될 것 같지 않습니까?"

고개를 들지는 않았지만, 나는 고통으로 가늘어진 왕의 목소리를 들을 수 있었다.

"이해할 수가 없군, 더들리. 왜 저 아이가 배우가 되어야 하지?"

"목소리를 들어보십시오. 감미로운 저 목소리에, 스페인어와 런던 악센트가 섞여 있지 않습니까. 아무리 들어도 질리지 않을 것입니다. 게다가 거지꼴을 하고 공주같이 위엄을 부리고 있습니다. 사람을 즐겁게 만드는 아이입니다"

나는 내 얼굴에 나타난 기쁜 표정을 숨기려고 고개를 계속 아래로 숙이고 있었다.

"거지 꼴을 한 공주, 감미로운 목소리, 사람을 즐겁게 만드는 아이."라는 말들이 귓가에 맴돌았다.

어린 왕은 나를 다시 현실로 불러들였다.

"그래, 이 아이가 어떤 역할을 연기할 수 있다는 거지? 남자 역할의 여자? 여자 역할의 여자? 게다가 여자아이가 남자 옷을 입는 것은 성서에도 위배되오."

왕의 목소리는 점점 가늘어지더니, 마침내 곰에게 휘둘리는 강아지처럼 온몸을 떨며 기침을 하기 시작했다.

나는 고개를 들어 더들리 경이 왕을 끌어안기라도 할 것처럼 왕에게 몸을 가까이 가져가는 것을 보았다. 왕이 입에서 손수건을 떼자, 피보다 진한 검붉은 색의 얼룩이 묻어나오는 것이 보였다. 재빨리 그는 손수건을 감췄다.

"그렇다고 죄는 아니지요. 이 아이는 죄인이 아닙니다. 신성한 바보이지요. 이 아이는 플리트가를 걷는 천사를 보았습니다. 상상이 가십니까? 저도 거기 있었습니다. 이 아이가 정말 천사를 보았습니다."

더들리가 달래듯 말했다.

왕은 즉시 내게로 시선을 돌렸다. 그의 얼굴이 호기심으로 밝아졌다.

"천사를 본다고?"

나는 무릎을 꿇은 채 시선을 낮추었다.

"제 아버지가 저는 바보라고 했습니다. 송구합니다, 폐하."

나는 묻지도 않은 말을 했다.

"하지만 플리트가에서 정말 천사를 보았단 말이야?"

나는 계속 시선을 아래로 둔 채 고개를 끄덕였다. 나의 능력을 감출 수가 없었다.

"그렇습니다, 송구합니다. 실수였습니다. 불쾌하게 해드릴 생각은⋯⋯."

"내게서는 뭐가 보이지?"

그가 불쑥 질문을 던졌다.

나는 고개를 들었다. 누구라도 그의 얼굴에 드리운 죽음의 그림자를 읽을 수 있었을 것이다. 밀랍 같은 피부와 푹 들어간 눈, 앙상하게 드러난 뼈. 손수건에 묻어나온 얼룩과 입술의 떨림이 없어도 누구나 알 수 있었다. 나는 거짓말을 꾸며대려 했지만, 내 의지와는 상관없는 말이 튀어나왔다.

"천국의 문이 열리고 있습니다."

더들리는 아까와 마찬가지로 소년 왕을 향해 살며시 손을 내밀었지만, 곧 그 손을 거두었다.

어린 왕은 화를 내지 않았다.

"다들 내게 거짓말을 하는데, 이 아이만은 진실을 말하는군."

왕이 말했다.

"당신들은 모두 어떻게 하면 새로운 거짓말을 꾸며댈까, 그 궁리뿐이지. 하지만 이 어린아이는……."

그는 숨이 가빠 말을 잇지 못하면서도, 내게 미소를 지어 보였다.

"폐하, 천국의 문은 폐하께서 태어나신 순간부터 열려 있었습니다."

더들리가 달래듯 말했다.

"모후께서 천국으로 가실 때 말입니다. 이 아이도 그런 뜻으로 한 말입니다."

그는 성난 눈초리로 나를 노려보며 다그쳤다.

"그렇지?"

왕은 내게 손짓을 했다.

"궁에 남아 나를 즐겁게 해 다오."

"저는 집에서 기다리는 아버지에게로 가야 합니다, 폐하."

나는 로버트 경이 노려보고 있는 것도 아랑곳하지 않고, 가능한 조용하고 공손하게 말했다.

"저는 로버트 경에게 책을 갖다 드리러 왔을 뿐입니다."

"너는 이제부터 내 광대다. 광대의 옷을 입도록 하라."

왕이 명령했다.

"로버트, 이 아이를 내게 데려와 줘서 고맙소. 잊지 않겠소."

그것은 물러가라는 신호였다. 로버트 더들리는 고개를 숙여 절을 하고, 손가락을 튀겨 내게 신호를 한 뒤 발길을 돌려 방을 나갔다. 나는 어쩔 줄 몰라 망설였다. 왕의 명령을 거부하고 싶었지만, 내가 할 수 있는 일이라고는 왕에게 인사를 하고 로버트 더들리를 따라가는 것뿐이었다. 로버트 더들리는 알현실을 가로질러 성큼성큼 걸어갔다. 그는 왕의 건강 상태를 물어보려고 다가와 말을 붙이는 한두 명의 사람들을 물리치며 건성으로 "나중에."라고 말했다.

그는 긴 복도를 지나, 창을 든 병사들이 지키고 있는 문으로 다가갔다. 우리가 다가가자, 병사들은 문을 양쪽으로 활짝 열었다. 더들리는 경례를 하는 그들을 무심히 지나쳤고 나는 그의 걸음을 쫓아가기 위해 거의 뛰다시피 했다. 주인의 발치에서 깡충깡충 뛰어가는 사냥개 같았다. 마침내 양쪽에 더들리 가(家)의 제복을 입은 병사들이 서 있는 거대한 문 앞에 도착한 우리는 안으로 들어갔다.

"아버지."

로버트 더들리가 한쪽 무릎을 꿇었다.

거대한 홀의 난롯가에는 한 남자가 불 속을 바라보며 앉아 있었다. 그는 돌아서서 두 개의 손가락을 아들의 머리 위로 들어 형식적으로 축복했다. 나 역시 한쪽 무릎을 꿇은 채로 로버트 더들리가 일어나는 기척을 느끼고도 몸을 일으키지 않았다.

"오늘 아침에 왕의 상태는 어떻더냐?"

"더 나빠졌습니다. 심하게 기침을 해서 흑담즙이 넘어오고 숨도 쉬지 못할 정도였습니다. 오래가지 못할 겁니다, 아버지."

아들이 무덤덤하게 대답했다.

"이 아이냐?"

"서적상의 딸입니다. 열두 살이라고 합니다만, 제가 보기엔 더 먹은 것 같습니다. 남장을 하고 있지만, 확실히 여자아이입니다. 존 디는 이 아이에게 신통력이 있다고 했습니다. 말씀하신 대로 이 아이를 왕에게 데리고 가서 재주를 부려보라고 했더니, 왕에게 천국의 문이 열리고 있다고 말했습니다. 왕은 흡족해 했고, 이 아이는 왕의 광대가 되었습니다."

"잘됐군. 이 아이에게 자신의 임무를 설명했느냐?"

공작이 말했다.

"아니요, 바로 이곳으로 데리고 오는 길입니다."

"일어나라, 광대."

나는 일어서서 처음으로 로버트 더들리의 아버지, 잉글랜드 최고의 권력자 노섬벌랜드 공작을 보았다. 나는 재빨리 그를 훑어보았다. 말처럼 길고 마른 얼굴에 눈은 짙은 갈색이었고, 머리카락이 빠지기 시작한 머리에는 더들리 가(家)의 문장인 곰과 막대기 모양의 커다란 은 브로치가 달린 호화로운 벨벳 모자를 쓰고 있었다. 입 전체를 둘러싸고 있는 턱수염과 콧수염을 거쳐 나는 그의 눈을 들여다보았다. 아무것도 보이지 않았다. 무슨 생각을 하고 있는지 알 수 없는 얼굴, 자신의 의지대로 얼마든지 속내를 감출 수 있는 사나이였다.

"그래, 그 커다란 검은 눈에 뭐가 보이지? 남자도 여자도 아닌 광대?"

"글쎄요, 나리의 뒤에는 천사가 없습니다."

불쑥 튀어나온 나의 대답에 공작은 유쾌한 미소를 지었고, 그의 아들은 웃음을 터뜨렸다.

"훌륭하군. 잘했다. 그래, 이름이 뭐지?"

공작이 물었다.

"한나 그린입니다."

"잘 들어라, 광대 한나. 너는 재주를 부렸고, 왕은 이 나라의 법과 관습에 따라 너를 받아들였다. 그게 무슨 의미인지 아느냐?"

나는 고개를 저었다.

"너는 그가 기르는 강아지나 그의 병사들처럼 그의 소유물이 된 것이다. 하지만 네가 맡을 역할은 병사가 아니라, 네 멋대로 행동하는 강아지다. 머리에 떠오르는 말을 그대로 내뱉고, 하고 싶은 대로 행동해라. 그러면 왕이 즐거워할 것이고, 그러면 우리 모두가 즐겁다. 너로 인해 하느님의 뜻이 우리 앞에 분명해질 것이며, 그 또한 왕을 기쁘게 할 것이다. 거짓이 난무하는 이 궁 안에서 너만은 진실을 말할 것이다. 너는 이 사악한 세계에 존재하는 유일하게 순결한 영혼이다. 알았나?"

"어떻게 해야 합니까? 제가 어떻게 하기를 바라시나요?"

나는 도무지 무슨 말인지 알아들을 수가 없었다.

"그냥 자연스럽게 행동해라. 네 능력이 시키는 대로 말해라. 하고 싶은 대로 말하면 된다. 왕에게는 지금 신성한 광대가 없고, 그는 궁 안에 순결한 존재를 두고 싶어한다. 그가 너에게 명령했다. 이제 너는 왕의 어릿광대다. 궁의 식구가 되었다. 그 대가는 충분히 받을 것이다."

나는 말없이 기다렸다.

"무슨 말인지 알겠나, 광대?"

"예, 하지만 받아들이지 않겠어요."

"네가 받아들이고 말고 할 문제가 아니다. 너는 광대가 되라는 명령을 받았고, 너에게는 어떤 법적 권리도 없으며, 선택권도 없다. 너의 아버지가 여기 로버트에게 너를 맡겼고, 그가 너를 왕에게 바쳤다. 너는 이제 왕의 소유물이다."

"만약 제가 거절하면요?"

나는 몸이 떨려왔다.

"너는 거절할 수 없다."

"제가 달아나면요?"

"왕이 원하는 방식대로 벌할 것이다. 강아지처럼 매질을 당하겠지. 너는 네 아버지의 재산이었고, 이제부터는 우리의 재산이다. 우리는 너를 왕에게 바쳤다. 너는 왕의 것이다. 알겠느냐?"

"아버지는 저를 팔지 않으실 거예요. 저를 보내시지도 않을 거구요."

나는 고집스럽게 말했다.

"그는 우리에게 대항할 수 없다.

내 뒤에 서있던 로버트 경이 낮은 목소리로 말했다.

"그리고 나는 네 아버지에게 너를 나에게 맡기는 것이 거리에 내놓는 것보다 안전할 것이라고 약속했다. 내 약속을 네 아버지가 받아들였다. 책을 주문하는 동안 거래가 이루어졌다, 한나. 이제 다 끝났다."

"자."

노섬벌랜드 공작이 말을 이었다.

"강아지로서도 아니고, 광대로서도 아닌 너에게 주어진 또 다른 임무가 있다."

나는 말없이 그가 이야기를 계속하기를 기다렸다.

"너는 우리의 봉신이 되는 거다."

처음 들어보는 단어에 나는 로버트 더들리를 돌아보았다.

"우리의 명령에 따라 움직이는 종 말이다, 평생토록 봉사하는."

로버트 경이 설명해 주었다.

"우리의 봉신이 되어 네가 듣고, 보는 것은 모두 나에게 보고하도록 해라. 왕이 무엇을 기도하는지, 왕이 무엇 때문에 슬퍼하는지, 왕이 무엇 때문에 웃는지 모두 나나 여기 있는 로버트에게 전해야 한다. 너는 우리가 왕의 곁에 심어놓은 우리의 눈이며 귀이다. 알겠느냐?"

"나리, 저는 아버지가 계신 집으로 가야 합니다. 저는 왕의 광대도, 나리의 봉신도 될 수 없습니다. 저는 가게에서 해야 할 일이 있습니다."

나는 필사적으로 매달렸다.

노섬벌랜드 공은 아들을 향해 한쪽 눈썹을 치켜 올렸다. 로버트는 내게 몸을 낮추더니 아주 작은 소리로 속삭였다.

"이봐, 아가씨, 네 아버지도 너를 보호할 수 없어. 너도 그가 말하는 것을 들었잖아?"

"예, 하지만 나리, 아버지는 단지 제가 골칫거리라는 뜻으로……."

"꼬마, 내가 보기에 네 아버지는 신앙심 깊은 가문 출신의 건전한 기독교도가 아니라, 유대인인 것 같은데. 너희가 스페인에서 떠나온 것도, 유대인이기 때문에 쫓겨 온 것이 아니냐? 네 이웃에 사는 훌륭한 런던시민들이 너희의 정체를 알게 된다면, 새로 생긴 작은 보금자리에서도 그리 오래 버티진 못할 텐데."

"저희는 개종한 유대인들입니다. 우리 가문은 이미 오래전에 기독교로 개종했어요. 저는 세례도 받았고, 아버지가 정해 주신 남자와 약혼 서약도 했어요. 그 남자는 잉글랜드의 기독교도이고……."

나는 최대한 목소리를 낮췄다.

"모르긴 해도 그 젊은 놈만 잡아내면 잉글랜드 한복판에 정착한 유대인들은 모두 잡아들일 수 있겠구나. 그리고 잘하면 어디라고 했지? 암스테르담? 파리?"

그는 노골적으로 나를 위협했다.

나는 그의 말에 반박하기 위해 입을 열었지만, 두려움에 아무 말도 할 수 없었다.

"모두 금지된 유대인들이면서 기독교도 행세를 하고 있지. 금요일 밤에는 촛불을 밝히고, 돼지고기는 입에 대지 않으면서. 다들 언제 목이 달아날지 모르는 것들이."

"나리!"

"그자들의 도움을 받아 여기까지 왔겠지? 더러운 유대인들이 자기들끼리 도와가며 금지된 신앙을 비밀리에 간직하고 있는 걸 모를 줄 아나? 가장 경건한 기독교도들처럼 비밀리에 조직을 갖고 있으면서."

"나리, 제발!"

"역사상 가장 신앙심이 두터운 잉글랜드 왕의 유대인 소탕에 미끼로 나서고 싶으냐? 신교도들도 너희를 장작더미 위에 세우는 데는 교황의 앞잡이들만큼이나 능숙하단다. 네 동족들을 그 위에 세우고 싶으냐? 네 친구들도? 불에 타는 살 냄새를 어디 한번 맡아 볼 테냐?"

나는 공포로 몸을 떨었고, 입안이 바싹 타들어가 아무 말도 할 수 없었다. 나는 그저 그를 바라볼 뿐이었다. 내 눈은 공포에 젖어 있었을 테고, 아마 그도 내 이마에 맺힌 식은땀을 놓치지 않았을 것이다.

"알겠나? 네 아비는 너를 지킬 수 없다. 하지만 나는 너를 안전하게 보호할 것이다. 더 이상 긴말 하지 않으마."

그가 잠시 말을 멈췄다. 나는 뭔가 말을 하고 싶었지만, 너무 무서워서 아무 말도 못 하고 꺽꺽 소리만 냈다. 로버트 더들리는 두려움에 완전히 오그라들어 버린 나를 보고 고개를 끄덕였다.

"너는 대단한 행운아로구나. 네 신통력이 아니었다면 꿈도 못 꿀 호사를 누리게 됐으니. 왕을 잘 섬겨라. 그리고 우리에게 봉사해라. 그러면 네 아버지는 안전할 것이다. 한 치의 어긋남이라도 있으면, 그는 죽은 목숨이다. 그리고 너는 예배당에 다니며, 루터를 읽는 돼지치기와 결혼하게 될 것이다. 알아서 처신해라."

아주 짧은 순간이 지나갔다. 노섬벌랜드 공작은 손을 저어 내게 물러가라고 했다. 그는 내게 선택할 시간조차 주지 않았다. 하지만 신통력이 없어도, 내가 어떤 선택을 할지는 뻔히 알 수 있었을 것이다.

* * *

"그럼 궁에서 살게 된단 말이냐?"

아버지가 재차 물었다.

우리는 저녁으로 길모퉁이의 빵집에서 가져온 작은 파이를 먹고 있었다. 잉글랜드 페이스트리의 익숙지 않은 맛에 목구멍이 뻑뻑했다. 아버지는 베이컨 껍질 맛이 나는 국물을 입에 떠 넣었다.

"잠은 시녀들과 함께 잘 거예요. 왕의 시동들이 입는 옷을 입을 거구요. 왕의 곁에서 시중을 들 테니까요."

나는 시큰둥하게 말했다.

"나랑 있을 때보다 더 잘 지낼 거다. 로버트 경이 책을 더 주문해 주지 않으면, 우리는 다음 삼 개월 치 집세를 내지도 못해."

아버지는 애써 명랑하게 말했다.

"제 급료를 보내 드릴게요. 돈도 준대요."

"착한 딸이구나. 네가 착한 아이라는 걸 잊어버리면 안 된다. 네 어머니에 대해서도. 그리고 네가 이스라엘의 자손이라는 것도."

나는 말없이 고개를 끄덕였다. 아버지는 상한 국물을 조금 입에 떠 넣었다.

"내일이면 궁으로 가야 해요. 바로 시작하래요. 아버지……."

내가 조그맣게 말했다.

"내가 매일 저녁 궁전 문 앞으로 가마."

아버지가 약속했다.

"거기가 마음에 들지 않거나, 누가 너를 괴롭히면 우리 다시 도망가자. 암스테르담으로 되돌아가도 되고, 터키로 가도 돼. 어디든 숨을 데가 있을 거야, *케리다(querida)!* 용기 잃지 마라, 내 딸아. 우리는 선택된 민족이다."

"단식은 어떻게 해요? 안식일에도 일을 시킬 거예요. 기도는 어떻게 하구요? 돼지고기도 먹어야 할 텐데!"

나는 갑자기 우울해졌다.

나와 눈이 마주친 아버지는 고개를 숙였다.

"내가 여기서 네 대신 율법을 따르마."

"하느님은 선하시다. 이해하실 거야. 그 독일 학자가 한 말 기억하니? 신께서는 목숨을 버리느니 차라리 율법을 어기라고 하셨다. 너를 위해 기도하마. 네가 기독교 예배당에서 무릎을 꿇고 기도하더라도, 하느님은 너를 보시고 네 기도를 들으실 거야."

"아버지, 로버트 경이 우리 정체를 알아챘어요. 우리가 왜 스페인을 떠났는지도 알아요. 모든 것을 다 알고 있어요."

"내게는 직접적인 말은 없었다."

"그 사람이 저를 위협했어요. 우리가 유대인이라는 것을 알고 있다고요. 내가 복종하는 한 비밀은 지킨댔어요. 저는 무서웠어요."

"얘야. 어디엘 가든 우리에게 안전한 곳은 없단다. 하지만 너는 적어도 로버트 경의 보호를 받을 수 있잖니? 그 사람이 약속했단다. 너를 안전하게 보호하겠다고. 아무도 그의 종을 의심하지는 않을 거야. 하물며, 왕의 광대에게 누가 시비를 걸겠니?"

"아버지, 어떻게 저를 보내실 수 있어요? 왜 저를 데려가게 내버려두셨어요?"

"한나, 내가 어떻게 그들을 막을 수 있겠니?"

* * *

벽에 회반죽을 바른 궁전 다락방에서 나는 새로 받은 옷가지들을 들춰보고 집사장실에서 가져온 목록을 읽었다.

품명: 황색 시동제복 한 벌

품명: 암적색 호스(몸에 달라붙는 바지: 역주) 한 벌

품명: 암녹색 호스 한 벌

품명: 서코트(드레스, 갑옷 혹은 다른 옷 위에 입는 겉옷) 한 벌
품명: 속에 입는 리넨 셔츠 두 벌
품명: 소매, 적색과 녹색 각각 한 쌍
품명: 검은 모자 하나
품명: 승마용 검은 망토 하나
품명: 춤출 때 신는 슬리퍼 한 켤레
품명: 승마용 장화 한 켤레
품명: 도보용 장화 한 켤레

모두 쓰던 것이었지만 깨끗하게 손질되어 왕의 광대, 한나 그린에게 배달되었다.

"정말 바보같이 보이겠는걸."

* * *

그날 밤 나는 뒷문가에 반쯤 몸을 내밀고 서서 아버지에게 그날 있었던 일들을 조용히 얘기해 주었다.

"궁전에는 나 말고도 광대가 두 명이나 더 있어요. 한 사람은 토마시나라는 난쟁이이고 또 한 사람은 윌 소머스라는 남자 광대예요. 윌 아저씨는 저한테 잘해줘요. 자기 옆에 앉으라고 가르쳐 줬어요. 아주 재미있는 사람이라서, 모두들 그 사람 때문에 웃어요."

"그럼 넌 뭘 하니?"

"아직은 아무것도 안 해요. 할 말이 떠오르지 않았거든요."

아버지는 주위를 둘러보았다. 어두운 정원에서 마치 신호음처럼 올빼미 한 마리가 울었다.

"뭐 생각나는 거 없니? 너에게 뭔가를 생각해 내라고 하지는 않니?"

"아버지, 억지로 볼 수는 없어요. 애쓴다고 보이는 것이 아니니까요. 그냥 제 의지와는 상관없이 보이기도 하고, 안 보이기도 해요."

"로버트 경은 만났니?"

"그분이 저에게 윙크했어요."

나는 차가운 돌벽에 등을 기대고 새로 얻은 따뜻한 망토를 어깨에 둘렀다.

"왕은?"

"만찬에도 안 나타나셨어요. 그분은 아프서서 사람들이 방으로 음식을 갖다드렸어요. 식탁에서는 마치 왕이 참석하기라도 한 것처럼 굉장하게 차려 놓고, 방으로는 고작 조그만 접시에 음식을 담아 보낼 뿐이에요. 노섬벌랜드 공작이 가장 상석에 앉아요. 왕좌에 오르지만 않았다 뿐이죠."

"공작께서 너를 눈여겨보시니?"

"저는 전혀 안중에 없는 것 같아요."

"너를 잊은 것 같니?"

"아, 그분은 누가 어디에 있고 뭘 하는지 안 보고도 다 아세요. 저를 잊지는 않으실 거예요. 뭘 잊어버리거나 할 분이 아니거든요."

* * *

공작은 성촉절(2월 2일, 예수탄생 40일째 되는 날: 역주)을 맞아 가면극을 하기로 결정하고, 그 결정을 국왕의 이름으로 공표했다. 그래서 우리들은 모두 가면극 의상을 입고 대사를 외워야 했다. 월 소머스는 20년 전에 처음 궁에 들어왔는데 그때가 지금의 내 나이였다. 월이 작품을 소개하고 라임을 암송하면, 국왕의 성가대가 노래를 부르고, 그런 다음 내가 가면극을 위해 특별히 지어진 시를 암송하기로 되어 있었다. 가면극을 위해 내 의상도 광대의 색인 노란색으로 새로 지었다. 물려 입은 의상은 가슴이 너무 꼭 끼었다. 나는 소녀에서 여성으로 성숙해 가는 단계의 남자도 여자도 아닌 이상한 존재였다. 빛에 따라 어느 날은 문득 고개를 돌려 보면 거울 속에 나에게조차 낯선 아름다운 내가 있었다가도, 또 어떤 날은 두루뭉술한 못난이가 되어 있곤 했다.

연회 담당관이 내게 작은 검을 주고, 가면극 어딘가에 들어갈 윌과의 검술 장면을 연습하라고 지시했다. 우리는 연습 첫날 대연회장으로 통하는 대기실 중 한 곳에서 만났다. 나는 어색하고 내키지 않았다. 사내아이들처럼 검을 들고 싸우기도 싫었고, 사람들 앞에서 볼썽사나운 모습으로 웃음거리가 되기도 싫었다. 궁전에서 윌 소머스만이 나를 설득할 수 있었지만, 그는 내내 알아들을 수 없는 소리만 했다. 그는 아주 중요한 과목을 가르치는 선생님처럼 진지하게 수업에 임했다.

그는 우선 서 있는 자세부터 가르쳤다. 두 손으로 내 어깨를 부드럽게 누르고 내 턱을 잡고 위로 치켜들었다.

"머리는 높이, 공주처럼."

그가 말했다.

"레이디 메리가 구부정하게 하고 계신 걸 봤니? 아니면 레이디 엘리자베스가 고개를 푹 숙이고 있는 건?(헨리 8세가 캐서린 왕비 및 앤 왕비와의 결혼을 무효화함으로써 메리 공주와 엘리자베스 공주는 왕의 서녀들로 공주의 칭호를 사용할 수 없게 됨, 그러나 이 책에서는 '레이디 메리'와 '메리 공주', '레이디 엘리자베스'와 '엘리자베스 공주'로 혼용하여 썼다: 역주) 없지? 그분들은 태어날 때부터 줄곧 공주였던 것 같은 걸음걸이잖아. 마치 두 마리의 염소처럼 우아하지."

"왜 하필 염소에요?"

나는 어깨를 치켜들지 않으면서, 고개를 들려고 애쓰며 물었다.

월 소머스는 자신의 수준 높은 유머를 이해하려고 애쓰는 나를 보며 히죽 웃었다.

"올라갔다, 내려갔다. 후계자였다가, 사생아였다가. 언덕을 올랐다가, 내려갔다가. 공주와 염소는 똑같아. 너도 가만히 서 있을 때는 공주처럼, 춤출 때는 염소처럼 춰야 해."

"레이디 엘리자베스를 봤어요."

내가 느닷없이 말했다.

"그래?"

"어렸을 때 한 번요. 아버지가 런던에 다니러 오실 때 따라 왔었는데 그때 시모어 경에게 책을 갖다 드렸어요."

월은 한 손을 내 어깨에 부드럽게 얹었다.

"말을 아끼면, 화를 피할 수 있지. 나 좀 봐. 여자에게 입을 조심하라고 말하다니! 나, 정말 바보 아니야?"

그가 조용히 충고했다. 그러더니 자신의 이마를 탁 치고는 나를 향해 즐겁게 웃었다.

수업은 계속되었다. 그는 검투사의 자세와, 손을 옆구리에 대고 균형을 잡는 법, 넘어지거나 발을 헛디디거나 넘어지지 않도록 한쪽 발을 땅에 붙이고 앞으로 미끄러져 나가는 법, 칼을 앞으로 내미는 법과 다시 거두는 법을 가르쳐 주었다. 그런 다음 경계 동작과 패스 동작으로 넘어갔다.

월이 먼저 내게 자신을 찔러 보라고 했다. 나는 망설였다.

"정말 찌르면 어떻게 해요?"

"어디가 부러질지는 모르겠지만, 심각하게 베이지는 않을 거야. 이건 그냥 목검이야, 하나."

"그럼 각오하세요."

나는 잔뜩 긴장한 몸을 앞으로 불쑥 내밀었다.

놀랍게도 윌은 나를 피해 어느덧 내 옆에 와 있었고, 그의 목검이 내 목을 겨누고 있었다.

"넌 죽었어, 별로 앞을 내다보는 것 같지 않군."

그가 말했다.

나는 키득거렸다.

"이런 일은 서툴러요. 다시 해요."

나도 인정했다.

이번에는 훨씬 더 힘을 실어 몸을 앞으로 날렸고, 한쪽으로 잽싸게 피하는 윌의 겉옷 자락을 맞췄다.

"잘했다, 그럼 다시 한 번."

그가 숨을 몰아쉬며 말했다.

우리는 내가 그를 제대로 찌를 수 있을 때까지 연습했다. 그런 다음에는 그가 덤비면 내가 이리저리로 넘어지는 법을 배웠다. 마지막으로 윌은 두꺼운 카펫을 바닥에 깔고 재주넘기 시범을 보였다.

"웃기게 해야 해."

그는 책을 읽는 아이처럼 양반다리를 하고 똑바로 앉았다.

"별로 안 웃긴데요."

"참, 너는 웃기는 광대가 아니라 신성한 광대였지. 넌 유머 감각이 없어."

"아니에요. 정말로 안 웃겨서 그래요."

내가 발끈해서 말했다.

"나는 지난 20년 가까이 잉글랜드에서 가장 웃긴 남자였어. 나는 헨리 왕이 앤 불린을 사랑했던 시절에 궁에 들어왔어. 한번은 앤 왕비의 심기를 거스르는 농담을 했다가 왕에게 귀싸대기를 맞기도 했

지만, 결국 꼴이 우스워진 건 앤 왕비였지. 난 네가 태어나기도 전부
터 잉글랜드 최고의 재치 꾼이었어."

그가 주장했다.

"이야, 나이가 얼마나 되셨어요?"

나는 그의 얼굴을 들여다보며 물었다. 웃을 때 입가와 눈가에 깊
이 팬 주름이 드러났다. 하지만 그는 여전히 소년처럼 날렵하고 홀
쭉했다.

"내 혀만큼 나이를 먹었지, 내 이보다는 조금 더 먹었고."

그가 대답했다.

"농담마시구요."

"서른셋이란다. 왜, 나랑 결혼하고 싶니?"

"고맙지만 됐어요."

"세상에서 가장 똑똑한 광대의 아내가 될 텐데."

"광대와는 결혼하고 싶지 않아요."

"별 수 없게 되었군. 현명한 남자는 결혼을 하지 않는 법이지."

"하나도 안 웃겨요."

나는 도전적으로 말했다.

"그래, 너도 여자구나. 여자들은 해학을 이해하지 못해."

"나는 그렇지 않아요."

"여자들은 신의 형상이 아니라는 것은 누구나 알고 있어. 따라서
무엇이 우습고 무엇이 그렇지 않은지에 대한 감각이 없지."

"난 그렇지 않아요! 아니라니까요!"

"아냐, 여자들은 그래! 그렇지 않다면 왜 여자들이 남자들과 결혼
하겠어? 여자를 갈망하는 남자의 모습이 어떤지 아니?"

나는 고개를 흔들었다. 윌은 목검을 다리 사이에 넣고 방 한쪽으로
달려가더니 다시 반대편으로 달렸다.

"생각할 수도, 말할 수도 없어. 무엇을 생각하고, 무엇을 원하는지 스스로 통제가 불가능해지지. 남자는 킁킁거리며 냄새를 따라가는 사냥개처럼 정욕이 이끄는 대로 이리 뛰고 저리 뛰지. 그저 짐승처럼 울부짖으면서. 아우우우!'

윌은 목검의 무게를 지탱하며 제어하기라도 하려는 듯 몸을 뒤로 젖히고 이리저리 뛰어다녔다. 나는 그 모습에 큰소리로 웃었다. 그는 별안간 하던 행동을 멈추고 내게 미소를 지었다.

"여자들은 유머감각이 없어. 그렇지 않고서야 왜 남자를 원하겠어?"

그가 다시 말했다.

"글쎄요, 난 아니에요."

"그럼 하느님의 은총으로 네가 평생 처녀로 남기를 바랄게. 하지만 남자를 원하지 않는다면 어떻게 결혼을 하지?"

"난 결혼하고 싶지 않아요."

"너, 정말 바보구나. 남편 없이 어떻게 먹고 살 건데?"

"내 힘으로 살 거예요."

"저런, 진짜 바볼세. 네가 먹고 살기 위해 할 수 있는 것이라곤 바보 같은 광대 짓뿐이잖아. 그럼 넌 세 번이나 바보가 되는 거야. 한 번은 남편을 원하지 않아서, 두 번째는 남편 없이 혼자 힘으로 먹고 살아서, 세 번째는 그러려면 바보 광대가 되어야 하니까. 나는 그냥 바보일 뿐이지만, 넌 세 배나 더 바보야."

"천만의 말씀! 아저씨는 오랫동안 바보였지요. 두 분의 왕을 모셨 잖아요. 하지만 저는 바보가 된 지 이제 겨우 몇 주가 지났을 뿐인걸요."

나는 그가 말하는 리듬에 어느새 동조되어 재빨리 대꾸했다.

그도 이번에는 웃으며, 내 어깨를 쳤다.

"조심해, 남장 아가씨. 그러다가 신성한 광대가 아니라 재치꾼이 되겠어. 매일 매일 광대 짓으로 사람들을 웃기는 일이 한 달에 한 번씩 엉뚱한 얘기로 사람들을 놀라게 하는 것보다 훨씬 힘들단다."

내가 하는 일이 한 달에 한 번씩 사람들을 놀라게 하는 것임을 깨닫고 나도 웃었다.

"일어나, 일하자! 네가 어떻게 하면 나를 우습게 죽일지 성촉절 전까지 생각해 내야 해!"

윌 서머스가 나를 일으켜 세웠다.

* * *

우리는 성촉절을 앞두고 일찌감치 안무를 짰다. 우리가 보기에는 굉장히 웃겼다. 뛰어나오는 시간을 잘못 맞춰 서로 머리를 부딪치기도 하고 동시에 견제 동작을 하느라 뒤로 넘어졌다가 다시 쓰러지기도 하는 연습을 하다가 우리들끼리 정신없이 낄낄댄 적도 두어 번 있었다. 하지만 어느 날 연회 담당관이 연습실에 얼굴을 내밀더니 말했다.

"연습, 그만해. 폐하께서는 가면극을 열지 않으신다."

나는 공연용 검을 손에 쥔 채 돌아보았다.

"하지만 준비가 다 된걸요!"

"폐하께서 위중하시다."

연회 담당관은 시무룩해서 말했다.

"그래도 레이디 메리는 오시지요?"

윌이 물었다. 그는 열린 문으로 세차게 들어오는 바람에 한기를 느낀 듯 조끼를 입었다.

"그런 모양이야. 이번에는 더 좋은 방에 묵으시고 더 좋은 고기를 드시겠지, 안 그런가, 윌?"

연회 담당관은 윌의 대답을 듣지도 않고 문을 닫아 버렸다. 나는 윌에게 물었다.

"무슨 뜻이에요?"

윌의 표정은 심각했다.

"왕에게서 새로운 후계자로 이리저리 옮겨다니는 높으신 분들이 이제 움직이기 시작할 거란 얘기지."

"왜요?"

"왜냐하면 파리떼들이란 새로 만들어진 똥 더미로 몰리게 되어 있으니까. 풍덩, 풍덩, 위잉."

"그게 무슨 소리에요?"

"어휴, 어린애로군. 레이디 메리는 왕위 계승자야. 폐하께서 돌아가시면 여왕이 되시지. 폐하께 신의 가호가 있기를, 불쌍한 분."

"하지만 레이디 메리는 이단……."

"구교도이시지."

윌이 나의 실수를 부드럽게 정정해 주었다.

"그리고 에드워드 국왕 폐하는……."

"잉글랜드를 구교도에게 맡기고 떠나시려니 가슴이 아프시겠지. 하지만 그래도 어쩌시겠어? 헨리 왕께서도 그러셨는걸. 그분에게도 신의 가호가 있기를. 아마 작금의 사태를 보신다면 수의를 입고 데굴데굴 구르실 거야. 헨리 왕께서는 에드워드 왕께서 강건하고 쾌활한 청년으로 장성하셔서 아들을 대여섯쯤 거느리실 거라고 생각하셨어. 한번 생각해 봐라. 앞으로 잉글랜드가 어디 잠잠할 날이 있겠니? 헨리 왕도, 그 아버님도 두 분 다 호색가셨지. 태양처럼 빛나는 호남이셨고, 정력이 넘치셨는데, 고작 계집애처럼 약해빠진 사내와 노처녀에게 나라를 맡기고 가시다니."

그는 나를 보면서 눈가의 물기라도 닦아내려는 듯 얼굴을 문질렀다.

"너한테는 그저 남의 얘기겠지."

그가 퉁명스럽게 말했다.

"스페인에서 온 지 얼마 되지도 않은 빌어먹을 검은 눈의 아가씨. 하지만 네가 잉글랜드인이었다면 지금쯤 걱정을 하고 있을 게다. 네가 남자라면, 그리고 생각이 있다면 말이야. 너 같은 여자애가, 게다가 광대가 아니라면 말이다."

그는 문을 벌컥 열고 대연회장을 나가더니 친근하게 큰소리로 인사말을 건네는 병사들에게 고개를 끄덕여 보이면서 긴 다리로 성큼성큼 걸었다.

"그럼 우리는 어떻게 되는 거예요? 폐하가 돌아가시면, 그 누님이 여왕이 되나요?"

나는 종종걸음으로 그를 쫓아가면서 작은 소리로 물었다.

월은 고개도 돌리지 않고 씩 웃으며 말했다.

"그러면 우리는 메리 여왕 폐하의 광대들이 되는 거지. 그리고 내가 여왕 폐하를 웃게 만들면 그야말로 새 시대가 열리는 거야."

* * *

그날 밤 아버지가 궁전 뒷문으로 누군가를 데리고 왔다. 짙은 색 소모사 망토에 긴 곱슬머리가 깃까지 내려오는 검은 눈의 젊은 남자가 수줍고 앳된 미소를 짓고 있었다. 잠시 후 나는 그를 알아보았다. 다니엘 카펜터, 내 정혼자였다. 그와는 겨우 두 번째 만남이었다. 나는 우선 그를 곧바로 알아보지 못한 점 때문에 당황했고, 신성한 광대를 상징하는 황금빛의 시동 제복을 입고 있는 내 모습이 몹시 창피했다. 나는 바지를 가리기 위해 망토로 몸을 감싸고 고개를 숙여 어색하게 인사했다.

그는 스무 살의 젊은 청년이었고, 작년에 작고한 그의 아버지의 뒤를 이어 의사가 될 준비를 하고 있었다. 그의 일가는 8년 전 포르투갈에서 건너 온 유대인 가족이었다. 그들은 가능한 가장 잉글랜드적인 성으로 개명했고, 자신들이 받은 교육과 이국에 뿌리를 둔 자신들의 근본을 평범한 노동자의 이름 뒤에 감추었다. 하필이면 예수의 직업(carpenter: 목수)을 새로운 이름으로 삼다니, 풍자적 감각이 뛰어난 유대인들의 짓궂은 장난이었다. 이전에 딱 한 번 다니엘과 이야기해본 적이 있었다. 그와 그의 어머니가 잉글랜드에 도착한 우리들을 빵과 포도주로 영접해 주었을 때였다. 그 밖에는 그에 대해서 아는 것이 거의 없었다.

그도 나처럼 자신의 의지와는 상관없이 나와 정혼했다. 그가 나처럼 이 결혼에 대해 불만을 품고 있는지, 아니면 나보다 더 분개하고 있는지 알 수 없었다. 우리가 정혼하게 된 것은, 우리가 먼 친척이고 서로의 나이 차가 열 살 이내였기 때문이다. 그 정도면 충분했다. 그나마 나는 운이 좋은 편이었다. 대부분의 경우 잉글랜드 내에서 적당한 촌수의 결혼 상대를 구하기란 쉽지 않았기 때문이다. 런던에는 유대인의 후손들이 스무 가구 정도밖에 없었고, 그들의 반 정도에 해당하는 수가 잉글랜드의 소도시에 흩어져 있었다. 유대인들은 자기들끼리 결혼해야만 했기 때문에, 선택의 여지가 많지 않았다.

다니엘이 쉰 살의 늙은이든, 머리가 반쯤 벗겨졌든, 아니면 숨이 넘어가는 환자이든 상관없이, 나는 그와 결혼하기로 되어 있었고, 열여섯 살 생일이 되기 전에 그와 동침해야만 했다.

재산이나 두 사람이 서로 맞는 짝이냐 하는 것보다 우리가 비밀을 공유한다는 사실이 더 중요했다. 그는 내 어머니가 비밀리에 유대교 의식을 행한 죄로 이단으로 몰려 화형당한 사실을 알고 있었다. 나는 그가 잉글랜드식 바지를 말쑥하게 차려입고 있지만, 사실은 할례를 한 유대인이라는 것을 알고 있었다. 그가 마음속으로 예수의 부활을 믿든, 동네 교회에서 평일에는 매일, 일요일에는 두 번씩 듣는 설교를 믿든, 그것은 나중 문제였다. 그도 너무 늦지 않게 나에 대해서 알아야 할 것이다. 우리가 서로에 대해 확신하는 점은 우리가 새롭게 기독교 신앙을 갖게 되었지만, 우리의 뿌리는 아주 오래되었고, 우리 민족은 삼백여 년 동안 유럽에서 배척당해 왔으며, 지금은 기독교 세계 대부분의 국가에 발도 들여 놓지 못한다는 사실이었다. 우리가 집이라고 부르는 이곳 잉글랜드도 예외는 아니었다.

"다니엘이 너와 단둘이 만나고 싶다고 해서."

아버지가 어색하게 말하고, 우리의 대화가 들리지 않을 만큼 거리를 두고 물러났다.

"당신이 광대가 되었다는 얘기, 들었어요."

다니엘이 말했다. 나는 그의 얼굴이 점점 붉어지더니 귀까지 빨개지는 것을 보았다. 젊은 남자의 얼굴이었다. 여자처럼 부드러운 피부에 코 아래에 짙은 수염이 부드럽게 자리 잡고 있어 깊고 검은 눈동자 위에 펼쳐진 부드러운 검은 눈썹과 잘 어울렸다. 언뜻 보면 유대인이라기보다 포르투갈인 같지만, 두꺼운 눈꺼풀은 결코 감출 수 없었다.

나의 시선은 그의 얼굴에서 넓은 어깨로, 다시 날렵한 허리, 긴 다리로 이어지는 호리호리한 그의 몸으로 옮겨갔다. 멋진 남자였다.

"그래요. 궁에 자리가 생겼어요."

나는 짤막하게 대답했다.

"열여섯 살이 되면 궁을 나와서 집으로 돌아와야 해요."

나는 낯선 젊은이의 말에 눈썹을 치켜 올렸다.

"누가 그런 명령을 하지요?"

"내가요."

나는 잠시 동안 아무 말도 하지 않았다.

"당신에게 나한테 명령할 권리가 있는 줄은 몰랐는데요."

"내가 당신 남편이 되면……."

"그때가 되면 그렇죠."

"난 당신 정혼자요. 당신은 나와 결혼하게 되어 있어요. 나한테도 어느 정도의 권리는 있지."

나는 떨떠름한 표정을 지어 보였다.

"나에게 명령할 수 있는 사람은 국왕 폐하와, 노섬벌랜드 공작과 그의 아들 로버트 더들리 경, 그리고 내 아버지예요. 원한다면 당신도 한 몫 낄래요? 런던에 있는 모든 남자들이 내게 명령할 권리가 있다고 덤벼들지도 모르는데."

그는 쿡 소리를 내며 웃었다. 그의 얼굴이 조금 밝아지더니 소년 같은 표정이 나타났다. 그는 내가 자신의 동료라도 되는 듯 내 어깨에 부드러운 손을 얹었다.

"이런 가엾기도 하지, 꼼짝없이 하녀 신세가 됐군요."

나는 고개를 저었다.

"사실은 광대예요."

"당신에게 명령하려고 하는 그 남자들로부터 벗어나고 싶지 않아요?"

나는 어깨를 으쓱했다.

"아버지에게 짐이 되는 것보다 여기서 사는 것이 더 나아요."

"나랑 우리 집으로 가도 돼요."

"그렇게 되면 당신한테 짐이 돼요."

"수습기간이 끝나면 나도 의사가 돼요. 그러면 우리 두 사람의 가정을 꾸릴 수 있어요."

"그게 언제인데요?"

철없는 소녀의 잔인한 질문이었다. 그의 얼굴이 또다시 서서히 붉어졌다.

"2년 내에. 당신이 결혼할 준비가 될 무렵이면 나도 아내를 거느릴 준비가 되어 있을 거요."

그가 단호하게 말했다.

"그럼 그때 다시 와요. 명령도 그때 가서 하구요, 만일 내가 그때까지 이곳에 있다면요."

내가 매정하게 말했다.

"그동안 우리는 서로의 정혼자로 남아 있을 거요."

그가 주장했다.

나는 그의 표정을 읽으려고 애썼다.

"그래봤자 이제까지의 관계 그 이상도 이하도 아니에요. 그 늙은 아주머니들은 우리들 의사는 상관없이 자기들 좋을 대로 정혼을 주선한 거잖아요. 이 이상 뭘 바라지요?"

"나는 얼마나 더 기다려야 하는지 알고 싶은 거요."

그가 고집스럽게 말했다.

"당신과 아버지가 파리에서, 그 다음에는 암스테르담에서 이곳으로 오기를 기다렸어요. 몇 달간 당신 부녀의 생사조차 모르다가 마침내 두 사람이 잉글랜드에 왔을 때 나는 당신이, 당신이 기뻐할 줄 알았어요. 집에 왔으니까. 그런데 곧 당신과 아버지가 함께 살 집을 구할 거란 소식을 들었어요. 나와 내 어머니와 같이 살지 않고. 게다가 남장 차림 그대로요. 그러더니, 당신은 아들처럼 당신 아버지의 일을 돕는다고 하더군요. 그리고 나서, 당신이 더 이상 아버지의 집에서 아버지의 보호를 받지 않는다는 소식도 들었어요. 그리고 지금 여기 궁에서 당신을 만나게 된 거고요."

모든 것을 이해한 것은 내 특별한 능력이 아니라, 이제 막 성숙한 여성이 되기 직전의 소녀가 갖는 날카로운 직관이었다.

"내가 당신한테 달려갈 거라고 생각했군요. 당신이 날 구해 주면, 겁에 질려 남자에게 매달리는 여자처럼 내가 당신한테 몸을 던질 줄 알았던 거네요!"

그의 얼굴의 홍조가 짙어졌고, 머리가 움찔했다. 내가 정곡을 찌른 것이다.

"자, 들어봐요, 젊은 애송이 의사 나리. 나는 당신이 상상도 못 할 광경들을 보면서 여러 나라를 여행했어요. 겁에 질려서 벌벌 떨었던 적도 있고, 위험에 처해 보기도 했어요. 하지만 한 번도 남자한테 매달려 도움을 구하려고 생각해본 적은 없어요."

"당신은……."

젊은 자존심에 상처를 입은 그는 얼른 말을 잇지 못했다. "당신은 정말…… 여자답지 못하군."

"하느님께 감사할 일이지요."

"당신은 정말 제멋대로야."

"그 점은 어머니께 감사해요."

"당신은……. 당신도 나한테 최선의 선택은 아니야!"

그는 분을 삭이지 못하고 점점 흥분했다.

그의 마지막 말에 나는 입을 다물었다. 우리는 짧은 시간에 우리가 얼마나 멀리까지 와 버렸는지 깨닫고 놀라며 서로를 쳐다보았다.

"달리 결혼하고 싶은 여자가 있어요?"

내가 약간 떨리는 목소리로 물었다.

"달리 아는 여자는 없어요. 하지만 나도 나를 원하지 않는 여자는 싫어요."

그가 못마땅하다는 듯 말했다.

"당신이 싫어서가 아니에요. 결혼 자체가 마음에 들지 않아요. 누구와 하든 결혼하고 싶지 않아요. 안전을 위해 남자의 노예로 사는 것 아니고 뭐예요, 정작 남자들은 여자들을 안전하게 보호해 주지도 못하는데."

나는 묻지도 않은 말을 불쑥 해버렸다.

아버지가 서로 얼굴을 맞댄 채 충격에 아무 말도 하지 못하고 있는 우리 두 사람 쪽으로 호기심 어린 눈길을 보냈다. 다니엘은 내게서 돌아서더니 한쪽으로 두 발자국 비켜났다. 나는 돌로 된 차가운 문설주에 기대어 그가 어둠 속으로 걸어가 버린다면, 우리 두 사람은 이것으로 끝이 아닐까라고 생각했다. 나의 무례한 언행으로 훌륭한 결혼 상대를 놓쳐버렸다고 아버지는 내게 실망하실 것이다. 다니엘과 그의 가족이 새로 이주해 우리에게 모욕당했다고 느낀다면, 과연 우리는 잉글랜드에서 계속 살 수 있을까? 우리는 한 가족이고 같은 유태인들의 도움을 받을 수 있지만, 잉글랜드에 숨어 사는 유대인들의 사회는 아주 좁았다. 우리를 쫓아내려고 마음먹는다면, 우리는 또다시 정처 없는 떠돌이 생활을 해야 했다.

다니엘이 마음을 가라앉히고 다시 내게 돌아왔다.

"나를 조롱하려고 한다면 그건 잘못된 행동이오, 한나 그린."

격한 감정에 그의 목소리가 떨렸다.

"어쨌든 우리는 정혼했어요. 당신 손에 내 인생이 달려 있고, 당신 인생 또한 내 손에 달려 있어요. 서로 이견이 있어서는 안 돼요. 세상은 위험한 곳이오. 우리의 안전을 위해서 함께 헤쳐나가야 해요."

"안전 같은 것은 없어요. 우리 같은 사람들이 안전할 수 있다고 생각하다니, 당신은 이 조용한 나라에서 너무 오래 살았나 봐요."

내가 차갑게 말했다.

"우리는 여기서 가정을 이룰 수 있어요. 우리는 결혼해서 아이를 낳을 거요. 그 아이들은 잉글랜드의 백성들이지. 그 아이들은 잉글랜드인으로서의 인생 말고는 아무것도 알 필요가 없어요. 당신 어머니도, 그분의 신앙도. 또 우리 자신들의 신앙도."

그가 진지하게 말했다.

"아니, 당신은 그렇게 못 할걸요. 지금은 알리지 않겠다고 하지만 아이가 생기면 알리고 싶어 못 견딜 거예요. 금요일이면 촛불을 밝히고, 안식일에는 일하지 않을 구실을 만들겠지요. 그때는 의사가 되어 있을 테니까. 사내아이들은 몰래 할례를 시키고 기도문을 가르칠 거예요. 내게는 딸들에게 효모를 넣지 않고 빵을 만드는 법을 가르치고, 고기와 우유는 따로, 쇠고기는 피를 모두 빼고 조리하도록 가르치라고 하겠지요. 아이들이 태어나는 그 순간부터 당신은 그들을 가르치고 싶어질 거예요. 그렇게 계속 이어지겠지요. 질병을 옮기듯 그렇게요."

내가 장담하듯 말했다.

"그건 질병이 아니오."

그가 강한 어조로 속삭였다. 말다툼 중이었지만, 목소리를 높일 수는 없었다. 정원의 그늘에 누군가 숨어서 듣고 있을지도 모른다는 사실을 항상 염두에 두어야만 했다.

"질병이라고 부르는 것은 모독이오. 그건 우리에게 주어진 축복이오. 우리는 신앙을 지키도록 선택받았어요."

나는 반박할 수도 있었지만, 그렇게 하면 내 어머니와 그녀의 신앙에 대한 나의 사랑에 반하는 것이었다.

"그래요. 질병은 아니지만 질병처럼 우리의 목숨을 앗아가요. 내 할머니도, 고모도, 어머니도 그것 때문에 죽었어요. 그런데 당신이 지금 내게 바로 그런 삶을 제안하고 있어요. 평생을 공포에 떨어야 하는 삶을요. 선택된 삶이 아니라, 저주받은 삶이지요."

나는 진실에 굴복했다.

"나하고 결혼하고 싶지 않다면, 기독교도와 결혼해요. 그리고 아무것도 모르는 척하고 살면 돼요. 아무도 당신을 고해바치지 않을 거요. 그냥 보내줄게요. 어머니와 할머니를 죽게 한 그 신앙을 부정해 버리면 돼요. 싫다고 말해요, 그러면 내가 당신 아버지에게 정혼을 파기하고 싶다고 말씀드릴게요."

그가 말했다.

나는 망설였다. 용감한 척 떠벌렸지만, 아버지에게 감히 당신의 계획을 내가 망쳐버릴 거라고 말씀드릴 수가 없었다. 나의 안전과 다니엘의 미래를 위하는 마음으로 우리의 정혼을 주선한 여자들에게, 다 필요 없다고 말할 용기가 없었다. 내가 원한 것은 자유였다. 미움받고 싶지는 않았다.

"모르겠어요. 아직 말할 준비가……. 아직 모르겠어요."

여자들 특유의 변명이었다.

"그럼 알고 있는 누군가의 도움을 받아요."

그가 남의 일처럼 말했다. 내가 발끈하자 그는 다시 말했다.

"모든 사람들을 상대로 싸울 수는 없어요. 당신 편을 정하고 타협해야 해요."

"그러려면 너무 과도한 대가를 치러야 돼요."

내가 속삭였다.

"당신한테는 그저 편안한 인생이 기다리고 있잖아요. 가만히 있으면 가정이 생기고, 아이들이 생기고, 당신은 그냥 상석에 앉아 기도문이나 읽으면 돼요. 하지만 나는 내가 꿈꾸고 바라던 모든 것들을 잃게 돼요. 당신 뒷바라지나 하는 종처럼 살기 위해서요."

"그건 당신이 유대인이기 때문이 아니라, 여자이기 때문이오. 기독교도와 결혼하건 유대인과 결혼하건 당신은 남편의 종이 돼야 해요. 여자들의 인생이 그런 것 아닌가요? 당신 믿음만이 아니라, 이젠 여자라는 사실조차 부인하고 싶은 거요?"

나는 아무 말도 하지 않았다.

"당신은 충실한 여자가 아니오. 당신은 당신 자신을 저버릴 거요."

"어떻게 그런 말을."

내가 쏘아붙였다.

"하지만 사실이오. 당신은 유대인이고, 젊은 여자고, 내 정혼자요. 하지만 당신은 그 세 가지 모두를 부인하려고 해요. 궁에서 누구를 위해 일하지요? 국왕? 더들리 부자? 당신, 그 사람들한테는 충실하지요?"

그도 물러서지 않았다.

나는 충복이자, 광대, 첩자가 된 그간의 과정이 떠올랐다.

"난 그저 자유롭고 싶어요. 누군가의 뭔가가 되고 싶지 않아요."

"광대 옷을 입고?"

아버지가 우리를 바라보고 있었다. 우리의 대화가 연인들의 다정한 밀어가 아님을 깨달았을 것이다. 아버지는 조심스럽게 우리 사이에 끼어들려고 하다가 멈칫했다.

"둘 사이에 의견 차가 있어 정혼을 파기하고 싶다고 사람들에게 얘기할까요?"

다니엘이 다그쳐 물었다.

나는 오기가 나서, 그러라고 말하려고 했다. 한결같은 그의 태도와 과묵함, 내가 대답하기를 기다리는 그의 인내에 나는 다니엘 카펜터라는 청년을 더욱 찬찬히 살펴볼 수 있었다. 하늘은 어두워지고 있었고, 희미한 불빛 아래서 나는 그의 미래를 볼 수 있었다. 잘생긴 얼굴에, 풍부한 표정, 상대를 꿰뚫는 날카로운 눈, 예리한 말솜씨, 내

코처럼 강하게 뻗은 코, 내 머리처럼 검고 숱이 많은 머리카락. 그는 현명한 남자가 될 것 같았다. 아니, 이미 그는 현명한 청년이었다. 그는 나를 보았고, 이해했고, 나의 가장 근본적인 신념에 반발하면서도 여전히 내게서 등을 돌리지 않고 있었다. 그는 내게 기회를 줄 것이다. 그리고 마음이 넓은 남편이 될 것이다. 다정한 사람이 되려고 할 것이다.

"오늘은 그냥 가세요. 벌써 너무 많은 얘기를 했어요. 함부로 얘기해서 미안해요. 화났다면 용서해요."

내가 자신 없는 목소리로 말했다.

하지만 그는 화를 낼 때도 그랬듯, 어느새 풀어져 있었다. 그 점 또한 마음에 들었다.

"다시 와도 될까요?"

"좋아요."

"우리, 아직 정혼한 사인인 거지요?"

나는 어깨를 으쓱했다. 나의 대답 한마디에 너무 많은 것이 걸려 있었다.

"나는 아직 정혼을 깬 적이 없어요. 아직 정혼은 파기되지 않았잖아요."

빠져나갈 구실을 찾은 듯 내가 말했다.

그가 고개를 끄덕였다.

"난 꼭 대답을 듣고 말 거요. 당신과 결혼하지 못하게 된다면, 다른 사람을 찾아야 해요. 2년 내에 결혼하고 싶거든. 상대가 누구이건."

그가 다짐했다.

"그렇게 선택의 여지가 많나요?"

나는 알면서 일부러 놀리듯 물었다.

"런던에는 여자들이 많아요. 유대인이 아니라도 얼마든지 결혼할 수 있어요."

그가 되받아쳤다.

"잘도 허락을 받아내겠군요! 당신은 유대인과 결혼해야 해요. 피해 갈 수 없어요. 뚱뚱한 파리 여자건 시커먼 피부의 터키 여자건 어른들이 정해준 대로요."

나는 코웃음을 쳤다.

"상대가 뚱뚱한 파리 여자건 터키에서 온 여자건, 난 좋은 남편이 되려고 노력할 거요. 신이 주신 아내를 사랑하고 보살피는 것이 자기 마음도 모르는 어리석은 여자의 꽁무니나 쫓는 것보다는 더 중요하지."

그가 침착하게 말했다

"나 들으라고 하는 말인가요?"

내가 쏘아붙였다.

또다시 그의 얼굴이 붉어질 줄 알았지만 이번에는 그렇지 않았다. 그는 정직하게 내 눈을 똑바로 들여다보았다. 이번에는 내가 시선을 돌렸다.

"훌륭한 남편이 될 남자의 사랑과 보호를 버리고 궁에서의 거짓에 찬 삶을 선택한다면 당신은 어리석은 여자요."

내가 대답하기도 전에 아버지가 다니엘 옆으로 다가서더니, 그의 어깨에 한 손을 얹었다.

"서로 좀 친해졌나? 미래의 아내를 본 소감이 어떤가?"

아버지가 기대에 찬 목소리로 물었다.

나는 다니엘이 불평을 할 것이라고 생각했다. 보통 젊은 남자들은 자존심에 상처를 입으면 잔뜩 독이 오르게 마련이지만, 다니엘은 그저 나를 보며 씁쓸하게 웃었다.

"더 이상 예의나 차리는 서먹한 사이는 아니에요. 그 짧은 시간에 벌써 의견 차를 보였거든요. 그렇지요, 한나?"

"정말 놀라운 발전이죠."

나의 대답을 그는 따뜻한 미소로 칭찬해 주었다.

* * *

레이디 메리는 예정대로 성촉절 축일을 맞아 런던에 왔다. 남동생의 상태가 악화되어 병상에서 일어날 수조차 없다는 사실은 모르는 듯했다. 화이트홀 궁의 정문을, 말을 타고 들어오는 그녀의 뒤로 굉장한 행렬이 뒤따랐다. 궁전 문턱을 넘자마자 노섬벌랜드 공작이 로버트 경을 비롯한 아들들을 거느리고 행렬을 맞았다. 추밀원 의원들도 머리를 숙여 경의를 표했다. 말안장에 꼿꼿이 앉은 레이디 메리의 야무진 작은 얼굴이 고개 숙여 절하는 사람들을 내려다보았다. 순수한 즐거움에서 나온 미소가 잠시 입가를 스치는 듯하더니, 그녀는 손을 내밀어 입맞추게 했다.

레이디 메리에 관해서는 들은 얘기가 너무나 많았다. 헨리 8세의 귀여움을 독차지했던 사랑스러운 큰딸은 악녀 앤 불린에 의해 뒷전으로 밀려났다. 영락한 공주, 어머니의 임종도 지킬 수 없었던 비운의 여인. 나는 비극의 주인공을 상상했었다. 그녀가 겪은 시련은 어떤 여인도 온전하게 버텨낼 수 없는 지독한 것이었으니까. 하지만 내 눈앞에는 다부진 체격의 자그마한 투사가 여유로운 미소를 머금고 있었고, 모두들 그 앞에 머리를 조아리고 있었다. 이제 그녀는 아무도 부인할 수 없는 왕위 계승자였다.

노섬벌랜드 공작은 그녀가 마치 벌써 여왕이라도 된 듯 대접했다. 부축을 받으며 말에서 내린 레이디 메리는 연회장으로 안내되었다.

국왕은 자신의 방, 작은 침대에 누워 기침과 구역질로 괴로워하고 있었지만, 연회는 개최되었다. 레이디 메리는 환하게 빛나는 얼굴들을 둘러보았다. 왕위 계승권자가 흡족해 한다면, 지금의 왕은 병석에 외로이 누워 있든 말든 누구도 상관하지 않는다는 것을 보여 주기라도 하는 것 같은 얼굴들이었다.

만찬 후에는 무도회가 있었지만, 그녀는 자리에서 일어나지 않았다. 대신 발로 가볍게 박자를 맞추며 음악을 즐겼다. 윌은 두어 번 그녀를 웃기는 데 성공했다. 레이디 메리는 낯선 세상에서 친숙한 얼굴을 만난 듯 윌을 향해 반가운 미소를 지었다. 메리는 윌이 헨리 8세의 광대였을 때부터 그를 보아왔다. 윌은 그녀의 남동생에게 목말을 태워주고, 그녀에게 말도 안 되는 노래를 불러주며 스페인 노래라고 우겼었다. 어린 동생에게 굴욕을 당하는 자신을 지켜보았던 무표정한 얼굴들에 둘러싸인 메리에게 윌 소머스의 유머만큼은 적어도 예나 지금이나 변함이 없다는 사실이 조금이나마 위안이 되었을 것이다.

레이디 메리는 많이 마시지도, 많이 먹지도 않았다. 이름난 대식가였던 아버지와는 달랐다. 다른 사람들처럼 나도 그녀를 훔쳐보며 관찰했다. 그녀는 서른일곱 살이었지만, 소녀처럼 앳된 피부색을 간직하고 있었고 창백한 피부와 뺨은 금세 달아올랐다. 두건을 뒤로 젖혀 정직해 보이는 각진 얼굴과 튜더 왕가 특유의 붉은빛이 도는 짙은 갈색 머리카락을 드러낸 그녀의 가장 큰 매력은 미소였다. 천천히 번지는 미소와 따뜻한 눈. 하지만 내가 가장 인상 깊게 본 것은 그녀의 정직한 태도였다. 그것은 내가 상상한 공주의 이미지와는 너무나 달랐다. 궁에서 몇 주를 지낸 나는 이제 사람들의 미소에 가려진 잔인한 눈빛을 볼 수 있었고, 달콤한 말 뒤에 숨겨진 전혀 다른 의도를 읽을 수 있었다. 하지만 메리 공주는 진심이 담기지 않은 말은 한 마디도 할 수 없는 사람 같았다. 그리고 다른 사람들도 모두 정직하다고 믿는 사람 같았다. 그녀에게서는 자신은 바른 길만을 가고 싶다는 굳은 신념이 느껴졌다.

그녀의 작은 얼굴은 침울하고 활기가 없어 보였지만, 미소만은 생기로 넘쳤다. 누구보다도 사랑받았던 공주, 아직 아내에 대한 애정을 잃지 않았던 젊은 왕의 축복 속에 태어났던 첫 아이. 총명해 보이는 검은 눈은 어머니로부터 물려받은 스페인 혈통을 드러냈으며, 그 눈으로 그녀는 주변의 모든 것을 재빨리 이해했다. 의자에 허리를 꼿꼿이 세우고 앉은 그녀의 어깨와 목은 드레스의 짙은 깃에 가려져 있었다. 보석으로 장식된 커다란 십자가 목걸이는 신교가 지배하는 궁 안에서 자신의 종교를 과시하려는 듯 보였다. 동생의 신하들이 이단자들을 너무나 사소한 이유로 불구덩이에 처넣는 시기에 자신의 종교를 거리낌 없이 드러내는 그녀는 매우 용감하든지, 아니면 아주 무모한 사람이라고 나는 생각했다. 그 순간 나는 황금 술잔을 향해 뻗은 그녀의 손이 떨리는 것을 보았다. 다른 대부분의 여자들처럼 그녀도 두려움을 감추고 용감한 척하는 법을 배웠을 것이라고 나는 상상했다.

휴식시간에 로버트 더들리는 공주의 곁으로 가 그녀의 귀에 뭔가를 속삭였고, 그녀는 나를 흘낏 보더니 앞으로 나오라고 손짓을 했다.

"네가 스페인에서 왔다는 내 동생의 새로운 광대로구나."

레이디 메리가 영어로 말했다.

"예, 마마."

나는 고개를 깊이 숙였다.

"스페인어로 아뢰어라."

로버트 경이 지시했고, 나는 다시 절을 하고, 궁에서 일하게 되어 기쁘다고 말했다.

고개를 들자 그녀의 얼굴에 어머니의 모국어를 듣고 기뻐하는 표정이 떠올랐다.

"스페인 어디서 왔느냐?"

그녀는 들떠서 영어로 물었다.

"카스티야입니다."

나는 거짓말을 했다. 우리 가족과, 아라곤에서 있었던 사건에 대해 깊이 파고들까 봐 두려웠다.

"잉글랜드에는 왜 왔느냐?"

이 질문에 대해서는 준비된 대답이 있었다. 아버지와 나는 모든 가능한 질문들에 대해 미리 의논했고 가장 안전한 대답을 준비해 두었다.

"아버지는 훌륭한 학자입니다. 자신이 소장한 필사본들을 책으로 찍어내고, 학문의 중심지인 런던에서 일하고 싶어했습니다."

순간, 그녀의 얼굴에서 미소가 사라지고, 냉혹한 표정이 드러났다.

"네 아버지가 성서를 찍어내어 아직 진리를 이해하지도 못하는 사람들을 현혹하는 모양이구나."

그녀의 말투에는 분노가 서려 있었다.

나의 시선은 로버트 더들리를 찾았다. 그도 새로이 영어로 번역된 아버지의 성서를 샀었다.

"라틴어 버전들만 취급합니다. 아주 곧이곧대로 번역한 성서들이지요. 오해의 여지가 거의 없습니다. 원하신다면 한나가 한 권 가져다 드릴 것입니다."

더들리 경이 부드럽게 말했다.

"제 아버지가 광영으로 여길 것입니다."

나도 거들었다.

레이디 메리는 고개를 끄덕였다.

"너는 내 동생의 신성한 광대라 들었다. 나에게도 한마디 지혜의 말을 해 보거라."

나는 무기력하게 고개를 저었다.

"제 마음대로 볼 수 있다면 좋겠습니다만, 마마의 지혜에 비하면 저의 능력은 보잘것없습니다."

"저 아이가 제 스승인 존 디에게 천사가 우리와 함께 걷고 있다고 말했습니다."

로버트 경이 끼어들었다.

레이디 메리는 더욱 감탄하는 눈으로 나를 보았다.

"하지만 제 아버지에게는 '나리 뒤에는 천사가 없습니다.' 라고 했지요."

그녀의 얼굴에 금세 웃음이 번졌다.

"말도 안 돼! 정말 저 애가 그랬단 말이오? 그래, 그대의 아버지는 뭐라 하던가? 천사를 데리고 다니지 않아서 미안하다고 하던가?"

"별로 놀랄 일도 아니지요."

로버트 경도 조용히 웃으며 대답했다.

"하지만 정말 깜찍한 아이입니다. 저 아이의 능력은 진짜인 것 같습니다. 병상의 국왕 폐하께도 큰 위안이 되고 있습니다. 저 아이가 가진 진실만을 보고, 진실만을 말하는 능력을 폐하께서도 높이 사고 계십니다."

"그 한 가지만 해도 이곳에서는 보기 드문 능력이지."

레이디 메리가 말했다. 그녀는 다정하게 고개를 끄덕여 주었고, 나는 물러났다. 음악이 다시 시작되었다. 나는 로버트 더들리가 레이디 메리 앞에서 젊은 여자들과 차례차례 춤을 추는 동안 그에게서 눈을 떼지 않았다. 얼마 후 그도 내게 눈길을 주었고, 아무도 눈치 채지 못하도록 칭찬의 미소를 보냈다.

* * *

레이디 메리는 그날 밤 국왕을 만나지 않았다. 하지만 허드렛일 하는 하녀들은 그녀가 다음날 남동생의 방에 들어갔다가 얼굴이 백지장같이 되어서 되돌아 나왔다고 수군거렸다. 그전까지 남동생이 위독하다는 사실을 알지 못했던 것이다.

그녀로서는 더 이상 궁에 머무를 이유가 없었다. 도착할 때와 마찬가지로 어마어마한 행렬을 거느린 채 말을 타고 떠났다. 궁전의 모든 사람들이 코가 땅에 닿도록 절을 함으로써 새로이 다져진 충성심을 과시했다. 그들 중 반은 아마 속으로 젊은 왕이 죽고 새로 등극하는 여왕이 심한 건망증이 있어서 자신들이 말뚝에 묶어 태워 죽인 신부들과 자신들이 약탈했던 교회들에 대해 눈감아 주기를 기도하고 있었을지도 모른다.

궁전 창문을 통해 이 굴욕적인 장면을 내려다보고 있던 나의 소매를 누군가 살짝 건드렸다. 돌아보자, 로버트 경이 미소 띤 얼굴로 나를 보고 있었다.

"나리, 아버님과 함께 메리 아가씨를 배웅하고 계신 줄 알았습니다."

"아니, 너를 데리러 왔다."

"예? 저를요?"

"내 부탁 하나만 들어주었으면 하고."

나는 뺨이 붉게 달아오르는 것을 느꼈다.

"뭐든……."

나는 말도 제대로 할 수 없었다.

그는 조용히 웃었다.

"아주 작은 부탁이란다. 나와 함께 내 스승의 처소로 가서, 그의 실험을 좀 도와주지 않겠니?"

나는 고개를 끄덕였고, 그는 내 손을 잡아 팔에 끼더니 나를 노섬벌랜드의 사저로 데리고 갔다. 거대한 문들은 노섬벌랜드의 신하들이 지키고 있었고, 그들은 주인이 가장 아끼는 아들을 보자마자 잔뜩 긴장한 채 출입문들을 활짝 열어주었다. 대연회장에는 아무도 없었다. 하인들과 노섬벌랜드가 사람들은 모두 떠나는 왕위 계승자에 대한 무한한 존경심을 표하기 위해 화이트홀 궁의 정원에 나가 있었다. 로버트 경은 나를 데리고 으리으리한 층계를 올라가더니 복도를 지나 자신의 거처로 들어갔다. 존 디는 서재에 앉아 궁전 안뜰을 내려다보고 있었다.

로버트 경과 내가 들어가자 존 디는 고개를 들었다.

"아, 한나 베르데."

내 본명을 그것도 성과 함께 부르니 너무 생소해서, 잠시 나는 아무 대답도 못 하다가 꾸벅 절을 했다.

"예, 나리."

"이 아이가 도와주겠답니다. 하지만 무슨 일인지는 아직 말하지 않았습니다."

로버트 경이 말했다.

존 디는 자리에서 일어나더니 내게 말했다.

"여기 특별한 거울이 하나 있단다. 이 거울을 통하면 특별한 능력이 있는 사람은 보통 사람의 눈에 보이지 않는 빛을 볼 수 있을지 모르지, 무슨 말인지 알겠니?"

나는 어리둥절했다.

"소리나 냄새는 보이지 않지만, 우리는 그것들의 존재를 알 수 있지. 별들이나 천사들은 빛을 내보내는데, 만약 우리가 제대로 된 거울을 통해 본다면 그 빛들을 볼 수도 있지 않을까 하는 것이 내 생각이다."

"아."

나는 멍하게 대답했다.

존 디는 씩 웃었다.

"괜찮아. 꼭 이해할 필요는 없다. 네가 그날 천사 우리엘을 보았으니, 이 거울 속에서도 그런 빛을 볼 수 있을 거라고 생각했을 뿐이니까."

"보기만 하는 거라면 얼마든지 해 드릴 수 있습니다. 로버트 경의 분부시라면."

나는 쓸데없는 말을 해 버렸다.

존 디는 고개를 끄덕였다.

"준비는 해 두었다. 이리 오너라."

그는 나를 데리고 안쪽의 방으로 들어갔다. 창문은 두꺼운 커튼으로 가려져 있어 추운 겨울의 희미한 빛 한 줄기 들지 않았다. 창가에는 네 개의 밀랍 봉인 위에 다리를 받친 네모난 탁자가 놓여 있었다. 그 위에는 독특한 모양의 아름다운 거울이 있었다. 은은하게 빛나는 거울이 공들여 세공한 황금 틀에 비스듬히 걸쳐 있었다. 나는 거울에 다가가 그 속에 비친 내 모습을 보았다. 반짝이는 거울에 비친 나는 남장한 여자아이가 아니라 젊은 처녀 같았다. 잠시 나는 내 어머니가 그 속에서 나를 바라보고 있는 듯한 착각에 빠졌다. 어머니의 사랑스러운 미소와 나를 향해 고개를 돌릴 때의 몸짓 그대로였다.

"어머나!"

나는 그만 탄성을 질렀다.

"뭐가 보이니?"

디가 흥분한 목소리로 물었다.

"어머니가 보이는 것 같았어요."

내가 속삭였다.

그는 잠시 아무 말 없다가 떨리는 목소리로 물었다.

"목소리도 들었니?"

나는 잠시 기다렸다. 마음속으로는 어머니가 내게로 와 주기를 간절히 바랐다. 하지만 거울에 비친 것은 내 자신의 모습이었다. 거울 속의 내가 아쉬운 눈물을 머금은 눈을 크고 공허하게 뜨고 있었다.

"어머니는 여기 안 계세요. 어머니의 목소리를 들을 수만 있다면 무슨 짓이든 하겠지만, 그럴 수가 없어요. 어머니는 떠나버리셨어요. 잠깐 어머니가 보인다고 생각했지만, 거울에 비친 것은 제 모습이었어요."

나는 서글프게 말했다.

"눈을 감아봐라. 그리고 내가 이제부터 하는 기도를 잘 듣고 있다가 마지막에 '아멘'이라고 하면서 눈을 뜨고 무엇이 보이는지 말해라. 준비 됐니?"

나는 눈을 감았다. 존 디가 어두운 방 안을 밝히고 있던 촛불 몇 개를 살짝 불어 껐다. 내 뒤의 나무 의자에 가만히 앉아 있는 로버트 경의 존재를 의식하며, 나는 그를 기쁘게 해주고 싶다는 생각만 했다.

"준비 됐어요."

존 디는 라틴어로 아주 긴 기도문을 읽었다. 단어들을 영어식으로 발음했지만, 나는 기도의 내용을 이해할 수 있었다. 길을 보여 주기를 기원하며, 천사들이 내려와 우리가 하는 일에 가호를 내리기를 바라는 기도였다. "아멘" 하고 작게 속삭인 다음 나는 눈을 떴다.

촛불은 모두 꺼져 있었다. 거울 속은 온통 캄캄했고, 아무것도 보이지 않았다.

"왕이 언제 죽을까요."

존 디가 내 뒤에서 속삭였다.

나는 무슨 일이 일어나 주기를 바라며 캄캄한 거울 속을 뚫어지게 노려보았다.

아무것도 없었다.

"왕의 서거 일은?"

존 디가 다시 속삭였다.

정말로 아무것도 안 보였다. 아무런 계시의 말도 들리지 않았다. 당연하지 않은가? 나는 신탁을 받은 고대 그리스 신전의 무녀도 아니고, 신비를 밝히는 성자도 아니었다. 어둠 속을 노려보느라 내 눈은 따갑고 뻑뻑해졌다. 나는 신성한 바보가 아니라, 그냥 진짜 바보 같았다. 아무것도 안 보이고, 어떤 영상도 떠오르지 않는데, 잉글랜드 최고의 석학이 내 대답만을 기다리고 있었다.

뭔가를 말해야만 했다. 이대로 돌아가서, 신통력은 아주 가끔 찾아오고 언제 올지도 모르니, 그냥 아버지 가게 문밖에 서서 손님들이나 끌게 내버려두는 편이 나았을 거라고 말할 수는 없는 일이었다. 사람들은 내가 누군지 알고 있으며, 위험에서 나를 보호해 주겠다고 약속했다. 그들은 대가를 지불했고, 그 대신 내가 자신들이 원하는 것을 해주기를 원했다. 그러니까, 뭔가 말해야만 했다.

"7월."

나는 그럴듯하게 들리게 하려고 목소리를 낮췄다.

"어느 해?"

디가 다그쳐 물었다. 그의 목소리는 부드럽고 나직했다.

어린 왕의 병세를 본다면 누구나 그의 삶이 얼마 남지 않았다는 것을 짐작할 수 있었다.

"올해."

나는 마지못해 대답했다.

"날짜는?"

"7월 6일."

나의 조용한 대답과 함께, 로버트 경의 펜이 사각거리는 소리가 들렸다. 나의 엉터리 예언을 받아 적고 있었던 것이다.

"잉글랜드의 다음 국왕은 누구인가?"

디가 속삭였다.

그의 들뜬 목소리에 호응하듯 내가 막, '메리 여왕.' 이라고 대답하려는데, 내 입에서는 대신 "제인."이라는 짤막한 대답이 나왔다. 나 스스로도 소스라치게 놀랐다.

나는 로버트 경을 돌아보며 말했다.

"제가 왜 이렇게 대답했는지 저도 몰라요. 죄송합니다, 나리. 전 도무지……."

존 디는 내 턱을 움켜쥐더니, 내 머리를 거울 쪽으로 다시 돌려놓았다.

"말하지 마!"

"보이는 대로만 말해라."

존 디가 명령했다.

"아무것도 안 보입니다."

나는 힘없이 대답했다.

"죄송합니다, 죄송합니다, 나리. 정말 죄송합니다, 아무것도 안 보입니다."

"제인 다음의 국왕은 누구냐. 봐라, 한나. 보이는 걸 말해. 제인에게 아들이 있나?"

디가 다그쳐 물었다.

나는 '예.' 라고 말하려고 했지만, 내 입안은 바싹 말랐고, 혀는 움직이지 않았다.

"안 보입니다. 정말이에요, 아무것도 보이지 않습니다."

나는 비굴하게 대답했다.

"마지막 기도를 하겠습니다."

존 디가 말했다. 그는 내가 의자에서 일어나지 못하게 내 어깨를 꽉 잡았다. 다시 라틴어 기도문이 낭송되었다. 우리가 한 일이 신의 축복을 받아, 눈에 보인 것들이 모두 진실이고, 이 세상과 저 세상 누구도 우리의 점술로 해를 입지 않도록 해달라는 내용이었다.

"아멘."

사태의 위험성을 깨달은 내가 좀더 감정이 섞인 목소리로 기도를 마무리했다. 나는 반역죄에 해당할지도 모르는 행위에 가담했던 것이다.

로버트 경이 일어나 방을 나가는 기척을 느낀 나는 존 디를 뿌리치고 그 뒤를 쫓아갔다.

"마음에 드십니까?"

내가 물었다.

"내가 원할 것 같은 답을 했니?"

"아니요! 떠오르는 대로 대답했을 뿐이에요."

적어도 "제인"이라는 느닷없는 대답에서만은 그랬다.

그는 나를 날카롭게 쏘아보았다.

"약속할 수 있나? 나를 기쁘게 하기 위해 대답을 꾸며댄다면, 너는 나나 존 디에게 아무 쓸모가 없어. 나를 기쁘게 할 수 있는 유일한 방법은 진실을 보고, 진실을 말하는 거다."

"말씀하신 대로입니다! 진실만을 말했습니다!"

그의 마음에 들고자 하는 강력한 바람과 거울에 대한 공포가 감당할 수 없어져, 나는 그만 소리 죽여 울고 말았다.

"정말입니다, 나리."

그의 표정은 풀어지지 않았다.

"맹세할 수 있지?"

"예."

그는 내 어깨에 한 손을 얹었다. 갑자기 머리가 욱신거려, 그의 서늘한 소맷자락에 뺨을 기대고 싶은 마음이 간절했지만, 그래서는 안 된다는 것을 알고 있었다. 나는 정말 남자아이처럼 꼼짝 않고 서서 그의 매서운 눈초리를 의식했다.

"그렇다면, 정말 잘해 주었다. 만족스러웠다."

안쪽에서 존 디가 나왔다. 그는 감격에 북받쳐서 말했다.

"이 아이는 특별한 아이일세, 정말 신통력이 있어."

로버트 경은 스승을 바라보았다.

"그렇다고 크게 달라지는 것이 있습니까?"

존 디는 어깨를 으쓱했다.

"누가 알겠나? 어둠 속에서는 우리 모두 어린아이와 같아. 하지만 이 아이는 어둠을 꿰뚫어볼 수 있다네."

그는 잠시 말을 멈추더니, 내게로 고개를 돌렸다.

"한나 베르데, 한 가지 말해 둘 게 있다."

"뭔가요, 나리?"

"너는 마음이 순수하기 때문에, 신통력을 갖는 것이다. 바라건대, 너 자신과 너의 재능을 위해, 어떤 결혼 제의도 받아들여서는 안 된다. 어떤 유혹도 뿌리치고, 정조를 지켜야 해."

내 뒤에서 로버트 경이 재미있다는 듯 코웃음을 쳤다.

나는 목에서부터 귓불을 지나 관자놀이까지 화끈 달아오르는 것을 느꼈다.

"저는 어떤 육욕도 느끼지 않습니다."

나는 기어들어가는 목소리로 대답했다. 감히 로버트 경을 쳐다볼 용기가 없었다.

"그렇다면, 너는 진실을 볼 것이다."

존 디가 말했다.

"하지만 이해할 수 없어요. 제인은 누구인가요? 국왕 폐하가 돌아 가시면, 메리 아가씨께서 왕위에 오르시는 것이 아니었나요?"

로버트 경이 손가락을 내 입술에 갖다 댔고 나는 입을 다물었다.

"앉아라."

그는 나를 의자에 눌러 앉히더니 자신도 등받이가 없는 의자를 끌 어당겨 내 뒤에 앉았다. 그는 자신의 얼굴을 내 얼굴 가까이 댔다.

"이봐, 남장 아가씨. 네가 오늘 본 두 가지가 만약 사람들 귀에 들 어가면, 우리는 모두 교수형 감이야."

나는 두려움에 가슴이 세차게 뛰었다.

"네?"

"거울을 들여다보았다는 사실만으로도 우리는 모두 위험해질 수 있어."

나는 얼굴에 달라붙은 검댕을 닦아 내기라도 하려는 듯 손을 뺨에 갖다 댔다.

"나리!"

"이 일에 대해서는 한 마디도 발설해서는 안 된다. 국왕의 미래를 점치는 것은 반역행위야. 반역자에게는 죽음뿐이지. 넌 오늘 국왕의 미래를 보았고, 그의 서거 날짜를 예견했다. 내가 사형대에 오르는 걸 보고 싶나?"

"아니요! 전……."

"네 자신의 목숨을 버리고 싶나?"

"절대로 아니에요! 나리, 무서워요."

내 목소리가 심하게 떨렸다.

"그렇다면 오늘 일은 아무에게도 말하지 마. 아버지에게도. 거울 속의 제인에 대해서는……."

나는 입을 다물고 다음 지시를 기다렸다

"본 것은 전부 잊어버려라. 거울을 들여다보라고 부탁받았던 것도, 거울도, 그 방도 모두."

나는 엄숙하게 그를 쳐다보았다.

"다시는 거울을 보지 않아도 되는 거죠?"

"네가 원하지 않는 한 다시는 그럴 필요가 없다. 하지만 거울에 대해서는 지금 잊어야 한다."

그는 유혹하듯 달콤한 미소를 지었다.

"내가 너에게 이렇게 부탁하니까. 내가 네 친구로서 하는 부탁이야. 내 목숨은 네 손에 달려 있어."

나는 다시 멍해졌다.

"알겠습니다."

***

2월이 되자 궁정은 모두 그린위치 궁으로 옮겼고 국왕의 상태가 좋아졌다는 발표가 있었지만, 국왕은 한 번도 나나 월 소머스를 부르지 않았다. 음악을 연주하게 하거나, 사람들을 불러모으지도 않았다. 아니, 대연회장에 나와서 만찬을 드는 일조차 없었다. 의사들은 가운자락을 펄럭이며 잔뜩 심각한 얼굴로 궁 곳곳에서 대기하고 있었다. 자신들끼리만 수군거리며 어떤 질문에도 말을 삼갔다. 날이 갈수록 그들은 사람들의 질문을 피했고, 국왕이 회복될 것이라는 말도 하지 않았다. 거머리가 젊은 왕의 피를 깨끗하게 해준다던가, 용량을 잘 조절한 독약이 병을 죽일 것이라는 희망찬 예언들조차 그다지 신빙성 있게 들리지 않았다. 로버트 경의 아버지, 노섬벌랜드 공작은 에드워드 국왕을 대신해 국왕 행세를 했다. 그는 식탁에서도 비어 있는 왕좌 오른편에 앉았고, 매주 추밀원 회의에서는 상석을 차지했다. 하지만 사람들에게는 국왕의 상태가 계속 좋아지고 있으며, 날씨도 더 좋아질 것이니 올 여름에는 병세가 크게 호전될 것이라고 말했다.

나는 아무 말도 하지 않았다. 내 임무는 사람들이 예상치 못한 어이없는 말들을 불쑥 내뱉는 것이었다. 하지만 현실보다 더 놀랍고 어이없는 상황은 없는 것 같았다. 국왕이 자신의 보호자에게 반 볼모 상태로 갇혀 있고, 아무런 위로나 간호도 받지 못한 채 죽어가고 있었다.

온 조정과 잉글랜드의 권력자들 모두 어린 소년이 죽든 말든, 왕관에만 관심을 쏟고 있었다. 가장 잔인한 일은 나보다 한두 살 많은 그 어린 소년이 돌봐줄 아버지나 어머니도 없이 혼자서 죽어가도록 방치되어 있다는 사실이었다. 남들 눈을 피해 온몸이 떨릴 정도로 심하게 기침을 하는 열다섯 살 난 어린 소년이 올 여름에는 아내를 맞을 수 있을 것이라고 서로를 격려하는 사람들을 보면서, 나는 정말로 바보가 아니라면 이 사람들이 모두 거짓말쟁이 악당들이라는 사실을 쉽게 알 수 있을 것이라고 생각했다.

어린 국왕이 병실에서 담즙을 토하는 동안, 밖에 있는 사람들은 연금이며 수당을 챙기느라 바빴고, 자신들이 종교적 도의 차원에서 폐쇄했다가, 탐욕을 채우기 위해 약탈한 수도원 임차료를 거두어 들였다. 아무도 뭐랄 사람이 없었다. 이런 거짓말쟁이들이 득실대는 곳에서 진실을 말할 만큼 나는 바보도, 플리트가에 뜬금없이 나타난 천사처럼 상황판단에 어두운 아이도 아니었다. 만찬 시간이면 나는 월 소머스 곁에 붙어서 되도록 사람들 눈에 띄지 않으려고 했고, 침묵을 지켰다.

내게는 새로운 일이 생겼다. 로버트 경의 스승 디 선생이 나를 찾아와서는 자기와 함께 책을 읽자고 했다. 피곤한 눈초리로 그는 아버지가 필사본을 좀 보내왔는데 젊은 눈으로 좀 도와주면 더 쉽게 해석할 수 있을 것 같다고 했다.

"저는 잘 읽지 못하는데요."

나는 조심스럽게 말했다.

그는 강이 내려다보이는 볕이 잘 드는 복도를 앞장서서 걸어가고 있었다. 나의 말에 그는 뒤돌아보며 미소를 지었다.

"조심성이 많은 아가씨로군. 이런 어수선한 시기에는 그게 현명하지. 하지만 나나 로버트 경과 함께라면 안전하단다. 영어와 라틴어에는 능통한 걸로 아는데, 그렇지?"

나는 고개를 끄덕였다.

"스페인어는 물론일 테고, 프랑스어도 하나?"

나는 아무 말도 하지 않았다. 스페인에서 나고 자랐으니, 스페인어로 읽고 말할 줄 아는 것은 당연했다. 프랑스에서도 살았으니 프랑스어도 어느 정도 하려니 생각한 모양이었다.

디 선생은 내게 가까이 오더니 내 귀에 대고 속삭였다.

"그리스어는? 그리스어를 읽어줄 사람이 필요한데."

내가 좀더 나이가 들고 현명했었더라면 내가 가진 지식을 감추려고 했을 것이다. 하지만 나는 겨우 열네 살이었고, 내 능력을 뽐내고 싶었다. 나는 그리스어와 헤브루어를 어머니로부터 직접 배웠고, 아버지는 나를 어린 학자라고 부르며, 어느 아들 부럽지 않다며 자랑스러워했다.

"예, 그리스어와 헤브루어도 읽을 줄 알아요."

"헤브루? 맙소사, 얘야, 헤브루어로 뭘 읽었니? 토라(torah: 유대교에서, '율법' 을 이르는 말. 구약 성경에 나오는 용어.)를 본 적 있니?"

그가 탄성을 질렀다. 내가 그의 호기심에 불을 댕긴 듯했다.

순간 나는 함부로 입을 놀린 것을 후회했다. 만약 내가 유대인들의 율법과 기도문을 보았다고 말한다면, 나와 내 아버지가 유대인이고 유대교의 전통을 지키고 있다는 것을 시인하는 셈이 되고 만다. 나는 어머니가 허영심과 오만을 경계하지 않으면 큰 어려움을 겪게 될 것이라고 했던 말을 떠올렸다. 그 말을 들을 때마다 나는 좋은 옷과 머리 리본에 욕심을 내지 말라는 뜻이라고 생각했었다. 하지만 광대의 차림으로 남장을 한 지금 나는 오만의 죄를 범하고 말았다. 나는 내 학식을 자랑했고 그 대가가 얼마나 엄청날지 알 수 없었다.

"디 선생님……."

나는 겁에 질려서 숨을 죽였다.

그는 조용히 웃었다.

"너희를 처음 보았을 때 스페인을 도망쳐 나온 것이라고 짐작했었다. 콘베르소(converso: 유대교도 가운데 기독교로 개종한 사람)들일 거라고 생각했다. 하지만 내 소관은 아니지. 로버트 경도 조상들의 신앙 때문에 누군가를 핍박할 만한 사람은 아니다. 하물며 이미 개종하지 않았니? 지금은 교회에 다니고 있겠지? 금식은 지키고? 예수님과 그의 자비를 믿고 있지?"

그가 부드럽게 말했다.

"물론입니다, 나리. 여부가 있겠습니까?"

신분을 감추고 싶어하는 유대인만큼 독실한 기독교도가 어디 있겠느냐고 우길 상황은 아니었다.

디 선생은 한동안 말없이 가만히 있더니 입을 열었다.

"나는 언젠가는 그런 종교적 구분이 사라지고, 진실에 도달하는 날이 오기를 기도한단다. 어떤 이들은 하느님도, 알라신도, 엘로힘 도 없다고……."

그가 유일신의 성스러운 이름들을 들먹이자 나는 놀라서 숨을 죽였다.

"디 선생님? 혹시 선생님도 선택된 민족이신가요?"

그는 고개를 저었다.

"나는 창조자가 있고, 그 위대한 창조자가 세상을 창조했다고 믿는다. 하지만 그의 이름은 모른다. 인간이 그에게 붙인 여러 이름들을 알 뿐이지. 왜 그 중 한가지만을 선택해야 하지? 내가 알고 싶은 것은 그의 위대한 섭리이고, 내가 원하는 것은 그의 천사들이 주는 구원인데, 내가 하고 싶은 일은 그의 사업을 이어가는 것인데. 평범한 돌로 금을 만들고, 속된 것에서 성스러운 것을 이루어내는 것이 나의 숙원이지."

그가 갑자기 말을 멈추었다.

"내가 무슨 말 하는지 알겠니?"

나는 멍한 표정을 지었다. 스페인에 있었던 아버지의 서재에는 세상을 창조하는 비밀이 담긴 책들이 있었다. 또, 그런 책을 읽으러 오는 학자도 있었고, 자신에게 허락되지 않은 비밀을 알고 싶어하는 제수이트교도도 있었다.

"연금술 말씀인가요?"

나는 목소리를 아주 낮추어서 물었다.

그가 고개를 끄덕였다.

"창조주께서는 우리에게 신비로 가득한 세상을 주셨지. 언젠가 그 신비들은 모두 밝혀질 것이라고 나는 믿는다. 이제 우리는 그 중 아주 일부를 이해하게 되었는데, 교황의 교회, 왕의 교회 그리고 잉글랜드의 국법은 우리에게 의문을 갖지 말라고 한다. 하지만 나는 그것이 하느님의 법은 아니라고 생각한다. 나는 이 세상이 하느님의 정원이며, 아주 위대하고 거룩한 하나의 장치라고 생각한다. 그 정원은 그 자체의 법칙에 따라 움직이고, 그 자체의 법에 따라 자라며, 우리는 언젠가 그것을 이해하게 될 거라고 믿는다. 연금술은 변화의 기술이며, 세상을 이해하는 방법이다. 세상이 만들어지는 이치를 깨닫게 될 때, 우리는 세상을 우리 것으로 만들 수 있고, 하느님의 지식에 도달하게 되며, 우리의 실체를 변화시켜 천사가 될……"

그는 갑자기 말을 멈추었다.

"아버지가 연금술에 관한 책을 많이 가지고 있니? 나한테는 종교 서적들만 보여 주었는데. 헤브루어로 된 연금술 책이 있을까? 나한테 좀 읽어줄 수 있겠니?"

"제가 아는 책들은 모두 허가를 받은 것들입니다."

나는 경계를 늦추지 않고 대답했다.

"아버지는 금지된 책들은 보관하지 않습니다."

상대가 아무리 자신의 비밀을 털어놓더라도, 거기에 넘어가 나의 비밀을 말해버릴 수는 없었다. 나는 비밀이 목숨만큼 중요한 세계에서 자라났고, 공포에 뿌리를 둔 이중성은 결코 버릴 수 없는 나의 습관이 되었다.

"헤브루어를 읽을 줄은 알지만, 유대교 기도문은 모릅니다. 아버지와 저는 성실한 기독교인들입니다. 아버지는 한 번도 연금술 책을 보여준 적도 없고, 그런 책들을 모으지도 않습니다. 그런 책들을 이해하기에 저는 아직 너무 어립니다. 나리께 그런 헤브루어 책을 읽어드리면 아버지가 어떻게 생각할지 모르겠습니다."

"내가 부탁하면 네 아버지도 허락할 거다. 헤브루어의 해득력은 신이 주신 재능이다. 언어에 대한 재능은 순수한 마음을 가졌다는 증거야. 헤브루어는 천사의 언어이다. 속된 우리 인간이 신에게 가장 가깝게 다가갈 수 있는 수단이지. 알고 있었느냐?"

그는 대수롭지 않다는 듯 말했다.

나는 고개를 저었다.

"아담과 이브가 에덴동산에서 추방되기 전 하느님은 그들을 상대로 말씀하셨고, 그들은 이 세상 최초의 인간이 되었지. 그들은 헤브루어를 사용했을 테고, 그 언어로 하느님의 말씀을 이해했을 거야. 하느님이 천상의 존재들과 이야기를 나눌 때 사용하시는, 헤브루어보다 더 거룩한 언어가 분명히 있을 거야. 나는 바로 그 언어를 발견하고 싶은 거다. 그 언어는 헤브루어와 그리스어와 페르시아어를 통해 알아낼 수 있겠지."

그는 또 잠시 동안 말이 없더니 다시 물었다.

"페르시아어는 읽거나 말할 줄 모르니? 다른 아랍 언어들은?"

"예."

"상관없다. 이제부터 매일 아침 한 시간씩 나와 책을 읽는 거다. 그러면 아주 대단한 진척을 볼 게다."

"로버트 경의 허락이 있어야 합니다."

나는 급한 대로 둘러댔다.

존 디는 조용히 웃었다.

"애야, 너는 나를 도와 모든 사물의 의미를 이해하게 될 거다. 우주의 비밀을 푸는 열쇠가 있는데, 우리는 금방 그 열쇠를 손에 넣을 거야. 세상에는 불변의 법칙이 있어서 우주, 바다 조수, 인간사를 모두 관장하지. 나는 이 모든 것들 즉, 바다, 우주, 인간의 역사가 서로 연결되어 있음을 잘 알고 있어. 신의 은총과 우리의 능력으로 그 법칙들을 찾아내고, 우리가 그 법칙을 발견하는 날이면……."

그는 잠시 멈추었다가 말을 이었다.

"우리는 모든 것을 알게 된다."

1553년 봄

4월이 되자 나는 집에 다녀와도 좋다는 허락을 받았다. 나는 3개월 치의 급료를 아버지에게 가져갔다. 나는 처음 잉글랜드에 왔을 때 아버지가 사준 낡은 사내아이 옷을 꺼내 입었다. 손목이 소매 밖으로 삐죽이 나왔고, 발은 자라서 신발에 들어가지 않았다. 할 수 없이 뒤축을 잘라내고 신발을 질질 끌며 시내를 돌아다녔다.

"조만간 너도 드레스를 입어야 될 게다. 너도 이제는 제법 여자 티가 나는구나. 궁에는 뭐 새로운 일이 없니?"

아버지가 물었다.

"전혀요. 다들 날씨가 따뜻해지니까 왕도 건강해지고 있다고 해요."

나는 다들 거짓말을 하고 있다는 말은 덧붙이지 않았다.

"국왕에게 신의 가호가 있기를. 로버트 경은 어떠냐? 자주 뵙니?"

아버지는 경건하게 기도하더니, 뭔가 더 알고 싶다는 듯 나를 보았다.

나는 어느새 얼굴이 붉어지는 것을 느꼈다.

"가끔요."

로버트 경을 마지막 본 게 몇 시 몇 분인지도 정확히 말할 수 있을 정도로 기억하고 있었다. 로버트 경은 내게 말을 걸지 않았다. 아마 나를 알아보지도 못했을 것이다. 그는 말을 타고 강변 갯벌에 왜가리 사냥을 나가려던 참이었다. 그는 검은 망토에 검은 모자를 쓰고 있었다. 모자의 리본에는 흑옥 브로치로 고정한 짙은 색의 깃털이 달려 있었고, 손목에는 아름다운 사냥용 매가 앉아 있었다. 그는 새가 흔들리지 않도록 한쪽 팔을 길게 뻗고, 다른 손으로 말을 진정시키고 있었다. 말은 앞다리를 높이 치켜들더니 달리고 싶은 욕망에 땅바닥을 찼다. 로버트 경은 동화 속의 왕자님 같았다. 그는 웃고 있었고, 나는 마치 템스 강을 거슬러 부는 바람을 가르는 한 마리의 갈매기를 보듯, 마치 나의 인생을 밝혀줄 아름다운 광경에 취한 듯 그를 바라보았다. 나는 한 남자를 갈망하는 여자로서가 아니라, 성상을 숭배하는 소녀처럼 너무나 완벽해서 손에 닿을 수 없는 대상을 희구하듯 그를 바라보았다.

"성대한 결혼식이 있을 거래요. 로버트 경의 아버지가 주선했어요."

나는 뭔가 할 말을 찾다가 불쑥 내뱉었다.

"누가 결혼하는데?"

아버지가 호기심 어린 목소리로 물었다.

나는 손가락을 들어 세 쌍의 커플을 꼽아보았다.

"캐서린 더들리 아가씨는 헨리 헤이스팅즈 경이랑 결혼할 거고, 그레이 가(家)의 아가씨들은 길포드 더들리 경과 헨리 허버트 경을 남편으로 맞는데요."

"네가 그 사람들을 전부 안단 말이니?"

아버지는 자식을 자랑스러워하는 어느 부모처럼 으쓱해졌다.

나는 고개를 저었다.

"아뇨, 더들리 가 분들만요. 그나마 그분들도 제가 광대 옷을 벗으면 못 알아볼 거예요. 궁에서 전 아주 미천한 신분이거든요, 아버지."

아버지는 빵 한 조각을 잘라 내게 주고 자신의 접시에도 놓았다. 어제 만들어 놓은 묵은 빵이었다. 접시 하나에는 작게 자른 치즈 한 조각이 담겨 있었다. 방 한쪽에는 고기 한 덩어리가 놓여 있었다. 나중에 먹으려고 남겨 둔 것이었다. 고기며, 빵, 푸딩까지 모두 한 상에 차려 먹는 영국식 습관에 대한 반발이기도 했다. 우리가 아무리 아닌 척해도, 방 안의 풍경은 우리가 유대교의 전통대로 유제품과 고기를 함께 먹지 않으려고 노력하고 있음을 보여 주었다. 아버지의 피부와 내 검은 눈동자도 우리가 유대인들이라는 증거였다. 개종했다고 아무리 주장해도, 떠들썩하게 칭송받는 엘리자베스 공주를 본받아 아무리 교회에 열심히 나가도, 우리가 유대인이라는 사실을 누구나 알아챌 수 있었다. 그런 징표들은 우리가 가진 것을 뺏으려 하거나, 우리를 비난할 구실을 찾는 사람들에게 너무나 쉽게 노출되어 있었다.

"그레이 가 아가씨들은 모르니?"

"별로 아는 게 없어요. 국왕의 친척들이시죠. 제인 아가씨는 결혼하고 싶어하지 않으신대요. 책 읽고 공부하는 것밖에 모르지만, 부모님들의 매질에 굴복했대요."

아버지는 고개를 끄덕였다. 폭력적인 방법으로 딸을 굴복시키는 사례는 얼마든지 있었다.

"그리고 로버트 경의 아버지, 노섬벌랜드 공작은?"

"사람들한테 아주 미움을 받아요. 하지만 왕이나 다름없으세요. 공작이 왕의 침실에 드나들고, 왕이 이러저러한 것을 원하신다고 이야기해요. 아무도 감히 반박 못 하죠."

나는 거의 귓속말처럼 목소리를 낮추었다.

"바로 지난주에 이웃에 사는 초상화가가 잡혀갔단다. 튤러 씨였지. 구교를 믿는 이단자라고들 하더라. 심문하러 데리고 갔는데, 아직 돌려보내지 않았어. 성모의 그림을 몇 해 전에 모사했는데, 누군가 집을 뒤지다가 그 그림이 숨겨져 있는 걸 봤대. 그림 아래에 튤러 씨의 이름이 적혀 있었다는구나."

아버지는 고개를 설레설레 저었다.

"정말 말도 안 되는 법이야. 죄명이 뭐든, 말도 안 돼. 그림이 처음 그려졌을 때는 불법이 아니었잖아. 그런데 이제는 이단이라니. 그림을 그릴 당시에는 그냥 작품이었는데, 이제는 범죄가 되었어. 그림은 그대로인데, 법이 바뀌었다고, 새 법이 만들어지기 이전에 있었던 일에까지 적용하다니. 야만인들이 아니고서야. 이치에 맞지 않아."

아버지와 나는 둘 다 문 쪽을 보았다. 바깥은 조용했고, 문은 잠겨 있었다.

"우리도 떠나야 할까요?"

내가 낮은 목소리로 물었다. 난생처음으로 나는 떠나고 싶지 않다는 생각을 했다.

아버지는 빵을 씹으며 생각에 잠기더니 조심스럽게 대답했다.

"아직은 아니다. 그리고 대체 어디로 도망간단 말이니? 구교도들이 지배하는 프랑스로 가느니 그냥 잉글랜드에 있겠다. 우리는 이제 성실한 신교도들이다. 교회에는 나가겠지?"

"하루에 두 번 나가요. 세 번 갈 때도 있고요. 궁에서는 다들 철저해요."

나는 아버지를 안심시켰다.

"나는 내가 교회에 간다는 사실을 모두가 알도록 한다. 구호금도 내고, 교구 세금도 낸다. 더 이상 뭘 어떻게 하겠니. 우린 둘 다

세례도 받았는데, 누가 우리를 해치겠어?"

나는 아무 말도 하지 않았다. 누구든 마음만 먹으면 어떤 구실로든 다른 사람을 해칠 수 있다는 것을 아버지도 나도 알고 있었다. 교회 의식이 이교도의 화형식으로 변질된 마당에 기도하는 방식이 다르 다고 해서, 심지어 기도할 때 다른 방향을 본다고 해서 죄인으로 몰 리지 말라는 보장이 없었다.

"국왕의 병세가 악화되어서 돌아가신다면, 메리 공주가 왕위를 물 려받을 거야. 그분은 구교도니까 온 나라가 다시 구교로 돌아설까?"

"앞일을 누가 알겠어요?"

나는 다음 왕위를 '제인'이 이어받을 거라고 내 입으로 예언한 일 과 로버트 더들리의 담담한 반응을 떠올리며 말했다.

"메리 아가씨가 다음 왕이 될 거라고 쉽게 속단할 수는 없어요. 아 버지나 나보다 훨씬 대단한 사람들이 개입되어 있으니까요. 그 사람 들이 어떤 일을 꾸미는지는 저도 모르겠어요."

"메리 공주가 여왕이 되면 잉글랜드는 구교도의 나라가 될 것이 고, 그렇게 되면 나는 가지고 있는 책들 중 일부를 없애버려야 해."

아버지는 불안한 듯 말했다.

"게다가 우리는 루터교 서적을 취급하는 서적상으로 이름이 알려 져 있어."

나는 손을 들어 얼굴을 닦아내려는 듯 뺨을 문질렀다. 아버지가 얼 른 내 손을 잡았다.

"그러지 마라, *케리다(querida)*. 걱정 안 해도 돼. 우리뿐 아니라, 이 나라 사람들 모두가 변해야 하는 거잖니? 다들 똑같이 겪을 일이 다."

나는 물병을 거꾸로 세워 안식일 촛불을 숨겨놓은 곳을 흘깃 보았 다. 촛불은 가려져 있지만, 그 불꽃은 우리의 신을 위해 타고 있었다.

"아니오, 우리는 그 사람들과 달라요."
나는 짤막하게 말했다.

* * *

존 디와 나는 매일 아침 부지런한 학자들처럼 함께 책을 읽었다. 대부분의 경우 그의 지시에 따라 내가 그리스어 성서를 읽은 다음 같은 구절을 라틴어로 읽었다. 그러면 그가 두 번역본들을 비교하는 형식이었다. 그는 성서의 가장 오래된 부분들을 읽었다. 그렇게 함으로써 그는 세상이 어떻게 만들어졌는지에 관한 진정한 비밀을 장황한 글귀들로부터 밝혀내려고 했다. 내가 읽어내려 가는 동안 그는 한 손으로 머리를 받치고 메모를 했다. 때때로 뭔가 생각난 듯 손을 들어 읽기를 잠시 멈추도록 했다. 나로서는 그다지 어려운 일이 아니었다. 해석하지 않고 읽기만 했고, 발음을 모르는 단어들은(그런 단어들이 아주 많았다) 그냥 철자를 불러주면 그가 알아서 이해했다. 나는 자연스럽게 그를 좋아하게 되었다. 그는 친절하고 점잖은 사람이었다. 나는 그가 가진 놀라운 능력을 점점 존경하게 되었다. 그는 거의 불가사의한 이해력의 소유자라는 생각이 들었다. 혼자 있을 때 그는 수학 책을 읽고, 암호와 숫자로 게임을 하고, 아주 복잡한 아크로스틱 시(각 행의 첫 글자나 단어를 이으면 또 하나 단어나 문장이 되는 시: 역주)나 수수께끼를 만들어냈다. 그는 기독교 제국의 위대한 사상가들과 학문적으로 교류했다. 그는 사람들이 일상적으로 부딪치는 질문들을 금지한 교황청의 종교 재판관들보다 항상 한발 앞서 있었다.

그는 로버트 경과 자신만이 할 수 있는 게임을 개발했다. 삼단 체스라는 이 게임은 존 디가 개발한, 모서리가 비스듬한 두꺼운 유리로 된 삼 층짜리 체스 판을 사용했다. 체스 말들을 아래 위층으로 또는 같은 층 안에서 이동시킬 수 있었다. 게임이 너무 복잡해서 한 판을 몇 주에 걸쳐 겨루곤 했다. 게임을 하지 않을 때면 존 디는 방 안쪽에 있는 서재에 오후나 아침 내내 조용히 틀어박혀 있었다. 나는 그가 점괘가 보이는 거울 속을 들여다보면서, 현세가 아닌 더 높은 영적인 세상에 무엇이 존재하는지 알아내려고 고민한다는 것을 알 수 있었다. 그는 그 세계의 존재에 대해서 알고 있었지만, 그 세계를 볼 수 있는 것은 어쩌다 한 번에 불과했다.

안쪽 방에는 돌 벤치와 돌을 파서 만든 작은 벽난로가 있었다. 그는 숯으로 불을 켜고, 근사한 유리 용기에 물과 허브를 담아 불 위에 매달아놓고는 했다. 그러면 복잡하게 얽힌 유리관들을 통해 액체가 한쪽 병에서 다른 쪽 병으로 옮겨갔다가 서서히 식었다. 때때로 그는 몇 시간이고 방 안에서 꼼짝도 하지 않았다. 그의 부탁으로 숫자가 적힌 종이들을 베끼고 있노라면, 들리는 소리라고는 액체를 유리 용기에 담을 때 플라스크끼리 부딪쳐서 나는 작은 소리나 불을 지필 때 나는 풀무질 소리가 다였다.

오후가 되면 나는 윌 소머스와 함께 검술 연습을 했다. 코믹한 연출은 접어두고, 일단 제대로 된 검술에 몰두하다 보니, 어느 날은 윌로부터 광대치고는 칼솜씨가 쓸 만하다는 칭찬을 받았다. 또, 그는 내가 곤경에 처했을 때 '스페인 귀족처럼 당당하게' 빠져나올 수 있을 정도로 검을 잘 다룬다고도 말했다.

유용한 기술을 배우게 되어서 기쁘긴 했지만, 왕이 계속 병석에 있는 한 검술 수업은 무의미했다. 하지만 5월이 되자 우리는 스트랜드의 더럼 하우스에서 열리는 성대한 결혼식 축하연에 불려가게 되었다. 공작은 가문의 역사에 남을 만한 결혼식을 원했고, 윌과 나는 공들여 준비한 만찬 향연에 출연하게 되었다.

"왕실 결혼식만큼이나 대단할 거야."

윌이 살짝 말해주었다.

"어떻게요? 왕실이라뇨?"

그는 손가락을 입술에 갖다 댔다.

"제인 아가씨의 어머니, 프랜시스 브랜든 부인은 헨리 왕의 조카, 그러니까 여동생의 딸이야. 제인과 캐서린은 국왕의 종질녀들이지."

"그렇지요, 그런데요?"

"제인 아가씨가 더들리 가의 아들과 결혼하잖아."

"네."

나는 여전히 영문을 몰랐다.

"더들리 가보다 왕실에 더 가까운 가문이 어디 있어?"

"폐하의 누님들이 계시잖아요. 그리고 제인 아가씨의 어머니랑 다른 분들도 계시고."

"글쎄, 누가 더 왕위에 욕심을 내느냐를 생각한다면 그렇지도 않지. 노섬벌랜드 공작만큼 왕위에 욕심이 많은 사람은 없어. 그 사람은 왕위가 얼마나 탐났으면, 지금도 왕이 된 것처럼 권력 맛을 보고 있잖아. 권력을 게걸스럽게 탐하면서."

윌이 친절하게 설명해 주었다.

윌의 말은 나로서는 너무 충격적이었다. 나는 정신을 차리고, 정말 아무것도 모르는 척했다.

"잘 모르겠어요."

"똑똑한 척 안 하는 걸 보니 넌 현명한 아이구나."

그는 내 머리를 가볍게 토닥였다.

* * *

윌과 나는 무희들의 공연과 가면극 다음 차례에 검술 연기를 했다. 뒤로는 곡예사의 연기가 있었다. 우리는 연기를 썩 잘했다. 손님들은 윌이 나동그라지고, 내가 근사한 기술을 보이자 큰소리로 웃었다. 두 사람의 대조적인 외모도 웃음거리였다. 키가 크고 호리호리한 윌이 칼을 이리저리 푹푹 찔러대는 동안, 나는 깔끔하고 절제된 동작으로 작은 검을 들고 그의 주변을 돌며 공격을 피했다.

신부는 금빛 드레스에 박힌 진주처럼 온통 새하얀 모습이었다. 신랑은 신부가 아니라 자신의 어머니에게 바싹 붙어 앉아 있었고, 신랑도 신부도 서로에게 말을 걸지 않았다. 제인의 여동생도 같은 장소에서 정혼자와 결혼했다. 그녀는 신랑과 건배를 하고 큰 술잔에 든 술을 다정하게 함께 마셨다. 하지만 제인과 길포드에게 건배를 하라는 하객들의 함성이 높아졌을 때, 나는 알아차렸다. 제인은 남편을 향해 자신의 금 술잔을 들어올리는 것조차 힘겨워 보였다. 그녀의 눈은 심하게 충혈되어 있었고, 눈 밑의 검은 테는 피로의 기색을 확연히 드러냈으며 목 양쪽에는 손가락으로 세게 누른 듯한 자국이 나 있었다. 누군가 결혼서약을 하겠다는 다짐을 받아내려고 신부의 목을 쥐고 흔들기라도 한 것 같았다. 제인은 신부의 잔에 담긴 에일을 입술에 갖다 댔을 뿐 삼키지는 않았다.

"무슨 생각을 하고 있느냐, 한나? 신부는 행복하겠느냐?"

노섬벌랜드 공작이 결혼식장 건너편에서 소리쳤다.

주위의 시선이 내게로 쏠렸고, 예지력의 발현을 알리는 익숙한 기운이 온몸에 퍼졌다. 나는 그 기운에 저항하려고 했다. 여기서 진실을 말해봐야 그다지 좋을 것이 없었다. 하지만 나로서는 불가항력이었다.

"오늘보다 더 행복할 수는 없을 겁니다."

내 말에 로버트 경이 날카롭게 나를 쏘아보았지만, 이미 뱉은 말을 주워 담을 수는 없었다. 나는 느낀 대로 말했다. 내게 아첨꾼들의 언변 따위는 애초에 없었다. 목에 멍이 든 채로 결혼하는 제인은 지금도 충분히 불행하지만 앞으로 그녀의 운이 더 빠른 속도로 기울어질 것임을 나는 느낄 수 있었다. 하지만 공작은 내 말을 아들에 대한 칭찬으로 받아들였는지 큰소리로 웃으며 잔을 높이 들었다. 얼간이 길포드는 어머니를 향해 환하게 웃었고, 로버트 경은 어서 그 자리를 벗어나고 싶다는 듯 고개를 설레설레 저으며 눈을 지그시 감았다.

　무도회 시간이 되었다. 신부는 자신의 결혼식에서 춤을 춰야 했지만, 제인은 흰색 노새처럼 고집스럽게 자리를 지켰다. 로버트 경이 부드럽게 신부를 댄스 홀로 안내했다. 나는 로버트 경이 신부의 귀에 뭔가를 속삭이자 신부가 지친 얼굴에 살짝 미소를 띠며 로버트 경에게 손을 맡기는 것을 보았다. 도대체 무슨 말로 신부를 웃게 했는지 궁금했다. 춤추던 사람들이 잠시 멈추고 자신의 차례를 기다리는 동안, 로버트 경이 신부의 귀에 입을 바싹 갖다 대는 것을 보고, 나는 신부의 드러난 목에 느껴질 그의 따뜻한 숨결을 상상했다. 그러나 시기 같은 것은 생기지 않았다. 나는 제인이 부럽지 않았다. 그의 긴 손가락이 내 손을 잡거나, 그의 짙은 눈동자가 내 얼굴에 꽂히는 것을 바라지 않았다. 나는 한 쌍의 아름다운 초상화들을 보듯 그들을 보았다. 신부에게 고개를 돌리는 그의 옆모습은 매의 부리처럼 날카로웠고, 신부의 창백한 얼굴은 로버트 경의 친절에 온기를 되찾고 있었다.

　마치 결혼식이 대단히 즐거운 행사라도 되는 양, 춤은 늦게까지 계속되었다. 세 쌍의 신혼부부들은 각각 침실로 향했고, 장미 꽃잎과 장미 꽃물이 마구 뿌려졌다. 하지만 월과 내가 나무로 만든 칼을 들고 거짓 싸움을 벌이는 것처럼 모든 것은 보여 주기 위한 소동에 불과했다. 세 쌍 모두 첫날밤을 치른 진정한 부부로 맺어질 수 없었다.

바로 다음날 제인은 부모들과 함께 서펴 궁으로 돌아갔고, 길포드 더들리는 배가 아프고 속이 더부룩하다고 투덜대며 어머니를 따라 자신의 집으로 돌아갔다. 로버트 경과 공작은 일찌감치 일어나 국왕이 있는 그린위치 궁으로 향했다.

"왜 동생 분은 아내와 함께 살지 않으세요?"

내가 로버트 경에게 물었다. 마구간 문 앞에서 나는 그를 만났고, 그는 자신의 명마가 끌려나오기를 기다리고 있었다.

"글쎄, 별로 신기한 일은 아니다. 나도 아내와 따로 사는걸."

갑자기 더럼 하우스의 지붕이 기울어지는 것 같았다. 비틀거리며 뒷걸음질치던 나는 현기증이 가실 때까지 벽을 붙잡고 몸을 지탱했다.

"아내가 있으세요?"

"저런, 몰랐니? 꼬마 예언자 아가씨? 넌 모르는 게 없는 줄 알았는데."

"몰랐어요."

"그래, 난 아주 어렸을 때 결혼했어. 다행스럽게도 말이야."

"그렇게 아내를 사랑하세요?"

나는 갈비뼈 안쪽이 이상하게 아파오는 것을 느끼며, 말을 더듬었다.

"그때 결혼하지 않았더라면, 내가 제인 그레이와 결혼해서, 아버지 장단에 맞춰 춤을 췄을 테니까."

"부인은 궁에 안 오세요?"

"거의 안 와. 시골에서만 살 거래. 런던을 좋아하지 않거든. 우리는 서로 맞지 않아. 그래서 나도……."

그는 갑자기 말을 끊더니 아버지를 흘깃 돌아보았다. 공작은 커다란 사냥용 흑마에 올라타면서, 자신의 마부들에게 다른 말들의 관리를 지시하고 있었다. 나는 아버지의 첩자, 아버지의 *끄나풀*들을 마음대로 조종하기 위해서는 아내가 곁에 없는 편이 낫다는 것을 즉각적으로 깨달았다. 아내가 보는 앞에서 그들을 제대로 다룰 수는 없을 테니까.

"부인의 이름이 뭔가요?"

"에이미, 왜?"

나는 대답하지 않고, 멍하니 고개만 흔들었다. 뱃속이 너무 불편했다. 길포드 더들리의 증세가 내게로 옮겨 왔나 싶을 정도였다. 담즙으로 속이 탈 때의 느낌 같았다.

"아이들도 있으세요?"

아이들이 있다고 대답했다면, 그것도 사랑스러운 딸이라고 대답했다면, 아마도 나는 그 자리에서 배를 움켜쥐고, 그의 발 앞에 토사물을 쏟아 놓았을 것이다.

하지만 그는 고개를 저었다.

"아니, 기회가 되면 내 뒤를 이을 아들이 언제 태어날지 한번 맞춰봐라. 그럴 수 있지?"

나는 목구멍이 따가웠지만 고개를 들고 애써 웃어 보이려 하였다.

"글쎄요, 어렵겠는데요."

"거울이 무서워서 그러니?"

나는 고개를 저었다.

"무섭지 않아요. 나리만 곁에 계신다면."

그는 내 말에 조용히 웃었다.

"예지 능력만 가지고 있는 게 아니라, 남자 앞에서 요사를 부릴 줄도 아는구나. 지금 나한테 수작이라도 거는 거니, 남장 아가씨?"

나는 고개를 저었다.

"아니에요, 나리."

"내가 결혼했다고 생각하니 별로 기분이 좋지 않은 모양이지?"

"그냥 좀 의외일 뿐이에요."

로버트 경은 장갑 낀 손으로 내 턱을 들어 내가 그의 눈을 똑바로 쳐다볼 수밖에 없게 만들었다.

"거짓말하는 걸 보니 너도 별 수 없는 여자구나. 속일 생각 마라. 사실만을 말해. 젊은 처녀의 욕망이 너를 괴롭히는 거지, 남장 아가씨?"

감정을 숨기기에 나는 아직 너무 어렸다. 눈에서는 눈물이 흘렀고, 나는 꼼짝도 않은 채 그가 나를 붙잡고 있게 내버려두었다.

그는 내 눈물의 의미를 알아 버렸다.

"욕망? 그것도 내게?"

나는 여전히 입을 다문 채 눈물 때문에 희미해진 시야를 통해 멍하니 그를 바라보았다.

"네가 어떤 해도 입지 않게 하겠다고 네 아버지에게 약속했다."

그가 부드럽게 말했다.

"이미 해를 입었어요."

그것은 피할 수 없는 진실이었다.

그는 고개를 저었다. 그의 짙은 눈에서 따뜻한 온기가 전해져 왔다.

"아니, 이건 아무것도 아니야. 이건 그냥 철없는 풋사랑의 열병이지. 젊은 시절 나도 그런 희미한 감정에 속아 결혼을 했다. 하지만 넌 아냐. 이 감정을 이겨내고, 정혼자와 결혼해라. 그래서 너처럼 검은 눈을 가진 아이들이 집 안을 온통 뛰어다니는 그런 가정을 꾸미도록 해."

나는 고개를 저었지만, 목이 메어 말을 할 수가 없었다.

"중요한 것은 사랑이 아니다. 중요한 것은 사랑을 위해 무엇을 할 것인지 선택하는 것이다. 넌 네 사랑을 위해 무엇을 할 테냐?"

"나리를 섬기겠습니다."

그는 차가워진 내 한쪽 손을 잡더니 자신의 입술로 가져갔다. 정신이 혼미해진 나는 그의 입이 내 손가락 끝에 와 닿는 것을 느꼈다. 입술에 닿는 어떤 키스보다도 강렬한 느낌이었다. 내 입은 부드러워졌고, 입술은 마치 모든 사람이 보는 앞에서 그의 키스를 기다리듯 갈망으로 살짝 오므라들었다.

"그래, 나를 섬길 수 있겠지. 사랑에 빠진 종의 섬김을 받는 것은 남자가 누릴 수 있는 커다란 축복이다. 내 사람이 되겠나, 남장 아가씨? 마음과 영혼까지? 내가 시키는 일은 무엇이든 하겠나?"

그의 부드러운 목소리가 들렸다. 그는 고개를 들지 않고, 내 손가락에 대고 속삭였다.

그의 콧수염이 내 손을 간질였다. 그가 데리고 다니는 매의 가슴 깃털처럼 부드러운 감촉이었다.

"네."

얼마나 엄청난 약속을 하고 있는지도 모른 채 내가 대답했다.

"어떤 일이든?"

"네."

그가 갑자기 몸을 일으키더니, 한순간에 단호한 태도로 돌변했다.

"됐어, 너에게 새로운 자리를 주겠다. 새로운 임무다."

"궁에서 할 수 있는 일인가요?"

"아니."

"절 폐하께 바치셨잖아요. 전 이미 폐하의 광대예요."

그가 입을 움직여 딱하다는 듯한 표정을 지었다.

"그 불쌍한 소년은 널 찾지 않을 게다. 내일 궁으로 돌아가는 사람들 틈에 섞여 그린위치로 오너라. 그럼 모두 얘기해주지."

그는 앞으로 닥칠 모험을 생각하니 즐거워 못 견디겠다는 듯 혼자 큰소리로 웃었다. 말이 있는 곳으로 걸어가면서 그가 어깨 너머로 다시 말했다.

"내일 그린위치로 와."

그의 마부가 양손을 동그랗게 모아 주인이 딛고 올라서도록 발판을 만들었다. 로버트 경은 사냥 말의 높은 안장 위로 펄쩍 뛰어올랐다. 나는 그의 말이 요란한 발굽소리를 내며 마구간을 벗어나, 스트랜드로, 그리고 다시 잉글랜드의 차가운 아침 햇살 속으로 멀어져 가는 것을 말없이 지켜보았다. 그의 아버지는 뒤에서 좀더 천천히 말을 몰았다. 두 사람이 지나가자 모든 사람들이 모자를 벗어 경의를 표했지만, 그들의 얼굴에 드러난 불만의 표정을 나는 읽을 수 있었다.

* * *

나는 말을 타고 그린위치 궁의 영내로 들어갔다. 말에는 궁에 필요한 물자들이 실린 수레가 달려 있었다. 화창한 봄날, 강으로 이어지는 들판에는 금빛과 은빛의 수선화가 물결치고 있었다. 잠시 멈춰서서 얼굴에 와 닿는 따스해진 바람의 감촉을 만끽하고 있노라니, 더들리 가의 하인 한 사람이 내게 소리쳤다.

"당신이 광대 한나요?"

"네, 그런데요?"

"더들리 공작과 로버트 경이 더들리 가의 내실에서 기다리신다오. 어서 들어가시오. 지금 당장이오, 젊은이!"

나는 고개를 끄덕이고는 궁 안으로 달려 들어갔다. 왕실 가족들이 기거하는 방들을 지나, 그에 못지않은 위용을 자랑하는 더들리 가의 사저를 향해 뛰었다. 문 앞에서 더들리 가 제복을 입은 병사들이 나를 위해 문을 활짝 열어 주었다. 내가 들어간 곳은 공작이 평민들의 탄원을 듣는 알현실이었다. 나는 또 다른 문들을 몇 개 지났다. 문을 하나 지날 때마다, 점점 더 작고 아늑한 방들이 나왔다. 마침내 마지막 문이 좌우로 열리자, 로버트 경이 필사본 두루마리가 펼쳐진 책상 위에 몸을 굽히고 있는 모습과, 그의 어깨 너머로 두루마리를 살펴보고 있는 공작의 모습이 보였다. 나는 그 필사본이 존 디가 만든 것임을 단번에 알아챘다. 존 디가 아버지에게서 빌린 브리튼 지역의 옛 지도들을 일부 차용하고, 뱃사람들이 쓰는 해안선도들을 참고하여 직접 계산해 만든 지도였다. 디 선생은 잉글랜드를 둘러싸고 있는 바다가 국가의 중요한 자산이라는 믿음에서 이 지도를 만들었지만, 공작의 목적은 다른 데 있었다.

지도의 런던에는 수많은 군중과 작은 게임 말들이 놓여 있었다. 파랗게 칠해진 바다에는 더 많은 말들이 있었다. 잉글랜드 북부에 놓인 여러 가지 색깔의 말들은 스코틀랜드인들을 가리키는 것 같았다. 동쪽에는 로버트 경의 체스 게임에서 본 졸(쭈)들처럼 생긴 또 다른 말이 모여 있었다. 나는 로버트 경과 공작에게 공손히 절을 했다.

"빨리 해야 해. 아무도 반발할 생각을 못 하도록, 즉시 해치워야 해. 그러면 북쪽 놈들, 스페인 놈들, 그리고 아직도 그 여자에게 충성하고 있는 놈들까지 여유 있게 처리할 수 있어."

공작이 얼굴을 찡그리며 말했다.

"그럼 그 여자는요?"

로버트 경이 조용히 물었다.

"그 여자는 아무것도 할 수 없어. 달아나려고 한다면, 네 꼬마 첩자가 우리에게 알려 주겠지."

그러면서 공작은 나를 보았다.

"한나 그린, 너는 이제부터 레이디 메리를 측근에서 모시게 될 거다. 다시 궁으로 부를 때까지 레이디 메리의 광대로 일해라. 내 아들

말로는 네가 입이 무겁다던데, 사실이냐?"

나는 목 뒤쪽이 서늘해지는 것을 느꼈다.

"비밀을 지킬 수 있습니다."

그러나 쓸데없이 덧붙였다.

"하지만 그러고 싶지 않습니다."

"아무 때나 정신을 잃고 예언을 하거나 알고 있는 것을 불어버리지도 않겠지?"

"제가 나리를 위해 일하게 된 것은 제가 정신을 잃고 예언을 하기 때문입니다. 계시의 발현을 막을 수는 없습니다."

"자주 예언을 하나?"

공작이 아들에게 물었다.

로버트 경은 고개를 저었다.

"아주 드물게 합니다. 주제 넘는 말을 하지도 않고요. 예지력보다 두려움이 뭔지 더 잘 아니까요. 재치 있게 돌려 말할 줄도 압니다. 그런 걸 다 관두더라도, 바보 광대 따위가 하는 얘기를 누가 신경이나 쓰겠습니까?"

공작은 짧게 웃었다.

"다른 바보가 귀를 기울이겠지."

로버트가 조용히 웃으며 말했다.

"한나는 비밀을 지킬 것입니다. 저 아이는 제 사람입니다, 마음도 영혼도."

공작은 고개를 끄덕였다.

"좋다, 그러면 나머지를 설명해라."

나는 귀를 막아버리고 싶은 심정으로 고개를 저었다. 하지만 로버트 경이 테이블 건너편으로 와서 내 손을 잡았다. 그는 내게 가까이 다가왔고, 내가 고개를 들었을 때 내 눈은 그의 어두운 시선과 마주쳤다.

"남장 아가씨, 레이디 메리에게로 가라. 그녀가 어떤 생각을 하고, 어디로 가고, 누구를 만나는지 내게 보고해라."

나는 눈을 깜빡였다.

"그분을 감시하라고요?"

그는 망설였다.

"그녀와 가까워지라는 말이다."

"정확히 말해서, 감시하라는 뜻이다."

공작이 분명히 말했다.

"나를 위해 해주겠니? 내게는 정말 큰 도움이 될 거다. 나를 사랑한다면 내 부탁을 들어주기 바란다."

로버트 경이 말했다.

"위험한 일인가요?"

머릿속에는 종교 재판소의 수사관들이 육중한 나무문을 두드리는 소리와 우리 집 문턱을 넘는 그들의 발소리가 들려왔다.

"아니다. 네가 내 사람인 한 네 안전은 내가 보장한다. 너는 나의 광대이고, 내 보호 하에 있다. 네가 더들리 가의 사람인 이상, 아무도 너를 해치진 못해."

"제가 할 일은 뭔가요?"

"레이디 메리를 감시하고 내게 편지로 보고해라."

"편지를 쓰라고요? 나리를 만날 수는 없나요?"

그가 미소 지었다.

"내가 사람을 보내면, 그때 나를 만나러 오거라. 그리고 무슨 일이 생기면……."

"무슨 일이라뇨?"

로버트 경은 어깨를 으쓱했다.

"변화무쌍한 시기가 아니냐? 무슨 일이 생길지는 아무도 알 수 없지. 그래서 메리 공주의 일거수일투족을 감시하라고 부탁하는 것이고. 내 부탁을 들어주겠니? 네 사랑을 걸고? 나의 안전을 위해서?"

나는 고개를 끄덕였다.

"예."

그는 재킷 안으로 손을 집어넣더니 편지 한 통을 꺼냈다. 내 아버지가 공작에게 보낸, 필사본의 배달을 약속하는 편지였다.

"이것이 네가 사용할 암호다."

로버트 경이 부드럽게 말했다.

"첫 문장의 첫 스물여섯 글자가 보이지?"

"네."

나는 종이를 훑어보았다.

"이 스물여섯 글자를 알파벳처럼 사용해서, 내게 편지를 써라. 여기, My Lord라는 부분이 너의 A, B, C이다. M은 A, Y는 B, 이런 식이다, 알겠니? 같은 글자가 두 번 나오는 단어에서는 한 번만 써라. 첫 편지에서는 첫 스물여섯 글자, 두 번째 편지에서는 두 번째 스물여섯 글자, 이렇게 계속 바꾸어 간다. 나에게도 편지의 복사본이 있으니, 네게서 온 메시지들을 해석할 수 있다."

그는 내 눈이 편지를 훑어 내려가는 것을 보았다. 내가 알고 싶은 것은 한 가지 뿐이었다. 얼마나 오랫동안 이런 보고 체계가 계속될 것인가? 편지를 열 통은 넘게 쓸 수 있는 분량의 문장들이 있었다. 나를 몇 주 동안이고 보지 않을 생각이었던 것이다.

"꼭 암호로 써야 하나요?"

나는 초조하게 물었다.

그의 따뜻한 손이 내 차가운 손가락들을 감쌌다.

"쓸데없는 소문을 피하기 위해서야. 그래야 남의 이목을 피할 수 있지."

그가 달래듯 말했다.

"얼마나 오래 가 있어야 하는데요?"

"별로 오래 걸리지는 않을 거야."

"제게 답장을 해주실 건가요?"

그는 고개를 저었다.

"뭔가 네게 물어 볼 것이 있을 때에만 편지를 쓸 거다. 내 편지도 이 연감을 이용해서 암호로 쓸 거야. 첫 번째 편지에서는 첫 스물여섯 글자, 두 번째 편지는 그 다음 스물여섯 글자. 내가 보낸 편지들은 읽는 즉시 태워버려. 네가 쓴 편지의 복사본도 만들지 말고."

나는 고개를 끄덕였다.

"누군가 이 편지를 발견하더라도, 이건 그냥 네 아버지가 네 편에 보낸 것을 네가 잊고 있었을 뿐이다."

"예, 나리."

"내가 부탁한 그대로 해줄 수 있겠니?"

"네, 언제 출발해야 하나요?"

나는 비참한 심정으로 물었다.

"삼 일 내로 떠나라."

뒤쪽 테이블 가에 서 있던 공작이 끼어들었다.

"레이디 메리의 거처로 생필품을 실은 마차를 보낼 것이다. 그 마차와 함께 출발해라. 내 암말을 하나 줄 테니 데리고 있다가 돌아올 때 사용해라. 뭐든 나나 로버트에게 위협이 될 만한 일이 생기면, 아주 사태가 심각할 경우에는 그 말을 타고 즉시 우리에게 달려와 보고해야 한다. 알겠나?"

"도대체 공작 어르신께 위협이 될 만한 일이 무엇인가요?"

나는 잉글랜드를 호령하는 남자를 향해 물었다.

"나도 그게 궁금하다. 그러니 네가 잘 지켜보고 있다가 알려줘야 한다. 너는 레이디 메리 곁에서 로버트의 눈과 귀가 되어라. 내 아들이 너를 믿어도 된다고 했으니, 우리를 실망시켜서는 안 된다."

"예, 나리."

나는 공손하게 대답했다.

* * *

로버트 경은 아버지에게 사람을 보내 작별인사를 해도 좋다고 했다. 아버지는 강물이 빠질 때에 맞추어 고기잡이배를 타고 그린위치까지 나를 만나러 왔다. 나는 아버지의 옆에 앉아 있는 다니엘을 발견했다.

"당신도 왔군요!"

나는 흔들리는 배 위에서 아버지를 부축하고 있는 그를 보고, 아무런 감흥 없이 말했다. 그는 엷은 미소를 띠며 말했다.

"그래, 왔어요. 감동했지요?"

나는 아버지에게로 다가갔다. 나를 끌어안는 아버지의 팔이 느껴졌다.

"아, 파파. 잉글랜드에는 오지 않는 거였어요."

나는 스페인어로 속삭였다.

"*케리다(querida)*, 무슨 일 있었니?"

"메리 아가씨에게 가야 해요. 여행도 무섭고, 메리 아가씨와 함께 사는 것도 무섭고, 또…….."

나는 말을 멈췄다. 거짓말을 하고 있다는 사실과 이제 다시는 내 마음에 대해 솔직히 말할 수 없을 것이라는 깨달음 때문이었다.

"제가 어리석은 바보예요."

"딸아, 나와 함께 집으로 가자. 로버트 경에게 너를 놓아달라고 말하마. 가게도 그만두고, 잉글랜드를 떠나자꾸나. 네가 여기에 매여 있을 필요는……."

"로버트 경의 명령으로 가는 거예요. 그리고 이미 가겠다고 말했어요."

아버지의 부드러운 손길이 짧게 자른 내 머리를 토닥여 주었다.

"*케리다(querida)!* 너, 불행하니?"

"불행하지 않아요."

나는 아버지를 안심시키려고 애써 웃어 보였다.

"제가 어리석은 거죠. 왕위를 이으실 분과 함께 살게 되는데, 그리고 로버트 경이 직접 제게 가라고 말씀하셨는데."

아버지는 다소 미심쩍어 했다.

"내가 여기에 있다가, 네가 부르면 달려가마. 아니면 다니엘을 보낼게. 둘이 달아나. 그렇게 해줄 거지, 다니엘?"

나는 아버지의 팔에 안긴 채, 정혼자 쪽으로 몸을 돌렸다. 다니엘은 강둑에 둘러쳐진 나무 난간에 몸을 기댄 채 서 있었다. 그는 참을성 있게 기다리고 있었지만, 얼굴은 창백했고 불안으로 표정이 일그러져 있었다.

"차라리 지금 데리고 가겠어요."

아버지는 나를 놓아 주었다. 나는 다니엘에게 한 발짝 다가갔다. 그의 뒤에는 둑에 매인 채 파도에 흔들리는 배 한 척이 아버지와 그를 기다리고 있었다. 나는 소용돌이치는 강물을 보았다. 곧 조수가 바뀔 것이다. 지금 당장이라도 강을 따라올라갈 수 있었다. 그는 강물의 흐름을 고려하여 신중하게 이 시간을 고른 것이다.

"가서 메리 아가씨를 모시겠다고 이미 말했어요."

내가 조용히 그에게 말했다.

"그 사람은 신교도들이 지배하는 국가에 살고 있는 구교도요. 당신의 신앙과 종교적 습관들에 대해 그 어느 때보다도 철저하게 의심받을 거요. 다니엘은 나요. 그런데 왜 당신이 사자 굴에 들어가야 하지? 그리고 메리 공주를 위해 당신이 할 수 있는 일이 뭔데요?"

그가 내게로 좀더 가까이 다가와 우리는 목소리를 낮추고 이야기를 나눌 수 있었다.

"말동무도 되고, 광대로서 즐겁게 해드릴 거예요."

나는 잠시 생각하다가, 마침내 그에게 사실을 말해주기로 결심했다.

"나는 로버트 경과 공작이 보내는 첩자예요."

다니엘이 귓속말을 하기 위해 몸을 기울이자 우리의 머리가 거의 맞닿아 나는 그의 뺨의 온기를 이마에 느낄 수 있었다.

"메리 공주를 감시하는 거요?"

"네."

"그런데 당신도 동의했다고요?"

나는 망설이다가 말했다.

"그 사람들은 아버지와 내가 유대인인 걸 알아요."

그는 잠시 아무 말도 하지 않았다. 내 어깨로 그의 단단한 가슴이 느껴졌다. 그의 팔이 나의 허리를 감더니 나를 바싹 끌어안았다. 그의 품은 따뜻했다. 그에게 안겨 있으니, 살면서 거의 느껴 본 적 없는 안도감이 밀려 왔다. 나는 그대로 잠시 동안 꼼짝도 하지 않았다.

"그 사람들이 우리를 해칠까요?"

"아니요."

"하지만 당신은 그들의 인질이오."

"어떤 면에서는 그래요. 하지만 그것보다는 로버트 경이 내 비밀을 알기 때문에 안심하고 자신의 비밀도 털어놓는 것 같아요. 로버트 경과 아주 긴밀하게 연결되어 있는 느낌이에요."

그는 잠시 고개를 끄덕였다. 나는 목을 길게 빼고 그의 찡그린 얼굴을 보았다. 처음에는 그가 화를 내고 있는 줄 알았지만, 곧 그가 뭔가 골똘히 생각하고 있다는 것을 깨달았다.

"그 사람이 내 이름도 알아요? 우리 어머니나 누이들도? 우리 모두가 위험한 거요?"

"그냥 내게 정혼자가 있다는 정도만 알아요. 이름은 모르구요. 당신 가족에 대해서는 전혀 몰라요."

나는 은연중에 우쭐해 하며 말했다.

"당신에게 위험을 끼칠 만한 일은 안 해요."

"그래요, 당신 혼자 다 감당하고 있지."

그의 얼굴에 불만스러운 표정이 잠시 스쳤다.

"심문이라도 당하게 되면 오래 버티지 못할 거요."

"당신에 대해 털어놓지는 않을 거예요."

내가 재빨리 말했다.

그는 곤혹스러운 표정을 지었다.

"고문을 당하면 누구나 입을 열게 돼요, 한나. 돌멩이 한 무더기면 대부분의 사람들은 진실을 털어놓게 마련이지요."

그는 내 머리 너머로 흐르는 강물을 내려다보았다.

"한나, 당신을 보내지 말아야겠어요."

그는 나의 즉각적인 불응의 몸짓을 감지했다.

"사소한 말 한마디 때문에 싸우지는 말자구요. 당신 주인으로서 당신을 구속하겠다는 뜻이 아니오. 제발 가지 말아달라는 부탁이라면 좀 나을까? 가면 위험에 빠질 것이 불을 보듯 뻔하니까 말이오."

"뭘 하든 이미 위험에 빠진걸요. 그나마 이렇게라도 해야 로버트 경이 날 보호해 줄 거예요."

"당신이 그 사람의 명령에 고분고분 따를 때만 그렇겠지요."

나는 고개를 끄덕였다. 내 스스로 위험을 자초했다는 말을 차마 할 수 없었다. 로버트 경을 위해서라면 나는 더 큰 대가라도 지불했을 것이다.

그는 부드럽게 감긴 팔을 풀었다.

"당신을 이렇게 혼자 내버려두게 돼서 미안해요. 나를 불렀으면 더 빨리 왔을 텐데. 당신 혼자 모든 짐을 다 지려고 하지 말아요."

나는 어린 시절 느꼈던 공포와 유럽 여기저기를 돌며 도망 다닐 때의 기억을 떠올렸다.

"당신은 이제 혼자가 아니오, 내가 있으니까."

그의 목소리에는 너무 어린 나이에 가장이 된 젊은 남자다운 자부심이 담겨 있었다.

"내가 당신 대신 짐을 질게요."

"내 짐은 나 혼자 질 거예요."

나는 단호하게 말했다.

"그래, 당신은 독립적인 여자였지요. 하지만 당신이 위험에 처했을 때, 내게도 기회를 준다면 감히 당신을 데리고 달아나고 싶어요."

나는 그의 과장된 말투에 피식 웃었다.

"약속하지요."

나는 남자아이 같은 복장에 걸맞게 손을 내밀어 악수를 청했다. 하지만 그는 내 손을 끌어당기더니 머리를 숙였다. 아주 부드럽게 그가 내게 키스했다. 입술을 온통 덮는 키스였다. 그의 따뜻한 입술이 내 입술에 느껴졌다.

그는 나를 놓아 주더니 배 위로 올라갔다. 나는 약간 어지러웠다. 독한 술이라도 들이켠 것 같은 느낌이었다.

"아, 다니엘!"

나는 겨우 숨을 몰아쉬었지만, 그는 이미 배에 올라타는 중이었고,

내 말을 듣지 못했다. 나는 고개를 돌려 입가의 미소를 감추려고 애쓰는 아버지를 보았다.

"신의 가호가 있기를. 제발 무사히 집에 돌아오너라."

아버지가 조용히 말했다. 나는 나무로 된 강둑에 무릎을 꿇고 앉아 아버지의 축복을 기다렸다. 아버지의 손이 내 머리를 다정하게 토닥였다. 아버지는 내 손을 잡아 일으키며 말했다.

"멋진 젊은이지?"

웃음을 머금은 목소리로 묻더니, 아버지는 망토를 몸에 두르고 발판을 밟고 내려가 고기잡이배에 올라탔다.

배가 부두를 떠나 빠른 속도로 어두워지는 강물을 가로질렀다. 나만 강둑에 홀로 남겨졌다. 물안개가 강 위로 피어오르고 짙어지는 어둠 속으로 그들의 윤곽이 사라졌다. 들리는 것이라고는 물을 가르며 노 젓는 소리와 노걸이의 끼익 끼익 소리뿐이었다. 그 소리마저 들리지 않게 되자 남은 것이라고는 작은 배와, 강물이 높아지는 소리, 조용한 바람 소리뿐이었다.

1553년 여름

레이디 메리는 런던 북쪽 하트퍼드셔의 헌스든에서 기거했다. 그곳까지는 꼬박 사흘이 걸렸다. 런던에서 말을 타고 출발한 우리 일행은 진흙탕 계곡을 따라 난 구불구불한 길을 지나 노스 월드 고개를 간신히 넘었다. 도중에 다른 일행들과 잠시 길동무를 하기도 하고 도중에 밤을 보내기도 했다. 한 번은 여인숙에서 또 한 번은 전에 수도원이었다는 웅장한 건물에서 묵었다. 그 건물을 손에 넣은 사람은 수도원에 있던 이단의 망령들을 말끔히 없애 버리고 적잖은 이익을 챙겼다고 한다. 그 결과 우리는 마구간 위의 건초 보관대에서 잠을 자야 했다. 마차를 모는 마부는 이 수도원의 인심이 아주 좋았다며 투덜거렸다. 훌륭한 수도사들이 여행자들에게 푸짐한 저녁 식사와 편안한 잠자리를 마련해 주었고, 여행을 안전하게 마치도록 기도도 해주었다고 했다. 자신도 아들이 심하게 아파 거의 목숨이 위태로울 뻔했을 때 이곳의 수도사들이 아들을 보살피고 약초와 특별한 기술로 치료해 준 덕택에 아들이 다시 건강해졌다는 말도 했다. 그런데도 돈 한 푼 받지 않고 자신들은 하느님의 종으로 가난한 이들을 돌보는 것은 자신들의 의무라고 말했다는 것이었다. 여행 중에 지나치게 된 크고 작은 유명한 수도원들에도 다 비슷한 이야기들이

전해왔다. 하지만 모든 수도원들은 이제 대귀족들의 소유였고, 그들은 잉글랜드의 교회에서 재물을 빼앗아 자신들의 주머니를 두둑이 해야 한다고 조언함으로써 많은 재산을 모았다. 수도원에서 가난한 사람들을 먹이고, 수녀원에서 운영하는 병원에서 무료로 환자들을 치료하고, 마을의 아이들을 가르치고, 노인들을 보살피던 풍경은 아름다운 조각상들과, 찬란한 필사본들과, 위대한 장서들처럼 더 이상 볼 수 없게 되었다.

마부는 온 나라가 다 이 모양이라고 툴툴거렸다. 위대한 수도원들은 잉글랜드의 버팀목이었지만 신의 부름을 받고 그곳에서 일하던 수사들과 수녀들은 모두 쫓겨났다. 공공의 자산이던 것들이 개인의 자산으로 뿔뿔이 흩어져 다시는 회복될 수 없게 되어버렸다.

"불쌍한 국왕이 승하하시고, 메리 아가씨께서 즉위하시면 모든 게 예전으로 돌아갈 거요. 그분은 백성들을 위한 여왕이 되실 게야. 예전에 좋던 시절로 다시 돌아가게 해주실 테니까."

마부가 말했다.

나는 조랑말 고삐를 꽉 움켜쥐었다. 우리는 큰 길 한가운데 서 있었고, 주변에 우리의 말을 듣는 귀는 없었지만, 나는 어딘가에 항상 음모가 도사리고 있는 것 같아 불안했다.

"이 길들도 한번 보시오. 여름에는 먼지가 날리고, 겨울에는 진흙탕에, 구덩이가 메워질 날이 없고, 도둑놈들이 기승을 부리지요. 왜 그런지 아시오?"

마부석에서 어깨 너머로 고개를 돌리며 그가 계속 투덜거렸다.

"먼저 갈게요. 아저씨 말대로 먼지가 정말 대단하네요."

마부는 고개를 끄덕여 앞으로 가라는 몸짓을 했다. 그의 끝없이 투덜대는 소리가 내 뒤로 점점 멀어졌다.

"사원들이 모두 폐쇄되고 나서는 순례자들도 사라지고, 순례자들이 없으니 길에 돌아다니는 사람들이라고는 밑바닥 인생들과 그런 인생들을 등쳐먹는 강도들뿐이라오. 민심도 흉흉해지고, 건물들은 폐허가 되고, 길도 엉망이 되고……."

나는 말을 몰아 좁은 두렁 위로 올라갔다. 부드러운 두렁 위를 말은 이리저리 뛰며 마차를 앞질러 달렸다.

마부가 그리워하는 잉글랜드의 옛 모습을 모르는 나는 그가 느끼는 변화를 느낄 수 없었다. 내 눈에 비친 초여름 아침의 잉글랜드는 아주 근사했다. 둑을 따라 장미넝쿨이 굽이굽이 자라 있었고, 인동덩굴과 콩 꽃 위로 십여 마리의 나비가 나풀거리고 있었다. 들판의 농작물들은 철을 한 책등처럼 깔끔한 작은 선을 그리며 자라고 있었고, 언덕 위에서 풀을 뜯는 양떼들은 촉촉하고 싱그러운 초록 바탕에 점점이 박힌 솜털 같았다. 내가 살았던 시골 풍경과 사뭇 다른 주변의 모습에 놀라지 않을 수 없었고, 흑백으로 반짝이는 건물들이 늘어선 탁 트인 마을들과 황금빛 갈대로 엮은 지붕, 여기에 굽이굽이 여울마다 물살이 약해지며 맑게 반짝이는 강물은 마치 길 위로 녹아 들어오는 듯했다. 싱그러움을 물씬 풍기는 시골 풍경 때문에, 파룻파룻한 나무들로 온통 뒤덮인 농가의 연초록 빛 뜰이며, 거름더미 위에서 하늘거리는 데이지 꽃들, 이끼로 뒤덮인 회반죽벽의 오래된 집들도 전혀 생소해 보이지 않았다. 내가 떠나온 스페인의 마을과 비교할 때, 이곳은 삶의 물기에 푹 절어서 마치 인쇄공의 스펀지 같았다.

처음에는 뭔가 빈틈이 보였다. 이리저리 꼬인 덩굴들이며, 구부러진 올리브 나무도 없었다. 오렌지, 레몬, 라임나무가 무성한 과수원도 없었다. 언덕들은 완만하고 초록색이었다. 스페인의 언덕들처럼 높지도, 뜨거운 태양에 붉게 달아오른 바위로 뒤덮여 있지도 않았다. 가슴이 서늘해지는 스페인의 파란 하늘 대신 구름이 듬성듬성

떠다니는 잉글랜드의 하늘에는 빙글빙글 맴도는 독수리떼 대신 종달새가 날아올랐다.

풍요로운 초록이 가득한 풍경에 넋을 잃은 채 나는 말을 몰았다. 하지만 이 비옥한 풍요 속에도 굶주림은 존재했다. 마을 사람들의 얼굴에서, 묘지에 새로 쌓아 올려진 둔덕에서 나는 굶주림의 흔적을 보았다.

마부의 말이 옳았다. 잠시나마 잉글랜드에 평화를 가져다주었던 균형은 이미 고인이 된 헨리 8세의 손에 깨어져 버렸다. 새로운 왕은 아버지의 뒤를 이어 이 나라를 더욱 큰 혼란 속으로 몰아넣고 있었다. 위대한 수도원들은 폐쇄되었고, 그곳에서 봉사하던 수도사들과 수녀들은 거리로 내몰렸다. 위대한 장서들은 원래의 자리를 잃어버리고, 쓰레기 취급을 받았다. 아버지의 가게에서 찢겨진 필사본들을 수없이 보아온 나는 학자들이 수세기에 걸쳐 달성한 위업이 이단에 대한 두려움 때문에 외면당한다는 것을 알고 있었다. 부유한 교회가 지니고 있었던 위대한 황금 잔은 사사로운 욕심의 제물이 되어 녹아내렸고, 신앙심 깊은 이들의 수없는 입맞춤으로 손과 발이 닳아버린 아름다운 조각상들과 예술품들은 철거되고 파괴되었다. 어떤 이들은 풍요롭고 평화롭던 나라 곳곳을 순례하며 파괴행위를 일삼기도 했었다. 교회가 다시 거룩한 순례자들과 지친 여행자들을 위한 안전한 안식처 역할을 하기 위해서는 적어도 몇 년은 걸릴 것이다.

낯선 나라를 자유롭게 여행하는 모험에 잔뜩 심취해 있던 나는 마부의 휘파람과 나를 부르는 목소리에 실망했다.

"여기가 헌스든이오."

그제야 나는 아무 걱정 없이 보낸 며칠간의 평화가 끝났고, 다시 일상의 임무로 돌아가야 한다는 것을 깨달았다. 그것도 두 가지의 임무로 말이다. 하나는 믿음과 신앙이 가장 중요한 관심사인 이곳에서 신성한 광대로서의 역할을 하는 것이고, 또 하나는 반역과 모함이 지배하는 이곳에서 더들리 가의 첩자로서의 역할을 수행하는 것이었다.

길에 피어오른 먼지와 공포 때문에 나는 마른침을 삼켰다. 말을 마차 옆에 가까이 댄 나는 네 개의 육중한 바퀴 뒤에 몸을 숨긴 채, 공허한 창 너머에서 오솔길을 따라 다가가는 우리들을 말없이 지켜보고 있을 누군가의 날카로운 시선을 피하기라도 하려는 듯 마차에 바싹 붙어 말을 몰았다.

레이디 메리는 자신의 방에서 수를 놓고 있었다. 그녀가 하얀 리넨 천에 검은 실로 수를 놓아 만들고 있는 것은 스페인 수공예품이었다. 귀부인 한 사람이 독서용 책상에 서서 큰소리로 책을 읽어 주고 있었다. 가까이 다가가자, 서툰 발음의 스페인어가 귀에 들어왔다. 내가 얼굴을 찡그리는 것을 본 레이디 메리는 즐겁게 웃으며 말했다.

"아, 드디어 왔군. 스페인어를 할 줄 아는 아가씨!"

그녀는 탄성을 지르며 손을 내밀어 입맞추게 했다.

"물론 글을 읽을 줄 알아야 하겠지만……."

나는 잠시 생각했다.

"읽을 줄 압니다."

서적상의 딸이 자신의 모국어를 모른다면 말이 안 될 것이라고 생각하며 내가 말했다.

"그래? 그럼 라틴어는?"

"라틴어는 모릅니다. 스페인어만 읽을 줄 압니다. 영어를 읽는 법도 배우는 중입니다."

섣불리 학식을 뽐내는 것이 얼마나 위험한지 이미 존 디와의 만남을 통해 터득한 나였다.

레이디 메리는 책을 읽던 시녀에게 돌아섰다.

"수잔, 너도 기쁘지? 이젠 매일 오후 내게 책을 읽어 줄 필요가 없어."

고작 광대 복장의 계집아이에게 자리를 빼앗긴 수잔은 전혀 기뻐하는 기색이 없이, 다른 여자들 틈에 앉아 바느질감을 집어들었다.

"궁에는 별일 없느냐? 우리끼리만 얘기를 하는 게 좋겠구나."

레이디 메리가 말했다.

고개를 한 번 끄덕이자, 여자들은 모두 퇴창가로 자리를 옮겨, 볕이 드는 창가에 둥글게 모여 앉았다. 목소리를 낮추고 마치 우리들에게는 관심이 없는 척했지만, 다들 하나같이 귀를 쫑긋 세우고 내 말에 집중하고 있을 것이 뻔했다.

"국왕은 어떠시냐? 동생이 내게 뭔가 전하는 말은 없느냐?"

손짓으로 내게 자신의 발치에 있는 쿠션에 앉으라고 권하며, 그녀가 물었다.

"없습니다, 마마."

레이디 메리는 내 말에 실망한 표정이었다.

"내 생각을 좀더 할 줄 알았는데. 몸도 아프고 하니 말이다. 국왕이 어렸을 때 언제나 병을 달고 살았고, 그때마다 내가 간호를 해주었지. 국왕이 그때 일을 기억해 주었으면 했는데, 그러면 우리가……."

나는 그녀의 말이 이어지기를 기다렸지만, 그녀는 추억에서 빠져나오려는 듯 손가락 끝을 서로 톡톡 부딪쳤다.

"어쨌든 다른 전할 말은?"

"공작께서 사냥에서 잡은 고기와 신선한 채소를 보내셨습니다. 가구들과 함께 마차에 싣고 온 것을 제가 부엌으로 보냈습니다. 그리고 편지도 보내셨습니다."

공주는 편지를 받아 봉인을 뜯더니 조심스럽게 내용물을 꺼냈다.

그녀의 얼굴에 미소가 번지고, 부드러운 웃음소리가 들렸다.

"아주 좋은 소식을 가져다주는구나, 한나. 내 돌아가신 아버지가 유언으로 남긴 돈이 이제야 내 손에 들어온다는군. 아버지가 돌아가시고 오랫동안 체납되었던 것이지. 영원히 받을 수 없을 줄 알았는데, 여기 이렇게 왔구나. 런던 금세공업자(당시의 금세공업자들은 금융업을 겸했음: 역주) 앞으로 발행된 어음이군. 이제 밀린 대금도 갚고 웨어의 상점주들 앞에서도 얼굴을 들 수 있겠어."

"감축드립니다."

적절한 말인지는 모르겠지만, 달리 할 말이 떠오르지 않았다.

"그래, 아버지의 첫째 왕비를 통해 얻어진 유일한 적통인 내가 내 재산이라면 벌써 손에 넣었으리라고 생각했겠지만, 그들은 미루고 미루다가 이제야 내 손에 넘겨주는구나. 나를 굶겨 죽이려나 싶었다. 하지만 이제 나에게도 은혜를 베풀 모양이군."

레이디 메리는 말없이 생각에 잠겼다.

"문제는 갑자기 내게 왜 이렇게 잘해 주느냐는 거지."

그녀는 뭔가 캐내려는 듯 나를 뚫어지게 보았다.

"엘리자베스도 상속분을 받았느냐? 그 아이에게도 비슷한 편지를 가지고 갈 거니?"

나는 고개를 저었다.

"마마, 제가 어찌 알겠습니까? 저는 분부대로 전할 뿐입니다."

"아무런 언질이 없었어? 그 아이가 궁으로 국왕을 찾아가지 않았느냐?"

"제가 떠나 올 때에는 궁에 안 계셨습니다."

나는 조심스럽게 대답했다.

공주는 고개를 끄덕였다.

"그럼, 국왕은? 내 남동생은 어때? 병세가 나아지기는 하는 건가?"

나는 잔뜩 기대에 부풀어 새로운 치료법이랍시고 국왕을 괴롭히기만 하다가 조용히 사라져 버린 의사들을 떠올렸다. 내가 그린위치 궁을 떠나온 날, 공작은 왕을 간호하게 될 늙은 여인을 데리고 왔다. 아이를 받고 죽은 사람을 염하는 기술밖에는 없는 쭈글쭈글한 산파였다. 국왕의 병은 나을 것 같지 않았다.

"그렇지 않은 듯합니다, 마마. 날씨가 더워지면 가슴의 통증이 가라앉을 것이라고 했지만, 지금 상태는 전보다 훨씬 안 좋으십니다."

레이디 메리는 내게로 몸을 숙였다.

"말해봐, 거짓 없이 사실대로. 내 동생은 죽는 건가?"

나는 망설였다. 왕의 죽음을 이야기하는 것이 반역일지 아닐지 확신이 서지 않았다.

메리 공주는 내 손을 잡았고, 나는 그녀의 단호하게 보이는 각진 얼굴을 들여다보았다. 내 눈이 그녀의 정직한 검은색 눈과 마주쳤다. 신뢰할 수 있는 여인이며, 사랑할 수밖에 없을 것 같은 여장부였다.

"걱정 말고 이야기 하렴. 비밀은 지키마. 비밀을 지키는 데는 이력이 났단다."

"하문하시니, 말씀드리겠습니다. 제가 보기에는 확실히 돌아가실 것 같습니다. 하지만 공작께서는 부인하고 계세요."

나는 조용히 말했다

레이디 메리는 고개를 끄덕였다.

"그럼 이 결혼은?"

나는 망설였다.

"결혼이라니요?"

그녀는 약간 짜증이 난 듯 혀를 찼다.

"제인 그레이와 공작의 아들 말이야. 궁에서는 뭐라고들 하나?"

"아가씨께서는 내키지 않아 하시고, 공작의 아드님도 그다지……."

"그런데 공작은 왜 이 결혼을 추진했지?"

"아드님이 나이가 찼기 때문이 아닐까요?"

나는 슬쩍 넘겨짚었다.

레이디 메리는 나를 보았다. 칼날처럼 예리한 눈이었다.

"그것 말고 뭐 다른 얘기는 없어?"

나는 어깨를 으쓱했다.

"제가 들은 바로는 없습니다."

"그러면 너는? 이 낯선 곳에 오겠다고 자청했니? 그린위치의 화려한 궁을 버리고 게다가 아버지와도 헤어져서?"

제인 그레이에게는 더 이상 관심 없다는 듯, 그녀가 물었다.

일그러진 웃음은 그녀가 나를 신용하고 있지 않다는 것을 말해주었다.

"로버트 경이 가라고 말씀하셨어요. 그 아버님이신 공작께서도 그러셨고요."

나는 털어놓고 말았다.

"왜 가야 하는지도 얘기해 주었니?"

나는 비밀을 지키기 위해 입술을 깨물고 싶었다.

"아니요, 마마. 그냥 마마의 동무가 되어 드리라고 하셨어요."

레이디 메리는 여성에게서 한 번도 본 적이 없는 그런 눈으로 나를 보았다. 스페인 여자들은 흔히 곁눈질로 사람을 본다. 얌전한 여자는 언제나 시선을 똑바로 두지 않는 법이었다. 잉글랜드의 여자들은 자신의 앞에 있는 땅으로 시선을 고정시킨다. 내가 남자 시동의 옷차림을 즐겼던 이유 중 하나는 남자인 척하는 동안에는 고개를 들고 주변을 마음껏 둘러볼 수 있었기 때문이다. 하지만 몸을 꼿꼿이 세운 채, 두 주먹을 옆구리에 대고, 마치 태어날 때부터 세상을 지배할 운명임을 알기라도 했던 것 같은 초상화 속의 아버지 헨리 8세의 눈처럼, 메리 공주의 시선은 대담했다.

그녀의 시선은 아버지를 닮았다. 남자처럼 강한 시선으로 내 얼굴을 훑어보고, 내 시선을 읽고 자신의 거짓 없는 얼굴과 맑은 눈을 보여 주었다.

"네가 두려워하는 것이 무엇이냐?"

느닷없는 질문이었다.

나는 당황해서 한동안 아무 말도 할 수 없었다. 잡혀갈까 봐, 종교 재판에 회부될까 봐, 의심을 받을까 봐 무서웠다. 고문당할까 봐, 장작더미 위에 맨발로 서서 꼼짝없이 이교도의 죽음을 맞게 될까 봐 두려웠다. 다른 사람들의 정체를 드러내어 죽게 만들까 봐 무서웠고, 음모의 음흉한 기운 그 자체가 무서웠다. 나는 손등으로 뺨을 쓸었다.

"그냥 좀 긴장했을 뿐입니다. 잉글랜드에 온 지도, 궁에 들어 간 지도 얼마 되지 않았거든요."

나는 조용히 말했다.

잠시 아무 말도 하지 않던 레이디 메리는 조금 전보다 부드러운 눈으로 나를 보았다.

"가엾구나, 이렇게 어린 나이에 외톨이가 되다니, 이 깊은 물살을 혼자 헤쳐가야 한다니 말이다."

"저는 로버트 경의 보살핌을 받고 있습니다. 외톨이가 아닙니다."

그녀는 내 말에 미소를 짓더니 잠시 후 입을 열었다.

"너는 좋은 말동무가 될 것 같구나. 즐겁게 웃는 얼굴과, 들뜬 목소리만 있어도 살 것 같던 때가 있었지. 몇 날이고, 몇 달이고 심지어 몇 년 동안 그런 얼굴을 보지도 목소리를 듣지도 못하고 살았어."

"저는 다른 사람을 웃기는 광대가 아닙니다. 특별히 즐겁게 해드리지 못할 겁니다."

메리 공주는 내 말에 큰소리로 웃었다.

"나도 너무 자주 웃을 수 없는 입장이란다. 그러니, 넌 내게 딱 맞
는 말동무인 셈이구나. 자, 내 친구들을 소개하마."

그녀는 자신의 시중을 드는 귀부인들을 곁으로 부르더니 하나하나
내게 소개시켜 주었다. 그 중 한두 사람의 부인들은 독실한 구교도
로서 자신들의 신앙을 고수하며 구교도 공주를 섬기는 일에 자부심
을 갖고 있었다. 다른 두 사람은 언니들이 지참금을 다 가져가고, 좋
지 못한 조건에 억지로 시집가느니, 영락한 공주를 모시는 것이 그
나마 조금 낫기 때문에 그곳에 있는 양가 댁 규수들로, 얼굴에는 참
담한 표정이 깃들어 있었다. 왕국의 그늘, 정통과 이단, 합법과 불법
의 경계에 있는 절망의 그늘이 드리워진 궁정이었다.

저녁 식사 후 레이디 메리는 미사에 참석했다. 구교 미사는 불법이
었기 때문에, 그녀 혼자서 미사에 가야 했지만, 그녀는 거리낌이 없
었으며, 예배당의 맨 앞에 무릎을 꿇고 앉았고 다른 사람들도 조용
히 뒤쪽에 자리 잡았다.

나는 다른 여자들을 따라 예배당 문 앞까지 갔지만, 어쩔 줄 몰라
제자리에서 망설였다. 왕과 로버트 경에게는 아버지와 내가 신교도
라고 강력하게 주장했지만, 왕과 로버트 경 모두 메리 공주가 신교
도들이 지배하는 잉글랜드에서 구교의 교리를 지키는 섬 같은 존재
라는 점을 알고 있었다. 허드렛일을 하는 가장 비천한 하녀가 내 앞
을 지나 기도를 올리러 갔다. 나는 어떻게 해야 좋을지 몰랐다. 가톨
릭 미사에 참석했다는 이유로 고발당할지도 모른다는 생각에 두려
웠다. 하지만 이런 환경에서 어떻게 확고한 신교도로 남아 있을 수
있겠는가.

결국 나는 타협을 하기로 했다. 나는 예배당 밖의, 사제와 미사에

참석한 다른 사람들의 목소리가 들릴 만한 위치이지만 미사에 참석했다는 혐의를 피할 수 있을 만한 곳에 자리를 잡았다. 외풍이 들어오는 창가에서 조마조마 마음을 졸이며 언제라도 벌떡 일어나 달아날 만반의 준비를 하고 있었다. 내 손은 자꾸만 얼굴로 가서 뺨을 닦아냈다. 화형대의 불길에서 날아온 검댕이 달라붙는 것 같았다. 어디로 가야 할지 몰라 안절부절못하는 동안 뱃속이 뒤틀렸다.

미사가 끝나자, 나는 레이디 메리의 방으로 불려가서 그녀가 읽는 라틴어 성서를 들었다. 나는 아무것도 알아듣지 못한다는 듯 일부러 멍한 표정을 지었다. 그녀가 내게 성경책을 건네주며 서재 구석의 제자리에 갖다 놓으라고 할 때에는, 절대로 첫 페이지에 있는 인쇄자의 이름을 확인하려 해서는 안 된다고 스스로 다짐했다. 아버지가 만든 책보다 형편없었다.

레이디 메리는 일찍 잠자리에 들었다. 쓰러져가는 성벽 너머로 어둡고 텅 빈 대지가 보이는, 바람이 들어오는 어두운 창들과 어둡고 긴 복도를 지나서 흔들리는 촛불 하나에 의지해 침실로 향했다. 다른 사람들도 모두 일찍 잠자리에 들었다. 밤늦게까지 할 일도 없었고, 별다른 일도 일어나지 않았기 때문이다. 레이디 메리는 찾아오는 사람이 있을 만큼 명성이 대단하지도, 배우나, 무용수들이나 상인들이 드나들 만큼 부유하지도 않았다. 그녀가 우울해 보이는 것도 무리는 아니었다. 공작이 그녀를 외부로부터 단절시켜, 그녀의 마음과 영혼을 가라앉게 만들고, 매일매일 차디찬 이곳에서 외로움과 불행을 경험하게 만들고 싶었던 것이라면, 이곳은 더없이 훌륭한 선택이었다.

* * *

헌스든 궁은 내가 예상한 그대로였다. 몸도 성치 않은 환자가 버림받은 사람들을 다스리는 침울한 곳이었다. 레이디 메리는 고질적인 두통을 앓았는데, 매일 저녁이면 찾아오는 극심한 고통으로 마치 하늘에서 빛이 사라지듯 얼굴빛이 어두워졌다. 시녀들은 그녀가 얼굴을 찡그리는 것으로 고통스러워 한다는 것을 알아챘지만, 레이디 메리는 한 번도 입 밖에 내어 아프다고 하지 않았다.

언제나, 나무 의자에 꼿꼿이 앉아 자세를 흩트리는 법이 없었고, 장식이 새겨진 등받이에 기대거나 팔걸이에 기대지 않았다. 눈을 가늘게 뜨고 희미한 촛불을 노려보면서도, 어머니가 가르쳐 준 그대로 여왕처럼 허리를 곧게 펴고, 머리를 높이 쳐들었다. 나는 레이디 메리의 가장 가까운 친구이며, 바로 옆에서 시중을 드는 제인 도머에게 메리 공주가 몸이 약한 것 같다고 말했다. 그러자 제인은 내가 본 것은 아무것도 아니라고 귀띔해 주었다. 생리 기간이 되면, 출산의 고통에 맞먹을 만큼 심한 통증을 겪지만 어떤 방법도 도움이 되지 않는다고 했다.

"왜 그렇게 아프신 거죠?"

제인은 어깨를 으쓱했다.

"어렸을 때부터 몸이 약하셨지. 마르고 예민하셨어. 하지만 어머님께서 쫓겨나시고, 아버님께서 자신의 출생을 부정하시자, 마치 독이라도 마신 것처럼 심한 고통을 앓으셨어. 구토가 멎질 않아, 아무것도 삼키지 못하셨어. 침대에서 일어날 수도 없는 상황이라 바닥을 기어다녀야만 했지. 어떤 이들은 그 악마 같은 불린 계집(두 번째 왕비 앤 불린: 역주)이 정말로 공주님에게 독을 먹인 거라고들 했어. 공주님이 위독한 상황이었는데도 어머님을 만나게 해주질 않았어. 캐서린 왕비께서도 따님을 만나러 왔다가 다시는 궁으로 돌아갈 수 없게 될까 봐 두려워하셨지. 불린 계집과 국왕 폐하가 어머니와 딸 모두를 파괴시켰어. 캐서린 왕비께서는 끝까지 버텨 내려 하셨지만, 지병과 심장마비로 끝내 돌아가셨지. 공주님도 돌아가실 뻔했어. 그 정도로 심한 고통을 겪으셨지만, 살아나셨지. 신앙을 부정하고, 어머님의 결혼을 부정하도록 강요당했지만. 그 이후로 이 끔찍한 고통에 시달려 오셨단다."

"의사들은……?"

"몇 년간은 의사의 진찰도 받지 못하게 했어, 글쎄."

제인의 언성이 높아졌다.

"치료를 받지 못해 여러 차례나 돌아가실 고비를 넘겼어. 그 못된 불린 계집이 공주님이 돌아가시길 바랐던 거야. 내 장담하는데 그 계집이 독을 보낸 게 한두 번이 아니야. 공주님은 힘들게 사셨어. 반 감금 상태에, 반은 성녀처럼 고통과 분노를 삭이면서."

* * *

레이디 메리에게 아침은 하루 중 가장 기분 좋은 시간이었다. 미사를 보고 간단히 아침 식사를 마치고 나면, 그녀는 걷기를 좋아했고, 자주 나를 동무 삼아 산책을 했다. 6월 하순의 어느 따뜻한 날 레이디 메리는 내게 자신의 곁에서 같이 걸으며 정원에 피어난 꽃들의 이름을 대라고 했고, 스페인의 날씨를 물어보았다. 나는 그녀를 앞질러 가지 않으려고 애써 보폭을 좁게 했다. 갑자기 그녀가 걸음을 멈추더니 한 손을 옆구리에 대고 가만히 서 있었다. 얼굴에서는 핏기가 사라졌다.

"오늘 아침에는 어디가 불편하십니까, 마마?"

"그냥 피곤해서 그런다. 어젯밤에 잠을 못 잤단다."

레이디 메리는 근심 어린 내 표정을 보고 미소를 지었다.

"이전에 비하면 이 정도는 아무것도 아니란다. 난 좀더 감정을 다스리는 법을 배워야겠어. 하지만 이렇게 아무것도 모르고 마냥 기다려야만 하다니……. 게다가 그 아이를 조종하고 있는 그들이 노리는 것이 무엇인지 빤히 알면서……."

"국왕 폐하 말씀이십니까?"

"그 아이가 태어나고 하루도 빠짐없이 그 아이를 생각했어!"

느닷없이 레이디 메리가 격한 목소리로 외쳤다.

"그 작은 아이가 혼자서 그 많은 짐을 지고 가야 하다니. 아주 총명한 아이지만, 그러면서도……. 글쎄, 잘은 모르지만 마음은 차가운 아이야, 정작 따뜻해야 할 마음이 말이다. 불쌍한 아이야, 어머니도 없이! 우리 셋 모두 똑같아, 버려졌지. 모두 어머니를 잃고, 한 치 앞도 알 수 없는 인생을 살아야 해. 그 애보다는 엘리자베스를 더 많이 걱정했지. 당연하지만. 그런데 엘리자베스도 멀리 떨어져 있는 지금, 국왕은 만날 수도 없고. 물론 국왕도 걱정돼. 그 애에게 그들이 무슨 짓을 하는지, 그 애의 몸과 영혼에……. 그리고 그 애의 유언장에."

"유언장이라니요?"

"그건 내 몫이다."

레이디 메리가 사납게 말했다.

"내 생각이지만, 네가 만약 그들의 사주를 받고 온 것이라면 내가 절대로 잊지 않을 거라고 말해줘. 그건 내 것이라고. 아무것도 나의 권리를 부정할 수는 없다고."

"보고 같은 것은 하지 않습니다!"

내가 외쳤다. 사실이었다. 나는 한 번도 편지를 쓰지 않았다. 이곳에 온 후 단조롭고 조용한 낮과 밤을 보내는 동안 로버트 경이나 그의 아버지에게 보고할 일은 아무것도 생기지 않았다. 내가 여기서 만난 사람은 지켜보고 기다리기만 하며 위태롭게 하루하루 살아가는 병약한 공주일 뿐, 음모를 꾸미는 반역자가 아니었다.

"아무튼."

그녀는 나의 변명을 무시했다.

"어떤 것도, 아무도 내 자리를 부정할 수는 없어. 내 아버지가 내게 남기신 거야. 나, 그리고 다음은 엘리자베스의 차례야. 나는 한 번도 에드워드를 해치려고 한 적이 없어. 물론 나를 찾아와 어머니의 이름을 들먹이며 동생을 몰아내라고 부추기는 사람들도 있었지. 엘리자베스가 내 입장이 되더라도 그 애는 나를 해치지 않을 거야. 우리 셋 모두 계승자들이야. 차례차례 아버지의 뜻을 이어받게 될 거야. 엘리자베스도 내가 에드워드 다음이라는 걸 알아. 에드워드는 아들이니까 제1순위로 왕위를 이어 받은 것이고, 나는 최초의 적통 공주로서 그의 다음이야. 우리 셋 모두 아버지의 뜻에 순종할 것이고, 아버지의 뜻대로 셋이 차례로 왕위를 물려받을 거야. 나는 엘리자베스를 믿고, 에드워드도 나를 믿어. 그래, 네가 그들에게 고해바치지 않는다니 말이지만, 앞으로 누가 네게 물어보든 넌 이렇게 대답해 주거라. 내가 내 자리를 지킬 것이라고. 그리고 이 나라는 내 것이라고."

어느새 피로에 지친 모습은 사라지고, 그녀의 두 뺨은 붉게 달아올랐다. 그녀는 담으로 둘러싸인 작은 정원을 둘러보았다. 마치, 자신이 다스릴 왕국 전체와 다시 세울 위대한 번영과 여왕으로서 만들어갈 새로운 변화들을 둘러보듯 두 눈에는 위엄이 서려 있었다. 그녀가 재건할 수도원들 그리고 그들에게 그녀가 새로이 부여할 생명들이 정원에서 자라고 있는 것 같았다.

"다 내 거야. 난 잉글랜드의 여왕이 될 거야. 아무도 나를 무시할 수 없어."

레이디 메리의 얼굴은 숙명을 예감한 듯 광채를 띠었다.

"그것이 내가 살아갈 이유다. 다시는 아무도 나를 동정할 수 없을 거야. 내 삶을 이 나라에 바칠 거야. 평생 결혼하지 않고, 아이도 갖지 않고, 잉글랜드의 신부로서, 잉글랜드의 어머니로 살 거야. 다른 어떤 사람에게도 마음을 빼앗기지 않겠어. 아무도 내게 명령하지 못할 거다. 나는 백성을 위해 살아갈 거야. 그것이 신성한 내 소명이니까. 그들을 위해 내 삶을 바칠 거야."

레이디 메리는 나를 내버려두고 거처로 발길을 돌렸고, 나는 멀찌감치 그녀의 뒤를 쫓았다. 아침햇살에 안개가 걷히고, 앞서가는 그녀 주변의 공기가 가벼워진 것 같았다. 순간 나는 현기증을 느꼈다. 이 여인이 이 나라를 위한 진정한 이상을 품은 위대한 여왕임을 깨달았던 것이다. 새로운 여왕은 자신의 아버지가 이 나라의 교회와, 백성들의 일상에서 앗아가 버린 풍요와 아름다움과 인간에 대한 애정을 되찾아 줄 것이다. 그녀의 황금색 실크 후드 주변의 햇빛이 너무나도 찬란하여, 마치 왕관을 쓴 것 같았다. 나는 잔디밭의 질긴 덤불에 걸려 넘어지고 말았다.

레이디 메리는 돌아서더니 내가 바닥에 무릎을 꿇고 앉아 있는 것을 보았다.

"한나?"

"마마는 여왕이 되실 것입니다."

나는 짤막하게 말했다. 내 안의 예지력이 내 목소리를 빌어 말하고 있었다.

"국왕 폐하는 한 달 안에 서거하십니다. 여왕 폐하 만세. 가련한 아이, 불쌍하기도 해라."

어느새, 레이디 메리는 내 곁으로 와, 나를 일으켜 세웠다.

"뭐라고 했니?"

"마마께서 여왕이 되실 것입니다. 국왕 폐하의 운이 빠르게 쇠하고 있습니다."

잠깐 정신을 잃었다가 다시 눈을 떠보니 레이디 메리가 나를 내려다보고 있었다. 여전히 나를 꼭 안고 있었다.

"더 해줄 말은 없느냐?"

그녀가 부드럽게 물었다.

나는 고개를 저었다.

"죄송합니다, 마마. 제가 뭐라고 했는지도 잘 모릅니다. 알고 하는 말이 아닙니다."

레이디 메리는 고개를 끄덕였다.

"성령이 너의 입을 빌려 이야기하는구나. 내게 특별한 소식을 전하려고 했던 거야. 이 이야기는 너와 나만의 비밀로 해주겠니?"

잠시, 나는 망설이며 내가 충성을 바쳐야 할 복잡하게 얽힌 사람들의 관계에 대해서 생각했다. 나는 로버트 경에 대한 의무, 아버지와, 어머니의 내 믿음에 대한 존경, 다니엘 카펜터와의 약속을 저버릴 수 없었다. 그런데 지금 이 곤경에 처한 여인 또한 내게 비밀을 지켜달라고 말하고 있었다. 나는 고개를 끄덕였다. 로버트 경도 이미 알고 있는 사실을 그에게 재차 말하지 않는다고 해서 심각한 배신행위를 했다고 말할 수는 없었다.

"그러겠습니다, 마마."

나는 일어서려고 했지만, 어지러워서 다시 무릎을 꿇고 말았다.

"됐다, 머리가 맑아질 때까지 일어나지 마라."

레이디 메리는 내 곁의 풀밭에 앉더니 무릎으로 내 머리를 조심스럽게 받쳤다. 아침 햇살은 따스했고, 정원의 벌들과 아득히 멀리서 들려오는 뻐꾸기 소리가 몸을 나른하게 했다.

"눈을 감아라."

그녀가 말했다.

나는 레이디 메리의 무릎을 베고 그대로 잠이 들고 싶었다.

"저는 첩자가 아니에요."

나의 한마디에 그녀의 손가락이 내 입술에 와 닿았다.

"쉿, 네가 더들리 부자를 위해 일하고 있다는 것을 안다. 그리고 네가 좋은 아이라는 것도 알지. 네가 처한 복잡한 상황을 나 말고 누가 더 잘 이해할 수 있겠니? 두려워하지 마라, 애야. 나는 다 이해한단다."

그녀의 부드러운 손길이 내 머리를 쓰다듬었고, 그녀의 손가락이 짧게 자른 내 곱슬머리를 빙그르르 감았다. 눈이 감기고 등과 목 뒤의 힘이 풀리면서 나는 그녀와 함께 있는 내가 안전하다는 것을 깨달았다.

레이디 메리도 어느새 먼 과거를 여행하고 있었다.

"오후가 되면 엘리자베스랑 이렇게 앉아서 그 애를 재우곤 했어. 그 애가 내 무릎을 베고 누우면, 난 그 애가 자는 동안, 그 애의 머리를 땋아 주었지. 청동, 구리, 금빛이 모두 섞인 곱슬머리였어. 정말 예쁜 아이였지. 어린애답게 밝고 순수했어. 난 겨우 스무 살이었지. 그 애가 내 딸이고, 난 남편의 사랑을 받는 행복한 아내라고 상상했어. 그리고 곧 또 다른 아이, 아들이 태어날 거라고."

우리는 한참을 말없이 그 자리에 있었다. 그때 갑자기 집 안으로 통하는 출입문이 벌컥 열리는 소리가 들렸다. 나는 벌떡 일어나 앉았다. 시녀 한 사람이 어두운 집 안에서 달려나와 주위를 두리번거리며 황급히 레이디 메리를 찾고 있었다. 여주인이 손을 흔들자, 시녀가 달려왔다. 마가렛이었다. 마가렛이 가까이 다가올수록 나는 레이디 메리의 자세가 점점 꼿꼿해지는 것을 보았다. 그녀는 등을 곧게 펴고, 나의 예언을 시녀의 입을 통해 확인하기 위해 마음을 가다

듣었다. 시녀가 다가왔을 때, 그녀는 잉글랜드식 정원에 앉아 있다가 졸고 있는 광대를 곁에 두고 미리 준비해 온 잠언의 한 구절을 인용하며 자신의 왕위 계승 소식을 맞고 싶었던 것이다. 그녀는 이제 그 구절을 조용히 읊조리고 있었다.

"우리 눈에는 놀라운 일, 주님께서 하신 일이다."

"마마! 큰일 났어요!"

시녀는 흥분한데다가, 달려오는 바람에 숨이 차서 말을 제대로 잇지 못했다.

"지금 교회에서……."

"뭐?"

"마마를 위한 기도를 하지 않았습니다."

"나를 위한 기도라니?"

"기도를 안 했어요. 항상 하듯 국왕과, 보좌관들을 위해 기도를 했지만, '그리고 국왕의 자매들을 위해' 라고 기도해야 하는 부분을 빼버렸어요."

레이디 메리의 날카로운 시선이 마가렛의 얼굴을 재빨리 스쳤다.

"우리 둘 다? 엘리자베스도?"

"네!"

"확실한 건가?"

"네."

레이디 메리는 벌떡 일어섰다. 그녀는 불안감으로 눈살을 찌푸린 채 말했다.

"톰린슨을 웨어로 보내, 스태퍼드 주교에게 가라고 해. 필요하면 다른 교회에도 들러 정황을 살펴보고. 다른 곳에서도 같은 일이 벌어졌는지 확인하도록 해."

마가렛은 재빨리 절을 하고 치맛자락을 붙잡더니 다시 돌아갔다.

"그게 무슨 소리예요?"

나는 얼른 일어서며 물었다.

레이디 메리는 나를 보았지만, 마음은 다른 생각을 하고 있었다.

"노섬벌랜드 공작이 내게 공격을 시작했다는 뜻이다. 애초에 내게 국왕의 병세가 얼마나 심각한지도 말해주지 않았어. 그러더니, 이제는 사제들에게 엘리자베스와 내 이름을 기도에서 빼버리도록 했지. 그 다음에는 우리 대신 다른 사람을 집어넣겠지. 자기가 옹립할 다른 계승자의 이름을. 내 불쌍한 동생이 죽어버리면, 나와 엘리자베스를 가둬버리고, 당치도 않은 후계자를 왕위에 세울 거야."

"누구요?"

"에드워드 코트니. 내 사촌이지. 노섬벌랜드가 내세울 사람은 그 자밖에 없어. 공작 자신이나 자기 아들들을 내세울 수는 없을 테니까."

공주가 단호하게 말했다.

나는 순간 정신이 번쩍 들었다. 결혼식, 레이디 제인 그레이의 하얗게 질린 얼굴과 누군가의 포악한 야심에 처참하게 휘둘린 흔적인 멍 자국.

"아뇨, 그렇지 않아요. 제인 그레이 아가씨가 있잖아요."

"노섬벌랜드 공작의 아들 길포드와 결혼한 새 신부!"

레이디 메리도 수긍했다. 공주는 잠시 말이 없었다.

"감히 그런 일을 꾸밀 줄이야. 그 애의 어머니는 내 사촌이야. 딸을 내세우려면 자신은 물러나야 해. 하지만 제인은 신교도이고, 더들리의 아버지는 막강한 권력을 휘두르고 있지."

그녀는 허탈하게 웃었다.

"세상에! 그 애는 정말 골수 신교도야. 엘리자베스보다 더하지. 그게 중요하게 작용했을 거야. 신교도임을 이용해 내 동생의 유언장에 자신의 이름을 끼워 넣었겠지. 그리고 신교도의 이름으로 반역을 꾀한 거야. 주님, 이 어리석은 아이를 용서하소서. 그 애는 이용만 당하다가 파멸할 거야, 가엾게도. 하지만 우선, 그 애보다 내가 먼저 당하겠지. 그래야만 할 거야. 내 백성들의 기도에서 내 이름을 빼버린 건 시작에 불과해. 그 다음에는 나를 잡아 가두고, 누명을 씌워 죽이겠지."

그렇지 않아도 창백한 레이디 메리의 얼굴이 순식간에 더 하얗게 질렸다. 나는 그녀가 비틀거리는 것을 보았다.

"맙소사, 엘리자베스는 어떻게 하지? 그놈들이 우리 둘 다 죽일 텐데."

공주가 나직하게 중얼거렸다.

"둘 다 죽여야 할 거야. 안 그러면, 신교든 구교든 다 들고 일어날 테니까. 나를 제거하고, 진정한 신앙을 위해 싸울 용기 있는 자들을 제거해야 할 거야. 하지만 엘리자베스도 살려둘 수는 없겠지. 엘리자베스가 살아 있는 마당에 신교도들이 제인 그레이나, 허수아비 같은 길포드를 따를 리가 없어. 내가 죽으면, 엘리자베스가 다음 왕위를 잇게 돼. 신교도 여왕이 나오는 거지. 반역죄를 저질렀다는 그럴 듯한 구실로 나와 엘리자베스를 옭아맬 궁리를 하고 있겠지? 한 사람만으로는 부족할 테니. 나와 엘리자베스 모두 삼 개월 내에 목숨을 잃게 될 거야."

레이디 메리는 한두 발짝 정도 나를 앞질러 가더니 다시 뒤를 돌아 내게로 다가왔다.

"엘리자베스를 구해야 해. 무슨 일이 있어도. 그 애한테 런던에 가면 안 된다고 알려줘야 해. 대신 이리로 오게 해야지. 나한테서 왕위를 빼앗아 가지는 못할걸? 그러기엔 너무 멀리 왔어. 너무 많이 참았어. 이제 와서 그들에게 내 나라를 빼앗기고, 이 땅을 죄악으로 몰아

넣을 수는 없어. 이제 와서 무너지지 않을 거야."

레이디 메리는 다시 집으로 향했다.

"어서 와, 한나! 서둘러야 해!"

그녀가 어깨 너머로 재촉했다.

그녀는 위험을 알리는 편지를 엘리자베스 공주에게, 또 한 통의 편지를 조언을 해줄 누군가에게 썼다. 나는 두 편지 중 어느 것도 보지 못했다. 하지만 그날 밤 나는 로버트 경이 건네준 필사본을 꺼냈다. 아버지의 편지를 이용해 나는 조심스럽게 암호 편지를 썼다.

*M*은 기도문에서 자신의 이름이 빠진 것을 알고 몹시 놀랐습니다. 그녀는 J 아가씨가 왕위 계승자로 추대될 것이라고 믿고 있으며, 엘리즈에게 편지를 써서 위험을 알리고, *Sp* 대사에게는 조언을 구하는 편지를 썼습니다.

나는 잠시 쓰기를 멈췄다. 글자 하나하나를 바꾸어 쓴다는 것이 쉽지는 않았지만, 나는 단 한 줄, 아니 단어 하나라도 그에게 나의 존재를 상기시킬 뭔가를 집어넣고 싶었다. 나를 다시 궁으로 불러달라고 조르고 싶었다. 단 한 줄, 아주 단순한 한 마디로 그에게 나를 기억시키고 싶었다. 그의 첩자도 광대도 아닌, 사랑하는 마음과 영혼을 다해 그를 섬기겠다고 약속한 여자로서 나를 기억하게 만들고 싶었다.

'당신이 그리워요.'라고 썼다가, 긁어내 버렸다. 암호로 바꾸어 쓰는 수고도 하지 않았다.

'언제 집으로 돌아갈 수 있어요?' 역시 썼다가 지웠다.

결국 나는 아무것도 쓰지 않았다. 어린 국왕이 죽어가고, 자신의 동생과 결혼한 창백한 얼굴의 소녀가 잉글랜드의 여왕이 되어 더들리 가에 절대 권력을 안겨줄지도 모르는 마당에, 로버트 경의 관심을 내게로 돌릴 만한 것은 아무것도 없을 것 같았다.

* * *

이제 런던으로부터 들려올 국왕의 서거소식을 기다리는 일밖에 달리 할 일이 없었다. 레이디 메리는 자신만의 비밀 경로를 통해 서신을 주고받았다. 하지만 삼사 일에 한 번씩 공작은 그녀에게 편지를 보내 따뜻한 날씨가 국왕의 쾌유를 돕고 있으며, 몸의 열이 가시고 가슴의 통증도 좋아졌다는 소식과 함께, 새로 임명된 어의가 한여름까지 국왕의 완전한 회복을 기대하고 있다고 전했다. 이 낙관적인 소식을 처음부터 끝까지 한번 읽은 레이디 메리는 불신으로 눈가를 살짝 찌푸렸다. 그녀는 편지를 접어 책상 서랍에 집어넣고는 다시는 꺼내보지 않았다.

그리고 7월의 첫 주 날아든 한 통의 편지에 그녀는 숨을 멈추고, 한 손을 가슴에 얹었다.

"국왕 폐하는 어떠십니까, 마마? 나빠지시진 않았나요?"

내가 물었다.

레이디 메리의 뺨이 생기를 띠었다.

"공작 말이 내 동생이 좋아지고 있대. 많이 회복되어서 나를 만나고 싶어한대."

그녀는 자리에서 일어나 창가로 다가가더니 중얼거렸다.

"제발, 그 애가 정말 회복되었기를…… 정말 좋아져서, 우리 두 사람의 관계가 예전처럼 좋아지기를…… 정말 좋아져서, 그 간악한 조언자들의 정체를 꿰뚫어 보기를…… 주님께서 그 애가 다시 일어서서 마침내 올바른 판단을 하도록 힘을 주신 거야. 아니면 적어도, 이 음모에 종지부를 찍도록. 아, 성모님. 제가 가야 할 이 길에 빛을 밝혀 주소서."

"가실 건가요?"

나는 이미 벌떡 일어서 있었다. 런던으로, 로버트 경이 있는 궁으로, 아버지와, 다니엘, 나를 비교적 안전하게 보호해줄 사람들이 있는 곳으로 돌아간다는 생각만으로도 가만히 앉아 있을 수가 없었다.

레이디 메리는 어깨를 곧게 펴더니 결정을 내렸다.

"나를 만나고 싶어한다면, 당연히 가야지. 말을 준비하라고 일러. 우리는 내일 떠난다."

그녀는 두꺼운 치맛자락을 스치며 방을 나갔다. 나는 공주가 시녀들을 불러 각자 옷가지를 챙기라고 지시하는 것을 들었다. 우리 모두 런던으로 가는 것이었다. 공주가 위층으로 올라가는 소리가 들렸다. 어린 소녀처럼 마룻바닥을 구르는 발소리, 가볍고 들뜬 목소리가 들렸다. 공주는 다시 아래층으로 내려와 제인 도머에게 가장 좋은 보석들을 특별히 신경 써서 준비하라는 지시를 내렸다. 국왕이 실제로 회복되었을 경우 열릴 무도회와 축하연에 대비하기 위해서였다.

다음날 우리는 길을 떠났다. 메리 공주를 상징하는 삼각기를 앞세운 우리 주변을 공주의 병사들이 에워쌌다. 작은 마을을 지날 때면 사람들이 집에서 달려나와 메리 공주의 이름을 축복하는 말들을 쏟아 냈고, 아이들을 높이 들어올려 공주를 보게 했다. 진정한 공주, 자신을 환호하는 백성들에게 웃어주는 공주의 모습을 보여 주고 싶었던 것이다.

말 등에 탄 레이디 메리는 헌스든에서 내가 처음 본 하얗게 질린 반 수감 상태의 여인과는 다른 사람이었다. 잉글랜드인들의 환호를 받으며 런던을 향해 말을 모는 그녀에게는 진정한 공주의 위엄이 있었다. 짙은 붉은색 드레스와 재킷은 그녀의 검은 눈을 더욱 빛나게 해주었다.

낡은 붉은색 장갑을 낀 한 손은 고삐를 잡고, 다른 한 손은 자신의 이름을 부르는 모든 사람들을 향해 흔들어주면서 레이디 메리는 능숙하게 말을 몰았다. 양 뺨은 붉게 타올랐고, 흐트러진 몇 가닥의 머리카락이 모자 밖으로 삐져나와 있었다. 그녀는 머리를 높이 쳐들었고, 그녀의 사기는 하늘을 찌를 듯했다. 지친 기색이라곤 찾아볼 수 없었다. 안장에 앉아 있는 모습은 강건했고, 여왕의 긍지를 드러내고 있었다. 말의 움직임에 몸을 맡긴 그녀의 뒤로 우리는 런던으로의 대장정을 계속했다.

런던으로 가는 동안 나는 대부분의 시간을 레이디 메리의 곁에서 보냈다. 공작에게서 받은 내 작은 갈색 조랑말은 그녀의 덩치 큰 말과 보조를 맞추지 못하고 자주 나를 뒤처지게 했다. 그녀는 내게 스페인에서 어린 시절에 불렀던 노래들을 해보라고 했고, 내가 부른 노래 가운데서 어릴 적 자신의 어머니에게서 들었던 가사나 음을 기억해 내곤 했다. 나와 함께 노래를 부르는 그녀의 목소리는 자신을 사랑했던 어머니에 대한 추억으로 떨려왔다.

우리는 런던까지 힘든 여정을 계속했다. 여름이라 더욱 수위가 얕아진 여울을 철벅철벅 건넜고, 험하지 않은 길은 천천히 달렸다. 레이디 메리는 어서 궁에 도달해 무슨 일이 벌어지고 있는지 직접 확인하고 싶은 마음뿐이었다. 나는 존 디의 거울을 보고 내가 국왕의 서거 일을 7월 6일로 예언했던 일을 기억하고 있었지만, 감히 아무 말도 할 수 없었다. 잉글랜드의 왕위를 누가 이어 받을지도 예언했었지만, 내 입에서 나온 이름은 메리 여왕이 아니었다. 7월 6일이라는 예언은 주인을 기쁘게 해주고 싶다는 바람에서 나온 말이었고, 제인이라는 이름은 느닷없이 튀어나온 예언이었다. 어쩌면 둘 다 아무런 의미 없는 말이었을지도 모른다. 런던을 향해 달리고 있는 메리 공주 옆에서 나는 나의 우려가 아무 근거 없는 것이기를 바라면서, 내 예지력이 그저 허튼 속임수일 뿐일 거라는 내 생각이 맞기만을 간절히 기도했다.

레이디 메리의 뒤를 잇는 긴장한 수행 행렬 가운데서도 아마 내가 가장 불안에 떨고 있었을 것이다. 만약 내가 본 것이 사실이라면, 그녀는 동생인 국왕과의 화해가 아니라 제인 그레이의 대관식을 보게 될 상황이었다. 고작 자신의 왕위를 다른 사람에게 내어 주고자 힘껏 말을 달리고 있는 셈이며, 그 뒤를 따르는 우리들도 그녀의 불운을 함께 하게 될 것이다.

우리는 오전 내내 달려 정오가 지날 무렵에는 호데스던 시에 도착했다. 오랜 승마에 지치기도 했고, 다시 길을 재촉하기 전에 제대로 된 음식과 휴식을 취하고 싶었다. 갑자기 어떤 남자가 문에서 걸어 나오더니 한쪽 손을 들어 레이디 메리에게 신호를 보냈다. 그녀도 그를 알아보는 것이 분명했다. 그녀는 손짓으로 그 남자를 아주 가까이 불렀다. 그는 레이디 메리의 말 곁에 바싹 다가서서 고삐를 능숙하게 팔에 감았고, 그녀도 그에게로 몸을 숙였다. 그는 재빨리 할 말만 했고, 내가 신경을 잔뜩 곤두세운 채 귀를 기울였음에도 들을 수 없을 정도로 목소리를 낮췄다. 그러더니, 그는 어느새 소도시의 허름한 거리로 사라졌다. 레이디 메리는 별안간 말을 멈추도록 지시하더니, 말안장에서 순식간에 뛰어내렸다. 너무 갑작스럽게 벌어진 일이라 마부는 겨우 늦지 않게 그녀를 부축할 수 있었다. 그녀는 가까운 여관으로 달려 들어가더니 종이와 펜을 가져오라고 외쳤고, 모든 사람들에게 식사를 한 다음, 말을 돌보고 한 시간 안에 다시 출발할 수 있도록 준비하라고 지시했다.

"맙소사, 저는 정말 못 하겠어요. 너무 힘들어서 더 이상은 한 발짝도 움직일 수가 없어요."

마가렛은 자신의 앞을 지나가는 여주인에게 애처롭게 말했다.

"그럼 뒤에 남아."

레이디 메리는 평소와는 다른 날카로운 말투로 쏘아붙였다. 그 말투에서 우리는 런던의 상황이 우리의 기대와 다르며, 젊은 국왕과의 만남, 그리고 왕의 회복이 모두 이루어지지 않을 것임을 짐작할 수 있었다.

나는 감히 로버트 경에게 편지를 쓸 엄두도 내지 못했다. 그에게 편지를 전달할 방법도 마땅치 않거니와, 여행의 분위기 자체가 온통 바뀌었던 것이다. 낯선 남자가 뭐라고 했는지는 모르겠지만, 어쨌든 국왕이 자신의 누이를 궁으로 불러 춤이나 추자고 할 만큼 좋은 상태가 아님은 분명했다. 방에서 다시 나온 레이디 메리는 창백했고, 눈을 충혈되어 있었지만, 슬픔이 그녀의 태도를 누그러뜨리지는 못했다. 뭔가 결심한 듯 신경은 날카롭게 곤두서 있었고, 화가 나 있었다.

그녀는 전령 한 사람을 불러 곧바로 남쪽으로 말을 달려 런던으로 향하게 했다. 전령은 스페인 대사를 만나 조언을 구하고, 스페인 황제에게 메리 공주가 왕위 계승권을 되찾기 위해 도움을 필요로 한다는 사실을 알려달라는 공주의 청을 전해야 했다. 따로 부른 또 다른 전령에게는 레이디 엘리자베스에게 구두로 전달할 사항을 지시했다. 감히 글로 쓸 형편이 못 되었던 것이다. 자매들이 죽어가는 동생에게 반기를 들고 음모를 꾸미고 있다는 인상을 주기 싫었던 것이다.

"반드시 주변사람들을 물리고 엘리자베스에게 직접 전해야 한다."

레이디 메리가 강조했다.

"런던에 가지 말라고 해. 이건 함정이야. 살고 싶으면 지금 즉시 내가 있는 곳으로 오라고 해."

그녀는 공작에게 보낼 또 다른 편지를 준비했다. 너무 아파서 런던까지 말을 타고 여행하는 것은 무리인지라, 헌스든의 거처에서 조용히 쉬고 싶다는 내용이었다. 그런 다음 그녀는 나머지 일행 모두를 호데스던에 남아 있게 했다.

"너희 둘, 마가렛, 한나는 날 따라와."

레이디 메리는 자신이 가장 아끼는 제인 도머에게 미소를 지으며 말했다.

"나중에 뒤따라와."

그녀는 몸을 숙여 제인에게 우리의 행선지를 귓속말로 알려 주었다.

"나머지 사람들을 부탁해. 우리는 서둘러야 하니까, 다 같이 움직이긴 어려울 거야."

레이디 메리는 우리를 경호할 병사 여섯 명을 골라내고는, 사람들에게 짤막한 작별인사를 하더니 손가락으로 마부에게 신호를 보내 말에 오르는 자신을 부축하게 했다. 그녀는 말머리를 돌려 일행을 이끌고 온 길을 되돌아 호데스던을 빠져나왔다. 하지만 이번에는 런던을 등지고 반대편 북쪽으로 향했다. 태양이 서서히 우리의 머리 위를 지나 서쪽으로 기울었고, 하늘이 어두워지더니 작은 은빛 달이 검게 드러난 숲 그림자 위로 떠올랐다.

"어디로 가는 건가요, 마마? 어두워지고 있습니다."

마가렛이 애원하듯 물었다.

"어둠 속에서 말을 달릴 수는 없어요."

"케닝홀로 간다."

레이디 메리는 짤막하게 대답했다.

"케닝홀이 어디예요?"

공포에 질린 마가렛의 표정을 보며 내가 물었다.

"노퍽이야. 맙소사, 이를 어째. 공주님은 달아나시는 거야."

마가렛은 마치 이 세상 끝을 향해 가기라도 하듯 말했다.

"달아나셔요?"

나는 위험을 감지하고 목이 바싹 타들어가는 것을 느꼈다.

"바다로 가는 거야. 로위스토프에서 배를 타고 스페인으로 가시려는 거야. 그 남자가 뭐라고 했는지 모르지만, 몹시 위험한 상황이니 당장 이 나라를 떠나라는 내용이었나 봐."

"어떤 위험한 상황이오?"

나는 황급히 물었다.

마가렛은 어깨를 으쓱했다.

"낸들 아니? 반역죄를 뒤집어쓸까? 그럼 우린 어떻게 되는 거야? 스페인으로 가시는 거라면 난 집으로 갈래. 반역자를 주인으로 섬길 순 없어. 잉글랜드에서도 겪을 만큼 겪었는데, 스페인까지 쫓겨 갈 수는 없어."

나는 아무 말도 하지 않았다. 머릿속은 온통 어디로 가야 안전할 것인지에 대한 생각으로 가득 차 있었다. 아버지가 있는 집으로 가야 하나, 메리 공주 곁에 남아야 하나, 지금 당장 말을 돌려 로버트 경에게 달려가야 하나?

"넌 어떻게 할 거야?"

마가렛이 다그쳤다.

나는 고개를 저었다. 무서워서 말도 나오지 않았다. 손으로는 정신없이 뺨을 문질렀다.

"몰라요, 몰라요. 집에 가야 할 것 같아요. 하지만 어떻게 가야 하는지도 모르겠어요. 이럴 때 아버지는 뭐라고 할까? 뭐가 옳고, 뭐가 그른 건지 정말 모르겠어요."

마가렛은 소리 내어 웃었다. 젊은 아가씨의 입에서 좀처럼 듣기 힘든 냉소적인 웃음소리였다.

"옳고 그른 것 따위는 없어. 중요한 건 누가 이기고 누가 지느냐 하는 거지. 메리 공주님과 여섯 명의 병사, 나, 그리고 광대가 노섬벌랜드 공작과 군대, 런던타워, 그리고 잉글랜드의 모든 성들에 맞서는 것이고, 결국엔 지고 말 거야."

***

너무나 고달픈 여행이었다. 한밤중까지 쉬지 않고 달리던 일행은 소서턴 홀의 존 허들스톤이라는 신사(소작농을 거느린 소규모 지주: 역주)의 집에서 잠시 머물게 되었다. 나는 하녀로부터 종이와 펜을 얻어 편지를 썼다. 로버트 경이 아니라, 존 디에게 보내는 편지였다. 감히 로버트 경의 주소를 쓸 수가 없었다. '친애하는 스승님.' 이라는 말로 나는 누구든 이 편지를 뜯어보는 사람에게 내 의도를 숨길 수 있기를 바랐다. '혹시 재밌어 하실까 하고 수수께끼를 하나 내 봤어요.' 그런 다음 나는 뱀의 똬리 모양으로 암호화된 글들을 써내려갔다. 마음속으로는 내 나이 또래의 여자아이가 친절한 학자에게 보내는 게임처럼 보이길 기도했다. 내용은 간단했다.

'그녀는 케닝홀로 갑니다.' 그리고 '저는 어떻게 해야 하나요?'

하녀는 다음날까지 그곳을 지나는 마차 편에 그린위치 궁으로 보내겠다고 약속했고, 나는 편지가 제대로 목적지에 도착해 주인을 찾아가기만을 바라는 수밖에 없었다. 그런 다음 나는 부엌 아궁이 옆에 마련된 바퀴가 달린 작은 침대에 누웠다. 몹시 피곤했지만, 천천히 타오르는 불빛을 바라보며, 어디로 가야 목숨을 부지할 수 있을지 궁리하느라 한숨도 잘 수 없었다.

결국 나는 너무 일찍, 새벽 5시에 잠에서 깼다. 부엌데기 소년이 물동이와 장작을 나르느라 내 머리맡에서 부산을 떨고 있었다. 레이디 메리는 존 허들스톤의 예배당에서 아무렇지도 않은 듯 미사를 보았고, 아침 식사를 한 뒤, 오전 7시경에 다시 말에 올라 잔뜩 고무되어 소서턴 홀을 떠났다. 존 허들스톤이 공주 곁에서 길잡이 노릇을 했다.

내 앞에는 십여 마리의 말들이 서둘러 움직이고 있었다. 내 조랑말은 너무 지쳐 다른 일행과 보조를 맞출 수 없었다. 갑자기, 나는 오래전에 맡은 적이 있는 끔찍한 냄새에 화들짝 놀랐다. 뭔가 타는 냄새, 연기의 냄새였다. 쇠꼬챙이에 꽂힌 고기가 탈 때의 식욕을 자극하는 냄새도, 나무를 태우는 계절의 정취가 풍기는 순수한 냄새도 아니었다. 이단의 냄새, 악의에 찬 이들에 의해 불길이 타오르는 냄새, 누군가의 행복, 누군가의 믿음, 누군가의 집을 불태우는 냄새였다. 나는 말 위에서 고개를 돌려 방금 떠나온 소서턴 홀 방향의 지평선이 훤해지는 것을 보았다.

"마마!"

나는 소리를 질렀다. 공주는 내 목소리에 고개를 돌리더니 말을 세웠다. 존 허들스톤이 곁에 서 있었다.

"나리의 집이!"

나는 거기까지밖에 말할 수 없었다.

존 허들스톤은 내 어깨 너머로 시선을 옮기더니 다시 나를 미심쩍은 눈으로 바라보았다. 그는 무슨 일이 벌어지는지 확신할 수 없었고, 내가 맡은 연기의 냄새도 그에게는 감지되지 않았다. 레이디 메리가 나를 보았다.

"확실하니, 한나?"

나는 고개를 끄덕였다.

"저는 알 수 있어요. 연기 냄새가 나거든요."

내 목소리가 떨렸다. 내 손은 떨어지는 검댕을 닦아내려는 듯 뺨을 문지르고 있었다.

"연기 냄새가 나요. 집이 불에 타고 있어요, 나리."

존 허들스톤은 당장이라도 집으로 달려갈 기세로 말 머리를 돌리더니 자신의 집과 재산이 누구 때문에 재로 변하고 있는지 그제야 생각이 난 듯 말했다.

"용서하십시오, 아가씨. 저는 집으로 가야 합니다……. 제 아내가……."

"가시오. 그리고 똑똑히 기억해 두시오. 내가 내 집을 되찾을 때, 그대도 그대의 집을 되찾을 것이오. 내가 그대에게 새 집을 내리겠소. 나에 대한 충성의 대가로 그대가 방금 잃어버린 그 집보다 더 크고, 더 웅장한 집을 내리겠소. 나는 결코 잊지 않을 것이오."

레이디 메리가 부드럽게 말했다.

그는 고개를 끄덕였지만 귀에는 아무것도 들어오지 않는 듯했다. 그는 말을 달려 지평선 너머 불타고 있는 집으로 향했다. 그의 마부가 말을 몰아 메리 공주에게 다가갔다.

"제가 길 안내를 해드릴까요, 마마?"

"그러게. 베리 세인트 에드문즈로 데려다 주겠나?"

공주가 말했다.

그는 벗었던 모자를 다시 썼다.

"밀든 홀과 테트포드 숲을 가로질러서요? 알겠습니다."

레이디 메리는 손짓으로 다시 움직이자는 신호를 보내더니, 다시는 뒤를 돌아보지 않았다. 바로 어젯밤 자신에게 은신처를 제공했던 집이 불타는 것을 보고도, 남겨진 폐허보다는 앞으로 닥칠 싸움에 몰두할 수 있는 그녀야말로 진정한 여왕의 재목이라고 나는 생각했다.

그날 밤, 우리는 테트포드 부근의 유스턴 홀에서 묵었다. 나는 메리 공주의 침실 바닥에 누워, 내 망토로 몸을 감쌌다. 옷은 그대로 입은 채, 분명히 닥칠 것을 예감하고 있는 위험 신호를 기다리고 있었다. 밤새도록 내 감각은 온통 소리 없는 발걸음과, 기름에 적신 나무, 햇불 타는 냄새를 감지하느라 온통 곤두서 있었다. 겨우 잠깐 졸기만 했을 뿐, 나는 밤새도록 신교도들이 몰려와 우리들의 은신처를 소서턴 홀처럼 불태워버리지 않을까 불안에 떨었다. 가장 두려운 것은 사람들이 지붕과 계단에 불을 질러 꼼짝없이 갇히게 되는 것이었다. 연기 냄새를 맡으며 잠에서 깨어나게 될까 봐 나는 뜬 눈으로 밤을 새웠다. 그래서 동이 틀 무렵 달리는 말발굽 소리를 들었을 때는 거의 안도감을 느낄 정도였다. 나는 순식간에 창가로 달려갔다. 온밤을 뜬 눈으로 지새운 보람을 느끼며, 나는 잠에서 깬 레이디 메리에게 손을 뻗어 소리를 내지 말도록 했다.

"뭐가 보이니? 몇 명이나 되지?"

그녀는 침대에 누운 채 이불을 잡아당기며 물었다.

"말은 한 마리뿐이에요, 말을 타고 오는 사람은 몹시 지쳐 보이구요."

"가서 누군지 보고와."

나는 나무 계단을 달려 홀로 내려갔다. 문지기는 밖을 내다볼 수 있도록 만든 작은 구멍을 통해, 하룻밤 묵어가기를 청하는 나그네와 언쟁을 벌이고 있었다. 나는 문지기의 어깨를 툭 쳐서 그를 옆으로 물러나게 했다. 구멍을 통해 밖에 서 있는 사람을 보기 위해 나는 까치발로 서서 목을 길게 늘여야 했다.

"누구요?"

나는 최대한 두려움을 감추고 의연하게 말하려고 애쓰며 물었다.

"그러는 당신은 누구요?"

그가 되물었다. 날카로운 런던 억양을 단번에 감지할 수 있었다.

"원하는 게 무엇인지부터 말하시오."

나도 물러서지 않았다.

그는 구멍에 바싹 다가서더니 목소리를 낮추어 거의 속삭이듯 말했다.

"귀하신 분에게 전해드릴 중요한 전갈이 있소. 그분의 남동생에 관한 이야기요. 알아듣겠소?"

그가 우리를 함정에 빠트릴 적이 아니라고 확신할 만한 근거는 어디에도 없었다. 나는 모험을 하기로 했다. 한 발 물러서 문지기에게 고개를 끄덕여 보였다.

"들여보내고, 일단 들어오면 문을 다시 걸어 잠가요."

그가 들어왔다. 나는 이럴 때 내 예지력이 도움이 되었으면 얼마나 좋을까 하고 생각했다. 그의 뒤에 십여 명의 다른 남자들이 숨어 있고, 지금도 집을 에워싸고 건초 더미를 쌓아 놓은 헛간에서 불을 지르려고 하고 있을지 모르는 일이었다. 하지만 한 가지 확신할 수 있었던 것은 나그네는 먼 길을 오느라 몹시 지쳐 보였지만, 동시에 흥분으로 잔뜩 들떠 있었다는 것이다.

"무슨 전갈이오?"

"그분께 직접 전해야 하오."

실크 스커트 자락이 쓸리는 소리가 들리며 레이디 메리가 계단을 내려왔다.

"누군가?"

그녀가 물었다.

갑작스러운 그녀의 출현에 반응하는 그의 태도에서 나는 그가 우리 편임을 확신할 수 있었다. 하룻밤 사이에 세상이 우리에게 유리하게 변했다는 믿음도 생겼다. 그는 레이디 메리를 보자 재빨리 한쪽 무릎을 꿇고, 모자를 벗어 마치 여왕을 대하듯 예를 갖추었다.

레이디 메리는 한 치도 흐트러진 모습을 보이지 않았다. 마치 태어나서 줄곧 여왕이었던 것처럼 손을 내밀어 입맞추게 했다. 남자는 경건한 태도로 그녀의 손에 입을 맞추고 고개를 들어 그녀의 얼굴을 보았다.

"저는 로버트 레인즈라고 합니다. 런던의 금세공업자인데 니콜라스 트록모튼 경으로부터 동생이신 에드워드 국왕이 서거하셨다는 소식을 전하라는 명을 받고 이렇게 왔습니다, 마마. 마마께서는 이제 잉글랜드의 여왕이십니다."

"그 아이에게 신의 가호가 있기를. 에드워드의 귀한 영혼을 구원하소서."

공주가 부드럽게 말했다.

잠시 동안 아무도 입을 열지 않았다.

"그 아이는 죽기 전에 개종을 했나?"

레이디 메리가 물었다.

남자는 고개를 저었다.

"신교도로서 생을 마치셨습니다."

공주는 고개를 끄덕였다.

"그러면 내가 여왕으로 추대되었나?"

공주의 목소리는 한층 날카로워졌다.

남자는 또다시 고개를 저었다.

"사실대로 말씀드려도 되겠습니까?"

"애매한 말장난이나 하려고 먼 길 달려온 건 아닐 테지."

레이디 메리가 무덤덤하게 말했다.

"국왕은 7월 6일 밤, 고통스럽게 돌아가셨습니다."

조용한 목소리로 그가 말했다.

"6일이라고?"

공주가 그의 말을 가로 막았다.

"예, 돌아가시기 전에 선왕의 유언을 바꾸셨습니다."

"그는 그럴 법적 권리가 없어. 아버지의 결정을 바꾸었을 리가 없어."

"하지만 그렇게 하셨습니다. 마마의 왕위 계승권은 인정되지 않았습니다. 엘리자베스 마마의 경우도요. 레이디 제인 그레이가 왕위 계승자로 정해졌습니다."

"그 아이의 의지가 아니야."

얼굴이 하얗게 질리며 공주가 말했다.

그는 어깨를 으쓱했다.

"국왕의 손으로 행해진 일입니다. 추밀원과 재판관들도 모두 동의하고 서명했습니다."

"추밀원 의원들 모두?"

"한 사람, 한 사람 모두요."

"그럼 나는 어떻게 되지?"

"제가 여기에 온 것은 마마께서 왕위를 노린 반역자로 지목되었다는 점을 알리기 위해서입니다. 로버트 더들리 경이 마마를 잡아 런던탑에 가두기 위해 이리로 오고 있습니다."

"로버트 경이 온다고요?"

내가 물었다.

"그는 먼저 헌스든으로 갈 거야."

레이디 메리가 안심시켰다.

"그의 아버지에게 헌스든을 떠나지 않겠다는 편지를 썼어. 우리가 어디에 있는지 그는 몰라."

나는 반박하지 않았지만, 내가 존 디에게 보낸 쪽지가 바로 오늘 로버트 경에게 전달될 것이다. 나의 수고 덕분에, 로버트 경은 우리의 행선지를 알게 될 것이다.

메리 공주의 관심은 여동생의 안전에 쏠렸다.

"엘리자베스는?"

그는 또 한 번 어깨를 으쓱하더니 말했다.

"모르겠습니다. 벌써 잡혔는지도 모르지요. 그들은 엘리자베스 마마의 성에도 사람을 보냈으니까요."

"로버트 더들리는 지금 어디 있나?"

"알 수 없습니다. 저도 마마를 찾는 데 하루가 꼬박 걸렸습니다. 소서턴 홀에서부터 뒤쫓아 왔으니까요. 소서턴 홀에 불이 났다는 소식을 듣고 그곳에 머무르신 것을 짐작했습니다. 죄송합니다, 공주 아니, 여왕 폐하."

"국왕의 서거는 언제 선포되었나? 제인 그레이의 왕위 계승 발표는?"

"제가 출발할 때까지는 어떤 발표도 없었습니다."

메리 공주는 상황을 얼른 이해하지 못했지만, 곧 분노했다.

"국왕이 서거했다. 그런데 아직 발표조차 하지 않아? 교회의 절차도 없이? 내 동생에게 어떠한 예도 갖추지 않았다는 건가?"

"제가 아는 한, 국왕의 서거는 아직 비밀이었습니다."

공주는 고개를 끄덕였다. 하고 싶은 말들을 입술을 깨물며 꾹 참고 있었다. 그녀의 눈은 갑자기 흐려지고 경계의 빛이 서렸다.

"나를 위해 생각지도 않은 수고를 해준 니콜라스 경에게 감사하는 바이네."

공주의 한마디에 비아냥거림이 다소 강하게 묻어나왔고, 무릎을 꿇고 앉아 있는 사내에게도 느껴질 정도였다.

"니콜라스 경은 폐하께서 진정한 여왕이시라고 말했습니다."

그는 묻지도 않은 말을 했다.

"니콜라스 경과 그의 일가 모두는 폐하를 섬길 것이라고 말했습니다."

"내가 진정한 여왕이다. 나는 언제나 진정한 공주였어. 그리고 내가 이 왕국을 다스릴 거야. 자네는 오늘밤 여기서 묵도록 하게. 문지기가 잠자리를 마련해 줄 거야. 아침이 되면 런던으로 돌아가 니콜라스 경에게 내 감사의 뜻을 전하게. 내게 소식을 전해 준 것은 참 잘한 일이야. 나는 여왕이고, 내 왕위를 찾을 걸세."

공주는 뒤돌아 계단을 올랐다. 나는 잠시 망설였다.

"6일이라고 하셨나요? 7월 6일에 국왕이 서거하셨다고요?"

나는 런던에서 온 사내에게 물었다.

"그렇소."

나는 그에게 인사를 하고 메리 공주를 따라 위층으로 올라갔다. 그녀의 방에 들어서자, 공주는 문을 잠그고 여왕의 위엄도 던져 버렸다.

"하녀가 입는 옷을 갖다주고, 존 허들스톤의 마부를 깨워. 그리고 마구간에 가서 말 두 마리를 준비해. 한 마리는 나와 마부가 함께 탈 수 있도록 보조 안장을 준비하고, 또 한 마리는 네가 탈것으로 준비해."

공주가 다급하게 말했다.

"하지만 마마."

"이제 폐하라고 불러라. 나는 잉글랜드의 여왕이니까. 서둘러."

공주가 엄숙하게 말했다.

"마부에게는 뭐라고 해야 되나요?"

"오늘 안으로 케닝홀에 도착해야 한다고 말해둬. 내가 그와 함께 말을 탈 거라고. 나머지 사람들은 여기에 남겨두고, 넌 나와 함께 간다."

나는 고개를 끄덕이고 서둘러 방을 나왔다. 어젯밤 우리들의 시중을 들었던 하녀는 다른 대여섯 명의 하녀들과 함께 다락방에서 자고 있었다. 나는 다락으로 올라가 살짝 방 안을 들여다보았다. 새벽녘의 희미한 어둠 속에서 하녀를 발견한 나는 그녀를 흔들어 깨우고, 손으로 얼른 입을 막은 채 귀에 대고 속삭였다.

"이젠 더 이상 못 참겠어, 난 달아날 거예요. 은화 1실링을 줄 테니 당신 옷을 좀 줘요. 다른 사람들한테는 내가 훔쳐갔다고 하면 아무도 의심하지 않을 거예요."

"2실링은 줘야 해."

하녀는 기다렸다는 듯이 말했다.

"좋아요, 옷을 줘요. 돈을 갖다줄 테니."

하녀는 베개 밑을 뒤져 속치마와 작업복을 주섬주섬 꺼냈다.

"그냥 겉옷이랑 망토면 돼요."

잉글랜드의 여왕에게 이가 득실대는 속옷을 입혀야 한다는 생각에 기겁을 하며 내가 말했다. 하녀는 옷가지를 뭉쳐 모자와 함께 내놓았고 나는 재빨리 옷을 챙겨 메리 공주의 방으로 돌아왔다.

"여기 있습니다. 대신 2실링을 주기로 했어요."

공주는 지갑에서 동전을 꺼냈다.

"구두는 없구나."

"신으시던 걸 신으셔야 합니다. 저는 전에도 달아나 본 적이 있어서 알아요. 다른 사람의 신발을 신고 절대로 멀리 가지 못하십니다."

나는 열심히 공주를 설득했다.

공주는 소리 없이 웃었다.

"서둘러."

나는 위층으로 달려 올라가 2실링을 전해 준 다음, 존 허들스톤의 마부, 톰을 찾아내 말을 준비하도록 마구간으로 내려보냈다. 나는 부엌문 바로 밖에 있는 빵 굽는 가마로 갔다. 기대했던 대로 어젯밤 구워 놓은 빵들이 놓여 있었다. 바지와 재킷 주머니에 빵을 대여섯 덩어리 쑤서 넣어, 양 옆에 광주리를 매단 당나귀 같은 모습을 하고 나는 홀로 돌아왔다.

하녀 차림의 메리 공주가 후드를 얼굴까지 덮어 쓴 채 기다리고 있었다. 하녀에게 마구간으로 가는 문을 열어주기를 꺼리는 문지기와 실랑이가 벌이지고 있었다. 공주는 잰걸음으로 보도를 걸어오는 내 발소리를 듣고 안도의 표정으로 돌아보았다.

"그러지 말고 열어주세요. 이 사람은 존 허들스톤 나리의 하녀인데 지금 마부가 밖에서 기다리고 있어요. 아침 동이 트자마자 떠나라는 명령을 받았어요. 우리는 소서턴 홀까지 가야 하는데, 늦게 가면 매를 맞는다고요."

나는 그럴듯한 말로 문지기를 설득했다.

문지기는 기독교도의 집에 한밤중에 찾아와 성가시게 구는 사람들과 아침 일찍 떠나는 사람들에 대해 불평을 했다. 하지만 그는 문을 열어 주었고, 메리 공주와 나는 그곳을 빠져나왔다. 마부는 보조 안장을 맨 커다란 사냥용 말과, 내가 탈 작은 말을 준비해 놓고 기다리고 있었다. 나는 내 작은 조랑말을 두고 가야 했다. 힘든 여정이 기다리고 있었다.

톰은 말에 올라타더니 말을 발 디딤대로 몰고 왔다. 나는 메리 공주를 도와 마부의 뒷자리에 태웠다. 공주는 마부의 허리를 꽉 쥐었다. 얼굴을 가리기 위해 후드를 앞으로 덮어 쓴 채였다. 나도 내 말을 발 디딤대까지 몰고 와야 했다. 등자가 너무 높아서 혼자 힘으로 올라탈 수가 없었다. 일단 말에 올라타자, 땅바닥이 아득하게 보였다. 말이 긴장한 듯 옆으로 물러섰고, 내가 고삐를 갑자기 잡아당기는 바람에 말은 머리를 뒤로 젖히며 옆걸음질을 했다. 나는 평생 그렇게 큰 말을 타 본 적이 없었기 때문에 무서웠다. 하지만 작은 말로는 하루 만에 우리가 가야 할 먼 길을 달릴 수가 없었다.

톰이 말머리를 돌려 마구간 밖으로 안내했다. 나는 그의 뒤를 따라가면서 내 심장이 두근거리는 것을 느꼈다. 나는 또다시 달아나고 있었고, 또다시 두려움에 직면했다. 이번에는 아마 스페인에서, 포르투갈에서, 심지어 프랑스에서 도망 나올 때보다도 상황이 좋지 못하다는 것도 알고 있었다. 왜냐하면 이번에는 잉글랜드의 왕위를 노리는 반역자와 함께 도주하고 있었고, 로버트 더들리 경과 그의 군대의 추격을 받고 있었다.

나는 로버트 경을 섬기는 부하였지만, 동시에 공주의 신임을 받는 종이었고, 한편 유대인이었다. 하지만 성실한 기독교도였고, 신교로 개종한 이 나라에서 교황의 앞잡이인 공주를 섬기고 있었다. 가슴이 두근거리고, 심장이 요동치는 소리가 커다란 말들의 발굽소리보다 더 크게 들리는 것도 무리는 아니었다. 우리는 해가 떠오르는 동쪽으로 말을 급히 몰았다.

* * *

정오 즈음 케닝홀에 도착했을 때, 나는 왜 말들이 기진맥진할 정도로 무리해서 이곳까지 와야 했는지 알 수 있을 것 같았다. 정오의 높이 솟아 오른 태양 아래에서 케닝홀의 장원은 굴곡이라고는 없는 지평선을 배경으로 당당하게 서 있는 난공불락의 요새 같았다. 튼튼한 건물은 깊은 해자로 둘러싸여 있었는데, 가까이 가보니 그곳은 그냥 아름답게 지어 놓은 성이 아니었다. 성문에는 유사시 외부와의 차단이 가능하도록 도개교와 창살 장치가 되어 있었다. 따뜻한 느낌의 붉은 벽돌이 주는 아름다움은 보는 이의 눈을 현혹시켰지만, 그럼에도 언제 포위망에 둘러싸일지 모르는 곳이었다.

메리 공주의 방문은 예정에 없던 일이었고, 성을 관리하던 몇 안 되는 하인들이 여기저기에서 달려나와 갑작스러운 출현에 허둥대면서도 옛 주인을 반겨 맞았다. 공주가 고개를 끄덕여 허락의 뜻을 표하자, 나는 말을 마구간으로 데리고 가는 하인들에게 런던에서 온 놀라운 소식을 서둘러 전했다. 공주가 왕위에 오르게 되었다는 소식에 두서없는 환호성이 높이 이어졌고, 하인들은 나를 말에서 끌어내려 나의 남자 복장에 어울리게 내 등을 두드려 주었다. 나는 아파서 소리를 질렀다. 사흘 내내 안장에 시달린 다리 안쪽은 발목부터 허벅지까지 피부가 벗겨졌고, 등과 어깨와 손목은 헌스든에서 호데스던까지, 다시 소서턴에서 테트포드까지 거칠게 말을 달린 뒤라 단단히 뭉쳐져 있었다.

메리 공주도 기진맥진한 상태였을 것이다. 마흔을 바라보는 나이에 병약한 몸으로 그 오랜 시간을 보조 안장에 앉아 있었으니 그럴 법도 했다. 하인들에 의해 바닥으로 내려질 때 고통으로 일그러지는 표정을 눈치 챈 것은 나뿐이었다. 다른 사람들의 눈에 보인 것은 자신을 환호하는 소리에 턱을 높이 쳐들고 환호하는 이들을 모두 대연회장으로 불러들여 마음껏 소리 지르는 그들을 보는 공주와 그녀의 얼굴에 떠오른 튜더 왕가 특유의 매력적인 미소였다. 공주는 잠시 죽은 동생의 영혼을 위해 기도를 올린 후 고개를 들고 사람들에게 예전에 공명정대한 그들의 주인이었던 것처럼 이제는 훌륭한 여왕이 되겠다고 약속했다.

그러자 또 한 번의 환호성이 울려 퍼지고, 연회장은 들과 숲에서 일하다가 온 사람들이며, 집에서 달려나온 마을 사람들로 북적댔고, 하인들은 에일을 담은 술병과 와인 잔, 빵과 고기를 들고 분주히 오갔다. 메리 공주는 홀의 가장 상석에 앉아 언제 아팠냐는 듯 모든 이들에게 미소를 보여 주었다. 한 시간 정도 사람들과 즐거운 시간을 보낸 후, 공주는 큰소리로 웃으며 망토와 허름한 옷을 벗어야겠다며 방으로 갔다.

하인들 몇 명이 공주의 방을 준비하러 황급히 달려갔고, 리넨 천으로 잠자리를 마련했다. 소박한 잠자리였지만, 공주가 나처럼 지쳤다면 이것저것 가릴 여유가 없었을 것이다. 사람들이 욕조를 들여놓고, 행여 욕조의 거친 면에 공주가 다치기라도 할까 봐 안쪽에 천을 댄 후 뜨거운 물을 채웠다. 공주가 떠나기 전에 남겨두고 간 오래된 가운(드레스)들을 몇 벌 찾아내어 공주가 골라 입도록 침대 위에 펼쳐 두었다.

"너도 그만 가봐라."

공주는 어깨에 걸친 허름한 망토를 벗어 바닥에 던져 놓더니, 하녀에게 등을 돌려 끈을 풀도록 했다.

"뭘 좀 먹고 어서 자도록 해. 많이 피곤할 테니."

"감사합니다."

나는 다리를 엉거주춤 벌리고 절뚝거리며 문을 향해 걸어갔다.

"참, 한나?"

"예, 마마, 아니, 폐하?"

"내 집에 머무는 동안 네가 누구의 돈을 받고, 그 대가로 어떤 일을 해주기로 했는지는 모르겠다만, 오늘 넌 내게 좋은 친구였다. 잊지 않으마."

나는 걸음을 멈추고, 로버트 경에게 써 보낸 두 줄의 글을 떠올렸다. 그 짧은 글 때문에 그는 지금 우리의 뒤를 바싹 쫓아오고 있고, 우리가 그에게 사로잡혔을 때 이 강직하고 야심만만한 여성에게 벌어질 일들을 생각했다. 내가 그에게 우리의 행선지를 정확히 말해주었기 때문에, 우리가 잡히는 것은 시간 문제였고, 나 때문에 이 여인은 런던탑에 갇혀 반역자로서 죽음을 맞게 될 것이다. 나는 그녀의 집에서 그녀를 감시했고, 그녀의 믿음을 저버렸다. 나는 수치스러운 행동을 했고 그녀도 조금은 알고 있었다. 하지만 그녀도 나의 이면에 감추어진 거짓과 기만에 대해서는 결코 알지 못할 것이다.

그때 나의 잘못을 고백할 수 있었더라면, 나는 아마 그렇게 했을 것이다. 나는 그녀의 적들에 의해 그녀의 집으로 보내어진 것이라는 말이 목구멍까지 올라왔지만, 그녀를 잘 알게 된 지금, 나는 그녀를 사랑했고, 그녀를 섬길 수 있다면 무엇이든 할 각오가 되어 있었다. 로버트 더들리가 내 주인이고, 그가 시키는 일이면 무엇이든 해야만 한다고 말하고 싶었다. 내 행동에는 언제나 흑과 백, 사랑과 공포 같은 서로 상반된 것들이 동시에 공존한다고 말하고 싶었다.

하지만 나는 아무 말도 하지 못했다. 나는 어릴 때부터 거짓말에 익숙해져 있었다. 나는 한쪽 무릎을 굽히고 그녀에게 절을 했다.

공주는 여왕이 하듯, 손을 내밀어 입맞추게 하지 않았다. 대신 내 어머니가 했듯, 내 머리에 손을 얹고 말했다.

"신의 가호가 있기를 하나, 그리고 너를 죄에 물들지 않도록 지켜주기를."

바로 그때, 그 따뜻한 한마디와 어머니 같은 자상한 손길에 나의 눈에서 눈물이 솟구쳐 올랐다. 나는 방을 뛰쳐나와 나를 위한 잠자리가 마련되어 있는 작은 다락방으로 달려가 저녁도 먹지 않고, 목욕도 하지 않은 채 그대로 침대로 들어가 버렸다. 내 눈물을, 내가 아직 어린 소녀에 불과하다는 것을 아무에게도 들키고 싶지 않았던 것이다.

* * *

케닝홀에 온 지 사흘 동안 포위 공격에 대한 경계태세를 갖추고 기다렸지만, 로버트 경이 이끄는 기병대는 여전히 모습을 드러내지 않왔다. 장원 주변의 시골에서는 신사들이 하인들과 남자 친척들을 데리고 쏟아져 들어왔다. 어떤 이들은 무장을 하고, 어떤 이들은 대장장이들을 데리고 들어와 가지고 온 가지치기용 낫이며, 가래며, 다른 농기구들로 창과 같은 무기를 만들었다. 메리 공주는 대연회장에서 스스로를 여왕이라고 칭했다. 좀더 신중을 기해야 한다는 사람들의 충고도, 특히 스페인 대사로부터 온 간곡한 편지도 공주를 막지는 못했다. 스페인 대사는 메리 공주에게 에드워드 국왕이 서거했고, 노섬벌랜드 공작은 막강하니, 그녀의 사촌인 스페인 황제가 그녀에게 내려질 반역죄와 사형선고를 막기 위해 최선을 다하는 동안 공작과 협상을 벌이라는 내용의 편지를 보내왔다. 반역죄와 사형이라는 부분에서 공주의 얼굴이 침울해졌지만, 나쁜 소식은 그것이 다가 아니었다.

대사의 편지에는 공작이 스페인 함대의 접근을 막기 위해 노퍽 인근의 프랑스 영해로 군함을 배치했다고 알려왔다. 이제 공주가 달아날 곳은 없었고, 스페인 황제는 그녀를 구출하려는 시도조차 할 수 없었다. 공주는 공작의 뜻대로 왕위 계승권을 포기하고, 그의 처분을 기다려야 했다.

"뭐가 보이니, 한나?"

공주가 내게 물었다. 이른 아침, 공주는 막 미사에 다녀오는 길이었다. 손가락에는 아직 묵주가 걸려 있었고, 이마는 성수를 뿌린 자국이 남아 있었다. 때때로 희망으로 찬란하게 빛나기도 했던 공주의 얼굴은 그날 아침 어둡고 피곤해 보였다. 공포가 병이 된 것이다.

나는 고개를 저었다.

"폐하의 미래는 한 번밖에 볼 수 없었습니다. 그때, 저는 폐하께서 여왕이 되실 것이라고 확신했습니다. 그리고 이제 여왕이 되셨습니다. 그 이후로는 아무것도 보이지 않았습니다."

"그래, 난 정말 여왕이 되었지."

공주는 냉소적으로 말했다.

"적어도 나 자신은 스스로를 여왕이라고 생각하니까. 얼마나 오래 여왕자리에 머무를 수 있는지도 얘기해 주지 그랬니? 그리고 나의 뜻에 동의하는 자들이 과연 있는지도."

"저도 그랬으면 좋겠어요. 이젠 어떻게 해요?"

나는 진지하게 말했다.

"나에게 항복하라는구나. 내가 평생 믿어 왔던 조언자들, 스페인에 있는 나의 친척들, 어머니의 유일한 친구들이 말이다. 모두들 내게 이대로 계속 밀고 나가다가는 처형당할 거라고, 절대로 이길 수 없는 싸움이라고 충고하고 있어. 공작은 런던탑을 장악했고, 런던도 잉글랜드도 그의 손에 있어. 그는 전함도, 자신을 따르는 군대도, 왕실 친위대도 모두 마음대로 주무를 수 있어. 조폐창에서 만들어내는 돈도, 런던탑의 무기도 모두 그의 것이지. 내게는 이 성과 촌락과 쇠스랑을 손에 들고 나를 따르는 이들 몇 명이 있을 뿐. 그리고 어딘가에서 로버트 경이 군대를 이끌고 나를 잡으러 오고 있어."

"도망치면 안 돼요?"

내가 물었다.

공주는 고개를 저었다.

"이미 늦었어, 갈 데도 없고. 스페인 전함에 오를 수만 있다면, 또 모르지……. 하지만 공작이 프랑스 인접 해역에 군함을 보냈어. 그는 준비를 끝냈는데, 나는 무방비 상태였어. 난 덫에 걸린 거야."

나는 공작의 서재에 펼쳐져 있던 존 디의 지도와 노픽 주변에 빽빽이 배치되어 있던 육군과 해군의 병사들이 생각났다. 공주는 적들에게 둘러싸여 있었다.

"항복하셔야 하나요?"

내가 속삭였다.

나는 공주가 겁에 질려 있다고 생각했었다. 하지만 내 질문에 공주의 뺨이 발그레해지더니 마치 내가 맞서 싸우자고, 위험한 도박을 사주하기라도 한 듯 소리 없이 웃었다.

"글쎄, 항복하면 나는 끝장인걸!"

공주가 단호하게 말했다. 마치 자신의 목숨이 걸린 문제가 아니라 남의 싸움에 내기를 걸 듯 공주는 큰소리로 웃었다.

"평생을 달아나고, 거짓말하고, 기만했어. 단 한 번, 내 일생에서 단 한 번만이라도 내 깃발을 높이 쳐들고 달려나가, 나를 부정하고, 내 권리를 부정하고, 교회와 신의 권위를 부정하는 자들에 맞설 수 있다면 그것으로 좋아."

그녀의 열정에 내 마음까지 벅차올랐다.

"마마, 아니, 폐하!"

나는 말을 더듬었다.

공주는 내게 밝은 미소를 보여 주었다.

"어때? 단 한 번이라도, 남자처럼 나가서 싸우면 안 될까?"

"하지만 이길 수 있을까요?"

나는 아무런 생각도 할 수가 없었다.

공주는 어깨를 으쓱했다. 스페인인 특유의 몸짓이었다.

"아! 그럴 것 같지는 않아!"

눈앞에 놓인 절망적인 선택에 진심으로 기뻐하는 사람처럼 공주는 나를 보며 웃었다.

"하지만 한나, 그들은 내게 잊지 못할 굴욕을 안겨 주었고 이제는 제인같이 아무런 자격도 없는 아이를 내 대신 내세웠어. 한때는 엘리자베스를 내세우기도 했지. 난 마치 하녀처럼 어린 그 애의 시중을 들어야 했어. 이제, 내게도 기회가 왔어. 그들에게 머리를 숙이는 대신, 그들에 대항해 싸울 수 있게 된 거야. 그들에게 기어가 목숨을 구걸하는 대신 싸우다 죽을 수 있게 됐어. 이렇게 된 이상, 선택의 여지는 없어. 그리고 신께 감사해. 내 깃발을 쳐들고 아버지의 왕좌와 어머니의 명예와 내 권리를 위해 싸우는 것밖에 내가 할 수 있는 일은 없어. 그리고 난 엘리자베스를 지켜야 해. 내겐 그 애의 안전을 책임질 의무가 있어. 내가 물려받을 권리를 그 애한테 넘겨줘야 해. 그 애는 내 동생이고, 내가 책임져야 해. 그 애의 안전을 위해 이리로 오라고 편지를 썼어. 그 애에게 안전하게 보호해 주겠다고 약속했어. 그리고 나는 우리의 권리를 위해 싸울 거야."

메리 공주는 노동자처럼 짤막한 손가락으로 묵주를 감싸 쥐더니, 이내 드레스의 주머니 속에 넣고는 대연회장으로 들어가는 문을 향해 걸어갔다. 대연회장에는 신사들과 병사들로 이루어진 군대가 아침 식사를 하고 있었다. 공주는 홀의 앞으로 나가더니 연단에 올라섰다.

"오늘 우리는 이동할 것이오."

홀의 가장 뒷자리에 있는 사람도 들을 수 있을 정도로 크고 낭랑한 목소리로 그녀가 선언했다.

"우리는 프램링햄으로 갈 것이오. 하루 만에 갈 수 있는 거리요. 그 이상은 진격하지 않을 것이오. 나는 그곳에 깃발을 세울 것이오. 로버트 경보다 앞질러 그곳에 도착한다면 그의 군대를 포위할 수 있소. 몇 달간은 그들을 묶어둘 수 있소. 나는 그곳에서부터 전투를 시작할 것이오. 그리고 계속해서 군대를 모을 것이오."

놀란 목소리들이 웅성거리더니 공주의 제안에 다들 찬성했다.

"나를 믿으시오!"

공주가 명령했다.

"여러분을 실망시키지 않을 것이오. 나는 여러분이 추대한 여왕으로서 여러분이 보는 앞에서 당당히 왕위에 오를 것이오. 그때에는 오늘 이 자리에 있었던 사람들을 기억할 것이오. 나는 잊지 않을 것이오. 그리고 그대들은 진정한 잉글랜드의 여왕에게 의무를 다한 대가를 몇 배로 받을 것이오."

한 끼 식사를 제대로 마친 남자들의 낮은 함성이 깊고 우렁차게 울려 퍼졌다. 나는 공주의 용맹한 모습에 무릎이 떨려왔다. 공주는 홀 뒤쪽으로 난 문으로 성큼성큼 걸어갔고, 나는 얼른 비틀거리며 공주의 앞으로 달려나가 문을 열어 주었다.

"그는 지금 어디 있어요?"

내가 물었다. 누구를 의미하는지 설명할 필요도 없었다.

"멀지 않은 곳에 있다는구나. 캥즈린 남쪽이라는데. 뭔지 모르지만, 지체되고 있어. 그렇지 않았다면 벌써 이곳에서 우리를 잡았을 텐데. 하지만 그로부터 어떤 소식도 없어. 정확하게 어디에 있는지는 모른단다."

공주가 침울하게 말했다.

"우리가 프램링햄으로 간다는 것을 눈치 챌까요?"

나는 공주의 첫 번째 목적지가 케닝홀임을 알린 나의 쪽지와 뱀의 똬리 같은 나선형의 무늬를 생각했다.

공주는 문가에 서서 나를 돌아보았다.

"이런 무리에는 반드시 정보를 흘리는 자가 있게 마련이야. 군영에는 항상 첩자가 있지. 그렇지 않겠니, 한나?"

순간, 나는 내가 그녀의 술수에 넘어갔다고 생각했다. 나는 공주를 올려다보았다. 목구멍이 타오르면서 아무 말도 할 수 없었고, 내 순진한 얼굴은 창백해졌다.

"첩자라니요?"

내 목소리가 떨렸다. 나는 손으로 뺨을 세게 문질렀다.

공주는 고개를 끄덕였다.

"난 아무도 믿지 않아. 내 주변에는 항상 첩자들이 서성댄다는 걸 알고 있어. 네가 나였더라도 마찬가지였을 거야. 아버지가 어머니를 내게서 떼어놓자, 내 주위의 인간들은 하나같이 앤 불린이 진정한 왕후이고, 그녀가 낳은 사생아가 진정한 왕위 계승자라고 나를 설득하려 했어. 노퍽 공작은 내가 그의 딸이었다면 내 머리를 벽에 처박아 박살을 내버렸을 거라며 내 얼굴에 대고 소리를 질렀지. 그들은 나로 하여금 내 어머니를 부정하고, 내 신앙을 부정하게 했어. 그리고 내가 진정으로 아끼고 사랑했던 토머스 모어나 피셔처럼 나도 처형시켜 버리겠다고 위협했어. 난 겨우 스무 살이었는데, 그들은 나 스스로 적통임을 부정하고 내 신앙이 이단임을 선언하도록 했어.

그러더니, 어느 여름날 갑자기 앤이 죽었고, 사람들은 이제 입을 모아 새 왕비 제인과 그녀의 아들 에드워드에 대해서만 이야기하기 시작했어. 어린 엘리자베스는 더 이상 내 적이 아니라 엄마 없는 잊힌 아이가 되었지. 나처럼. 그리고 새로운 왕비들이 하나씩 늘어갔지."

공주의 표정은 거의 웃고 있었다.

"세 명의 왕비들이 한 명씩 차례로 왔고, 나는 그들을 왕비의 예로 대접하고 어머니라고 불러야 했어. 하지만 아무도 진심으로 다가오지 않았지. 그 오랜 세월을 견디면서 나는 어떤 남자의 말도 믿어서는 안 되며, 여자의 말은 들을 가치도 없다는 것을 배웠어. 내가 마지막으로 사랑한 여자는 내 어머니였고, 내가 마지막으로 신뢰한 남자는 내 아버지였어. 아버지는 어머니를 무참히 짓밟았고, 어머니는 심장마비로 돌아가셨지. 내가 무슨 생각을 했겠어? 이제 와서 내가 누군가를 신뢰하는 여자가 될 수 있을까?"

공주는 하던 말을 멈추더니 나를 보았다.

"스무 살을 갓 넘겼을 때, 내 마음은 이미 갈기갈기 찢어졌어."

공주는 의아하다는 듯 말했다.

"그런데 말이다. 겨우 이제 와서 어쩌면 내게도 삶이라는 것이 있을지 모른다는 생각이 들기 시작했어."

공주는 소리 없이 웃었다.

"저런, 한나!"

그녀는 한숨을 쉬며 내 뺨을 토닥였다.

"그렇게 슬픈 표정 짓지 마라. 벌써 오래전 일인걸. 그리고 이 모험에서 우리가 이기면, 내 이야기도 행복한 결말을 맺게 돼. 내 어머니가 지켜주신 왕위를 되찾고, 어머니의 보석으로 치장할 거야. 어머니의 명예를 되찾고, 그러면 어머니도 천국에서 내려다보며 당신이 지켜주신 왕위에 오르는 딸의 모습을 보실 거야. 그럼 나도 행복한 여자가 될 거야. 알겠어?"

나는 쓴웃음을 지었다.

"왜 그래?"

공주가 물었다.

나는 마른 침을 삼키며 털어놓았다.

"전 무서워요. 죄송해요."

공주는 고개를 끄덕였다.

"우리 모두 마찬가지야."

공주가 솔직하게 말했다.

"나도 그래. 내려가서 마구간에 있는 말을 골라라. 그리고 승마용 장화를 갖다주렴. 우리는 오늘 행군을 해야 해. 하느님이 도와서 로버트 경의 군대와 맞닥뜨리지 않고 무사히 프램링햄에 도착하면 좋으련만."

* * *

메리 공주는 잉글랜드의 어느 요새에도 뒤지지 않는 프램링햄 성에 깃발을 꽂았다. 믿을 수 없을 정도로 많은 사람들이 공주에 대한 충성과 반란군에 대한 죽음의 응징을 맹세하며 말을 타고, 혹은 걸어서 우리를 따라왔다. 나는 공주가 운집한 사람들에게로 걸어가 감사의 뜻을 전하고 진실하고 정직한 여왕이 되겠다고 맹세할 때, 그녀의 곁에서 함께 걸었다.

마침내 런던에서 소식이 왔다. 왕의 서거가 너무나도 뒤늦게 발표되었다. 불쌍한 소년이 숨을 거두자, 공작은 국왕의 유서에 적힌 잉크가 마르도록 시신을 방에 그대로 방치했고, 잉글랜드의 권력자들은 자신을, 어떻게 하면 자신들의 이익을 지킬 것인지를 궁리했다.

제인 그레이는 시아버지의 강압에 의해 억지로 왕위에 올랐다. 그녀는 울며 저항했고, 누구나 아는 대로 메리 공주가 적법한 후계자이며 자신은 여왕이 될 수 없다고 말했다고 한다. 하지만 그래도 운명은 피할 수가 없었다. 그녀의 숙인 머리 위로 왕위를 상징하는 휘장이 드리워졌고, 사람들은 눈물로 저항하는 그녀 앞에 한쪽 무릎을 꿇었다. 노섬벌랜드 공작은 제인 그레이를 여왕으로 추대하고 교활한 머리를 숙였다.

이제 잉글랜드는 내전 국면으로 접어들었다. 반란군인 우리에게 칼이 겨누어졌다. 엘리자베스 공주는 메리 공주의 경고에 응하지도, 프램링햄에 나타나지도 않았다. 그녀는 남동생의 서거 소식에 몸져누웠고, 너무 아파 언니의 편지를 읽을 수도 없었다고 했다. 소식을 들은 메리 공주는 상처받은 표정을 감추기 위해 잠시 사람들을 외면했다. 그녀는 엘리자베스 공주가 자신을 지지해 줄 것이며, 두 사람이 힘을 합쳐 아버지의 유지를 지키게 될 것이라고 믿었다. 그래서 스스로 여동생의 안전을 책임지겠다고 다짐했었다. 엘리자베스 공주가 자신의 곁으로 달려오기는커녕, 이불 밑에 숨어 꼼짝도 하지 않는다는 사실은 메리 공주의 뜻을 저버린 행위였을 뿐 아니라, 그녀의 마음을 아프게 했다.

우리는 윈저성이 방어태세를 갖추고, 포위 공격에 대비해 전투준비를 마쳤다는 소식을 들었다. 아울러 런던탑의 포문도 전투태세를 갖춘 채 내륙을 겨냥하고 있다는 소식도 들었다. 제인 여왕은 런던탑의 왕실 거처에 자리를 잡았고, 들리는 바에 의하면 그녀의 측근들이 빠져나가는 것을 막기 위해 밤마다 탑의 정문이 폐쇄된다고 했다. 여왕도 그녀의 측근들도 모두 억류되어 있었다.

노섬벌랜드 공작은 전투 경험이 많은 베테랑이었다. 그는 군대를 일으켜 제인 여왕에 의해 공식적인 반역자로 지명된 메리 공주의 세력을 뿌리 뽑으려고 했다.

"제인 여왕이라니, 내 참!"

제인 도머가 신경질적으로 내뱉었다. 추밀원은 반역자 메리 공주의 체포를 명령했고, 그녀의 목에 현상금까지 걸었다. 잉글랜드에서 이제 그녀는 완전히 혼자였다. 공식적으로 추대된 여왕에 반기를 든 반역자로서, 더 이상 법의 보호를 받을 수 없었다. 그녀의 사촌인 스페인 황제도 그녀를 도울 수 없었다.

노섬벌랜드 공작이 얼마나 많은 군대를 거느리고 오는지, 우리가 프램링햄에서 얼마나 오래 버틸 수 있을지 아무도 예측할 수 없었다. 공작은 로버트 경의 기병대와 합류하여, 메리 공주를 협공할 계획이었다. 정규 훈련을 받고, 높은 봉급을 받으며 전투 경험이 많은 군인들이 오합지졸의 자원병들을 이끄는 한 명의 여인을 상대로 싸움을 걸어온 것이다.

하지만 매일 매일 많은 사람들이 주변지역에서 공주를 찾아와 정통성을 지닌 여왕을 위해 싸울 것을 맹세했다. 야마우스에 정박 중이던 전함의 수병들은 공주를 구출하기 위해 출항할지도 모르는 스페인 군함들을 공격하라는 명령을 받았지만, 지휘관들의 명령을 무시했다. 그들은 공주가 절대로 잉글랜드를 떠나서는 안 된다며 들고일어났다. 공주의 탈출을 막기 위해서가 아니라, 그녀를 여왕으로 옹립하기 위해서였다. 수병들은 전함을 버리고, 내륙으로 행진해 들어와 우리를 지원했다. 전투에 익숙한 제대로 된 군대였다. 그들은 대열을 맞추어 성으로 행진해 왔다. 느릿느릿한 농부들과는 사뭇 다른 모습이었다. 군인들은 성에 모인 남자들에게 싸우는 방법과 진격, 방향전환, 퇴각 등의 전술을 가르쳤다. 나는 수병들이 성에 도착하여 자리를 잡는 모습을 보고 처음으로 메리 공주가 적의 손에서 벗어날 수 있는 길이 있을지도 모른다고 생각했다.

공주는 성 여기저기에 진을 친 임시 군대를 위한 양식을 조달하기 위해 관리를 임명하고 마차를 내주었다. 공주는 또 거대한 외벽을 수리하기 위해 보수 팀을 조직했다. 또, 조사단을 파견하여 무기를 구해 오도록 했으며 아침저녁으로 사방에 수색대를 보내어 공작과 로버트 경의 군대가 몰래 성으로 접근해 오고 있지 않은지도 살펴보게 했다.

매일 공주는 군대를 점검하고 군인들에게 감사의 마음을 전했으며, 공주를 지지하고 신념을 굽히지 않은 구체적인 대가가 지불될 것임을 약속했다. 오후가 되면 매일같이 철통같은 성의 튼튼한 외벽 위에 만들어진 성가퀴(활을 쏘거나 밖을 감시하게 위해 성벽 위에 낮게 쌓은 벽)를 따라 걸으며 런던으로부터 오는 길목에 먼지가 피어오르고 있지 않은지 살폈다. 그것은 잉글랜드에서 가장 막강한 권력을 휘두르는 공작이 자신의 군대를 이끌고 오고 있다는 신호였기 때문이다.

많은 참모들이 공작과 전쟁을 벌여 보았자 승산이 없다고 공주를 설득했다. 나는 그들의 확고한 목소리를 들으며, 전투가 벌어져 패배하기 전에 달아나 버리는 것이 안전하지 않을까 고민했다.

공작은 많은 전투를 목격하고 경험했다. 그는 전장과 추밀원을 통해 권력을 장악했다. 그는 프랑스와 동맹을 맺었고, 따라서 단번에 승리를 거두지 못할 경우 프랑스 군대를 끌어들일지도 모른다. 그렇게 되면 잉글랜드인들이 프랑스인들에 의해 목숨을 잃게 될 것이고, 프랑스 군대가 잉글랜드의 땅에서 전투를 벌이게 된다. 그 책임은 모두 메리 공주가 져야 할 것이다. 그녀가 고집을 꺾지 않고 저항한다면, 장미전쟁으로 야기되었던 골육상잔의 비극이 되풀이 될 것이다.

하지만 7월 중순이 되자 공작의 진영은 와해되었다. 그가 맺은 동맹과 조약들로도 헨리 왕의 딸 메리 공주가 적법한 여왕이라는 모든 잉글랜드인들의 신념을 꺾을 수가 없었던 것이다. 노섬벌랜드 공작은 증오의 대상이 되었고 그가 에드워드를 뒤에서 조종했듯, 제인을 조종해 권력을 휘두르리라는 것이 명백해졌다. 잉글랜드의 국민들은 귀족이든 평민이든 불평을 하기 시작했고, 곧 공작에게 반기를 들었다.

제인 그레이를 잉글랜드의 국왕으로 추대하고자 공작이 급조한 합의들은 힘을 쓰지 못했다. 점점 더 많은 사람들이 공공연하게 메리 공주를 지지하고 나섰으며, 더 많은 사람들이 공작의 명분을 외면했다. 로버트 경은 시민들이 조직한 군대에 패하고 말았다. 밭을 갈던 농민들이 적법한 여왕을 보호하겠다는 의지로 들고 일어나 새로이 조직한 군대였다. 로버트 경은 메리 공주에게 충성을 선언하고, 자신의 아버지를 버렸지만, 그럼에도 불구하고 그를 반역자로 간주한 시민들에 의해 베리에서 사로잡혔다. 공작은 케임브리지에서 궁지에 몰렸고, 그가 이끌던 군대는 뿔뿔이 흩어져 흔적도 없어졌다. 그는 돌연 메리 공주의 편으로 돌아서 그녀에게 자신은 오직 국가를 위해 최선을 다했다고 변명하는 편지를 보냈다.

"이게 무슨 말인가요?"

공주의 바르르 떨리는 손에 쥐어진 편지를 보며 내가 물었다. 공주는 차마 편지를 제대로 읽지도 못했다.

"내가 이겼다는 뜻이지."

공주는 짤막하게 대답했다.

"정의의 힘으로 내가 이겼다. 무력에 의해서가 아니라 정의를 바라는 힘에 의해서 이긴 거야. 나는 여왕이고, 백성들은 나를 택했어. 백성들의 목소리가 공작을 눌렀고, 내가 그들이 원하는 여왕이야."

"공작은 어떻게 되나요?"

나는 어딘가에 갇혀 있을 로버트 경을 생각하며 물었다.

"그는 반역자다. 내가 만약 졌다면 어떻게 됐을 것 같니?"

공주의 눈빛은 싸늘했다.

나는 아무 말도 하지 않았다. 내 가슴은 소녀처럼 두근거렸다.

"그럼 로버트 경은요?"

나는 들릴 듯 말 듯한 목소리로 물었다.

메리 공주가 돌아섰다.

"그는 반역자의 아들이며, 그 또한 반역자다. 어떻게 될 것 같니?"

* * *

메리 공주는 커다란 말에 올랐다. 곁 안장에 올라앉아 런던을 향해 출발하는 그녀의 뒤로 수천 명의 남자들이 말을 타고 따랐고 그들의 부하들, 소작인들과 그들을 따르는 많은 무리들이 걸어서 그 뒤를 따랐다. 메리 공주는 막강한 군대의 선두에서 곁에는 시중드는 부인들과 그녀의 광대인 나만을 대동하고 길을 떠났다.

뒤를 돌아보니 행진하는 말과 사람의 발걸음을 따라 피어 오른 먼지가 곡식이 무르익은 들판을 베일처럼 가렸다. 촌락을 지날 때마다 크고 작은 낫을 손에 든 사람들이 집 안에서 뛰어나와 군대의 뒤를 따라 행진하는 사람들의 발걸음에 맞춰 걸었다. 여자들은 손을 흔들며 환호했으며, 메리 공주에게 줄 꽃을 들고 달려나오거나 그녀의 말 앞에 장미를 뿌리기도 했다. 메리 공주는 붉은색의 낡은 승마복 차림으로 마치 전투에 나서는 기사처럼 커다란 말 위에 고개를 높이 들고 앉아 있었다. 자신의 권리를 찾으러 나선 여왕의 모습이었다. 마침내 모든 것을 되찾은 그녀는 마치 동화책 속의 공주와 같은 모습이었다. 그녀는 결단력과 용기만으로 인생 최대의 승리를 얻었고, 그 결과 자신이 통치할 백성들의 사랑을 얻었다.

모두 그녀가 왕위에 오름으로써 과거의 영화, 풍요로운 추수, 온화한 날씨를 되찾고, 끊이지 않는 전염병과 추위, 굶주림으로부터 벗어날 수 있을 것이라고 기대했다. 모두들 새로운 여왕이 부유한 교회, 아름다운 사원, 그리고 진실한 신앙을 되찾아 줄 것이라고 믿었다. 모두의 기억 속에는 온화하고 아름다웠던 캐서린 왕후의 추억이 남아 있었다. 스페인의 공주였던 기간보다 더 오랜 세월을 잉글랜드의 왕후로 살았고, 국왕의 진정한 사랑을 가장 오랫동안 받았으며 자신을 버린 남편을 축복하며 숨을 거둔 여인에 대한 추억이었다. 모두들 그 사랑스러웠던 왕후의 딸이 황금빛 두건을 쓰고 군대를 거느린 채 한때 어머니의 것이었던 왕궁으로 향하는 모습을 기쁜 마음으로 바라보았다.

군인들의 밝게 웃는 얼굴에는 그들이 섬기는 공주와, 그녀를 왕궁이 있는 수도로 모시고 갈 수 있게 되었다는 사실을 자랑스러워하는 빛이 역력했고, 그들이 향하는 수도 런던은 그녀의 편이 되었으며 모든 교회의 종루는 그녀를 환영하는 종을 울렸다.

런던으로 가는 길에 나는 로버트 경에게 보내는 쪽지를 써 약속한 규칙대로 암호로 옮겼다. '당신은 반역죄로 재판을 받고 처형될 거예요. 제발, 달아나세요. 나리, 제발.' 나는 쪽지를 어느 여인숙 난로에 던져 버렸고, 종이가 검게 타는 모습을 지켜보다가 타고 남은 재는 부지깽이로 부숴버렸다. 그에게 위험을 알릴 방법도 없었을 뿐더러, 나의 경고 따위는 그에게 필요하지 않았다.

그는 자신이 겪게 될 위험을 알고 있었다. 싸움에서 패하고 베리에서 사로잡힌 그 순간 알아 차렸을 것이다. 지금쯤 그가 어디에 있건, 작은 도시의 감옥에서 한 달 전까지만 해도 그의 신발에 입을 맞췄을 미천한 사람들로부터 모욕을 당하고 있건, 아니면 이미 런던탑에 갇혔건, 그는 자신의 목숨이 다했고 이제 곧 처형당할 것이라는 사실을 알고 있을 것이다. 그는 합법적인 왕위 계승자에게 대항한 반역자이며, 반역죄에 대한 벌은 죽음이었다. 의식을 잃을 때까지 매달려 있다가, 처형 집행인이 그의 배를 가르고 그의 내장을 갈라진 틈으로 끄집어낼 때의 충격적인 고통에 다시 정신을 차리게 될 것이다. 숨이 끊어지는 순간 마지막으로 아직도 맥이 뛰고 있는 자신의 창자를 보게 될 것이다. 그런 다음 그의 몸은 난도질당할 것이다. 머리는 잘려 나가고, 몸통이 다시 네 부분으로 난자된 다음, 그 잘생긴 머리는 말뚝 위에 매달려 모든 이들에게 경고의 의미로 내보일 것이며, 찢어 발겨진 몸통은 시내의 네 지점에 따로따로 보내어질 것이다. 최악의 죽음이며, 산 채로 화형당하는 고통과 맞먹는 죽음일 것이다. 다른 누구보다도 나는 그것이 얼마나 끔찍한 죽음인지를 알고 있었다.

런던으로 가는 도중에도 나는 그를 위해 눈물을 흘리지는 않았다. 나는 어린 소녀였지만, 이미 많은 죽음을 보았고 슬픔의 눈물을 흘려서는 안 된다는 것을 알만큼 공포도 경험했다. 하지만 로버트 경이 어디에 있는지, 그리고 다시 그를 볼 수 있을지, 그에게 처절한 패배를 안기고 그와 그의 가족을 완전히 부숴버릴 여인의 곁에서 군중의 환호와 축복을 받으며 잉글랜드의 수도로 입성하는 나를 그가 과연 용서해 줄 것인지에 대한 생각으로 나는 밤이면 잠을 이룰 수 없었다.

* * *

위기의 여러 날을 너무 아파 침대에서 일어날 수조차 없었던 엘리자베스 공주는 우리보다 앞서 런던에 당도해 있었다.

"어디를 가든 항상 선수를 치지."

제인 도머가 퉁명스럽게 말했다.

엘리자베스 공주는 런던 밖까지 우리를 맞으러 나왔다. 튜더 왕가의 전통적인 초록과 흰색으로 치장한 천여 명의 남자들을 거느린 그녀는 무서워서 침대에서 나올 수조차 없었던 것이 거짓말인 양 위풍당당한 모습으로 말안장에 앉아 있었다. 마치 런던으로 들어가는 열쇠를 넘겨주러 나온 런던 시장이라도 되는 것처럼 공주는 우리 앞에 나타났고, 차례차례 울리는 종소리처럼 런던시민들이 우레와 같은 함성으로 두 공주에게 "신의 축복을!" 이라고 외쳤다.

나는 엘리자베스 공주의 모습을 자세히 보려고 속도를 늦추었다. 그녀에 대한 메리 공주의 애정 어린 말들을 듣고 윌 소머스가 자유자재로 올라갔다 내려갔다 하는 염소와 같다고 그녀를 묘사했을 때부터 나는 다시 한 번 그녀의 모습을 보고 싶었다. 아직도 선명한 초록색 스커트, 짙은 색 나무 둥치에 기댄 매력적인 붉은 머리, 정원에서 의붓아버지와 아슬아슬하게 술래잡기를 하던 그 소녀. 나는 그 소녀가 어떻게 변했을지 너무나 궁금했다.

말을 타고 나타난 그녀는 메리 공주가 표현했던 눈부시게 순수한 어린아이도, 윌 소머스가 상상했던 환경의 희생양도, 제인 도머가 증오하는 교활한 악녀도 아니었다. 내 눈앞에 있는 사람은 자신의 운명을 향해 당당하게 걸어가는 한 여인이었다. 그녀는 거의 열아홉 살의 젊은 나이였지만, 범접할 수 없는 분위기가 있었다. 나는 바로 그녀가 이 환영 행렬을 준비했다는 것을 단번에 알아차렸다. 그녀는 극적인 연출의 힘을 알고 있었고, 어떻게 조직해야 하는지도 알고 있었다. 그녀가 몸에 걸친 의상의 초록빛은 타는 듯한 붉은 머리와 완벽한 조화를 이루도록 그녀 스스로 고른 것이었다. 초록색 후드 아래로 살며시 드러난 매혹적인 머리카락은 노처녀인 언니 곁에 서 있는 그녀의 젊음과 처녀성을 더욱 돋보이게 했다. 초록과 흰색은 그녀의 아버지가 사용했던 튜더 가(家)의 색이었고, 그녀의 높이 솟은 눈썹과 붉은 머리를 보면 누구나 그녀가 아버지의 피를 물려받은 딸임을 한 눈에 알아볼 수 있었다. 그녀를 가까이에서 호위하는 남자들은 외모 때문에 특별히 뽑힌 사람들임을 쉽게 알 수 있었다. 모두들 눈에 띄게 잘생긴 남자들이었다. 그렇지 못한 사람들은 행렬 뒤쪽 여기저기에 아무렇게나 흩어져 있었다. 반대로 그녀 곁의 여자들은 모두 그녀의 미모에 미치지 못하는 인물들뿐이었다. 영리한 선택이었지만, 그녀가 어떤 여자인지 확실히 드러내주었다. 그녀가 타고 나온 말은 거세한 수말이었다. 전투마처럼 거대한 말 등에 올라탄 그녀는 마치 타고난 기수 같았고, 힘센 짐승을 다루는 것을 즐기는 것 같았다. 그녀는 건강미와 젊음과 생명력으로 빛났고, 승리가 그녀의 매력을 더욱 찬란하게 만들었다. 엘리자베스 공주가 발산하는 매력에 비하면, 지난 두 달 간의 강도 높은 긴장으로 녹초가 된 메리 공주는 빛을 잃고 시든 꽃 같았다.

엘리자베스 공주의 행렬은 우리 일행 앞에서 멈춰 섰고, 메리 공주가 천천히 말에서 내리려고 할 때, 엘리자베스 공주가 마치 이 순간이 오기를 평생 기다려 왔다는 듯, 마치 자신은 두려움에 손톱을 깨물며 이불 밑에 숨어 있었던 적이 없었다는 듯 말 위에서 가볍게 몸을 날려 바닥으로 내려섰다. 엘리자베스 공주의 모습을 본 순간, 메리 공주의 얼굴은 마치 자신의 아이를 보고 미소 짓는 어머니처럼 밝아졌다. 당당하게 말을 타고 있는 엘리자베스 공주의 모습은 그녀의 언니에게 순수한 즐거움을 주기에 충분했다. 메리 공주는 팔을 내밀었고, 달려와 안기는 엘리자베스 공주에게 따뜻하게 입을 맞춰 주었다. 두 사람은 잠시 서로 부둥켜안고 있더니, 서로의 얼굴을 살폈다. 엘리자베스 공주의 밝은 시선과 메리 공주의 정직한 시선이 마주치는 순간, 나의 여주인 메리 공주는 튜더 가의 전설적인 매력에 감추어진 그 가문 특유의 기만성을 결코 간과하지 못하리라는 것을 나는 깨달았다.

메리 공주는 엘리자베스 공주의 일행에게로 시선을 돌려, 그들에게 손을 내밀고 일일이 뺨에 입을 맞추며 엘리자베스 공주와 함께 성대한 환영을 해주어 고맙다고 인사했다. 메리 공주는 엘리자베스 공주의 손을 잡아 팔에 끼고 동생의 얼굴을 다시 한 번 찬찬히 살폈다. 엘리자베스 공주는 더없이 건강해 보였고, 힘과 에너지가 넘쳤지만, 여전히 그녀가 금방이라도 쓰러질 것 같은 상태라는 둥, 메리 공주가 혼자서 두려움과 맞서고, 사람들을 무장시키고 아버지의 유언을 지키고자 싸움을 준비하는 동안 엘리자베스 공주는 꼼짝없이 병석에 누워 있어야 할 정도로 배가 부어오르고, 두통과 알 수 없는 증상에 시달렸다는 둥 여기저기서 소곤대는 목소리들이 들려왔다.

엘리자베스 공주는 런던으로 입성한 메리 공주를 환영했고 위대한 승리를 축하했다.

"진심이 승리한 거예요. 언니는 백성들의 진심을 얻었어요. 진심을 얻는 것만이 이 땅을 다스리는 유일한 길이지요."

"우리의 승리다."

메리 공주가 너그럽게 말했다.

"노섬벌랜드 공작은 우리 두 사람 모두를 죽이려고 했을 거다. 나뿐 아니라 너도 무사하지 못했을 거야. 나는 우리 두 사람 모두가 물려받은 권리를 찾기 위해 싸웠고, 이겼다. 너는 다시 공주이자, 내 동생으로서, 그리고 내 왕위를 물려받을 후계자로서 인정받을 것이다. 그리고 내 옆에서 나와 함께 런던으로 입성할 거야."

"제게는 너무 과분한 영예입니다."

엘리자베스 공주가 사랑스럽게 말했다.

"그렇고말고."

제인 도머가 내 귀에 대고 속삭였다.

"교활한 것."

메리 공주는 말에 올라타겠다는 신호를 보냈고, 엘리자베스 공주도 마부의 도움을 받아 안장에 올랐다. 그녀는 우리 쪽을 보며 웃었다. 잠시 시동의 옷을 입고 남자처럼 다리를 벌린 채 말에 올라타고 있는 나를 보는 것 같던 그녀의 시선은 무심히 나를 지나쳐 버렸다. 아주 오래전 정원에서 토머스 시모어와 같이 있던 자신을 본 어린아이를 알아보지 못했다.

하지만 나는 그녀에게 무심할 수 없었다. 마치 창녀처럼 나무에 기대 서 있던 그녀를 처음 본 순간부터, 나는 그녀를 잊을 수가 없었다. 그녀에게는 나를 완벽하게 매료시키는 뭔가가 있었다. 내가 처음 본 그녀는 어리석은 소녀였고, 바람둥이였고, 양부모의 속을 썩이는 딸이었지만, 그녀에게는 항상 그 이상의 뭔가가 있었다. 자신의 연인이 처형당했지만, 그녀는 살아남았고, 그 이후에도 수많은 음모를 피했다. 그녀는 자신의 욕망을 억제해 왔고, 어린 소녀라고 하기엔 너무나 능숙한 솜씨로 처신했다. 그녀는 국왕이 가장 사랑한 누이, 신교도 공주였다. 그녀는 궁정의 음모들에 휘말리지 않으면서도 모든 사람의 가치를 속속들이 알고 있었다. 그녀의 미소는 순진무구했고, 그녀의 웃음소리는 새소리처럼 가벼웠지만, 그녀의 눈은 아무것도 놓치지 않는 고양이의 검은 눈처럼 날카롭고 냉철했다.

나는 그녀의 모든 것을 알고 싶었고, 그녀의 모든 행동, 말 한마디, 그리고 모든 생각을 꿰뚫고 싶었다. 나는 그녀가 속옷 단을 직접 손질하는지, 깃은 누가 풀을 먹이는지도 알고 싶었다. 그녀가 그 숱이 많은 붉은 머리를 얼마나 자주 감는지도 알고 싶었다. 수많은 남녀를 거느리고 거대한 백마에 올라탄 초록색 드레스의 그녀를 본 순간부터, 나는 언젠가 그녀처럼 되고 싶다는 꿈을 갖게 되었다. 자신의 아름다움에 당당하며, 그 당당함 때문에 더욱 아름다운 여인, 나도 그런 여인이 되고 싶었다. 엘리자베스 공주는 어릿광대 하나의 우상 같았다. 나는 오랫동안 불행한 여자아이로, 사내아이로, 광대로 살았다. 너무 오래 그렇게 살다 보니, 여자가 되는 법을 알 수 없게 되어버렸고, 여자가 된다는 생각만으로도 혼란스러워졌다. 하지만 말을 타고 당당하게 앉아 있는 엘리자베스 공주의 빛나는 아름다움과 자신감에 넘치는 모습을 본 순간, 나도 그런 여자가 되었으면 좋겠다고 생각했다. 살아오면서 한 번도 그런 여인을 본 적이 없었다. 그녀는 아무것도 못하는 정숙한 처녀의 무력함 따위는 한 치도 없이, 자신이 딛고 선 땅마저 당당히 요구할 수 있을 것 같은 그런 여인이었다.

하지만 그 붉은 머리와, 웃는 얼굴과, 행동 하나하나에서 느껴지는 에너지에도 불구하고, 그녀의 대담함은 결코 뻔뻔스럽지 않았다. 그녀는 젊은 여성의 겸손함을 충분히 갖추고 있었다. 자신을 부축해 말에 태운 남자에게 곁눈으로 살짝 보인 미소, 고삐를 쥐며 수줍게 돌린 고개. 그녀는 젊은 여성이 누릴 수 있는 모든 즐거움을 알고 있으며, 고통스러운 경험을 할 준비가 전혀 되어 있지 않은 그런 사람 같았다. 자신의 마음을 잘 알고 있는 사람 같았다.

　나는 그녀에게서 시선을 돌려 메리 공주를 보았다. 내가 사랑하게 된 나의 새 주인을 보며, 나는 그녀가 당장 엘리자베스 공주를 결혼시켜 멀리 보내버리는 것이 그녀 자신을 위해 좋을 것이라고 생각했다. 집안 한가운데 불이 붙은 나무토막을 두고 편안한 가정이 계속해서 편안하기를 기대할 수는 없을 것이다. 어떤 왕국에도 늙어가는 여왕 곁에 찬란하게 빛나는 후계자를 둔 채 평화가 정착되기를 기대할 수는 없을 것이다.

1553년 가을

메리 공주가 잉글랜드의 새로운 여왕으로서 새로운 환경에 익숙해져 가는 동안, 나는 내 미래에 대해 그녀와 이야기해 두어야 한다고 생각했다. 9월이 되어 나는 여왕으로부터 첫 급료를 받았다. 마치 내가 음악가나 시동이나, 아니면 다른 하인들처럼 열심히 일하기라도 한 것 같았다. 분명히 나는 새로운 주인 밑에서 일하게 되었다. 나를 처음 광대로 부리기 시작한 국왕은 죽었고, 보호를 약속했던 주인은 런던탑에 갇혀 있으며, 여름 내내 내가 빌붙어 있었던 메리 여왕이 지금의 내 주인이다. 모든 사람들이 자신들의 공으로 자신들의 마을이 공주를 지지했다며 궁으로 와서 손을 내미는 판국에 나는 반대로 이제 왕실과는 인연을 끊고 아버지에게 돌아가야 할 때가 왔다고 생각했다.

나는 기회를 엿보다가 미사가 막 끝나고 여왕이 리치몬드의 예배당에서 기쁨으로 충만한 채 돌아온 시간을 골랐다. 그녀에게 있어서 성체의 전례는 단순한 의식이 아니라 신의 실재를 느끼는 순간이었다. 그녀의 눈과 조용한 미소를 보면 알 수 있었다. 그녀의 영혼은 신념을 위해 종교적인 삶을 택했던 사람들이 그랬던 것처럼 미사를 통해 진정으로 고양되었다. 미사를 마치고 걸어오는 그녀의 모습은 여왕이라기보다는 마치 거룩한 수녀 같았다. 바로 그때 나는 그녀의 곁으로 다가갔다.

"폐하?"

"왜 그러니, 한나? 나에게 뭔가 지혜의 말을 해줄 셈이니?"

여왕은 나를 보며 웃었다.

"저는 게으른 광대입니다. 아주 드물게 제 본분을 수행하지요."

"너는 내가 여왕이 될 거라고 했고, 나는 두려움에 떨던 때에 너의 그 말을 되새겼다. 성령의 은총이 너에게 내릴 때까지 얼마든지 기다릴 수 있어."

"사실은 전하께 따로 드릴 말씀이 있습니다."

나는 어색하게 말했다.

"방금 폐하의 집사로부터 급료를 받았습니다."

여왕은 잠시 기다리더니 정중하게 물었다.

"돈을 덜 받았니?"

"아니요! 절대로 그렇지 않아요! 그런 말씀을 드리려는 게 아닙니다!"

나는 기겁을 하며 외쳤다.

"그런 것이 아니라, 폐하. 저는 처음으로 폐하께서 주시는 돈을 받았습니다. 전에는 에드워드 국왕께서 주시는 것을 받았고요. 하지만 제가 이전 국왕 폐하를 모시게 된 것은 노섬벌랜드 공작이 저를 광대로 바쳤기 때문입니다. 그리고 그분이 폐하의 말동무로 저를 보냈고요. 제가 드리고 싶은 말씀은 폐하께서 ……. 그러니까 저를 굳이 곁에 두실 필요가 없다는 것입니다."

내가 말을 하는 동안 우리는 다행히도 여왕의 사저로 들어와 있었다. 다행이라고 말한 이유는 그녀가 여왕답지 않게 갑자기 낄낄대며 웃었기 때문이다.

"너는 그러니까 말하자면, 의무적인 존재가 아니란 말이구나?"

어느새 나도 웃고 있었다.

"부디 폐하. 저는 공작의 말 한마디에 아버지와 떨어져서 에드워드 국왕 폐하의 광대가 되었습니다. 그 이후로 헌스든에서 폐하의 곁에 머물 때에도 폐하께서는 한 번도 저를 원하신 적이 없습니다. 저는 그저 원하신다면 저를 보내셔도 된다고 말씀드리는 것입니다. 제가 필요해서 부르신 것이 아니라는 걸 잘 압니다."

여왕은 내 말에 진지한 표정이 되었다.

"집에 가고 싶니, 한나?"

"꼭 그런 것은 아닙니다, 폐하."

나는 조심스럽게 말했다.

"저는 아버지를 아주 사랑하지만 집에서는 아버지의 사환이자 인쇄공일 뿐입니다. 여기 있는 것이 더 즐겁고 재미있습니다."

나는 그 뒤에 '내가 만약 안전하다면.' 이라는 조건을 달지는 않았지만, 그 문제는 언제나 내 최대의 관심사였다.

"너에게는 정혼자가 있지?"

"예, 하지만 아직 결혼하려면 몇 년이 더 있어야 합니다."

나는 다니엘이 화제에 오르는 것을 막으려고 재빨리 말했다.

여왕은 나의 어린애 같은 대답에 빙그레 웃었다.

"한나, 내 곁에 있겠니?"

그녀의 말투는 부드러웠다.

나는 여왕의 발아래 무릎을 꿇고 진심에서 우러나와 말했다.

"예, 그러겠습니다. 하지만 저의 예지력은 약속드릴 수 없습니다."

나는 그녀를 신뢰했고, 그녀와 함께라면 안전할 것 같았다.

"알고 있다. 너의 능력은 성령에 의한 것이다. 사람의 힘으로 어쩔 수 있는 것이 아니다. 점성술사가 필요해서 너를 곁에 두는 것이 아니야. 내 곁에서 나를 도와주고, 내 어린 친구가 되어 주면 돼. 그렇게 하겠니?"

여왕이 자애롭게 말했다.

"예, 폐하. 분부대로 하겠습니다."

나는 그녀의 손이 내 머리 위에 와 닿는 것을 느꼈다.

여왕은 무릎을 꿇고 있는 내 머리에 손을 얹은 채 잠시 아무 말도 하지 않았다.

"믿을 수 있는 사람은 흔치 않아."

여왕이 조용히 입을 열었다.

"내 적들이 너를 내 집으로 보냈다는 것을 나도 알고 있다. 하지만 너의 능력은 신이 내리셨고, 너를 내게 보내신 것도 신의 뜻이라고 나는 믿는다. 그리고 너는 이제 나를 사랑하지 않니, 한나?"

"예, 폐하. 폐하를 섬기는 사람이라면 누구나 폐하를 사랑하지 않을 수 없을 것입니다."

나는 짤막하게 대답했다.

여왕은 약간 서글픈 듯한 미소를 지었다.

"아니, 그렇지 않단다."

나는 그녀가 누구를 생각하고 있는지 알 수 있었다. 왕실에서 고용한 시녀들은 돈을 받고 엘리자베스 공주를 사랑했고 언니인 메리 여왕을 멸시했다. 내 머리 위에 얹혀 있던 손을 거두었는가 싶더니 어느새 여왕은 내 곁에서 멀어지는 것 같았다. 나는 고개를 들어 그녀가 정원이 내려다보이는 창가로 걸어가는 것을 보았다. 그녀는 조용히 말했다.

"이제 나와 함께 가자, 내 곁을 지켜라. 내 동생과 할 말이 있다."

나는 여왕을 따라 그녀가 사용하는 방들을 지나 강이 내다보이는 기다란 복도로 들어섰다. 들판은 추수가 끝나 텅 빈 노란색이었다. 하지만 풍작은 아니었다. 추수철에 비가 내렸기 때문에, 밀을 잘 건조시키지 않으면 썩어 버려서 겨울을 나기 어려워지고, 이 땅에는 기근이 닥칠 것이다. 기근 다음에 올 것은 질병이었다. 이렇게 비가 잦은 시기에 잉글랜드를 잘 다스리는 여왕이 되려면 날씨도 마음대로 다룰 수 있어야 했다. 매일 몇 시간이고 하느님 앞에서 무릎을 꿇는 메리 여왕도 그것만큼은 어떻게 할 수 없었다.

실크 속치마의 사각거리는 소리에 나는 주위로 눈을 돌렸다. 엘리자베스 공주가 반대편에서 복도로 들어오고 있었다. 엘리자베스 공주는 나의 존재를 눈치 채고는 장난기 어린 미소를 보냈다. 마치 우리가 한 편이라도 되는 것처럼. 나는 마치 친구와 장난치다가 함께 무서운 선생님에게 불려나간 학생 같은 기분이 들었다. 어느새 나도 그녀에게 미소로 답하고 있었다. 엘리자베스 공주의 특기였다. 사소한 움직임 하나로 누구든지 친구로 만들 수 있었다. 그녀는 언니에게 주의를 돌렸다.

"폐하, 기분은 어떠세요?"

메리 여왕은 고개를 끄덕이더니 냉정하게 말했다.

"나를 보자고 했니?"

엘리자베스 공주의 아름답고 창백한 얼굴이 한순간에 진지하고 엄숙해졌다. 그녀는 갑자기 무릎을 꿇더니, 탐스러운 구릿빛 머리를 어깨 주위로 늘어뜨리며 머리를 숙였다.

"언니, 제게 뭐 언짢은 점이 있으신 것 같습니다."

여왕은 잠시 말이 없었다. 나는 그녀가 배다른 동생을 일으켜 세우기 위해 몸을 급히 앞으로 굽히려다가 멈추는 것을 놓치지 않았다. 대신 여왕은 엘리자베스 공주와 거리를 유지한 채 여전히 차가운 목소리로 말했다.

"그래서?"

"제가 뭘 잘못했는지 알 수가 없습니다. 혹, 제 믿음을 의심하고 계신 것이 아니라면……."

공주는 여전히 머리를 깊이 조아린 채 말했다.

"미사에 나오지 않더구나."

여왕이 딱딱하게 말했다.

금발 머리가 끄덕였다.

"예, 그래서 화가 나셨나요?"

"당연하지! 교회를 부정하는 너를 어떻게 내 동생으로서 사랑할 수 있겠니?"

"아!"

엘리자베스 공주가 작게 숨을 들이마셨다.

"그러시리라 짐작했습니다. 하지만 언니, 언니는 모르세요. 저도 미사에 가고 싶어요. 하지만 전 두려웠어요. 제가 얼마나 무지한지 드러내고 싶지 않았어요. 정말 창피해요……. 하지만 아시잖아요. 전 어떻게 해야 하는지 몰라요."

엘리자베스 공주는 눈물로 얼룩진 얼굴을 들었다.

"아무도 어떻게 하는 건지 가르쳐 주지 않았어요. 저는 언니와 다른 종교적 환경에서 자랐어요. 그래서 아무도 제게 미사 보는 방법을 가르쳐 주지 않았어요. 기억하시지요? 저는 해트필드에서 자랐고 그 다음에는 캐서린 파 왕비와 함께 살았어요. 그분이 얼마나 독실한 신교도인지 아시죠? 그러니 제가 어떻게 어머니 무릎에서 신앙을 배운 언니와 같을 수 있겠어요. 제발, 저의 무지를 탓하지 말아 주세요. 제 힘으로 어떻게 할 수가 없어요. 제가 어렸을 때, 언니와 함께 살 때에도 제게 언니의 신앙을 가르쳐 주지 않으셨잖아요."

"내게도 미사를 보는 것이 허락되지 않았어!"

메리 여왕이 외쳤다.

"그러니 제 상황이 어땠을지 아시겠지요. 양육 방식 때문에 벌어진 잘못으로 절 탓하지 말아주세요, 언니."

엘리자베스 공주가 간절하게 말했다.

"이제는 너에게 선택할 자유가 있다. 너는 자유로운 국가에 살고 있어. 그러니, 네가 선택해라."

여왕은 엄하게 말했다.

엘리자베스 공주는 망설였다.

"그럼 이제부터 배워도 될까요? 제가 읽을 책을 권해 주시겠어요? 언니의 고해 신부님과 얘기해 볼까요? 저는 모르는 것이 너무 많아요. 폐하께서 도와주시겠어요? 저를 올바른 길로 인도해 주실래요?"

아무도 도저히 그녀를 의심할 수가 없었다. 엘리자베스 공주의 두 뺨을 타고 흐르는 눈물은 너무나 절실했고, 얼굴은 붉게 달아올라 있었다. 메리 여왕은 천천히 앞으로 나가 손을 내밀더니 엘리자베스 공주의 머리에 얹었다. 엘리자베스 공주는 메리의 손길이 느껴지자 몸을 떨었다.

"제발 화내지 마세요, 언니. 이 세상에서 저는 외톨이예요. 저한테는 언니밖에 없어요."

그녀의 흐느낌이 들렸다.

메리 여왕은 양손으로 엘리자베스 공주의 어깨를 잡아 일으켰다. 엘리자베스 공주는 메리 여왕보다 머리 하나만큼 키가 컸지만, 슬픔으로 움츠러들어 있었기 때문에 언니를 올려다봐야 했다.

"아, 엘리자베스. 네가 너의 죄를 고백하고 진정한 신앙을 갖게 된다면 난 너무 행복할 거야. 내가 원하는 것은 다만 이 나라에 진정한 신앙이 뿌리 내리는 거야. 내가 평생 결혼하지 않고, 너 또한 내 뒤를 이어 처녀 여왕이 된다면, 아니 또 다른 가톨릭 공주가 된다면,

우리는 함께 이상적인 왕국을 세울 수 있을 거야. 나는 이 나라에 진정한 믿음을 다시 세울 거야. 그리고 너는 내 뒤를 이어 이 나라를 하느님의 법에 따라 다스려야 해."

메리 여왕이 속삭였다.

"그렇게 될 거예요. 반드시, 아멘."

엘리자베스 공주가 속삭였다. 그녀의 목소리에 깃든 복에 겨운 진실함에 나는 내가 교회나 미사에서 얼마나 자주 '아멘'을 속삭였는지를 생각했다. 그리고 그 말이 아무리 달콤하게 들릴지라도 결국 아무 의미 없는 말임을 다시금 떠올렸다.

* * *

여왕에게는 편치 않은 날들이 계속되었다. 여왕은 대관식 준비로 분주했지만, 잉글랜드의 왕들이 대대로 대관식을 치렀던 런던탑은 불과 몇 달 전 무력을 앞세워 그녀에게 반기를 들었던 반역자들로 우글거렸다.

여왕의 참모들, 그 중에서도 특히 스페인 대사는 반역에 가담했던 자들을 모두 단번에 처형해야 한다고 말했다. 살려두면 불만의 씨앗이 될 뿐, 죽여야만 빨리 잊힌다는 것이었다.

"그 어리석은 계집아이의 피를 내 손에 묻히고 싶지 않소."

여왕이 말했다.

제인 그레이는 메리 여왕에게 자신이 왕위에 올랐던 것은 잘못이었으며, 모든 것은 강압에 의해 이루어졌다고 시인하는 편지를 썼다.

"제인이 어떤 아이인지 알아."

어느 저녁, 여왕은 현악기 소리가 울리고 모든 사람들이 하품을 하며 잠자리에 들기만을 고대하고 있는 가운데 제인 도머에게 말했다.

"나는 그 애가 어렸을 때부터 봐왔어. 엘리자베스에 대해서만큼이나 그 애에 대해서도 잘 알아. 뼛속까지 신교도인 아이야. 일생을 책에 파묻혀 지냈지. 평범한 여자 아이가 아니라, 학자라고 해도 될 정도야. 신앙 문제에 관한 한 망아지처럼 고집불통이고 프란체스코 수도회의 수도사처럼 시건방지지만. 종교 문제에 있어서는 좀처럼 나와 타협할 수 없는 애지만, 세속적인 야심에 휘둘릴 아이도 아니야. 내 아버지가 정한 후계자들을 무시할 아이도 아니지. 여왕의 자리는 내 것임을 아는 이상, 나를 부정하지 않았을 거야. 죄를 지은 것은 노섬벌랜드 공작과 가운데에서 계략을 꾸민 제인의 아버지야."

"그렇다고 모든 사람들을 용서할 수는 없어요. 제인 그레이는 여왕으로 추대되었고, 왕좌에 앉았어요. 사실은 사실이잖아요?"

제인 도머가 주저 없이 말했다.

메리 여왕은 고개를 끄덕여 동의를 표했다.

"공작은 죽어 마땅해. 하지만 그걸로 마무리 지으면 돼. 제인의 아버지인 서폭 공, 제인, 그리고 남편 길포드는 대관식이 끝날 때까지만 런던탑에 가둬 두겠어."

"로버트 더들리는요?"

나는 최대한 목소리를 낮추어 물었다.

여왕은 고개를 돌려 그녀의 왕좌 앞 계단에 그녀의 그레이하운드와 나란히 앉아 있는 나를 발견했다.

"거기 있었구나, 꼬마 광대 아가씨."

여왕의 목소리는 부드러웠다.

"네 예전 주인은 반역죄로 재판을 받겠지만, 죽지는 않을 거다. 사태가 수습되면 풀려날 거야. 이제 좀 마음이 놓이니?"

"그것이 폐하의 뜻이라면요."

나는 공손히 대답했지만, 그가 죽지 않을 것이라는 희망에 가슴은 한껏 부풀어 올랐다.

"폐하의 안전을 원하는 사람들은 마음을 놓을 수 없을 거예요."

제인 도머는 그냥 넘어가지 않았다.

"폐하를 해치려 했던 자들이 활개를 치고 다니는데 어떻게 마음 놓고 사실 수 있어요? 그자들이 또 계략을 꾸미지 않는다는 보장이 없잖아요? 입장이 바뀌었더라도 그자들이 폐하를 곱게 풀어줬을까요?"

메리 여왕은 소리 없이 웃으며 그녀의 손을 잡았다.

"제인, 내가 왕위에 오른 것은 신의 뜻이야. 내가 케닝홀에서 살아서 나올 것이라고, 프램링햄에서 아무런 무력 충돌 없이 빠져나올 수 있을 거라고 상상이나 했겠어? 그런데도 나는 백성들의 축복 속에서 런던에 입성했어. 나는 여왕이 되기 위해 이 땅에 보내졌어. 나는 할 수 있는 한 신의 자비를 보여 주거야. 신의 은총을 모르는 자들에게도."

* * *

나는 아버지에게 성 미카엘 축일에 집에 가겠다는 소식을 전했다. 나는 궁에서 받은 돈을 챙긴 다음, 해 저무는 거리를 걸어 아버지에게로 향했다. 발에 꼭 맞는 새 장화를 신고 허리에 작은 칼을 찬 나는 아무것도 두렵지 않았다. 존경받는 여왕이 내리신 제복을 입은 나를 아무도 욕보이지 못할 것이며, 설령 누가 덤빈다 해도 월 소머스가 가르쳐 준 검술 덕분에 내 몸 하나는 지킬 자신이 있었다.

서점의 문은 닫혀 있었고, 내려진 덧창 틈으로 촛불이 새어나왔다. 거리는 쥐새끼 한 마리 없이 고요했다. 문을 두드리자 아버지가 조심스럽게 문을 열었다. 금요일 밤이었고, 계산대 아래 엎어 놓은 주전자 아래에서 타고 있는 촛불이 성스러운 빛으로 어둠을 밝히고 있었다.

나를 맞는 아버지의 얼굴은 창백했다. 오랜 세월 도망자의 삶을 살아온 사람으로서 나는 알 수 있었다. 문을 두드리는 소리가 얼마나 그를 두렵게 했을지. 내가 돌아올 것임을 예견하고 있었고, 두려워할 이유가 아무것도 없는 상황이었는데도, 밤중에 문을 두드리는 소리에 그는 심장이 멎는 것 같았을 것이다. 나도 그 심정을 알 수 있었다. 나도 항상 그랬으니까.

"아버지, 저예요."

나는 아버지를 안심시키고, 그의 앞에 무릎을 꿇었다. 아버지는 나를 축복해 준 뒤 일으켜 세웠다.

"그래, 다시 궁에서 일하게 됐다고? 정말 잘하고 있구나, 우리 딸."

아버지가 웃으며 말했다.

"여왕 폐하는 정말 훌륭한 분이세요. 그러니, 궁에서 다시 일하게 된 것도, 제가 잘해서가 아니에요. 처음에는 그분에게서 달아나려고 했지만, 이제는 이 땅의 누구보다도 그분을 섬기고 싶어요."

"로버트 경보다 더?"

나는 닫힌 문을 힐끗 보았다.

"이제 로버트 경은 섬길 수 없게 됐어요. 제가 런던탑의 간수라면 모를까. 제발 그 사람들이 그분을 잘 대해 줘야 할 텐데."

아버지는 고개를 저었다.

"그가 처음 이곳에 왔을 때는 세상을 호령할 것 같은 기세더니, 지금은……."

"폐하께서 목숨은 살려 주신대요. 공작이 죽었으니, 모든 이들에게 자비를 베푸시는 거지요."

아버지는 고개를 끄덕였다.

"위태로운 시기다. 디 선생이 요전에 그러더라. 위기는 변화를 낳기 위한 시련이라고."

"디 선생을 만나셨어요?"

아버지가 또다시 고개를 끄덕였다.

"자기가 가지고 있는 필사본의 마지막 페이지들을 구할 수 없는지 물어보러 왔더라. 안타까운 일이야. 연금술에 관한 책을 샀는데 마지막 세 페이지가 없다는구나."

나는 말없이 웃었다.

"금을 만드는 제조법인가요? 그런데 끝까지 나와 있지도 않대요?"

아버지도 따라 웃었다. 아버지와 나만 아는 우스갯소리로, 우리는 현자의 돌을 만드는 비법을 알려 준다는 연금술 책만 팔아도 스페인 고관대작처럼 살 수 있겠다며 웃곤 했었다. 평범한 금속을 금으로 만드는 비법, 영원한 생명을 주는 현자의 돌. 아버지는 그런 책을 수십 권이나 가지고 있었다.

어렸을 때 나는 그런 돌을 만들어서 부자가 되게 책을 보여 달라고 떼를 쓰곤 했었다. 하지만 아버지가 보여 준 것은 수많은 수수께끼, 그림, 시, 주문, 기도문 등이었다. 결국 부자건 현명하건 인간은 모두 똑같다는 것을 깨닫게 될 뿐이었다. 저마다 똑똑하다고 자부하는 사람들이 연금술의 비밀과 수수께끼를 풀기 위해 많은 책들을 사들였다. 하지만 책을 사간 사람들 중 비밀을 파헤쳐 영원히 살게 되었다고 말하는 사람은 아무도 없었다.

"누군가 그 비밀을 발견해서, 금을 만든다면, 그건 아마 존 디 선생일 거야. 그분이야 말로 위대한 학자이자 사상가니까."

아버지가 말했다.

"그럴 거예요."

나는 등받이가 없는 높은 의자에 앉아 그리스어나 라틴어로 된 문장들을 읽어 내려갔던 때를 생각하며 말했다. 존 디는 자신이 만든 도구들에 둘러싸여, 내가 읽는 문장들을 순식간에 영어로 옮겼었다.

"하지만 존 디 선생이 미래를 볼 수 있을까요?"

"한나, 그분은 가려진 것들을 볼 수 있어! 그분은 건물들에 가려 보이지 않는 것들을 보는 기계를 발명했어. 별의 움직임을 예측하고, 파도의 움직임을 측정하고 미리 알 수 있지. 그분은 바다를 항해하면서 쓸 수 있는 지도도 만들었어."

"예, 저도 본 적 있어요."

나는 노섬벌랜드 공작이 책상에 펼쳐 두었던 지도를 생각했다.

"그 지도가 어떻게 쓰일지도 염두에 두었어야 했어요."

"그는 순수한 학문을 연구할 뿐이다. 다른 사람들이 그의 발명품을 어떻게 쓰건 그것은 그의 잘못이 아니다. 그는 공작이나 그 가족들이 사람들의 기억에서 사라진 후에도 오랫동안 기억될 사람이야."

아버지가 단호하게 말했다.

"로버트 경은 잊지 않을 거예요."

나는 힘주어 말했다.

"로버트 경도 예외는 아니다. 아가, 나는 단어든 도표든 암호든 존 디 선생만큼 빨리 읽고 이해하는 사람은 본 적이 없다. 아! 잊을 뻔했군. 디 선생이 로버트 경에게 보낼 책들을 주문했다."

아버지가 말했다.

"그래요? 제가 로버트 경에게 갖다줄까요?"

나는 신경이 잔뜩 곤두섰다.

"책이 도착하는 대로 그렇게 하려무나. 그리고 한나, 로버트 경을 만나면……."

아버지가 부드럽게 말했다.

"네?"

"*아가(querida)*, 그를 만나면 너를 풀어달라고 하고, 이제 그 사람과는 작별을 해야 한다. 그는 사형선고를 받은 반역자야. 그만 인연을 끊을 때가 되었다."

나는 뭐라고 반박하려고 했지만, 아버지는 한 손을 들어 저지했다.

"아버지로서 명령이다. 이 땅에서 우리의 삶은 도마 위의 생선과 다를 바가 없다. 더 이상 목숨을 위태롭게 해서는 안 돼. 그와는 끝이다. 그는 반역자로 지목되었다. 그 사람과 더 이상 엮여서는 안돼."

나는 머리를 숙였다.

"다니엘도 그러길 바란다."

나는 그 말에 고개를 번쩍 들었다.

"어떻게, 그가 어떻게 알아요?"

아버지는 소리 없이 웃었다.

"그는 바보가 아니란다, 한나."

"그 사람은 궁에 들어가 본 적이 없잖아요. 그쪽 세계에 대해서는 모를 텐데."

"그는 아주 훌륭한 의사가 될 거야."

아버지가 타이르듯 말했다.

"저녁에 여러 번 와서 약초나 약재에 관한 책을 읽다가 가곤 했다. 건강과 질병에 관한 그리스어 교재를 공부하고 있단다. 스페인 사람이 아니라고 해서 무지하다고 생각해서는 안 돼."

"하지만 무어인 의사들의 치료 기술에 대해서는 아무것도 모르잖아요. 무어인들이야말로 세계에서 가장 현명한 사람들이라고, 그리스인들이 남긴 의학을 두루 섭렵하고 발전시킨 사람들이라고 아버지가 그러셨으면서."

"그래, 하지만 다니엘은 사려 깊은 젊은이야. 성실한 사람이고, 학문에는 재능이 있지. 일주일에 두 번씩 여기에 와서 책을 읽는단다. 항상 너의 안부를 물어."

"그래요?"

아버지는 고개를 끄덕였다.

"너를 '우리 공주님'이라고 부른단다."

나는 잠시 말문이 막혔다.

"우리 공주님?"

"그래, 사랑에 빠진 남자의 말투지. 내 가게에 와서 '우리 공주님은 어떻게 지내요?' 하고 묻곤 한단다. 네가 그의 공주님이야, 한나."

아버지는 어이없어 하는 내 표정에 빙그레 웃으며 말했다.

* * *

메리 여왕의 대관식은 10월 1일이었다. 온 궁전뿐 아니라, 온 런던 시내와 온 나라가 여름 내내 헨리 8세의 뒤를 이을 그의 딸의 대관식 준비에 바빴다. 런던 시내에는 떠나버린 사람들의 빈자리가 느껴졌다. 관용을 베풀겠다는 여왕의 진심 어린 약속을 믿지 못하고 두려움에 떨던 독실한 신교도들은 잉글랜드를 떠났다. 그들은 프랑스인들의 환대를 받을 것이다. 프랑스는 또다시 잉글랜드를 상대로 전쟁 준비에 들어갔다. 추밀원에도 빈자리가 눈에 띄었다. 여왕의 아버지가 살아 돌아온다면 자신이 아끼던 사람들이 어디로 사라졌는지 의아해 할 것이다. 어떤 이들은 과거 여왕을 홀대했던 죄로 얼굴을 내밀 수 없었고, 어떤 이들은 신교도로서 여왕을 섬길 의지가 없었으며, 또 다른 이들은 자신들의 소유가 된 대수도원에서 염치 좋게 버텼다. 하지만 나머지 신하들과, 시민들과 온 나라의 백성 수천 명은 새로운 여왕을 맞이하기 위해 거리로 나왔다. 왕위를 찬탈하고자 했던 신교도에 맞서 싸움으로써 자신들이 옹립한 여왕, 구교에 대한 종교적 신념을 숨기지 않았던 여왕, 그럼에도 불구하고 그들이 가장 원했던 여왕을 맞이하기 위해서였다.

나는 태어나서 처음으로 동화 속에서나 볼 수 있을 법한 대관식을 목격했다. 아버지의 가게에 있는 그림책에서 튀어나온 듯한 장관을 이루고 있었다. 담비모피로 가장자리를 댄 푸른색 벨벳 차림의 여왕이 황금 전차(戰車)를 타고 런던의 거리를 누볐다. 거리는 온통 태피스트리가 내걸렸고, 분수에는 포도주가 넘쳐 대기는 진한 향기로 가득했다. 늘어선 군중들은 처녀 여왕의 모습에 기뻐 환호성을 질렀고, 적들을 물리치고 여왕의 자리에 올라 이 땅을 다시 예전의 종교로 되돌리려는 여성을 찬미하며 부르는 어린이들의 노래는 여왕의 행렬을 멈춰 서게 했다.

여왕이 탄 전차를 신교도 공주 엘리자베스가 탄 마차가 뒤따랐다. 하지만 엘리자베스 공주를 환호하는 소리는 작은 체구의 여왕이 탄 전차가 골목을 돌 때마다 사람들이 외치는 함성에 비하면 아무것도 아니었다. 마차에는 엘리자베스 공주 외에도 헨리 8세의 버림받은 아내 안나 클레페(헨리 8세와 결혼 후 6개월 만에 이혼함.)가 육중해진 몸을 가누며 군중을 향해 미리 준비해 둔 미소를 띤 채 살아남은 자들만이 가질 수 있는 특유의 광채를 발하고 있는 것 같았다. 그 뒤로는 한껏 멋을 낸 마흔여섯 명의 궁정 사람들과 지방 귀부인들이 걸어서 뒤따랐다. 화이트홀에서 런던 타워까지 행진했을 때쯤 그들은 다소 지친 모습이었다.

그 뒤로, 궁전 관리들의 무리에는 군소 신사 계급의 귀족들과 관료들이 모두 섞여 있었다. 나 역시 그 무리에 끼어 있었다. 잉글랜드에 온 이후 나는 언제나 스스로 이방인인 듯한 느낌을 떨쳐버릴 수가 없었다. 무서운 탄압을 피해 도망쳐 왔으면서도 두렵지 않은 척해야 했다. 하지만 노란 모자를 쓰고, 광대의 종이 달린 막대기를 손에 쥔 채 익살꾼 윌 소머스와 나란히 여왕의 대관식 행렬에 섞여 걸어가고 있는 나는 내 자신을 다시 찾은 느낌이었다. 나는 여왕의 광대였고 그녀를 감시하는 첩자가 된 그 순간부터 그녀가 위험으로부터 도망쳐 나와 용감하게 스스로 여왕의 자리에 오를 때까지 운명의 힘에 이끌렸던 것이다. 여왕은 자신의 왕좌를 얻었고, 나는 그녀 곁에 내 자리를 얻었다.

  나는 광대라는 신분에 대해서도 거리낌이 없었다. 나는 신성한 광대였고, 모두 내가 예지력을 지녔음을 알고 있었다. 모두 내가 여왕이 자신의 자리를 되찾는 이 날이 올 것을 미리 예언했음을 알고 있었다. 어떤 사람들은 내게 주어진 능력을 인정하고, 내가 지나갈 때 성호를 긋기도 했다. 그래서 나는 머리를 높이 쳐들고 걸었고, 내 짙은 피부색과 검은 머리를 보고 사람들이 나를 스페인인으로 알건, 아니면 그보다 더 나쁜 상상을 하건 개의치 않았다. 그날의 나는 마치 잉글랜드인, 그것도 여왕과 나의 새로운 고국에 대한 애정을 검증받은 아주 충성스러운 잉글랜드 여인이 된 것 같았다. 그리고 새로 얻은 신분이 마음에 들었다.

  우리는 그날 밤 런던탑에서 묵었다. 다음날 메리 튜더는 잉글랜드의 여왕으로 즉위했고, 엘리자베스 공주는 여왕의 긴 옷자락을 받쳐 들고 여왕의 뒤를 따랐으며, 누구보다도 먼저 무릎을 꿇고 여왕에 대한 충성을 맹세했다. 하지만 나는 두 여인의 모습을 제대로 볼 수 없었다. 나는 맨 뒤에서 어느 궁정귀족에게 가려 고개를 이리저리 내밀어야만 앞에서 벌어지는 광경을 볼 수 있었지만, 그럼에도 불구하고 나의 주인 메리 공주가 여동생을 대동하고 왕위에 올랐으며, 자신의 자리를 인정받고 정의를 되찾기 위해 그녀가 평생을 걸었던 사투가 마침내 끝났다는 생각만으로 눈물이 앞을 가렸다. 신은(어떤 이름의 신이든) 마침내 그녀를 축복했고, 그녀는 승리한 것이다.

* * *

엘리자베스 공주가 메리 여왕 앞에서 무릎을 꿇었을 때, 두 사람은 겉으로 보기에는 한 편인 것 같았다. 하지만 엘리자베스 공주는 가느다란 체인에 달린 남동생의 기도서를 허리에 계속 차고 다녔고, 항상 수수한 차림이었으며, 미사에는 거의 나타나지 않았다. 공주는 너무나 당당하게 자신이 얼마 전 일생 충성을 바칠 것을 맹세한 가톨릭 군주의 뒤를 이을 신교도 후계자임을 드러냈다. 항상 그래왔듯이, 여왕으로서는 엘리자베스 공주에 대해 딱히 트집을 잡을 수가 없었다. 문제는 엘리자베스 공주의 묘한 태도였다. 그녀는 항상 약간 떨어져서, 완전히 한 편이 될 수는 없다는 듯한 태도를 보였다.

며칠을 그렇게 보내고 어느 날 아침 여왕은 엘리자베스 공주에게 측근들과 함께 미사에 참석하기 바란다는 긴급한 전갈을 보냈다. 여왕이 알현실을 나설 채비를 할 무렵 회신이 왔다. 기도서를 집으려고 손을 내밀던 여왕은 엘리자베스 공주의 시녀 중 하나가 회신을 가지고 서 있는 문가로 고개를 돌렸다.

"공주께서는 오늘 미사에 빠지도록 윤허를 청하셨습니다. 몸이 안 좋으십니다."

"도대체 어디가 안 좋다는 거지? 어제는 멀쩡하더니."

여왕의 목소리가 다소 날카로웠다.

"복통을 앓고 계십니다. 몹시 괴로워하세요."

시녀가 대답했다.

"공주의 시녀인 애쉴리 부인이 공주께서는 오늘 미사에 참석할 수 없을 정도로 상태가 좋지 않다고 합니다."

"공주에게 오늘 아침, 내 예배당으로 반드시 나와야 한다고 전하라."

여왕은 조용히 말하고는 자신의 시녀 쪽으로 몸을 돌려 기도서를 들었다. 하지만 나는 기도서를 넘기는 그녀의 손이 떨리는 것을 알아챘다.

여왕이 거처를 막 나서려는 찰나, 경비병이 여왕의 행운을 기원하는 사람들과, 구경꾼들과 청원자들로 가득한 복도로 통하는 문을 막 열려고 하는데, 엘리자베스 공주의 또 다른 시녀 하나가 옆문으로 재빨리 들어왔다.

"폐하."

시녀가 전갈을 들고 속삭였다.

여왕은 고개조차 돌리지 않았다.

"엘리자베스 공주에게 오늘 미사에서 꼭 보고 싶다고 전하라."

말을 마치고 여왕은 경비병을 향해 고개를 끄덕여 보였다. 그는 문을 활짝 열었고, 우리는 여왕이 가는 곳이면 어디서나 들을 수 있는 경외에 찬 작은 탄성을 들었다. 사람들은 몸을 숙여 경의를 표하고 절을 했으며, 그 사이를 지나는 여왕의 뺨에는 두 개의 붉은 반점이 나타났다. 분노의 표시였다. 산호 묵주를 든 손은 떨리고 있었다.

엘리자베스 공주는 미사에 늦게 나타났다. 우리는 그녀가 몸을 웅크리고 불편한 배를 움켜쥔 채 사람들로 가득 찬 복도를 천천히 걸어오면서 내는 신음 소리를 들었다. 아파서 몸도 가누지 못하는 어린 공주를 염려하는 속삭임이 들려왔다. 공주는 여왕 뒷자리에 앉더니, 우리에게 다 들리도록 시녀에게 말했다.

"마사, 내가 정신을 잃으면 쓰러지지 않도록 날 좀 잡아줘."

여왕의 정신은 온통 등을 보인 채 미사를 집전하는 사제에게 쏠려 있었다. 사제 또한 자신의 앞에 놓은 빵과 포도주에 집중하고 있었다. 여왕에게나 신부에게나 이 순간이야말로 하루 중 진정한 의미를 갖는 유일한 시간이었다. 나머지 시간들은 그저 세속적인 형식에 불과했다. 물론, 우리와 같은 범상한 죄인들은 어서 미사가 끝나고 세속적인 형식의 시간으로 돌아가기만을 간절히 바랄 뿐이었다.

엘리자베스 공주는 여왕의 행렬에 섞여 교회를 떠났다. 여전히 배를 움켜쥐고 신음하고 있었다. 그녀는 제대로 걷지도 못했으며 얼굴은 죽은 사람처럼 창백해서 마치 쌀가루를 뿌린 것 같았다. 여왕은 굳은 표정으로 성큼성큼 앞장서 걸었다. 자신의 거처에 당도한 여왕은 엘리자베스 공주의 창백한 안색과 비틀거리는 걸음걸이에 대한 염려와, 몸이 아픈 공주를 미사에 참석하도록 강요한 여왕의 잔인한 처사에 대해 수군거리는 목소리가 들리지 않도록 복도로 통하는 문을 닫으라고 명했다.

"가엾어라, 어서 침대에 눕혀야겠어요."

닫히는 문 사이로 어느 여인의 목소리가 똑똑히 들려왔다.

"정말 그래야겠어."

여왕이 중얼거렸다.

1553년 겨울

아직 저녁 6시밖에 되지 않았는데도, 사방은 한밤중처럼 어두웠다. 차가운 강 위로 시신을 덮은 검은 천이 벗겨지듯 물안개가 걷혔다. 코를 통해 런던탑의 거대하고 습기를 머금은 벽이 뿜어내는 절망의 냄새가 스며들었다. 어떤 왕가의 궁전도 이보다 더 음울하지는 않을 것이다. 나는 뒷문을 지키는 경비병에게 말을 걸었고, 그는 횃불을 치켜들더니 하얗게 질린 내 얼굴에 들이댔다.

"어린 사내로군."

"로버트 경에게 전달할 책을 가져왔습니다."

그가 횃불을 치우자 어둠이 나를 압도했다. 경첩의 삐걱거리는 소리로 문이 바깥쪽을 향해 열린다는 것을 짐작한 나는 축축하고 거대한 목재 문이 열리도록 뒤로 물러섰다가 안으로 들어섰다.

"책을 내놓아 보시오."

나는 주저 없이 책을 내밀었다. 가톨릭교회의 입장을 옹호하는 신학 서적들로 바티칸이 출판을 허가했고 여왕의 추밀원이 공식적으로 인정한 책들이었다.

"들어가시오."

경비병이 말했다.

나는 미끄러운 자갈길을 지나 초소로 걸어갔다. 그리고 거기서부터 다시 달빛 아래 빛나는 진흙탕 위에 만들어진 둑길을 지나 백색 탑의 튼튼한 벽에 높이 달려 있는 문간을 향해 곧게 뻗은 나무 계단을 올라갔다. 누군가 성을 공격하거나, 죄수들을 탈출시키려고 하면, 안에 있던 병사들이 바깥쪽 층계를 밀어 버려 외부의 접근을 차단하도록 되어 있었다. 나의 주인은 결코 달아날 수 없었다.

문 앞에는 또 다른 병사가 서 있었다. 그는 나를 안으로 데리고 들어가더니 안쪽에 난 또 다른 문을 두드리고는 문을 열어 나를 들여보냈다.

마침내 나는 그를 보았다. 나의 로버트 경은 몸을 숙여 종이를 들여다보고 있었다. 팔꿈치께의 촛불이 황금빛으로 빛나며 그의 검은 머리와, 창백한 피부를 비추고 있었다. 마침내 그의 얼굴에 천천히 미소가 번졌다.

"남장 아가씨! 이야! 우리 남장 아가씨네!"

나는 한쪽 무릎을 꿇었다.

"주인님!"

나는 이 한 마디밖에 할 수 없었다. 참았던 울음을 터뜨리고 말았기 때문이다.

그는 소리 내어 웃으며 나를 일으켜 세우더니 한쪽 팔로 내 어깨를 감싸고는 눈물을 닦아주었다. 거리낌 없는 그의 다정한 손길에 나는 아찔함을 느꼈다.

"저런, 저런, 왜 울고 그래, 꼬마 아가씨?"

"나리 때문이에요!"

나는 울음을 삼켰다.

"이런 곳에 계시다니. 게다가…….."

나는 차마 '창백한', '초췌한', '피곤한', '비참한' 몰골을 하고 있

다고 솔직히 말할 수가 없었다. 겨우 "이렇게 갇혀 계시다니."라고
말을 맺었다.

"그 옷은 또 뭐예요! 그리고…… 이제 어떻게 되는 거죠?"

그는 대수롭지 않다는 듯 소리 내어 웃더니 나를 불가로 데리고 가
서 의자에 앉고 나를 위해서도 등받이가 없는 의자를 앞으로 내밀었
다. 마치 귀여운 조카를 대하는 듯한 태도였다. 나는 머뭇거리며 그
에게 다가앉아 그의 무릎에 양손을 올려놓았다. 그가 정말 내 앞에
있는지 확인하기 위해 만져보고 싶었다. 그때까지 나는 너무나 자주
그를 떠올렸었다. 그런 그가 내 앞에 앉아 있었다. 변한 것이라고는
좌절과 실망으로 얼굴에 깊게 패인 주름 뿐, 나머지는 모두 그대로
였다.

"로버트 나리……."

나는 조용히 그를 불렀다.

그가 내 눈을 똑바로 들여다보았다.

"그래, 꼬마 아가씨."

그의 목소리는 부드러웠다.

"무모한 도박을 했고 우리는 졌어. 그 결과 우리는 엄청난 대가를
지불하게 되겠지. 하지만 넌 어린애가 아니지? 세상은 만만한 곳이
아니란 걸 너도 알고 있잖아? 대가를 지불해야 한다면 그렇게 해야
지"

"대가라면……."

나는 이렇게 의연한 미소로 그가 맞이해야 할 대가가 죽음인지 차
마 물어볼 수가 없었다.

"뭐, 아마도 그럴 거야. 머지않아서. 내가 여왕이라도 그렇게 할
거야. 그래, 뭐 새로운 소식은 없니? 얘기할 시간이 그리 많지 않
아."

그는 쾌활한 목소리로 말했다.

나는 머릿속에 떠오른 생각들을 정리하며, 의자를 당겨 그에게 좀 더 다가앉았다. 그에게 새로운 소식을 전하고 싶지 않았다. 모두 불리한 이야기들뿐이었다. 나는 그의 초췌한 얼굴을 자세히 들여다보고 그의 손을 잡고 싶었다. 그리고 보고 싶었다고, 그는 벌써 잊어버렸을 것이 분명한 암호로 얼마나 많은 편지를 썼다가 태워버렸는지 모른다고 말하고 싶었다.

"자, 어서. 뭐든 얘기해 줘."

그가 재촉했다.

"아시겠지만 여왕께서는 결혼을 해야 할지 고민 중이세요."

나는 목소리를 낮췄다.

"여왕께서는 몸이 아프셨어요. 사람들은 이 사람, 저 사람을 신랑감 후보로 내세웠어요. 가장 유력한 후보는 스페인의 필립 공이에요. 스페인 대사는 훌륭한 결합이 될 거라고 했지만, 여왕께서는 망설이고 계세요. 혼자서 통치할 수 없다는 것은 알고 계시지만, 한 남자에게 지배당할까 봐 두려우신 거지요."

"그래도 결혼을 추진한대?"

"거절하실지도 몰라요. 아직 확실치 않아요. 결혼 생각만 해도 질릴 지경이세요. 남자와 잠자리를 같이 하게 되는 것도 두렵고, 그렇다고 남자 없이 왕위를 지탱해 나가기도 두려운 거예요."

"엘리자베스 공주는?"

나는 육중한 목재 문 쪽을 흘끗 곁눈질한 다음 목소리를 더욱 낮추었다.

"요새 여왕 폐하와 공주님은 사이가 좋지 않으세요. 처음에는 우호적인 분위기로 시작하셨죠. 여왕 폐하는 공주님을 항상 곁에 두고 싶어하셨고, 공주님을 후계자로 인정하셨어요. 하지만 지금은 관계가 껄끄러워졌어요. 엘리자베스 공주님은 더 이상 여왕 폐하의 말에 고분고분한 어린애가 아니에요. 논쟁이 벌어지면 여왕을 가르칠 정도지요. 연금술사처럼 머리회전이 빨라요. 여왕께서는 종교에 관한 언쟁을 싫어하시는데, 엘리자베스 공주님은 사사건건 시비를 걸고 그냥 넘어가려고 하질 않아요. 모든 걸 매서운 눈으로 보시고……."

나는 말을 멈추었다.

"매서운 눈이라니? 공주의 눈이 얼마나 아름다운데."

로버트 경은 의아해했다.

"아뇨, 제 말씀은 모든 걸 까다롭게 보신다구요. 공주님은 아무것도 믿지 않아요. 뭔가에 감동하지도 않으시고요. 공주님은 폐하와는 많이 다르세요. 성찬 의식 때에도 그저 무덤덤하시고요. 언제나 사실을 확인하고 싶어하시고, 아무것도 믿지 않으세요."

로버트 경은 나의 정확한 설명에 고개를 끄덕였다.

"그렇지. 뭐든 그냥 믿고 따르는 법이 없었어."

"폐하께서 억지로 미사에 참석하게 하셨더니, 공주님은 끙끙 앓는 소리를 내면서 배를 움켜쥐고 나타났어요. 그리고는 또다시 미사에 참석하라고 종용하자 공주님은 이미 개종했다고 말했어요. 폐하는 공주님의 진심을 알고 싶어하세요. 그 마음속에 어떤 비밀을 품고 있는지 말해 달라고 했죠. 성찬의 전례를 믿는지 아닌지를요."

"엘리자베스의 비밀이라고!"

로버트 경은 소리 내어 웃으며 외쳤다.

"여왕은 대체 무슨 생각을 하고 있는 거야? 엘리자베스 공주는 아무에게도 마음을 열지 않아. 아주 어렸을 때에도 혼잣말로도 마음을 털어놓은 적이 없어."

"아무튼 공주님은 구교의 장점을 확신한다고 공개적으로 선언하기로 했어요. 하지만 그렇게 하지 않고 계세요. 미사도 꼭 필요할 때에만 참석하고요. 다들 뭐라고 하는지……."

"뭐라고 하는데, 귀여운 끄나풀 아가씨?"

"공주님이 진짜 신교도들에게 편지를 써 보낸대요. 그리고 공주님을 지지하는 세력도 있대요. 여왕을 몰아내려는 소요가 일어나면 프랑스에서 돈을 댄다고도 하구요. 아니면 적어도 공주님은 여왕 폐하가 돌아가시기를 기다리기만 해도 되잖아요. 그렇게 되면 결국 왕위는 공주님 것이 될 테니까. 그때가 되면 더 이상 사람들을 속일 필요도 없이 신교를 믿는 여왕이 되는 거예요. 신교를 믿는 공주인 지금처럼 말이에요."

"아하."

로버트 경은 잠시 말없이 지금까지 들은 이야기를 곱씹었다.

"그렇다면 여왕은 공주에 대한 이런 모함을 다 믿고 있나?"

나는 그가 이해해 주기를 바라면서 그를 올려다보았다.

"폐하는 공주님이 자신을 자매로서 받아들여 줄 거라고 생각하셨어요. 생애 최대의 승리를 거두었을 때에도 공주님과 나란히 런던으로 입성하셨어요. 또 대관식 때에도 공주님을 곁에 두셨어요. 공주님에 대한 사랑과 신뢰와 다음 왕위 계승자에 대한 예우를 이보다 더 어떻게 보여 주실 수 있었겠어요? 하지만 그날부터 하루도 빠짐없이 엘리자베스 공주에 대한 이런저런 이야기가 들려오고, 공주님은 공주님대로 미사에도 나오지 않고, 양심을 핑계로 이리저리 빠져나갈 궁리를 하시고. 게다가 엘리자베스 공주님은……."

나는 말을 잇지 못했다.

"엘리자베스 공주가 왜?"

"대관식에서도 여왕 폐하 다음 위치에 계셨어요. 폐하께서 요청하신 것이지요. 여왕 폐하의 바로 뒤의 전차를 탔어요."

나는 흥분해서 속삭였다.

"대관식에서는 폐하의 옷자락을 받쳤고, 새로운 여왕 앞에 누구보다 먼저 무릎을 꿇고 여왕님의 손을 잡고 진실하고 충실한 신하가 되겠다고 맹세했어요. 신 앞에서 충성을 맹세했다고요. 그런데 어떻게 이제는 폐하를 배신할 음모를 꾸밀 수 있어요?"

그는 등받이에 몸을 기대더니 나의 흥분한 모습을 흥미로운 듯 바라보았다.

"여왕도 엘리자베스 공주에게 화가 나 있니?"

나는 고개를 저었다.

"아니요. 단순한 분노 이상이에요. 폐하는 실망하고 계세요. 폐하는 외로우세요. 폐하는 동생을 곁에 두고 싶어하셨어요. 폐하는 공주님에게 특별한 애정과 존경을 쏟으셨어요. 이제 와서 공주님이 폐하를 사랑하지 않는다고는 믿으실 수가 없겠지요. 게다가 음모를 꾸미려 했다는 것을 알게 되어 몹시 괴로워하세요. 공주님의 음모에 대해서는 확신하고 계세요. 매일 누군가가 폐하께 새로운 소식을 전해 드리거든요."

"증거도 있니?"

"공주님을 잡아들이고도 남을 만큼이오. 공주님에 대한 소문이 너무나 무성해서, 그 순진한 얼굴이 진심이라고는 믿을 수 없게 되었어요."

"그런데도 여왕은 공주에 대해 아무런 조치도 취하지 않고 있니?"

"폐하께서는 평화를 원하세요. 꼭 필요하지 않다면 엘리자베스 공주님을 견제하지 않을 거예요. 제인 그레이나 그 오빠도 처형하지 않겠다고……."

나는 '나리도요.'라고는 말하지 못했지만, 우리 두 사람 모두 그의 앞에 닥친 사형 선고에 대해 생각하고 있었다.

"폐하께서는 이 나라가 평화로워지기를 바라세요."

"글쎄, 그거야 지당하신 말씀이지. 엘리자베스 공주는 크리스마스에 궁에 남는대?"

로버트 경이 물었다.

"떠나고 싶어해요. 건강이 다시 안 좋아져서 시골에서 조용히 요양을 하고 싶다고 해요."

"그런데 정말 아픈 거야?"

나는 어깨를 으쓱했다.

"누가 알겠어요? 며칠 전에 봤을 때는 몸이 많이 부어오르고 아파 보였어요. 하지만 공주님을 제대로 본 사람은 아무도 없어요. 항상 방에 틀어박혀서 필요할 때 아니면 밖에 나오지 않아요. 아무도 공주님과는 말을 안 하고, 여자들은 공주님을 쌀쌀맞게 대해요. 공주님에게 잘못이 있는 것이 아니라 질투 때문이라고들 하죠."

로버트 경은 하찮은 일에 앙심을 품는 여자들의 속성에 고개를 설레설레 저었다.

"그래서 결국 이 가엾은 아가씨는 묵주와 기도서를 들고 미사에 참석해야 하는 거구나."

"가엾은 아가씨가 아니에요. 폐하의 시녀들이 공주님을 박대하는 것은 사실이지만, 그건 공주님이 자초한 거예요. 공주님은 사람들 앞에서만 고분고분 말하고, 고개를 축 늘어뜨리고 다녀요. 미사만 해도, 모든 사람들이 언제나 참석해야 해요. 폐하의 예배당에서는 하루에 7번이나 미사를 올린다구요. 다들 적어도 하루에 두 번은 미사에 가요."

나는 발끈했다.

그는 하루아침에 경건해진 궁의 분위기에 쓴웃음을 지었다.

"제인 그레이는? 정말 목숨을 건지게 되니?"

"폐하는 친척인데다 그렇게 젊은 여자를 죽이진 않으실 거예요.

런던탑에 얼마 동안은 갇혀 있어야겠지만, 나라가 조용해지면 풀려날 거예요."

나는 확신에 차서 말했다.

그의 얼굴이 살짝 일그러졌다.

"여왕이 그런 모험을 하다니. 내가 여왕의 측근이었다면 끝장을 보라고 할 거야. 관련된 모든 사람들에 대해서."

"폐하는 제인 그레이 아가씨가 원해서 그렇게 된 것이 아니란 걸 알고 계세요. 레이디 제인을 벌한다면 그건 잔인한 처사죠. 폐하는 절대로 잔인한 분이 아니세요."

"게다가 그 애는 겨우 열여섯이었어."

그는 중얼거리듯 말하더니 벌떡 일어났다. 나는 거의 안중에 없는 것 같았다.

"내가 막아야 했어. 아버지가 무슨 일을 꾸미건, 제인이 거기에 말려들지 않도록 막아야 했어."

그는 어두운 창밖을 내다보았다. 그곳 정원에서 처형당한 그의 아버지는 마지막 순간까지 자비를 구했다. 그는 제인과, 자신의 아들들을 비롯한 모든 사람들에게 불리한 증거를 대며 목숨을 구걸했다. 사형대 앞에 무릎을 꿇었을 때 안대가 벗겨지자 그는 안대를 끌어올리고는 두 손과 무릎으로 기어다니며 형 집행인에게 준비가 될 때까지 기다려달라고 애걸했다. 비참함 최후였지만, 그의 방치 속에 외롭게 죽어간 어린 왕의 최후만큼은 아니었다. 자신의 보호 아래 있던 죄 없는 소년을 그가 죽인 것이다.

"나는 바보였어."

로버트 경이 비통하게 말했다.

"야망에 눈이 멀었지. 어떻게 너는 이런 결과를 예상하지 못했니? 더들리 가의 오만에 하늘도 한바탕 크게 비웃어 줬을 텐데. 네가 늦기 전에 내게 위험을 경고해 줬었더라면 얼마나 좋았을까."

나는 불을 등지고 서 있었다.

"저도 그랬었다면 좋겠어요. 나리에게 이런 일이 닥치지 않도록 할 수 있었다면 뭐든 했을 거예요."

나는 서글프게 대답했다.

"나는 죽을 때까지 여기 갇혀 있을까?"

그가 가라앉은 목소리로 물었다.

"내가 어떻게 될지 봐줄 수 없니? 어떤 날은 밤에 쥐들이 바닥을 기어다니는 소리가 들려. 그러면 나는 앞으로 평생 이런 소리만 듣다가 죽어야 하나, 저 창밖으로 보이는 파란 하늘이 내가 볼 수 있는 전부는 아닐까, 이런 생각이 들어. 내 목숨은 붙어 있을지 몰라도, 내 젊음은 사라져 버릴 거야."

사방은 고요했고, 나는 고개를 저었다.

"주변에서 오가는 말들을 기를 쓰고 들었어요. 그러다가 어느 날은 폐하께 직접 물었죠. 폐하께서는 가능한 피를 뿌리고 싶지 않다고 하셨어요. 폐하께서는 나리를 처형하지 않으실 거예요. 제인 그레이 아가씨가 석방되면 나리도 틀림없이 풀려나실 거예요."

"내가 여왕이라면 그렇게 하지 않을 거야. 내가 여왕이라면, 엘리자베스건, 제인이건, 내 동생이건 살려두지 않을 거야. 나도 물론 처단할 거야. 그리고 메리 스튜어트를 후계자로 삼을 거야. 프랑스인이건 아니건 그건 중요하지 않아. 이런 일은 단번에 처리해야지. 그래야 이 나라에 다시 가톨릭이 뿌리 내리게 될 거야. 여왕도 곧 깨닫게 될걸. 우리를 쓸어내 버려야 한다는 것을. 우리 세대의 신교도 무리를 말이야. 안 그랬다간 하나를 잘라내면 또 다른 무리가 자라나서 걷잡을 수 없게 되어버리지."

그는 조용히 말했다.

나는 방을 가로질러 그의 뒤에 가서 섰다. 머뭇거리면서 나는 그의 어깨에 머리를 기댔다. 그는 몸을 돌려 나를 보았다. 마치 나의 존재를 잊고 있었던 것 같았다.

"그래, 너는 어떠니? 궁에서 여왕을 섬기니 이제 안전하니?"

"저는 어디에 있든 안전하지 않아요."

나는 낮은 목소리로 대답했다.

"왜 그런지 아시잖아요. 저는 결코 안전할 수 없어요. 안전하다고 안심할 수 없지요. 저는 여왕을 사랑하고, 이제는 아무도 내가 누구인지, 어디서 왔는지 따지지 않아요. 이제 저는 여왕의 광대예요. 마치 평생 그분 곁에 있었던 것처럼 모두 그렇게 생각하지요. 이젠 안심해도 되는데, 전 언제나 살얼음판을 걷는 느낌이에요."

그는 고개를 끄덕였다.

"너의 비밀은 형장까지 가지고 갈게. 만약 처형된다면 말이지만. 나 때문에 네가 위험해질지도 모른다거나 하는 걱정은 할 필요가 없단다. 지금까지도 네가 누구고 어디서 왔는지 아무에게도 얘기한 적 없어."

나도 고개를 끄덕였다. 고개를 들어보니 그의 검은 눈이 나를 따뜻하게 바라보고 있었다.

"많이 컸구나, 남장 아가씨. 조금 있으면 어엿한 숙녀가 되겠는걸. 알아보지 못해서 미안하다."

나는 무슨 말을 해야 할지 몰라 꿀 먹은 벙어리처럼 그의 앞에 서 있었다. 그는 굳이 말하지 않아도 내 감정의 동요를 너무나 잘 알고 있다는 듯 조용히 웃었다.

"아, 꼬마 광대 아가씨. 그날 너를 궁으로 부르는 게 아니었어. 너를 이런 일에 끌어 들이는 게 아닌데."

"아버지는 나리께 작별을 고하라고 했어요."

"그래, 그 말이 맞다. 이제 가도 돼. 나를 사랑하겠다는 약속도 이젠 지키지 않아도 된다. 나는 더 이상 네 주인이 아니야. 그러니 널 보내줄게."

그는 대수롭지 않게 말했다. 여자에게 사랑의 약속이란 그렇게 쉽게 풀려날 수 있는 것이 아니라는 걸 그도 나만큼 잘 알고 있었던 것이다. 스스로 그 약속을 깨어 버리지 않는 한, 여자는 평생 그 약속에 매달려 살게 마련이다.

"저는 자유로울 수가 없어요. 아버지는 나리를 만나서 작별인사를 하라고 하셨어요. 하지만 그래도 소용없어요. 저는 결코 나리로부터 자유로울 수 없을 거예요."

내가 속삭였다.

"그럼 계속 나를 섬기겠니?"

나는 고개를 끄덕였다.

로버트 경은 씩 웃더니 앞으로 몸을 굽혔다. 그의 입이 내 귀에 너무 가까이 닿는 바람에 나는 그의 따뜻한 숨결을 느낄 수 있었다.

"그럼 마지막으로 한 가지만 더 부탁할게. 엘리자베스 공주를 만나서 기운을 차리게 해줘. 공주에게 내 스승인 존 디와 공부를 하라고 전해. 그리고 존 디를 찾아서 두 가지를 전해야 한다. 하나는 내가 그러란다고 하고 그의 은사인 윌리엄 피커링을 찾아가라고 해. 알았니?"

"네, 윌리엄 경. 누군지 알아요."

"그리고 두 번째는 제임스 그로프츠와 토머스 와이어트를 만나라고 해. 두 사람 다 존 디가 잘 알고 있는 연금술 실험에 참여하고 있다고. 에드워드 코트니를 이용해 결혼의 연금술을 이루어낼 수 있다고 해. 다 기억할 수 있겠니?"

"예, 하지만 무슨 뜻인지는 모르겠어요."

"모르는 것이 더 나아. 그들은 평범한 금속으로 금을 만들고 은으로 재를 만들 거야. 존 디에게 그렇게 말해. 그럼 무슨 말인지 알 거다. 그리고 나도 연금술에서 내 몫을 할 거라고 해. 그가 나를 그리로 인도해 준다면."

"어디로요?"

"그냥 그대로 전하기만 해. 내가 뭐라고 했는지 한번 얘기해봐."

나는 들은 대로 한 마디도 놓치지 않고 되풀이했고, 그는 고개를 끄덕였다.

"그리고 마지막으로 한 번만 더 나를 찾아와라. 마지막이야. 존 디의 거울에 뭐가 보이는지 말해줘. 난 꼭 알아야 해. 나는 어떻게 되든 상관없지만 잉글랜드가 앞으로 어떻게 될지 알고 싶어."

나는 고개를 끄덕였지만, 그는 나를 그대로 보내주지 않았다. 그의 입술이 내 목, 귀 바로 아래에 닿았다. 가볍게 스치는, 입김이 살짝 닿는 키스였다.

"너는 좋은 아이야. 고맙다."

그는 그제야 나를 놓아 주었다. 나는 뒷걸음질쳤다. 감히 돌아설 수가 없었기 때문에 뒷걸음으로 한 발짝, 한 발짝 그에게서 멀어졌다. 등 뒤의 문을 두드리자 간수가 문을 열어 주었다.

"신의 가호로 무사하시길 빌어요, 나리."

로버트 경은 고개를 돌리더니, 미소를 지어 주었다. 너무나 달콤한 그 미소에 문이 닫히고 그가 사라지는 순간에도 가슴이 무너지는 것 같았다.

"어서 가, 꼬마."

그가 아무 일도 없었다는 듯이 닫히는 문 뒤에서 대답했고, 문은 닫혔다. 나는 또다시 그와 헤어진 채 차가운 어둠 속에 홀로 남았다.

　　　　　　　　* * *

　거리로 나선 나는 달아나듯 집을 향해 달리기 시작했다. 갑자기 어느 문가에서 그림자가 나타나더니 내 앞길을 막아섰다. 나는 놀라서 비명을 지를 뻔했다.

　"쉿, 나요, 다니엘."

　"내가 여기 있는 걸 어떻게 알았어요?"

　"아버지 가게에 갔더니 당신이 로버트 경에게 줄 책을 가지고 런던탑에 갔다고 하셔서."

　"아."

　그는 나와 함께 걷기 시작했다.

　"이제 더는 로버트 경을 위해 일할 필요는 없는 거지요?"

　"그래요. 나를 놓아 주셨어요."

　나는 다니엘이 어서 사라지고, 혼자서 아까의 키스와 내 귀에 닿았던 로버트 경의 따스한 숨결을 되새기고 싶어 견딜 수 없었다.

　"그럼 이제 다시는 그 사람 밑에서 일하지 않아도 되는 거지요?"

　그가 끈질기게 캐물었다.

　"그렇다니까요. 이제 그분 밑에서 일하지 않아요. 그냥 아버지 심부름을 한 것뿐이에요. 어쩌다 보니 그 심부름이 로버트 경에게 책을 전해 주는 거였고요. 그분은 만나지도 못했어요. 그냥 간수에게 맡겨 놓고 나왔어요."

　"그 사람이 당신을 놓아 주었다면서요?"

　내가 쏘아붙였다.

　"그건 몇 달 전 얘기예요."

　나는 당황한 기색을 보이지 않으려고 애쓰며 거짓말을 했다.

　"그 사람이 잡힌 것이 언제인데요?"

나는 그를 향해 돌아섰다.

"그게 당신한테 왜 중요해요? 나는 더 이상 그 사람과 상관없어요. 이젠 메리 여왕을 위해 일해요. 더 이상 뭘 알고 싶은데요?"

내가 언성을 높이자 그도 따라 흥분했다.

"나는 당신이 하는 일에 관해 뭐든 알 권리가 있어요. 당신은 내 아내가 될 거고, 나의 성을 갖게 될 거요. 당신이 궁을 떠나 런던탑에 가겠다고 고집을 피우면 당신뿐 아니라 우리 모두가 위험해져요."

"당신은 전혀 위험하지 않아요. 당신이 뭘 알아요? 아무것도 안하고 그냥 가만히 있었잖아요. 세상이 몇 번이나 뒤집히는 동안 당신은 집에 틀어 박혀 있었는데, 왜 위험해요?"

내가 되받아쳤다.

"그래요, 누구처럼 옛 주인과 새 주인 사이에서 이간질이나 하고, 사람들을 속이고, 염탐이나 하다가 거짓말을 하고 그런 걸 말하는 거라면 난 아무것도 하지 않은 셈이지요."

그도 날카롭게 쏘아붙였다.

"그런 일이 그렇게 대단하고 존경받을 행동이라고는 생각한 적 없어요. 나는 믿음을 지키고, 내 믿음에 따라 내 아버지를 묻었어요. 내 어머니와 누이들을 부양하고, 결혼할 때를 대비해 저축도 했어요. 우리의 결혼을 위해서. 당신이 심부름하는 사내아이 차림으로 밤거리를 쏘다니고, 교황청과 붙은 궁에서 일하고, 빌어먹을 반역죄인이나 찾아다니고, 나더러 아무것도 하지 않았다고 비난하는 동안에도 말이오."

나는 그에게서 손을 잡아 뺐다.

"그 사람은 곧 죽는다구요!"

나는 소리쳤다. 그리고 내 뺨을 타고 눈물이 흘러내리는 것을 알아챘다. 나는 화가 나서 소맷자락으로 눈물을 훔쳤다.

"곧 처형당할 텐데, 아무도 그 사람을 구할 수가 없잖아요! 잘해야, 탑에 갇혀 평생 죽을 날만 기다리겠죠. 아무것도 해보지 못하고 그냥 그렇게 죽어야 한다고요. 내가 사랑하는 사람들은 모두 아무죄도 없이 내 곁을 떠나는데, 나는 아무것도 할 수가 없어요. 매일매일 돌아가신 어머니를 생각하다가, 밤마다 꿈속에서 연기 냄새를 맡는 게 어떤 건지 당신이 알기나 해요? 그런데 이제는 이 사람도, 이 사람도……."

나는 울음을 터뜨리고 말았다.

다니엘은 내 어깨를 잡았다. 포옹이 아니라, 팔을 뻗어 내 어깨를 꽉 쥔 채 내 얼굴을 오랫동안 냉정하고 주의 깊게 살폈다.

"그 사람은 당신 어머니의 죽음과 아무런 관계도 없어요."

그는 매정하게 말했다.

"자신의 믿음을 위해 목숨을 잃은 사람과 아무런 관계가 없다고요. 그러니까 당신의 욕정을 슬픔으로 그럴듯하게 포장하려고 하지말아요. 당신이 섬기는 두 사람은 철천지원수였어요. 둘 중의 하나는 어차피 저기에 갇히게 되어 있었지요. 로버트 경이 이겼다면, 지금쯤 메리 여왕도 같은 처지가 되었을 걸요?"

나는 그의 손을 뿌리치며, 그의 차가운 시선을 피했다. 그리고 집을 향해 터벅터벅 걷기 시작했다. 잠시 후 나는 내 뒤를 쫓는 그의 발소리를 들었다.

"지금 저기 갇혀서 목이 달아날 날을 기다리는 사람이 여왕이었더라도 당신이 그렇게 슬피 울었을까요?"

"쉿, 그래요."

나는 긴장을 늦추지 않았다.

그는 아무 말도 하지 않았지만, 무거운 침묵으로 의혹을 드러냈다.

"부끄러울 만한 짓은 하지 않았어요."

나는 단호하게 말했다.

"정말 그럴까요?"

그 역시 나 못지않게 차가운 목소리로 말했다.

"정말 그랬더라도, 그건 기회가 없었기 때문일 뿐이오."

"나쁜 놈."

나는 그에게 들리지 않도록 소리를 죽여 말했다. 그는 말없이 나를 집까지 끌고 갔고 우리는 현관에서 악수를 하고 헤어졌다. 다정하지도, 애정이 담기지도 않은 악수였다. 나는 그를 보냈다. 그의 꼿꼿한 뒤통수에 두꺼운 책을 집어던지고 싶었다. 아버지의 가게로 들어간 나는 언제 다니엘이 아버지를 찾아와서 파혼을 선언할지, 그러면 나는 어떻게 될지 생각했다.

***

여왕의 어릿광대로서 나는 매일 그녀의 방으로 가서, 그녀 곁에 있어야 했다. 하지만 눈에 띄지 않고 한 시간가량 자리를 비울 기회가 생기자 나는 곧바로 존 디를 찾아 전에 더들리 가의 거처로 사용되던 곳으로 갔다. 문을 두드리자 이상한 제복을 입은 남자가 문을 열더니 나를 의심스러운 눈으로 훑어보았다.

"더들리 가 분들이 이곳에 살지 않았나요?"

내가 머뭇거리며 물었다.

"전에는 그랬지."

"그러면 지금은 어디로 갔나요?"

그는 어깨를 으쓱하더니 말했다.

"공작부인은 여왕의 거처 가까이에 계신다. 그 아들들은 런던탑에 있고, 남편은 골로 갔지."

"가정교사는요?"

그는 또 한 번 어깨를 으쓱하며 말했다.

"떠났지. 아버지의 집으로 갔을 게다."

나는 고개를 끄덕여 보이고 여왕이 있는 곳으로 돌아왔다. 그리고 여왕의 발치에 있는 조그만 방석 위에 앉았다. 여왕의 작은 사냥개도 내 방석과 어울리는 모양의 방석에 앉아 있었다. 개도 나도 머리를 나란히 하고 갈색 눈을 멍하니 뜬 채 앉아 있는 동안, 신하들이 와서 절을 하고 땅과 건물과 돈을 청했다. 여왕은 때로는 개를, 때로는 나를 토닥였다. 그러면 개도 나도 말없이 가만히 있었다. 그렇게 오랜 세월을 불타는 신앙심을 용케 감추고 지내온 열렬한 가톨릭 신자들에 대해서도 우리는 아무 말도 하지 않았다. 그들은 잉글랜드가 프로테스탄트 왕국임이 선언되고, 가톨릭 신자들이 불타 죽는 동안 꼭꼭 숨어 있다가, 기다리던 순간이 오자 부활절에 피는 수선화들처럼 앞 다투어 나타나 꽃을 피웠다. 이 나라에 훌륭한 믿음을 가진 자들이 그렇게 많았는데, 이제까지 아무도 몰랐다니!

그들이 모두 가고 나자, 여왕은 남의 귀를 피할 수 있는 창가로 가더니 나를 불렀다.

"한나?"

"예, 폐하!"

나는 즉시 여왕 곁으로 갔다.

"너도 이제 시동 제복은 벗을 때가 되지 않았니? 이제 곧 어엿한 아가씨가 될 텐데."

나는 망설이다가 말했다.

"폐하께서 허락하신다면, 그냥 이 차림으로 계속 지내고 싶습니다."

여왕은 호기심 어린 눈으로 나를 보았다.

"예쁜 드레스를 입고, 머리도 길러 보고 싶지 않니? 젊은 아가씨들처럼 말이야? 크리스마스 선물로 드레스를 생각했는데."

나는 숱이 많은 나의 검은 머리카락을 땋아 주던 어머니를 떠올렸다. 어머니는 땋아 내린 머리카락을 손가락에 감고서 내가 크면 아주 예쁠 거라고, 소문이 자자할 정도로 예쁜 아가씨가 될 거라고 말했었다. 나는 값진 옷을 탐내다가 어머니에게 꾸중을 들었던 일과, 하누카(hanukka: 봉헌절, 수전절—주전 164년 성전을 재탈환 것을 감사하는 축제.)에 초록색 벨벳 드레스를 입고 싶다고 졸랐던 일을 떠올렸다.

"어머니가 돌아가시면서 몸단장에는 관심이 없어졌어요."

나는 조용히 말했다.

"어머니가 골라서 몸에 맞게 입혀 주고, 잘 어울린다고 얘기해 주셨는데, 이젠 그럴 수 없으니, 예쁜 옷도 눈에 들어오지 않아요. 머리가 길어도 땋아 주실 어머니가 안 계신걸요."

여왕의 얼굴에 자애로운 표정이 떠올랐다.

"언제 어머니를 여의었니?"

"열한 살 때였습니다. 흑사병으로 돌아가셨어요."

나는 거짓말을 했다. 나의 얼굴을 들여다보는 여왕의 시선이 아무리 침울하고 애잔해 보여도, 어머니가 이단으로 몰려 불타 죽었다고 사실대로 말하는 것은 너무 위험했다.

"가엾구나, 평생 잊을 수 없는 슬픔이겠구나. 참는 법을 배우겠지만, 잊을 수는 없을 거야."

여왕의 목소리는 부드러웠다.

"좋은 일이 생길 때마다 어머니에게 얘기하고 싶어요. 나쁜 일이 생길 때에는 어머니의 도움을 받고 싶고요."

여왕은 고개를 끄덕였다.

"나도 어렸을 때 어머니에게 편지를 쓰곤 했단다. 그 편지를 절대로 어머니에게 전해 주지 않을 거라는 걸 알면서도 말이야. 특별히 해서는 안 될 말이나, 비밀을 담은 것도 아니고 그냥 어머니가 필요하고, 어머니와 떨어져서 슬프다는 내용이었는데도 편지를 쓰지 못하게 했어. 나는 그저 어머니를 사랑하고, 보고 싶다고 말하고 싶었을 뿐인데. 그러다가 어머니가 돌아가셨는데도 나를 어머니에게 보내주지 않았어. 어머니의 손을 잡고 눈을 감겨 드리는 것조차 허용되지 않았지."

여왕의 손이 눈가로 가더니, 차가운 손가락으로 눈꺼풀을 지그시 눌렀다. 오래된 눈물을 참으려는 듯.

여왕은 목을 가다듬었다.

"아무리 그래도 드레스를 안 입겠다니."

여왕의 목소리가 가벼워졌다.

"산 사람은 살아야 해, 한나. 어머니도 네가 그렇게 비탄에 잠겨 있기를 바라진 않을 거다. 네가 예쁜 아가씨로 자라기를 바랄 거야. 귀여운 딸이 평생 사내 옷을 입고 살길 바랄 리가 없어."

"저는 여자가 되고 싶지 않아요. 아버지는 저의 결혼상대를 정해두셨지만, 저는 아직 여자도, 누군가의 아내도 될 준비가 되지 않았어요."

"설마 나같이 처녀로 늙고 싶진 않겠지? 아무나 그렇게 살 수 있는 게 아니란다."

여왕은 장난스럽게 웃으며 말했다.

"그럼요. 폐하 같은 처녀 여왕이 아니라, 저는 독신으로 살겠다고 마음먹은 것은 아니에요. 하지만 마치……."

나는 말을 잠시 멈추었다.

"마치 어떻게 해야 여자가 되는지 모르는 것 같아요."

나는 어색하게 말했다.

"폐하도, 궁에 있는 다른 귀부인들도 주의 깊게 보지만."

그 중에서도 엘리자베스 공주를 가장 눈여겨본다는 말은 차마 하지 못했다. 엘리자베스 공주야말로 내게 있어서 여성의 우아한 아름다움과 공주의 품위를 상징하는 존재였다.

"저는 모든 사람들을 눈여겨보고 있어요. 언젠가는 여자가 되는 법을 배우겠지만, 아직은 아니에요."

여왕도 수긍한다는 듯 고개를 끄덕였다.

"무슨 뜻인지 잘 알아. 나도 힘이 되어 줄 남편 없이 여왕의 직무를 어떻게 수행해야 할지 막막해. 남자의 도움 없이 여왕 혼자 나라를 다스렸다는 얘기는 들은 적이 없어. 하지만 나는 결혼이 두려워……."

여왕은 말을 잠시 멈추었다.

"여자들이 결혼에 대해 느끼는 두려움을 남자들은 절대로 이해하지 못할 거야. 특히 나처럼 젊지도, 육욕에 길들여지지도, 아름답지도 않은 여자들의 두려움을……."

내가 뭐라고 반박하려 하자, 여왕은 손을 내밀어 저지했다.

"나도 다 알아, 한나. 입에 발린 소리 할 필요 없단다. 무엇보다 가장 힘든 것은 내가 쉽게 남자를 믿지 못한다는 거야. 권력을 가진 남사와 손을 잡아야 한다는 것이 싫어. 추밀원에서 논쟁이 벌어지면, 가슴이 두근거려서 내 목소리가 혹시 떨리지나 않을까 불안해져. 하지만 그러면서도 연약한 남자들은 경멸하지. 대법관이 나랑 맺어 주려고 하는 사촌 에드워드 코트니를 볼 때면, 그저 웃음밖엔 안 나와. 그 애는 철부지 어린애인데다가 잘난 체하는 바보야. 그런 남자의 아내가 될 정도로 나 자신을 낮추고 싶지는 않아. 하지만 그렇다고 군림하는 데 익숙한 남자와 결혼하게 된다면······."

여왕은 잠시 말을 잇지 못하더니 조용히 결론지었다.

"얼마나 끔찍할까. 자신의 마음을 전혀 모르는 남에게 맡겨야 하다니! 이래라 저래라 명령만 하는 남자에게 복종을 맹세해야 한다는 건 얼마나 끔찍할까! 그리고 죽을 때까지 한 사람을 사랑하겠다고 약속해야 하다니······."

여왕은 뭔가 생각하더니 말했다.

"게다가 남자들은 그런 약속 따윈 지킬 필요도 없다고 생각할 텐데. 그럼 정숙한 아내는 도대체 어떻게 해야 하는 거야?"

"그럼 평생 결혼하지 않고 처녀로 사실 생각이셨어요?"

내가 물었다.

여왕은 고개를 끄덕였다.

"공주였을 때에는 여러 번 정혼을 했었어. 하지만 아버지가 나의 존재를 부정하고 나를 사생아 취급하면서, 앞으로는 결혼 제의 같은 것은 들어오지 않으리라는 걸 알았지. 그래서 결혼이나 아이에 대한 생각은 아예 접어 버렸어."

"아버님께서 폐하를 부정하셨나요?"

"그래."

여왕은 짤막하게 대답했다.

"나는 성서에 대고 내가 사생아임을 인정해야 했어."

여왕의 목소리가 떨리더니, 숨을 크게 들이쉬었다.

"유럽의 어떤 왕자도 나와 결혼하려고 하지 않았지. 솔직히 말해, 나는 너무 수치스러워서 남편을 구하지 않으려고 했어. 고귀한 남자의 얼굴을 똑바로 쳐다볼 수가 없었을 거야. 아버지가 죽고, 동생이 왕위에 오르자 나는 나이 지긋한 귀족 미망인처럼, 늙은 대모처럼, 왕에게 충언을 하는 나이 든 누이로 살아야겠다고 생각했어. 국왕에게 아이들이 생기면, 그 아이들을 돌보면서. 하지만 모든 것이 달라졌고, 이젠 내가 여왕이지. 그런데도 스스로 어떤 선택도 할 수 없어."

여왕은 잠시 말이 없더니 물었다.

"스페인의 펠리페 왕자와 결혼하라는 제의를 받았다는 걸 너도 알지?"

나는 조용히 다음 말을 기다렸다.

여왕은 마치 사냥개보다는 내가 조금 더 낫다는 듯, 내게 조언이라도 구하려는 듯한 표정으로 나를 돌아보았다.

"한나, 난 남자보다도 못하고, 보통 여자들보다도 못해. 남자처럼 통치할 수도 없고, 이 나라가 원하는 후계자를 낳을 수도 없어. 왕도 여왕도 아닌 쓸모없는 통치자야."

"그렇지 않아요. 이 나라가 원하는 것은 존경받는 통치자예요."

나는 조심스럽게 말했다.

"그리고 모두들 평화로운 시대를 기대하고 있어요. 저는 이 나라에 온 지 얼마 안 되었지만 사람들이 옳고 그름에 대한 판단력을 잃어 버렸다는 것을 알 수 있어요. 그들이 살아오는 동안 교회는 계속해서 바뀌었고, 그들도 따라서 변해야 했어요. 도시와 시골에는 빈곤과 굶주림이 넘치지요. 그냥 시간을 두고 기다리시면 안 될까요? 가난한 사람들을 먹이고, 땅이 없는 사람들에게 줄 땅을 재건하고, 사람들을 일터로 돌려보내고, 걸인과 도둑들이 거리에 넘쳐나지 않도록 하면서요. 교회를 다시 예전처럼 아름답게 만들고, 수도원들에게 빼앗긴 땅을 돌려주면서요?"

"그런 다음에는?"

여왕이 물었다. 목소리는 흥분으로 이상하게 떨렸다.

"그런 다음엔 뭘 하지? 교회의 테두리 안에서 이 나라가 안전해지고, 사람들이 배불리 먹고, 창고에는 곡식이 넘치고, 수도원과 수녀원이 번창하게 되면? 사제들이 청렴을 자랑하고, 사람들이 성서의 의미를 이해하면서 읽게 되면? 마을마다 미사를 드리고, 아침 기도 종소리가 매일 아침 들판에 울려 퍼지던 그 옛날로 돌아가면? 그 다음에는?"

"그러면 폐하께서는 신이 내리신 소명을 다하신 것 아닌가요?"

나는 말끝을 흐렸다.

여왕은 고개를 저었다.

"그런 다음에는 어떻게 되는지 말해 줄까? 질병과 예기치 못한 사고로 나는 아이 없이 죽게 돼. 그러면 앤 불린이 마크 스미턴과 간통으로 낳은 사생아가 왕위를 차지하게 될 거야. 엘리자베스 말이다. 그 애는 왕위를 차지하자마자 가면을 벗고 정체를 드러낼 거야."

나는 그녀의 목소리와 얼굴에 드러난 증오를 어렵사리 읽을 수 있었다.

"대체 그 정체가 뭔데요? 무엇 때문에 공주님을 그렇게 미워하세요?"

"그 애는 나를 배신했어. 내가 우리의 계승권을 위해 싸울 때, 나뿐만 아니라 그 애의 권리 또한 지키려고 사력을 다하고 있을 때, 그 애는 나를 치러 오는 적에게 편지를 썼어. 이제는 나도 알아. 내가 나 자신뿐 아니라 그 애를 위해서 싸우는 동안 그 애는 내가 죽은 뒤 혼자 살아남겠다고 그와 결탁했어. 내가 참수대에서 목이 잘리든 말든 아랑곳없이 그 애는 나의 적과 내통했을 거야."

여왕은 차갑게 말했다.

"그 애를 내 곁에 세우고 런던으로 입성할 때, 사람들은 프로테스탄트의 공주를 보고 환호했지. 그리고 그 애는 그 환호에 미소로 답했어. 그 애의 믿음이 어디가 잘못되었는지를 가르쳐 주기 위해 선생들과 학자들을 보냈건만, 그 애는 그들에게 미소를 보였어. 그 어미와 똑같이 교활한 미소를. 그리고 학자들에게 이제는 이해가 된다고, 그러니 미사의 축복을 받겠다고 말했어."

"말은 그렇게 해놓고 마치 양심에 반해 억지로 끌려나온 사람처럼 미사에 나타났어. 한나! 내가 그 애 나이였을 때, 이 나라의 권력자들은 내 면전에 욕을 퍼붓고 신교를 따르지 않으면 죽이겠다고 위협했어. 그들은 내게서 어머니를 빼앗았고, 내 어머니는 병들고 상처 입은 가슴을 안고 외롭게 죽었지. 하지만 어머니는 한 번도 그들 앞에서 고개 숙인 적이 없어. 그들은 나를 반역자라고 부르며 처형하겠다고 협박했어! 이단으로 몰아 불에 태워 죽이겠다고도 했어! 많은 사람들이 내가 입 밖에 낸 말보다 훨씬 하찮은 이유로 불에 타 죽었어. 나는 죽음을 각오하고 나의 신앙을 지켜야 했어. 나는 계속 버텼지만, 스페인 대사가 내게 구교를 포기하라고 했어. 고집부리면 죽는다고. 내 신앙을 포기하지 않으면 죽임을 당하게 된다는 것을 그분은 아셨던 거야. 하지만 엘리자베스에게 나는 단지 자신의 영혼을 구원하고, 다시 내 사랑스러운 자매가 되어 달라고 애원했을 뿐이야!"

"폐하……. 공주님은 아직 어려요, 차차 배우게 될 거예요."

나는 기어들어가는 목소리로 말했다.

"그 애는 어리지 않아."

"나이를 먹으면 알게 될……."

"차차 알게 될 거라면, 그런 선생들로는 곤란하지. 그 애는 프랑스와 공모해서 나를 몰아내려고 하고 있어. 그 애를 왕위에 오르게 하기 위해서는 무슨 짓이든 서슴지 않을 자들의 무리도 있어. 매일 나를 해치려는 더러운 음모가 내 귀에 들어와. 그리고 그 음모들은 항상 그 애와 연관되어 있어. 이제는 그 애를 볼 때마다 죄에 물든 한 여인을 보는 것 같아. 나를 독살하려고 하던 그 어미처럼. 그 애의 마음을 물들인 죄악으로 그 애의 살마저 검게 썩어가고 있는 것 같아. 그 애는 신성한 교회에 등을 돌렸어. 내 사랑을 배신하고, 반역과 죄악으로 치닫고 있는 거야."

"폐하께서는 공주님이 사랑스러운 자매라고 하셨잖아요. 마치 폐하가 낳은 딸처럼 사랑하신다구요."

"정말 그랬어. 그 애는 기억조차 못 할 거야. 그 어미가 내게 한 짓을 생각하면, 나는 그 애에게 과분한 사랑을 베풀었어. 하지만 이제 그 애는 내가 사랑했던 어린애가 아니야. 내가 읽고 쓰는 법을 가르쳤던 그 어린 소녀도 아니고. 그 애는 엇나갔어. 부패한 거야. 죄악에 물들었어. 난 그 애를 구원할 수 없어. 그 애는 마녀야, 그 어미도 마녀였고."

여왕은 분한 듯 말했다.

"공주님은 젊은 여성이에요. 마녀가 아니에요."

나는 조용히 반박했다.

"마녀보다도 더하지. 그 애는 이단에 위선자고 창녀야. 세 가지 모두 근거가 충분해. 그 애가 신교도라는 걸 나도 아는데, 미사에 나와 성체를 똑바로 보면서 거짓 맹세를 하는 이단자. 자신의 신앙을 인정하지도 못하는 위선자. 이 땅의 용감한 이들은 자신들의 잘못으로 기꺼이 화형대로 향하는데 그 애는 거기에 끼지도 못해. 내 동생 에드워드가 국왕일 때 그 애는 신교도들에게 찬란한 빛과 같은 존재였어. 검은 옷을 입고, 목에는 하얀 러프(주름 칼라: 역주)를 두르고 눈을 내리 깐 채 금이나 보석 장신구는 전혀 하지 않았어. 하지만 이제 동생이 죽고 나니 그 애는 내 옆에 무릎을 꿇고 앉아 성체성사를 지켜보며, 성호를 긋고, 제단을 향해 무릎을 굽히고 절을 하지. 하지만 난 그 모두가 다 거짓이라는 걸 알아. 그건 나를 모독하는 짓이지만,

거기까지는 참을 수 있어. 하지만 그런 짓은 그 애의 어미 때문에 왕비의 자리를 빼앗긴 내 어머니에 대한 모독이고, 거룩한 교회에 대한 모독이자, 신에 대해 범하는 죄악이야."

"신이여 그 애를 용서하소서. 게다가 그 아이는 창녀야. 토머스 시모어와 무슨 짓을 했는지 내가 모를 줄 알아? 온 세상이 다 알아. 그런데 또 다른 미련한 신교도 계집이 그 두 사람을 감싸주고, 입을 다문 채 눈을 감았어."

"누군데요?"

내가 물었다. 나는 별안간 햇살이 화창한 정원에서 뛰어다니던 소녀와 그녀를 기대 세우고 그녀의 치마 속을 더듬던 남자가 생각나면서 역겨움과 황홀감이 동시에 밀려왔다.

"캐서린 파."

메리 여왕이 이를 갈며 말했다.

"자기 남편 토머스 시모어가 엘리자베스를 유혹했다는 걸 알고 있었어. 엘리자베스의 방에 두 사람이 함께 있는 현장을 덮쳤으니까. 슈미즈 차림의 엘리자베스 위에 토머스 경이 올라타고 있었다니까. 캐서린 파는 엘리자베스를 멀리 시골로 쫓아 보내 버렸지. 소문을 잠재우고, 모든 추측을 일축했어. 캐서린은 엘리자베스를 보호했어. 물론 그럴 수밖에 없었지, 자신의 책임 하에 돌보던 아이였으니까. 그렇게 그녀는 자기 남편도 보호했고, 그의 아이를 낳다가 죽었지. 바보, 바보 같은 여자야."

여왕은 고개를 흔들었다.

"불쌍한 여인이지. 남편을 너무 사랑해서, 내 아버지의 시체가 식기도 전에 토머스 경과 결혼했는데 그녀의 결혼으로 궁은 발칵 뒤집혔고, 세상을 등질 위험까지 감수했으니까. 그런데도 그는 그 여자의 집에서, 그 여자가 데리고 있는 고작 열네 살짜리 계집아이와 놀아났어. 그리고 그 계집아이, 그러니까 내 동생 엘리자베스는 토머스 경의 장난에 저항하면서 다시 한 번만 더 건드리면 죽어 버리겠다고 말로는 그랬지만 한 번도 침실 문을 잠그지도, 의붓어머니에게 도움을 청하지도, 거처를 옮기지도 않았어.

"나도 알고 있었어. 맙소사, 얼마나 대단한 추문이었으면, 시골에 파묻혀 있던 내 귀에까지 들어왔을까. 나는 엘리자베스에게 편지를 써서 당장 내게로 오라고 했어. 내 집에서 함께 지내면 된다고. 하지만 그 애는 아주 친절하고 똑 부러지는 내용의 회신을 보냈지. 아무 일도 없으니 거처를 옮길 필요가 없다는 거야. 그리고는 아침마다 토머스 경을 방으로 끌어들여 남자의 손에 드레스 자락을 맡기더니, 어느 날엔 급기야 그 남자가 엘리자베스의 옷을 홀딱 벗겨 버리고 내 여동생은 알몸이 되었어.

그런데도 그 애는 내게 도움을 청하지 않았어. 말 한 마디면 그날로 그 애를 데리고 올 수 있었는데도. 그때나 지금이나 그 애는 창녀야. 나는 그걸 알면서도, 하느님 용서하소서! 그 애가 달라졌기를 바랐어. 그 애를 내 곁에 두고, 그 애에게 마땅한 명예를 부여하면, 공주로서의 품위를 갖게 될 줄 알았어. 그 애의 화냥기가 다 자라기 전에 그 애를 바꿀 수 있을 거라고, 새로운 사람으로 만들어서 공주의 위엄을 갖추게 할 수 있을 거라고 생각했던 거야. 하지만 그 애는 구제불능이야. 그 애는 변하지 않을 거야. 그 애가 또다시 남자와 노닥거릴 기회가 생기면 어떻게 행동하는지 너도 똑똑히 보게 되겠지."

"폐하……."

나는 여왕이 쏟아내는 독설에 어찌할 바를 몰랐다.

여왕은 한숨을 쉬더니 창가로 돌아섰다. 이마를 두꺼운 창유리에 기대고 서 있는데, 머리에서 뿜어져 나오는 열기로 유리에 김이 서릴 정도였다. 바깥은 혹독한 잉글랜드의 겨울답게 몹시 추웠고, 템스 강은 백랍 같은 하늘빛을 받은 음울한 정원 너머 회색빛을 띠었다. 나는 물에 빠진 카메오(cameo)석처럼 유리에 비친 여왕의 생각에 잠긴 얼굴을 볼 수 있었다. 그리고 그녀의 혈관을 타고 흐르는 격한 감정을 읽을 수 있었다.

"증오심을 버려야 해. 그 애의 어미가 내게 심어 준 증오를 버려야 해. 이제 그 애와 인연을 끊어야 해."

여왕이 조용히 말했다.

"폐하……."

내 목소리는 아까보다 부드러워져 있었다.

여왕은 나를 돌아보았다.

"내가 후계자 없이 죽으면, 그 애가 왕위를 차지하게 돼."

여왕은 감정을 드러내지 않으며 말했다.

"그 거짓말쟁이 창녀가 말이야. 내가 무엇을 이루어 내든 그 애의 손에 물거품이 될 거야. 그 애가 다 망쳐버릴 거야. 이제껏 살면서도 줄곧 그랬어. 나는 잉글랜드의 유일한 공주였고 내 아버지의 기쁨이었지. 하지만 한순간에 나는 하녀처럼 엘리자베스의 시중을 드는 신세가 되었고, 내 어머니는 아버지에게 버림받은 채 돌아가셨어. 그런데 엘리자베스는, 그 창녀의 딸은 타락할 대로 타락했어. 난 반드시 아이를 낳아서 그 애가 여왕이 되는 것을 막아야겠어. 그것이 내가 이 나라와, 내 어머니와 나를 위해 반드시 해야 할 가장 중요한 의무야."

"그럼 스페인의 펠리페 왕자와 결혼해야 하나요?"

여왕은 고개를 끄덕였다.

"다른 어느 누구보다 그 사람이어야 해. 그 사람이라면 나의 뜻을 알아 줄 거야. 그도, 그의 아버지도 지금 잉글랜드가 어떤 상태인지 알아. 그런 사람과 함께라면 나는 여왕인 동시에 아내가 될 수 있어.

그는 자신의 영토와 재산이 있으니 잉글랜드 같은 작은 나라는 탐내지 않을 거야. 그러니까 나는 내 나라의 여왕으로 있으면서 그의 아내도, 어머니도 될 수 있어."

여왕이 "어머니."라는 말을 입에 담을 때의 뭔가가 마음에 걸렸다. 나는 내 머리를 쓰다듬는 여왕의 손을 느꼈었고, 더러운 농가에서 뛰어나온 아이들과 함께 하는 여왕을 보았었다.

"그렇군요! 폐하의 아이를 갖고 싶으신 거예요."

나는 탄성을 질렀다.

나는 그녀의 눈에 비친 간절함을 읽었다. 그러자 여왕은 나를 외면하고 다시 창밖의 차가운 강으로 시선을 돌렸다.

"그래, 맞아."

여왕은 차가운 정원을 향해 조용히 말했다.

"나는 지난 20년간 내 아이를 갈망했어. 그래서 가엾은 에드워드를 그렇게 사랑했던 거야. 허전함을 메우려고 어린 엘리자베스에게도 애정을 쏟았지. 틀림없이 신이 내게 자비를 베풀어 아들을 갖게 해주실 거야."

여왕은 나를 보았다.

"너는 미래를 볼 수 있지. 내가 아이를 가질 수 있을까, 한나? 내 아이를 낳아서 이 팔에 안아 키울 수 있을까? 그 애가 자라서 내 왕위를 물려받고 잉글랜드를 강한 나라로 만들어줄까?"

나는 무슨 계시라도 받지 않을까 하는 마음에 잠시 기다렸다. 하지만 좌절감과 절망뿐이었다. 나는 시선을 떨어뜨리고 여왕 앞에 무릎을 꿇었다.

"송구합니다, 폐하. 예지력은 마음대로 부릴 수가 없습니다. 폐하의 질문이건, 그 누구의 질문이건 저는 답해 드릴 수가 없습니다. 예언은 제 의지와 상관없이 나타났다가 사라집니다. 폐하께서 자녀를 갖게 되실지는 저도 알 수 없습니다."

"그럼 내가 네 대신 예언해 주지."

여왕은 침울하게 말했다.

"잘 들어. 나는 스페인의 펠리페 왕자와 결혼할 거야. 애정도 욕망도 없지만, 그것이 내 나라를 위하는 길이라는 것은 분명히 알고 있어. 그는 스페인의 부와 힘을 잉글랜드로 가져올 거야. 그래서 잉글랜드는 스페인 제국의 일부가 될 거야. 그게 바로 우리가 원하는 거야. 펠리페는 나를 도와 이 나라에 진정한 교회의 법을 세울 것이고, 진실한 기독교도로서 이 나라를 올바르게 통치할 왕위 계승자를 낳게 해줄 거야."

여왕은 잠시 말을 멈추더니 다그치듯 말했다.

"아멘이라고 해야지."

"아멘."

말 한마디 하는 것이 무엇이 어렵겠는가. 나는 기독교도로 개종한 유대인이며, 남자아이의 옷을 입고 다니는 여자아이, 정혼자가 있으면서도 다른 남자를 사랑하는 여자이다. 어머니의 죽음을 슬퍼하면서도, 어머니의 이름을 결코 입 밖에 내지 않으며, 속으로는 거부하면서도 겉으로는 고개를 끄덕이며 평생을 살아왔다.

"아멘."

나는 여왕의 말에 순종했다.

문이 열리고 제인 도머가 두 사람의 짐꾼을 방으로 안내했다. 짐꾼들은 리넨 천에 싸인 액자를 양쪽에서 받쳐 들고 있었다.

"폐하께 드리는 선물입니다! 보시면 좋아하실 거예요."

제인 도머는 짓궂은 미소를 띠고 말했다.

여왕은 심각한 분위기를 미처 떨쳐버리지 못한 채 말했다.

"뭐지, 제인? 지금은 피곤한데."

제인 도머는 짐꾼들이 짐을 벽에 기대어 세우고, 덮개 끝자락에 손을 댈 때가지 기다렸다가 여왕에게로 돌아섰다.

"준비 되셨어요?"

여왕은 마지못해 미소를 지었다.

"펠리페의 초상화로구나?"

여왕이 물었다.

"나는 초상화에 속지 않아. 잊었니? 내 아버지도 초상화에 속아서 결혼했지만, 정작 초상화의 주인공과는 이혼했잖아. 아버지는 남자들을 속이는 가장 고약한 방법이 초상화라고 했지. 초상화의 주인공들은 한결같이 근사해. 초상화 따위에 속지는 않을 거야."

대답 대신, 제인 도머는 초상화의 덮개를 걷었다. 나는 여왕의 탄성에 가까운 숨소리와 그녀의 창백한 뺨에 나타났다가 사라지는 홍조를 놓치지 않았다. 여왕은 계집아이처럼 조그만 소리로 키득키득 웃었다.

"세상에, 제인, 정말 멋지다!"

여왕이 속삭였다.

제인 도머는 정신없이 웃으며, 덮개 천을 떨어트리고 방을 가로질러 오더니 멀찍이 서서 초상화를 감상했다.

펠리페 왕자는 정말 잘생긴 남자였다. 벌써 사십을 바라보는 여왕에 비해 필립은 이제 겨우 이십대 초반으로 보이는 젊은 청년이었다. 갈색 턱수염에 눈에는 미소를 머금고 있었고, 입술은 도톰하고 육감적이었다. 떡 벌어진 체격에 어깨는 넓었고 강인해 보이는 두 다리는 늘씬하게 뻗어 있었다. 진홍빛 옷에 진홍빛 모자를 세련되게 젖혀 쓴 아래로 갈색 곱슬머리가 드러났다. 그가 귀에 대고 사랑을 속삭이면 여자들은 저항 한번 못하고 무릎이 후들거릴 것 같은 그런 남자 같았다.

어떻게 보면 잘생긴 불한당 같기도 했지만, 그의 입과 양 어깨에서 느껴지는 단호함은 그가 정직한 거래에도 능한 사람임을 보여주었다.

"어떠세요, 폐하!"

제인이 물었다.

여왕은 아무 말도 하지 않았다. 나는 초상화와 여왕의 얼굴을 번갈아 보았다. 여왕은 그의 얼굴에서 시선을 떼지 않았다. 나는 여왕의 그런 표정이 어디서 본 듯하다는 생각이 들어 그것이 무엇이었는지 잠시 생각해야 했다. 그리고 깨달았다. 그것은 내가 로버트 더들리를 생각할 때 거울에 비친 내 자신의 모습이었다. 무언가를 불현듯 깨닫고, 눈은 커지고, 묘한 미소를 짓는 바로 그 모습이었다.

"정말…… 매력적인 사람이구나."

여왕이 말했다.

제인 도머는 나와 눈을 마주치더니 미소를 지어 보였다.

나도 따라 웃고 싶었지만, 내 머릿속에서 갑자기 이상한 소음이 들리더니 작은 종들이 한꺼번에 울리는 것처럼 머릿속이 어지러워졌다.

"눈빛이 정말 깊지요?"

"그래."

여왕이 한숨을 지었다.

"저렇게 깃을 높이 세우는 것이 스페인에서 유행인가 봐요. 궁에도 최신 유행을 불러 오겠네요."

머릿속의 소음은 점점 커졌다. 나는 두 손으로 귀를 감쌌지만, 소리는 더 크게 울릴 뿐, 머릿속은 이제 온통 쨍그랑 소리로 가득했다.

"그러게."

여왕이 말했다.

"그리고 보세요. 체인에 금 십자가를 달았어요. 세상에, 이제 잉글랜드도 가톨릭 왕자를 맞겠네요."

제인이 꿈을 꾸듯 말했다.

이제는 더 이상 참을 수 없을 지경이었다. 마치 종이 한꺼번에 울리는 종탑 안에 들어와 있는 것 같았다. 나는 몸을 굽히고 끔찍한 종소리를 귀에서 떨쳐버리려는 듯 몸부림쳤다. 그리고 별안간 외쳤다.

"폐하! 마음을 다치실 거예요!"

이 한 마디에 소음은 뚝 끊기더니 정적이 찾아왔다. 하지만 종소리보다 더 참기 힘든 정적이었다. 여왕이 나를 보고 있었다. 제인 도머도 나를 보고 있었다. 나는 해서는 안 될 말을 한 것이다. 앞을 내다보는 광대가 큰소리로 예언의 말을 외친 것이다.

"뭐라고 했니?"

제인 도머가 다시 한 번 말해 보라고 나를 다그쳤다. 그녀는 멋진 남자의 초상화를 감상하는 두 여자의 행복한 오후 한때를 감히 망쳐버린 나에게 으름장을 놓고 있었다.

"'폐하, 마음을 다치실 거예요.' 라고 말했습니다. 하지만 이유는 모르겠어요."

나는 내가 한 말을 반복했다.

"이유를 모른다면 처음부터 입을 다물었어야지."

언제나 여주인에 대한 충성심이 넘치는 제인 도머의 분노는 점점 더해졌다.

"그러게요. 저도 어쩔 수가 없어요."

나는 멍하게 대답했다.

"여자에게 마음을 다치게 될 거라고 해놓고 이유를 모르겠다니, 어떻게 그렇게 생각이 없어!"

"그러게 말입니다. 죄송해요."

제인은 다시 여왕을 향해 말했다.

"폐하, 광대의 말 따위 신경 쓰실 것 없어요."

그렇게 빛나고 활기가 넘치던 여왕의 얼굴은 갑자기 시무룩해졌다.

"둘 다 나가봐."

여왕은 차갑게 말했다. 그녀는 어깨를 움츠리더니 돌아섰다. 완고한 여인의 바로 그 전형적인 몸짓에서 나는 그녀가 마음을 정했고, 어떤 현명한 충고로도 그녀의 결정을 되돌릴 수 없음을 깨달았다. 어떤 어릿광대의 말로도 돌이킬 수 없었다.

"나가 보라니까."

여왕이 다시 말했다. 제인은 초상화를 다시 덮으려고 했다.

"그냥 둬. 나중에 다시 볼지도 모르니까."

여왕이 말했다.

* * *

여왕의 결혼에 대한 협상이 이어졌다. 여왕의 자문위원회는 스페인 왕자를 왕으로 맞아야 한다는 불안감으로 마음이 편치 않았고, 스페인 대표단은 팽창하는 제국에 또 하나의 왕국을 추가할 기대에 부풀어 있었다. 협상이 계속되는 사이, 나는 존 디의 아버지를 찾아갔다. 런던 시내에 있는 강 부근의 작은 집이었다. 나는 문을 두드렸지만, 잠시 동안 아무 대답도 들을 수가 없었다. 그러더니 정문 위로 난 창이 열리고 누군가가 소리쳤다.

"누구시오?"

"로날드 디 씨를 찾아왔습니다."

내가 대답했다. 정문 위에 달린 작은 지붕 때문에 상대방은 내 목소리밖에 들을 수 없었다.

"여기 안 계시오."

존 디의 목소리였다.

"디 선생님, 저예요, 한나. 어릿광대요. 선생님을 찾아왔어요."

"쉿."

존 디는 재빨리 말하더니 창문을 소리 내어 닫았다. 집 안에서 그가 나무 층계를 달려 내려오는 소리가 들리더니, 빗장을 푸는 소리가 들리고 문이 안쪽으로 열리며 어두운 복도가 드러났다.

"어서 들어와."

존 디가 말했다.

문틈을 비집고 들어서자 그는 문을 쾅 닫아걸었다. 우리는 어두운 복도에 말없이 마주 섰다. 내가 뭔가를 말하려고 하자, 그는 내 팔을 잡아 조용히 하라는 신호를 보냈다. 갑자기 나는 몸이 얼어붙어 버렸다. 밖에서는 도시의 일상적인 소음이 들려왔다. 사람들이 지나다니고, 상점 주인들이 떠드는 소리와 떠돌이 장사꾼들이 손님을 끌어모으는 소리, 멀리 강가에서 짐을 부리는 소리 등이었다.

"누가 따라오지는 않았니? 나를 찾고 있다는 걸 누가 또 아니?"

그 질문에 내 심장 박동이 빨라졌다. 나도 모르게 내 손은 검댕을 떼어내려는 듯 뺨으로 갔다.

"왜요? 무슨 일이에요?"

"미행하는 사람은 없었을까?"

나는 생각을 하려고 애썼지만, 내 두려운 심장 뛰는 소리만 커다랗게 들릴 뿐이었다.

"아니요, 나리. 아닐 거예요."

존 디는 고개를 끄덕이더니 한 마디도 없이 몸을 돌려 위층으로 올라갔다. 나는 망설이다가 그의 뒤를 따랐다. 여차하면 뒷문으로 빠져나가서 아버지의 집으로 달아나 다시는 그를 보지 않을 생각이었다.

계단을 다 올라가니 문이 열려 있었고, 그가 나를 방으로 안내했다. 창가의 책상에는 처음 보는 아름다운 기구가 한가운데 떡하니 버티고 있었다. 한쪽에는 반질반질하게 닦아 놓은 커다란 참나무 테이블 위에 여러 가지 종이들과, 자, 연필, 펜, 잉크 병, 자잘한 글씨와 숫자가 가득 적힌 종이 두루마리가 널려 있었다.

나는 이곳에 있는 것이 안전한지 확인하지 않고는 견딜 수가 없었다.

"쫓기고 계신가요, 디 선생님? 저, 그냥 갈까요?"

그는 소리 없이 웃으며 고개를 저었다.

"내가 너무 과민했다."

그가 솔직히 말했다.

"우리 아버지는 불려가서 조사를 받았지만, 아버지의 경우는 독서회의 잘 알려진 회원이었어. 신교도 사상가들로 이루어진 모임이었지. 나는 어떤 의심도 받고 있지 않아. 그냥 너를 만나서 놀랐을 뿐이다."

"정말이죠?"

나는 재차 물었다

그는 살짝 소리 내어 웃었다.

"한나, 꼭 무리에서 처진 암사슴 같구나. 걱정 마라. 여기 있으면 안전해."

나는 마음을 가다듬고 주위를 둘러보기 시작했다. 그는 내 시선이 창가의 도구에 머무는 것을 보았다.

"저게 뭘 것 같니?"

나는 고개를 저었다. 아름답긴 했지만, 나로서는 정체를 알 수 없는 물건이었다. 황동으로 만들어졌는데, 비둘기알만한 크기의 공이 중앙의 막대기에 달려 있고, 그 주변 역시 황동으로 된 둥근 테두리를 두 개의 또 다른 막대가 교묘하게 받치고 있어서 회전하거나 움직일 수 있었고, 그 테두리 위를 공 하나가 미끄러져 돌아갈 수 있었다. 그 바깥에는 또 다른 테두리와 공이, 그 바깥쪽으로 또 다른 한 쌍이 계속되었다. 공과 테두리의 쌍들은 바깥쪽으로 갈수록 크기가 작아졌다.

"이것은 세계의 모형이다."

존 디가 부드럽게 말했다.

"우주의 위대한 창조주가 어떻게 세계를 만들고 움직이는가를 보여 주는 것이지. 알 수 없는 신의 뜻을 엿볼 수 있는 도구이기도 하다."

그는 앞으로 몸을 숙이더니, 첫 번째 테두리를 살짝 건드렸다. 마치 마술처럼 모든 부속들이 천천히, 각기 다른 속도로 각자의 궤도를 따라 움직이기 시작했다. 공과 테두리들은 서로 지나쳐 가기도 하고 때때로 서로를 추월하기도 했다. 중앙에 있는 황금 공만이 움직이지 않았고, 다른 것들은 모두 그 주변을 돌았다.

"우리가 사는 세상은 어디 있어요?"

내가 물었다.

존 디는 빙그레 웃더니, "여기." 하고 말하며 중앙에 있는 황금알을 가리켰다. 그는 바로 다음에 있는 테두리와 천천히 회전하는 공을 가리키며 "이것은 달." 그 다음 공을 가리키며, "이것은 해다."라고 설명했다. 그리고 그 바깥에 있는 몇 개의 공들을 가리키며, "이것들은 행성이고, 그 바깥에 있는 것들은 별들이다. 그리고 이건……."

그는 다른 것들과 다르게 생긴 은으로 된 테두리를 가리켰다. 그가 처음으로 건드려서 다른 모든 것들을 움직이게 만든 부분이었다.

"이것이 원동력이다. 이것은 링의 형상으로 만든 세계를 움직이는 신의 손이지. 이것이 모든 사물의 움직임을 초래하고, 세상은 여기서 시작된 거야. 이것이 바로 말씀이지. '빛이 있으라.' 라는 창조의 순간을 형상화 한 것이다."

"빛."

나는 조용히 되뇌었다.

그는 고개를 끄덕였다.

"빛이 있으라. 만약 이 움직임이 어떻게 시작되었는지를 알게 되면, 그때는 우주의 모든 움직임의 비밀을 발견하게 되는 거야. 이 모형에서 나는 신의 역할을 한다. 하지만 실제 하늘에서는 무엇이 행성들을 돌게 만들고, 무엇이 태양으로 하여금 지구의 둘레를 돌게 할까?'

그는 내 대답을 기다렸다. 하지만 내가 대답할 수 없으리라는 것을 그도 알고 있었다. 아무도 대답할 수 없는 문제였다. 나는 고개를 흔들었다. 금빛 테두리를 따라 도는 금빛 공들 때문에 어지러움마저 느꼈다.

그는 손으로, 움직임을 멈추었다. 나는 공들이 천천히 멈추어 서는 것을 보았다.

"내 친구, 제라르 메르카토르가 나와 함께 공부할 때 만들어준 거야. 그는 훌륭한 지도제작자가 될 거야. 나는 알 수 있어. 그리고 나는……."

그는 잠시 말을 끊더니 이어 덧붙였다.

"나도 내 길을 가야지. 그것이 이디로 가는 길이든. 집념을 떨치고 야심도 접어야 해. 그리고 깨끗하고 조용한 시골에 살아야지. 깨끗한 길을 가야 해."

그는 잠시 말이 없었다. 그러더니 갑자기 나의 존재를 기억해 낸 듯 말했다.

"그래, 넌 어떻게 지내니? 여기는 왜 왔어? 왜 내 아버지를 찾았지?"

그가 갑자기 정색을 하고 물었다.

"선생님의 아버님을 찾은 게 아니에요. 저는 선생님을 찾고 있었어요. 아버님께 선생님이 계신 곳을 물어볼 작정이었지요. 궁에서는 선생님이 아버지의 집으로 갔다고 해서요. 선생님을 찾아다녔어요. 전할 말이 있거든요."

그의 얼굴이 갑자기 기대로 빛났다.

"전할 말? 누구한테서?"

"로버트 경에게서요."

그의 표정이 다시 시무룩해졌다.

"순간적으로 혹시 천사가 보낸 전갈은 아닐까 생각했다. 로버트 경이 내게 무슨 볼일이 있어서?"

"앞으로 어떻게 될지 알고 싶어하세요. 내게 두 가지 임무를 주셨어요. 하나는 엘리자베스 공주에게 선생님을 찾아 스승으로 삼으라고 전하는 것이고, 다른 하나는 선생님에게 사람들을 만나라고 전하라고 했어요."

"어떤 사람들?"

"윌리엄 피커링 경, 토머스 와이어트, 제임스 크로프트."

나는 들은 대로 전했다.

"그리고 또 이 말도 전하랬어요. 이 사람들은 평범한 금속을 금으로 만들고, 은을 정제해 재로 돌아가게 만드는 연금술 실험에 관여하고 있으며 선생님이 그들을 도와야 한다고요. 에드워드 코트니는 결혼의 연금술을 성사시킬 것이라는 말도 하셨어요. 그리고 저는 돌아가서 앞 일이 어떻게 될지를 알려드려야 해요."

존 디는 마치 창턱에서 누가 엿듣기라도 하는 듯 창문을 응시했다.

"반역자로 의심받고 있는 공주와 런던탑에 갇힌 남자를 위해 일하기에 좋은 시기는 아니다. 그리고 나머지 세 사람도 내가 이미 알고 있는 사람들일지 모르고, 또 그들이 무슨 일을 꾸미는지도 벌써 짐작하고 있는 것 같고."

나는 그를 가만히 쳐다보았다.

"원하는 대로 하세요, 선생님."

"넌 더 안전한 일을 해도 되지 않니, 꼬마 아가씨? 너에게 이렇게 위험한 일을 시키다니, 그는 도대체 무슨 생각을 하고 있는지 모르겠구나."

"전 그분의 분부대로 할 뿐이에요. 그분과 약속했거든요."

나는 단호하게 말했다.

"그는 더 이상 너를 잡아둬서는 안 돼. 탑에 갇힌 주제에 누구에게 명령을 한단 말이냐?"

존 디가 부드럽게 말했다.

"이미 저를 놓아주셨어요. 이번 한 번만 만나면 끝이에요. 돌아가서 선생님이 잉글랜드의 미래를 어떻게 점치는지 얘기해 주기로 했어요."

"그럼 어디 거울을 한번 볼까?"

나는 망설였다. 어두운 거울과 어둡게 만든 방이 무서웠고, 그 어둠 속에서 나타날 무언가가 계속 우리를 괴롭히지 않을까 두려웠다.

"선생님, 지난번에는 정말로 예언을 한 게 아니에요."

나는 어색하게 고백했다.

"왕의 서거 일을 예언했을 때 말이냐?"

나는 고개를 끄덕였다.

"제인이 다음 여왕이 될 거라고 했을 때?"

"네."

"너의 예언은 진실이었다."

"그냥 우연히 맞춘 것일 뿐이에요. 그냥 되는 대로 말했을 뿐이에요. 죄송해요."

그는 소리 없이 웃었다.

"그럼 이번에도 그렇게 해라. 그냥 나를 위해 알아 맞춰봐라. 로버트 경을 위해서 해봐, 그가 부탁했으니까."

나는 피할 수 없다는 것을 알았다.

"알았어요."

"자 시작하자. 앉아서, 눈을 감고, 아무것도 생각하지 마라. 나는 준비를 하마."

나는 그의 말대로 등받이가 없는 의자에 앉았다. 그가 옆방에서 조용히 움직이는 소리가 들렸다. 커튼을 닫는 소리, 불을 밝히기 위해서 가느다란 초로 불을 옮기는 소리. 그러더니 그가 조용히 말했다.

"준비 됐다. 가자. 선한 천사들이 우리를 인도하기를."

그는 내 손을 잡아 작은 골방으로 안내했다. 전에 사용했던 거울이 벽에 기대어 세워져 있었고, 그 앞에 있는 탁자 위에는 인쇄된 밀랍을 칠한 서자(書字)판이 놓여 있었고 거기에는 처음 보는 기호들이 인쇄되어 있었다. 거울 앞에는 양초가 타고 있었고, 반대편에 또 하나의 거울이 놓여 있어서 마치 수없이 많은 촛불들이 끝없는 공간 속으로 사라지는 듯했다. 그것은 마치 그가 내게 보여 준 빙글빙글 도는 둥근 모형처럼 세계의 저편으로, 태양과 달과 행성들 너머로 사라져 가는 것 같았다. 하지만 그 빛들은 하늘로 향하는 것이 아니라, 촛불보다 어둠이 지배하는 궁극적인 어둠 속으로 빨려 들어가 아무것도 보이지 않게 되는 것 같았다.

나는 두려움을 쫓으려고 크게 숨을 한 번 들이쉰 다음 거울 앞에 앉았다. 존 디가 웅얼거리는 소리로 기도를 하고 나도 따라 했다.

"아멘."

그런 다음 나는 거울 속의 어둠을 응시했다.

내 목소리를 들을 수 있었지만, 무슨 말을 하는지는 거의 알아들을 수 없었다. 그의 펜이 사각거리며 내 말을 받아 적는 소리가 들렸다. 내가 여러 개의 숫자들을 읊조리더니, 이상한 단어들을 내뱉는 것이 들렸다. 마치 그 자체의 리듬과 조화를 갖춘 한 편의 괴상한 시 같았다. 하지만 무슨 뜻인지는 알 수 없었다. 그러더니 내 목소리가 아주 또렷한 영어로 말했다.

"아이가 있으나, 아이가 아니오. 왕이 있으나 왕이 아니네. 처녀 여왕이 있으나 아무도 기억하지 못하며, 또 다른 여왕은 처녀가 아니리라."

"그럼 로버트 더들리는?"

존 디가 속삭이듯 물었다.

"그는 왕자의 운을 지녔으니, 세상의 역사를 바꾸리라. 그는 여왕의 총애를 입고, 자신의 침상에서 편안히 눈을 감으리라."

내가 조용히 대답했다.

* * *

정신을 차리자, 존 디가 쇳물 냄새가 나는 과일 음료수 잔을 들고 내 옆에 서 있었다.

"괜찮으냐?"

나는 고개를 끄덕였다.

"네, 약간 졸려요."

"궁으로 돌아가라. 사람들이 찾을 거야."

"선생님은요? 엘리자베스 공주님을 만나지 않으세요?"

그는 심각한 표정으로 말했다.

"가야지. 확실히 안전하다고 생각되면. 로버트 경에게 내가 그를 위해 일하겠으며 그의 뜻을 따르겠다고 전해라. 그리고 때가 온 것 같다고. 내가 공주의 조언자로서 혼란한 시기에 공주의 귀가 되겠다고도 전하고. 하지만 섣불리 움직이지는 않을 거야."

"두렵지 않으세요?"

누군가에게 감시당하는 두려움과, 어두운 밤 누군가 문을 두드리는 소리를 들을 때의 공포를 떠올리며 내가 물었다.

"별로. 내게는 영향력 있는 친구들이 좀 있지. 실행에 옮겨야 할 계획도 있고. 여왕은 수도원들을 재건하고 있는데, 거기에 있는 도서관들도 함께 재건해야 해. 책들과 필사본, 연구 업적들을 찾아서 원래 자리로 되돌려 놓는 것이 신이 주신 나의 소명이다. 쇠붙이에서 금이 만들어지는 것도 봐야 하고."

그가 천천히 대답했다.

"현자의 돌 말인가요?"

내가 물었다.

그는 빙그레 웃었다.

"이번에는 조금 다른 의미다."

"로버트 경에게 돌아가면 뭐라고 전할까요?"

존 디는 다시 심각한 표정으로 돌아갔다.

"그냥 여왕의 총애를 받는 신하로서 고통 없이 죽게 될 거라고만 전해라. 너도 봤잖아. 물론 무얼 봤는지도 모르겠지만. 그게 진실이다. 현재로서는 불가능해 보이긴 하지만."

"정말인가요? 정말 로버트 경이 처형당하지 않을까요?"

그는 고개를 끄덕였다.

"아직 할 일이 많은 사람이다. 그리고 선의를 가진 여왕의 시대가 올 거야. 로버트 경은 할 일을 남겨두고 젊은 나이에 죽을 그런 사람은 아니다. 나는 그를 향한 위대한 사랑을 예견할 수 있다. 그가 미처 깨닫지도 못할 그런 사랑 말이다."

나는 숨도 제대로 쉬지 못하고 가만히 있었다.

"로버트 경은 누구를 사랑할까요?"

한순간도 그것이 나일 거라는 생각은 하지 않았다. 어떻게 그럴 수가 있겠는가? 나는 그의 종이고, 그는 나를 남장 아가씨라고 부르며, 내 얼굴에 나타난 소녀의 동경에 웃으며 나를 놓아 주겠다고 했다. 존 디가 그를 향한 위대한 사랑을 예언할 때조차도, 나는 내가 그 주인공일 것이라고는 생각하지 않았다.

"여왕이 그를 사랑할 거다. 그는 여왕의 인생에서 가장 대단한 사랑이 될 거야."

존 디가 말했다.

"하지만 여왕은 스페인의 펠리페 왕자와 결혼해요."

그는 고개를 저었다.

"스페인 사람이 잉글랜드의 왕위에 오를 것 같지는 않다."

그가 예언했다.

"다른 많은 사람들도 마찬가지지."

* * *

엘리자베스 공주에게 은밀하게 말을 걸기란 쉽지 않다. 자신이 거느리는 귀부인들 몇 말고는 궁전 안에 친구라고는 없는 공주였지만, 그녀의 주변을 별 뜻 없이 지나치는 듯 보이는 사람들 가운데 반은 그녀를 감시하기 위해 특별히 고용된 첩자들이었다. 프랑스 국왕도, 스페인 황제도 잉글랜드 내에 첩자를 두고 있었다. 권력을 지닌 사람들이라면 누구나 다른 사람들의 주변에 첩자를 두고 반역의 낌새를 미리 알아채려 한다. 여왕도 돈을 들여 정보망을 관리하고 있었다. 내가 아는 한, 누군가는 돈을 받고 나를 감시하고 있을 것이다. 생각이 여기에 미치자 나는 두려움으로 언짢아졌다. 음모와, 거짓 우정이 판치는, 잠시도 긴장을 늦출 수 없는 세상이었다. 나는 존디가 보여 준 행성들의 중심에 있는 이 세상의 모형을 떠올렸다. 공주는 바로 모두의 중심에 있는 지구 같은 존재였다. 다른 점이 있다면 그녀의 주변에 있는 별들은 모두 그녀를 시기하고 저주한다는 점이었다.

나는 공주의 얼굴이 점점 창백해져 가고, 눈 밑이 푸른색에서 멍든 것처럼 어두운 보라색으로 변하는 것도 무리는 아니라고 생각했다. 크리스마스가 가까웠지만, 아무도 그녀에게 온정을 베풀지 않았던 것이다.

엘리자베스 공주가 고개를 높이 들고, 코를 천정으로 향한 채 궁 안을 걸어다닐 때마다, 예배당에서 성모상을 외면할 때마다, 묵주 대신 작은 기도서를 허리에 달고 다닐 대마다, 여왕의 적의는 더해갔다. 모두들 그 기도서가 동생 에드워드 국왕의 임종기도를 담고 있음을 알고 있었다.

"오, 주님, 이 나라를 교황의 무리로부터 지켜주시고, 주님을 섬기는 진정한 신앙이 길이 보존되게 하소서."

여왕이 준 산호 묵주 대신 기도서를 몸에 지닌다는 것은 공공연한 도전 이상의 의미가 있었다. 즉 그것은 불복종의 부인할 수 없는 증거였다.

엘리자베스 공주에게 있어서 그것은 아마 단순히 여왕에 대한 반항심을 드러내는 것 이상은 아닐 것이다. 하지만 여왕에게 있어서 공주의 행위는 참기 힘든 모욕이었다. 엘리자베스 공주가 화려한 옷으로 치장한 채 말을 타고 나가 사람들에게 웃으며 손을 흔들면, 사람들은 환호하며 모자를 벗어 경의를 표했다. 그녀가 검은색과 흰색의 소박한 차림으로 궁 안에 머무를 때면, 사람들은 화이트홀 궁에서 여왕과 함께 식사를 하는 그녀의 섬세한 아름다움과 소박한 프로테스탄트 정신을 칭송했다.

비록 공개적으로 여왕에게 도전하지는 않더라도, 공주는 끊임없이 남의 말 하기 좋아하는 외부인들에게 이야깃거리를 제공하여, 프로테스탄트적인 삶을 고수하는 사람들의 입에 오르내리고 있다는 것을 여왕은 알고 있었다.

"신교도 공주가 오늘은 파리한 얼굴로 성수대에는 손도 대지 않았대."

"신교도 공주는 오늘 몸이 아파 저녁 미사에 빠지겠다고 간청했대."

"신교도 공주는 구교도가 득실대는 궁에서 감옥생활이나 다름없는 고초를 겪고 있지만, 그래도 있는 힘껏 신념을 지키며 적, 그리스도의 칼날 아래서 때를 기다리는 거야."

"신교도 공주는 신념을 위해 고난을 마다 않고, 못생긴 언니는 사냥개처럼 끈질기게 젊은 여인의 순수한 양심을 괴롭힌다는군."

호사스러운 드레스를 걸치고, 어머니가 물려준 보석을 치장한 여왕은 엘리자베스 공주의 빛나는 머리카락과 순교자를 연상시키는 새하얀 주름 깃, 검은 드레스가 자아내는 지나치게 검소한 분위기에 압도되어 천박해보였다. 여왕이 얼마나 대단하게 차려입고, 어떤 장신구로 치장을 하든, 신교도 공주 엘리자베스의 여인으로 막 성숙해가는 소녀가 발하는 광채를 당해낼 수가 없었다. 엘리자베스 공주 곁에 선 여왕은 공주의 어머니라고 해도 될 만큼 나이 들어 보였고, 여왕의 임무가 주는 부담으로 초췌해 보였다.

엘리자베스 공주의 방으로 찾아가 그녀를 만나는 것은 거의 불가능했다. 차라리 엘리자베스 공주의 일거수일투족을 감시하고 여왕에게 일일이 보고하는 스페인 대사에게 광고를 하는 편이 나을 것 같았다. 그러던 중 어느 날 내가 복도에서 엘리자베스 공주의 등 뒤를 따라 걷고 있을 때였다. 그녀는 발을 헛딛고 비틀거렸다. 나는 달려가 공주를 부축했고, 그녀는 내 팔을 잡았다.

"구두 굽이 부러졌어, 수선공에게 보내야겠어."

공주가 말했다.

"방까지 부축해 드리겠습니다."

그리고 나는 작은 소리로 덧붙였다.

"로버트 더들리 경이 보내는 전갈이 있습니다."

공주는 내게 곁눈질 한번 하지 않았다. 너무나 침착한 그녀의 태도에서 나는 그녀가 음모를 꾸미는 데 탁월한 재능이 있음을 한눈에 알아챌 수 있었다. 여왕이 그녀를 경계하는 것도 무리는 아니었다.

"언니의 축복을 받지 않은 전갈은 받을 수가 없어. 하지만 방까지 나를 좀 부축해주겠니? 구두 굽이 부러질 때 발을 삐었나 봐."

공주는 상냥하게 말했다.

공주는 몸을 굽혀 구두를 집어들었다. 그녀의 양말 위에 아름답게 수놓아진 무늬가 눈에 들어 왔지만, 그런 이야기나 할 때가 아니었다. 언제나, 그녀가 가진 모든 것, 그녀의 행동 하나 하나가 나를 매료시켰다. 공주는 내 팔에 기대어 걸었다. 지나가던 궁정귀족이 우리 두 사람을 빤히 보았다.

"공주님이 구두 굽을 부러뜨리셨어요."

내가 설명하자 그는 고개를 끄덕이고는 가버렸다. 적어도 그는 스스로 공주를 돕는 수고를 자청하지는 않았다.

엘리자베스 공주는 앞을 똑바로 보고 걸었고, 신발을 신지 않은 발을 살짝 절었기 때문에 천천히 걸었다. 공주는 여왕의 허락 없이 들을 수 없다던 전갈을 들을 충분한 시간을 내게 제공하고 있었던 것이다.

"로버트 경은 공주님께서 존 디를 불러 스승으로 삼으시길 바랍니다."

나는 조용히 덧붙였다.

"'반드시'라고 말했습니다. 그렇게 하신다고 전할까요?"

"그에게 가서 나는 여왕 폐하이신 언니를 언짢게 만들 어떠한 행동도 하지 않을 것이라고 전해라."

공주는 아무렇지도 않게 대답했다.

"하지만 나는 오랫동안 존 디와 공부하고 싶었으니, 그에게 나와 함께 책을 읽자고 부탁해야겠어. 나는 특히 거룩한 교회의 초기 신부들의 가르침을 읽고 싶어."

공주는 내게 묘한 웃음을 던졌다.

"가톨릭교회에 대해 배우려는 중이거든. 이제까지 공부를 너무 게을리 했어."

우리는 어느새 공주의 거처로 통하는 문가에 와 있었다. 보초병이 우리가 다가가자 차렷 자세로 서더니 문을 열어주었다. 엘리자베스 공주는 내 팔을 놓아 주었다.

"도와주어서 고맙구나."

공주는 무덤덤하게 말하고는 안으로 들어갔다. 닫히는 문틈으로 나는 그녀가 허리를 굽혀 구두를 다시 신는 것을 보았다. 물론 구두는 멀쩡했다.

* * *

존 디는 잉글랜드인들이 여왕과 스페인 왕자의 결혼을 반대해 들고 일어날 것이라고 예언했고, 그 예언을 입증하는 사례들이 매일 매일 십여 건씩 일어났다. 사람들은 결혼을 비난하는 노래를 지어 불렀고, 용감한 사람들은 두 사람의 결합이 잉글랜드의 자주성에 심각한 위협이 될 것이라고 열변을 토했다. 회반죽벽들은 온통 난잡한 낙서투성이였다. 스페인 왕자를 모함하고, 그런 왕자를 신랑감으로 마음에 두었다는 이유만으로 여왕을 심하게 비난하는 책들이 나돌았다. 스페인 대사가 궁에 있는 귀족들에게 스페인 왕자는 잉글랜드의 왕위에는 관심이 없으며, 이 결혼은 그의 아버지가 권한 것으로, 이십대의 훌륭한 신랑감인 펠리페 왕자로서는 열한 살이나 많은 잉글랜드의 여왕보다 더 매력적이고 경제적으로도 좋은 조건의 신붓감도 얼마든지 고를 수 있었다는 점을 열심히 설득했지만 허사였다. 그가 여왕과의 결혼을 원한다면 그것은 스페인의 야심을 증명하는 것이었으며, 그렇다고 그가 다른 결혼 상대를 마음에 두었다는 속마음을 내비치면 그것은 여왕에 대한 모독이었다.

여왕은 여러 가지 상반되는 조언들로 자신을 가누지도 못할 지경이었으며, 스페인의 지지도 얻지 못한 채 잉글랜드 백성들의 사랑마저 잃을까 봐 노심초사했다.

"왜 내게 마음이 아플 거라고 했니?"

어느 날 여왕이 갑자기 격양된 목소리로 물었다.

"오늘의 이 사태를 예견했기 때문이니? 내 자문위원들은 모두 이 결혼을 거절해야 한다고 하면서도, 또 다들 내게 어서 결혼해서 아이를 낳으라고 재촉하고 있어. 네가 말한 것이 이런 것이니? 아니면, 온 나라가 내 대관식 날에 즐겁게 춤을 춰놓고, 이제 와서 모두 내 결혼 소식에 저주를 퍼부을 것을 예견한 거니?"

"그렇지 않습니다. 그런 것은 예견할 수 없었을 거예요. 그렇게 짧은 시간에 그런 변화가 일어나리라고 누가 상상이나 했겠어요?"

"그자들을 경계해야 해."

여왕은 나에게라기보다는 스스로에게 다짐했다.

"매번 변화의 순간에 그들을 내 마음대로 움직여야 해. 대귀족들과 그 수하에 있는 한 사람 한 사람을 모두 내 충실한 종으로 만들어야 해. 하지만 그들은 항상 틈만 나면 수군대며 내 머리 꼭대기까지 오르려고 하지."

여왕은 의자에서 일어나 창문까지 여덟 발자국을 가더니 다시 뒤돌아 걸어왔다. 나는 헌스든에서 여왕을 처음 만났을 때를 기억했다. 작은 궁에서 여왕은 잘 웃지도 않았고, 감옥살이나 다름없는 생활을 하고 있었다, 이제 그녀는 잉글랜드의 여왕이지만 여전히 백성들의 의지가 그녀를 속박하고 있었고, 그녀는 여전히 잘 웃지 않았다.

"자문위원회는 내 시녀들보다도 못하구나! 내 면전에서 끊임없이 다투고 떠들어 대지만 단 한 마디도 귀담아 들을 가치가 없으니 말이야. 모두 다른 꿍꿍이가 있어. 모두 그래, 한 사람도 빠짐없이 나에게 거짓말을 하고 있어. 내가 심어 놓은 첩자들은 수많은 이야기를 해주고, 스페인 대사는 또 다른 얘기를 하지. 그 사람들이 하나같이 작당을 하고 내게 반항하고 있다는 걸 나도 늘 인식하고 있어. 그들은 완전히 미쳐서 날 왕위에서 몰아내고 엘리자베스를 내 자리에 앉힐 거야. 하늘의 분명한 뜻을 거스르고 지옥에 몸을 던지겠지. 이단을 연구한 자들이니까, 그리고 그들에게 주어진 진실한 말씀을 듣지 못할 테니까."

여왕이 탄식했다.

"사람들은 스스로 생각하고 싶어해요……."

내가 끼어들었다.

여왕은 나를 향해 돌아섰다.

"아니, 그렇지 않아. 그들은 누군가 대신 생각해 주기를 바라지.

지금 그들은 그 누군가를 찾았다고 생각하고 있어. 토머스 와이어 트. 그래, 나도 그자를 알아. 앤 불린과 놀아난 자의 아들이지. 그가 누구 편을 들겠니? 또, 런던탑에서 기회를 엿보고 있는 로버트 더들리 같은 자도 있고 엘리자베스도 있어. 어리석은 계집, 자신의 마음을 알기에는 너무 어리고, 조심하기에는 지나치게 자만하고, 나처럼 기다리기에는 탐욕스럽지. 그 기나긴 고난의 세월을 나는 의연하게 기다리고 또 기다렸건만. 나는 그 인고의 세월을 참으며 보냈어, 한 나. 하지만 그 애는 전혀 기다리려고 하지 않아."

"로버트 더들리는 염려하실 필요 없어요."

나는 재빨리 말했다.

"폐하에게 충성을 선언했었던 것을 잊으셨어요? 자신의 아버지에게도 등을 돌렸어요. 그런데 그 와이어트라는 사람은 누구죠?"

여왕은 다시 벽과 창문 사이를 걸었다.

"그도 내게 신의를 맹세했건만, 이제는 내가 남편을 얻어서는 안 된다고 말하고 있어. 마치 자신에게 그럴 권리라도 있는 것처럼! 그는 나를 왕위에서 끌어내린 다음 다시 왕위에 앉히겠다고 말하고 있어."

"그를 추종하는 자들이 많은가요?"

"켄트의 절반이 그의 편이지."

여왕이 목소리를 낮추었다.

"내 생각이 맞는다면, 그들은 그 간악한 에드워드 코트니를 다음 왕으로 옹립하려고 해. 엘리자베스는 그의 왕후가 되고 싶어하지. 그렇게 되면 그가 죄를 짓는 대가로 어디선가 돈이 들어올 거야, 틀림없어."

"돈이라니요?"

여왕은 분노에 떨며 말했다.

"프랑스인들이 그의 주머니를 채우겠지. 그 잉글랜드의 원수들이 항상 돈을 대니까."

"그를 잡아들일 수는 없나요?"

"어디 있는지 알면, 그렇게 하겠어. 그는 이미 열 번도 넘게 반역을 저질렀어. 하지만 나는 그가 어디 있는지도, 어디에서 일을 저지를지도 몰라."

여왕은 창가로 가서 밖을 내다보았다. 마치 궁전 담벼락 아래의 정원 너머, 은빛 템스 강 너머, 켄트까지 꿰뚫어 비밀 계획을 세우고 있는 자들을 추궁하려는 듯했다.

나는 런던으로 입성할 때 우리가 품었던 희망과 당면한 현실 사이의 극명한 차이에 충격을 받았다. 이제 그녀는 정식으로 여왕의 자리에 올랐는데도 말이다.

"런던으로 들어올 때 저는 폐하의 모든 고생이 끝났다고 생각했어요."

여왕은 괴로운 얼굴을 내게로 돌렸다. 눈은 그늘져 있었고, 피부는 촛농처럼 두꺼웠다. 환호하는 군대를 이끌고 역시 환호하는 군중을 향해 말을 달리던 그날보다도 여왕은 몇 년이나 더 늙어보였다.

"나도 그랬다. 불행은 이제 끝이라고 생각했지. 어린 시절의 공포도, 밤마다 나를 괴롭히던 악몽도, 그리고 아침마다 눈을 떴을 때 악몽이 현실임을 깨닫는 그 끔찍함도 모두 끝이라고. 내가 여왕으로 등극하게 되면 더 이상 두려움을 느끼지 않을 거라고 생각했어.

하지만 지금은 그때보다 더 심하다. 매일 나는 나를 겨냥한 새로운 음모에 대해 전해 듣지. 매일 누군가가 미사를 보러 가는 나를 수상한 눈으로 쳐다보지. 매일 누군가 엘리자베스 공주의 학식이나 그 아이의 품위나 우아한 아름다움을 칭송하는 말을 하지. 매일 나는 누군가가 또 프랑스 대사와 내통했고, 사소한 소문을 퍼뜨렸고, 하찮은 거짓말을 했으며 내가 잉글랜드를 스페인의 발아래 바칠 거라는 말도 안 되는 얘기를 하고 다녔다는 걸 알게 되지.

내가 보낸 세월, 내 고통스러웠던 삶, 왕위를 향한 기다림은 아무것도 아니었다는 듯 말이야! 내 어머니가 나의 왕위를 위해 모든 것을 희생하고, 아버지와 어떤 타협도 하지 않았던 것은 잊었다는 건가! 내 어머니는 내가 없는 곳에서 외롭게 돌아가셨어. 아버지의 따뜻한 말 한마디 듣지 못하고, 춥고 퀴퀴한 골방에서, 친구들과는 멀리 떨어진 채. 하지만 그건 언젠가 내가 여왕이 되리라는 희망을 위한 희생이었지. 내가 그까짓 초상화에 반해서 어머니가 지켜주신 그 왕위를 던져 버릴 거라고 생각하는 건가! 그들이 제정신이라면 어떻게 내가 그 세월을 잊을 수 있을 거라고 생각할 수 있을까?

이 왕위 말고 아무것도, 그 어떤 것도 내게는 의미가 없어. 내게 잉글랜드의 백성들보다 소중한 것은 없단 말이다. 그런데 저들은 그것도 모르고 나를 믿으려고 하지 않아!'

여왕은 분노로 몸을 떨었다. 나는 한 번도 그렇게 괴로워하는 그녀의 모습을 본 적이 없었다.

"폐하, 진정하셔야 합니다. 아무리 괴로우시더라도, 감정을 드러내셔서는 안 됩니다."

"누군가 내 편이 필요해. 누군가 나를 걱정해 주고, 내가 처한 위험을 이해해 주고, 나를 보호해 줄 사람."

내 말은 들리지 않는다는 듯 여왕이 속삭였다.

"스페인의 펠리페 왕자는 그런 사람이……."

나는 뭐라고 말하려고 했지만, 여왕은 손을 들어 내 말을 막았다.

"한나, 그 사람은 내 유일한 희망이야. 그에 대한 비열한 모함과, 우리 둘 모두에 대한 위협에도 불구하고, 나는 그가 와 주었으면 좋겠어. 그가 이 땅에 발을 들여놓는 순간 죽여 버리겠다는 위협도 있었지만 말이야. 나는 그가 잉글랜드로 와서 나를 아내로 맞고 보호해 줄 용기 있는 사람이기를 신께 기도하고 있어. 하느님도 아실 거야, 내가 이 나라를 그 사람 없이 다스릴 수 없다는걸."

"폐하께서는 처녀 여왕이 되겠다고 하셨어요."

내가 그녀에게 상기시켰다.

"백성들을 위해, 백성들을 남편이자 자식으로 여기며, 결혼도 하지 않고 아이도 낳지 않겠다고 하셨잖아요."

여왕은 창 너머 차가운 강물과 회색 빛 하늘에서 시선을 떼었다.

"그랬지. 하지만 그때는 아직 그게 어떤 건지 몰랐어. 여왕이 된다는 것이 공주로 사는 것보다도 더 힘든 일일 줄도, 지금의 나처럼 처녀 여왕으로 산다는 것이 영원히 위험을 감수해야 하는 일일 줄도 몰랐어. 미래에 대한 공포에서 벗어날 수 없다는 걸, 그리고 영원히 혼자라는 걸 몰랐던 거야. 무엇보다 두려운 것은 내가 남긴 어떤 것도 영원할 수 없다는 것을 끊임없이 깨닫는 거야."

* * *

여왕의 우울한 심기는 만찬시간까지 가시지 않았다. 여왕은 고개를 푹 숙이고 우울한 얼굴로 식탁에 앉았다. 무거운 침묵이 대연회장을 뒤덮었고 침울한 여왕 앞에서 어느 누구도 즐겁게 웃을 수 없었으며, 다들 저마다의 고민을 안고 있었다. 여왕도 자신의 자리를 지키지 못하는 마당에 누가 자신의 앞날을 확신할 수 있겠는가? 여왕이 쫓겨나고 엘리자베스 공주가 왕위에 오른다면 예배당을 다시 세우고 미사를 위해 돈을 바친 사람들은 다시 자신들의 입장을 재고해 보아야 한다. 모두들 침묵 속에서 불안하게 주위를 두리번거리고 있는 가운데, 갑자기 자리에서 벌떡 일어난 윌 소머스에게 흥미로운 시선이 쏠렸다. 그는 고상을 떨며 손목을 움직여 재킷의 매무새를 가다듬은 다음 여왕의 테이블로 다가갔다. 모두의 시선을 한 몸에 받으며 그는 우아하게 한쪽 무릎을 굽히고 머플러를 가볍게 흔들며 절을 했다.

"뭐지, 월?"

여왕이 무심하게 물었다.

"청혼 **드르리러** 왔습니다."

월은 우스꽝스러운 발음으로 주교처럼 근엄하게 말했다. 모두들 숨을 죽이고 그를 바라보았다.

여왕은 눈에 엷은 미소를 띤 채 고개를 들었다.

"청혼이라고, 월?"

"저는 공인된 총각입니다."

뒤쪽에서 더 이상 참지 못하고 키득키득 웃는 소리가 들렸다.

"다들 아는 사실이지만. 하지만 오늘 만큼은 중요한 날이니 묵인하도록 하겠습니다."

"무슨 날인데?"

여왕은 웃음을 참느라 떨리는 목소리로 말했다.

"제가 여왕 폐하께 청혼하는 **나르이지요.**"

아무리 월이라도 너무 지나친 시도였다.

"난 남편은 필요 없어."

여왕이 새침하게 말했다.

"그럼 관두겠습니다."

그는 지나치게 정중한 말투로 말했다. 그는 다시 일어나 여왕에게서 물러섰다. 여왕을 비롯한 홀 안의 사람들은 그가 또 어떤 우스꽝스러운 행동을 할지 숨을 죽이고 지켜보았다. 그는 잠시 멈춰 섰다. 그는 마치 웃음을 지어내는 음악가처럼 정확하게 때를 기다릴 줄 알았다. 그는 돌아섰다.

"하지만 이젠 안 됩니다."

그는 깡마른 긴 손가락을 경고의 표시처럼 여왕에게 흔들었다.

"하찮은 황제의 아들 따위에게 넘어가시면 안 됩니다. 이제는 저도 있으니까요, 아시죠?"

방 안은 갑자기 웃음바다가 되었다. 여왕도 윌이 기다란 몸을 휘청거리며 자리로 돌아가 와인을 한꺼번에 들이마시는 모습을 보며 웃음을 터뜨렸다. 내 시선은 윌에게 꽂혔고, 그는 와인 잔을 내게 들어보였다. 광대끼리만 통하는 것이었다. 그는 자신의 임무를 훌륭히 수행해 내었다. 그 임무는 가장 괴롭고 힘든 상황을 정확히 짚어 내어 웃음으로 희화시키는 것이었다. 하지만 윌은 언제나 그 이상을 해냈다. 그는 어려운 상황을 단순화시킬 줄 알았고, 누구의 마음도 다치지 않고 웃길 줄 알았다. 여왕조차 자신이 결혼을 결심함으로써 국론을 분열시키고 있음을 알면서도 웃으며 식사를 마칠 수 있었다. 적어도 그날 하루 저녁만큼은 자신에게 대항하는 무리들에 대해 잊을 수 있었다.

***

나는 근거 없는 소문으로 술렁대는 궁을 나와 반란군이 득실대는 거리를 지나 아버지의 집으로 향해 걸었다. 비밀리에 군대가 결성되어 여왕에 대항할 전쟁을 준비하고 있다는 소문이 어디서나 들려왔다. 집을 떠나 반란군에 합류한 사람들의 이야기도 끊이지 않았다. 엘리자베스 공주는 만반의 태세를 갖추고 훌륭한 잉글랜드 남자, 에드워드 코트니와 결혼할 결심을 굳혔다고도 했다. 메리 여왕이 쫓겨나는 대로 왕위에 오르겠다는 약속을 했다는 것이다. 켄트인들은 스페인 왕자가 자신들을 정복하게 내버려두지 않을 것이다. 잉글랜드가 스페인 혼혈 공주의 결혼 지참금이 되어 스페인으로 넘어가는 것을 보고 있을 수 없다. 결혼을 꼭 해야 한다면 잉글랜드에도 신랑감은 얼마든지 있다. 왕실의 피가 흐르는 에드워드 코트니 같은 잘생긴 젊은이도 있지 않은가. 또, 유럽 전역에는 신교도 공자들이 넘치고 훌륭한 혈통과 학식을 자랑하는 귀족들도 얼마든지 여왕의 좋은 배필이 될 수 있다.

여왕도 결혼을 해야 하고, 한시도 지체해서는 안 된다는 데에는 이견이 없다. 여자가 가정도 혼자 건사할 수 없는데, 이끌어 줄 남자도 없이 어떻게 혼자 왕국을 다스리겠는가. 여자는 타고나기를 국왕의 자리에 맞지 않으며, 여자의 지적 능력은 국사를 결정하기에 역부족이고, 여자의 용기로는 어려운 난관을 극복할 수 없으며, 오랜 시간 버텨 낼 끈기도 부족하다. 물론, 여왕은 결혼을 해서 왕위를 이어 받을 아들을 낳아야 한다. 하지만 스페인 왕자와의 결혼은 있을 수 없으며, 생각조차 할 수 없는 일이다.

스페인 왕자를 결혼상대로 고려했다는 것만으로 잉글랜드에 대한 반역 행위이며, 그런 마음을 먹다니 여왕은 그에 대한 사랑으로 눈이 먼 것이 틀림없다. 자신의 욕정 때문에 상식을 저버리는 여왕은 통치할 자격이 없다. 스페인의 압제에 시달리느니 욕망에 눈이 먼 늙은 여왕을 몰아내자.

아버지의 가게에는 손님이 와 있었다. 다니엘 카펜터의 어머니가 카운터에 의자를 갖다 놓고 앉아 있었고, 그 곁에는 다니엘이 있었다. 나는 무릎을 꿇고 아버지의 축복을 받은 다음 살짝 고개를 숙여 카펜터 부인과 미래의 신랑감에게 인사를 했다. 아버지와 카펜터 부인은 정원의 담 위에 올라앉은 고양이들처럼 다니엘과 나를 조급하게 바라보며, 구애 중인 젊은 남녀의 안절부절못하는 모습에 즐거워하는 자신들의 저급한 취미를 숨기려는, 부질없는 노력을 했다.

"어서 오렴. 궁에서 나온 새로운 소식을 듣고 싶어서 기다리고 있었단다. 물론 다니엘도 널 보고 싶어했고."

카펜터 부인이 말했다.

다니엘은 어머니의 참견이 마땅치 않은 듯 날카로운 눈으로 카펜터 부인을 쏘아보았다.

"여왕의 결혼은 계속 진행될 것 같니?"

아버지는 질 좋은 스페인 적포도주를 따라 주고 의자를 카운터 옆으로 끌어당겨 앉기를 권했다. 광대라는 내 직업 때문에 졸지에 대접받는 인물이 되어 앉을 자리와 내 몫의 포도주까지 얻게 되었다고 생각하니 씁쓸해졌다.

"물론이지요. 여왕은 도움이 필요해요. 곁에 있어줄 사람도 필요하구요. 스페인 왕자와 결혼하고 싶어하는 것도 무리는 아니지요."

나는 여왕이 왕자의 초상화를 자신의 방 기도대 맞은편에 걸어 놓고, 어려울 때마다 예수님 상과 미래의 남편 얼굴을 번갈아 쳐다본다는 이야기는 하지 않았다.

아버지는 카펜터 부인을 흘낏 보며 말했다.

"제발 여왕의 결혼으로 달라지는 것이 아무것도 없어야 할 텐데. 여왕이 스페인의 정책을 그대로 답습하지 말아야 할 텐데 말이오."

부인도 고개를 끄덕였지만, 성호를 긋는 것을 빼먹고 말았다. 대신 부인은 아버지를 안심시키려는 듯 말했다.

"우리는 벌써 삼 대째 잉글랜드에서 살고 있어요. 우리가 양심적인 기독교도들이고, 훌륭한 잉글랜드 백성이라는 걸 아무도 의심하지 않을 거예요."

"스페인에서와 같은 사태가 벌어진다면 나는 떠날 수밖에 없어요."

아버지는 목소리를 낮추었다.

"일요일마다, 무슨 성인의 축일이 돌아올 때마다, 이교도의 화형식이 있었죠. 어떤 때는 한 번에 몇백 명씩 태워죽였다오. 수년 동안 기독교 교리를 지켜온 사람들이 그러지 않았던 사람들과 똑같이 재판을 받아야 했어요. 그런데도 아무도 그들이 무죄라는 걸 증명하지 못했어요! 몸이 아파 미사에 참석하지 못했던 나이 든 부인들, 성체를 들어올릴 때 시선을 돌리는 것을 들킨 젊은 여자들, 어떤 변명이나 구실도 통하지 않았어요. 언제 누구한테 고발당할지 모르는 상황이었어요. 돈을 많이 벌고, 성공하고, 적을 만든 사람들이 표적이 되었지요. 내 책과 가게가 번성하고, 학자로서 이름을 알리게 되자 나도 그들의 목표가 될 거라는 걸 직감했어요. 그래서 대비하기 시작했지요. 하지만 그들이 내 부모와, 내 아내의 자매들과 내 아내를 내가 보는 앞에서……."

그는 말을 잇지 못했다.

"왜 미처 생각하지 못했을까. 더 일찍 떠났어야 했는데."

"아버지, 우리는 어머니를 구할 수 없었을 거예요."

나는 스페인에 남아서 어머니와 함께 죽었어야 한다며 울부짖던 내게 아버지가 했던 위로의 말을 그대로 되풀이했다.

"지난 얘기예요. 그들이 여기까지 오지는 않을 거예요. 종교 재판관들이오, 잉글랜드는 안전할 거예요."

카펜터 부인이 얼른 끼어들었다.

"아뇨, 그들은 올 거예요."

다니엘이 확언했다.

마치 그가 해서는 안 될 말을 한 것처럼, 가게 안은 일시에 조용해졌다. 그의 어머니와 나의 아버지는 모두 다니엘에게로 시선을 돌렸다.

"스페인 왕자와 결혼하는 스페인 피가 섞인 여왕. 틀림없이 교회를 다시 일으키려는 결심이 대단하겠죠. 이교도들을 뿌리 뽑는데 종교 재판 말고 더 좋은 방법이 어디 있겠어요? 게다가 펠리페 왕자는 오랫동안 종교 재판에 적극적이었어요."

"폐하처럼 자비로우신 분이 그럴 리가 없어요. 제인 그레이 아가씨를 처형해야 한다는 수많은 조언에도 불구하고 그녀의 목숨을 살려주신 분이세요. 엘리자베스 공주도 항상 마지못해 미사에 참석하고 기회만 있으면 미사를 빠지려고 하지만 아무도 뭐라 하는 사람은 없어요. 종교 재판을 연다면, 엘리자베스 공주는 몇 번이고 유죄판결을 받을 거예요. 하지만 여왕 폐하는 성서의 진실한 말씀이 스스로 명백해질 것이라고 확신하고 계세요. 절대로 이교도들을 화형시키거나 하지 않으실 거예요. 일생을 두려움 속에 사신 분이세요. 누명을 쓰는 것이 얼마나 고통스러운지 충분히 알고 계세요.

폐하께서는 스페인의 펠리페 왕자와 결혼하더라도 나라를 넘겨주시지는 않을 거예요. 펠리페 왕자의 꼭두각시가 되시는 일도 없을 거고요. 폐하는 어머니의 뜻을 이어 훌륭한 여왕이 되고 싶어하세요. 이 땅에 진정한 교회를 다시 일으키는 일도 자비로운 방법으로 이루실 거라고 생각해요. 이미, 이 나라의 반이 기꺼이 미사에 나가고 있고 나머지 사람들도 결국은 따를 거예요."

"나도 그러길 바라지요. 하지만 아까도 얘기했듯이 우리는 대비를 해야 해요. 느닷없이 밤중에 문을 두드리는 소리를 듣고, 목숨을 구하기는 이미 늦었다는 걸 깨닫고 싶지는 않아요. 무방비 상태로 있다가 속수무책으로 당하지는 않을 거요."

"그럼 우리는 어디로 가는데요?"

내가 물었다. 오래전에 느꼈던 공포가 되살아나 속이 뒤틀리는 것 같았다. 이 세상 어디에도 숨을 곳은 없으며 언젠가는 계단을 올라오는 발소리와 하늘로 솟아오르는 연기 냄새를 맡게 될지도 모른다는 불안감이었다.

"일단 암스테르담으로 갔다가, 다시 이탈리아로 옮길 거요. 당신과 나는 암스테르담에 도착하는 대로 결혼해서, 육로로 계속 움직일 거요. 모두 다 같이 움직여야 해요. 당신 아버지, 내 어머니와 여동생들도. 나는 이탈리아에서 의사 과정을 마치면 돼요. 이탈리아에는 유대인들을 받아주는 도시들이 있으니까, 우리의 신앙을 숨길 필요도 없을 거요. 아버지는 서적상을 계속하시고, 내 여동생들도 직장을 얻을 수 있어요. 다 같이 한 가족처럼 살게 될 거요."

그가 단호하게 말했다.

"정말 철저하게 준비했지요."

카펜터 부인이 자랑스럽게 아버지에게 속삭였다. 아버지도 이 젊은이가 모든 문제를 해결해 주는 열쇠이기라도 한 것처럼 다니엘을 향해 흐뭇하게 웃었다.

"내년까지 결혼하지 않기로 했잖아요. 난 아직 결혼할 준비가 안 됐어요."

"저런, 또 그 얘기냐."

아버지가 말했다.

"처녀들은 다 그런답니다."

카펜터 부인이 말했다.

다니엘은 말이 없었다.

나는 의자에서 내려왔다.

"둘이서 잠깐 얘기해도 될까요?"

내가 물었다.

"인쇄실로 들어가렴. 자네 어머니와 나는 여기서 포도주나 좀더 마시고 있을 테니."

아버지가 다니엘에게 말했다.

아버지는 부인의 잔에 포도주를 따랐다. 나는 다니엘과 내가 커다란 인쇄기가 있는 안쪽 방으로 들어가는 모습을 보며 즐거운 듯 웃는 카펜터 부인의 표정을 보았다.

"디 선생은 결혼하면 예지력을 잃는댔어요."

내가 진지하게 말했다.

"그는 내 예지력이 신으로부터 부여받은 능력이라고 믿고 있어요. 난 포기할 수 없어요."

"근거 없는 우연이고, 허무맹랑한 환상일 뿐이오."

다니엘은 한마디로 일축했다.

그의 비난이 나의 생각과 너무 비슷해서 차마 반박할 수가 없었다.

"상식적으로는 이해할 수 없어요. 디 선생은 내가 그를 위해 미래를 점쳐주기를 바라고 있어요. 그는 연금술사이고, 또……."

"그건 마법이오. 펠리페 왕자가 오면 존 디는 마법 행위로 재판을 받을 거요."

"아니에요. 그건 성스러운 일이에요. 그는 점을 치기 전과 치고 난 후에 기도를 해요. 거룩하고 영적인 일이구요."

"그래서 지금까지 뭘 알아냈는데요?"

그의 말투는 냉소적이었다.

나는 내가 이제껏 알아낸 모든 비밀들을 떠올렸다. '아이는 아이가 아니오, 처녀이나 여왕이 아니며, 여왕이나 처녀가 아니리라.' 그리고 로버트 경의 안전하고 빛나는 미래에 대해서도 떠올렸다.

"당신에게는 말할 수 없어요. 그건 내가 당신과 결혼할 수 없는 이유이기도 해요. 남편과 아내 사이에 비밀은 있을 수 없으니까요."

그는 분노의 탄성을 지르며 돌아섰다.

"허튼 수작은 그만 둬요. 당신은 당신 어머니와 아버지 앞에서 나와 결혼하고 싶은 마음이 없다고 말해서 날 모욕했어요. 여기까지

와서 그런 말도 안 되는 소리로 약속을 깨겠다는 거요? 그 얕은 꾀 덕분에 당신은 주어진 행복을 놓치고 불행을 자초하게 될 거요."

"내가 아무것도 아닌 존재가 되는데 어떻게 행복할 수 있어요? 나는 여왕 폐하의 총애를 받고 있고, 많은 급료를 받고 있어요. 뇌물도 받을 수 있고, 수백 파운드를 챙길 수도 있어요. 여왕 폐하의 신임도 얻고 있어요. 이 나라에서 가장 위대한 학자는 내가 신의 은총으로 미래를 예견하는 능력을 갖고 있다고 생각해요. 그런데도 내가 이 모든 것을 버리고 의사 견습생과 결혼해야 행복해질 수 있다는 건가요?"

그는 꼭 마주 잡고 있던 내 양손을 잡아 내 몸을 끌어당겼다. 그의 호흡도 나만큼이나 빨라져 있었다.

"그만해요."

그는 몹시 화가 나 있었다.

"그만하면 당신에게 모욕은 당할 만큼 당했다고 생각해요. 의사 견습생과 결혼하지 않아도 돼요. 로버트 더들리의 여자가 되든지 그의 가정교사와 점을 치든지 알아서 해요. 당신은 스스로 여왕의 친구라도 된다고 생각하는지 모르지만 사람들 눈에 당신은 그냥 광대일 뿐이오. 나를 버림으로써 당신은 많은 걸 잃게 될 거요. 당신을 사랑해줄 반듯한 남자 대신 아무나 마음 내키는 대로 건드릴 수 있는 싸구려가 되고 싶으면 그렇게 해요."

"그렇지 않아요!"

나는 그의 손아귀에서 손을 빼내려고 몸부림쳤다.

갑자기 그가 나를 자기 쪽으로 당기더니 내 허리를 끌어안았다. 그는 검은 머리를 숙여 입술을 내 입술 가까이 가져왔다. 그의 머리에서 나는 포마드 향기와 그의 뺨에서 솟아나는 열기가 느껴졌다. 나는 그가 이끄는 대로 입술을 맡겨 버리고 싶은 충동을 느꼈지만 억지로 몸을 움츠렸다.

"달리 사랑하는 남자가 있어요?"

그가 다그쳤다.

"아니요."

나는 거짓말을 했다.

"당신이 믿는 모든 걸 걸고 맹세할 수 있어요? 나와 결혼하는 데 아무런 장애가 없다고요?"

"아무런 장애도 없어요."

이 말은 진실이었다. 하늘에 맹세코 나를 원하는 사람은 아무도 없었으니까.

"정말 한 점 부끄러움이 없어요?"

그는 집요했다.

나도 모르게 감정이 격해져 그에게 침을 뱉을 뻔했다.

"물론이죠. 처녀성이 내 예지력에 중요한 역할을 한다고 했잖아요. 그래서 잃고 싶지 않다고."

나는 몸을 빼려고 했지만, 그는 팔에 더욱 힘을 주었다. 내 의지에도 불구하고, 내 몸은 그를 받아들이려 하고 있었다. 그의 강인한 팔과 내 몸을 압박하는 다리, 그의 체취, 그리고 이유는 설명할 수 없지만, 그와 있을 때 느껴지는 완벽한 안도감이 싫지 않았다. 나는 그에게 굴복하지 않기 위해 억지로 그에게서 떨어져야 했다. 나는 내가 그에게 매달리고 싶어한다는 것을 깨달았다. 그의 어깨에 머리를 기대고, 그에게 안겨 내가 안전하다는 것을 확실히 느끼고 싶었다. 그의 사랑을 받아들이고, 그를 사랑할 수만 있다면……

"잉글랜드에서 종교 재판이 시작되면, 우리는 떠나야 해요. 알고 있지요?"

그는 나를 더 꼭 끌어안았고, 그의 골반부위가 내 아랫배를 눌렀다.

나는 발뒤꿈치를 들고 그에게 몸을 기대려는 나를 억제해야 했다.

"알아요."

그의 목소리보다, 그의 몸이 내 온몸을 통해 느껴졌다.

"우리가 떠나게 되면, 당신은 내 아내로서 나와 함께 가야 해요. 그렇지 않으면 당신도 그렇고 당신 아버지를 안전하게 모시고 갈 수 없어요."

"알았어요."

"그럼 얘기는 끝난 거지요?"

"잉글랜드를 떠나게 되면, 당신과 결혼할게요."

"당신이 열여섯 살이 되면 그땐 무조건 결혼하는 거요."

나는 눈을 감고 고개를 끄덕였다. 내 입술에 그의 입술이 느껴졌고, 그의 키스가 모든 논쟁을 잠재우는 것 같았다.

그는 나를 풀어주었고, 나는 인쇄기에 몸을 기대고 자세를 가다듬었다. 그는 마치 내가 욕망으로 어지러움을 느끼는 것을 다 안다는 듯 빙그레 웃었다.

"로버트 경 말인데, 당신이 더 이상 그 사람과 일하지 않았으면 좋겠어요. 그는 반역죄가 입증되어 감옥에 갇혀 있어요. 그와 가까이 하면 당신과 우리 모두가 위험하게 돼요."

그의 눈빛이 어두웠다.

"그리고 그런 사람에게 내 정혼자를 맡기고 싶지 않아요."

"그 사람에게 나는 그냥 어린애이고 광대예요."

"당신은 어린애도 광대도 아니오. 그리고 나도 바보는 아니오. 당신은 그 사람에게 조금씩 끌리고 있어요, 한나. 난 용납할 수가 없어요."

그의 말투는 부드러웠다.

나는 뭐라고 반박하고 싶었지만 망설였다. 순간 나는 난생처음 느끼는 이상한 감정을 경험했다. 누군가에게 진실을 말하고 싶어졌던 것이다. 나는 한 번도 누군가에게 속마음을 털어놓고 싶어진 적이 없었다. 그때까지의 내 인생은 온통 거짓으로 점철되어 있었다. 기독교 국가의 유대인, 남자 옷을 입은 여자아이, 거룩한 광대의 옷을 입은 뜨거운 가슴의 여자였고 이제는 한 남자와 정혼했으면서 다른 남자를 사랑하는 여자였다.

"내가 사실대로 말하면, 나를 도와줄래요?"

내가 물었다.

"할 수 있는 한 뭐든 도울게요."

"다니엘, 당신이랑 이야기하는 건 꼭 바리새인과 거래하는 것 같아요."

"한나, 당신과 얘기하는 것은 꼭 갈릴리 호수의 물고기를 잡는 것 같아요. 사실대로 말하고 싶은 게 뭔데요?"

나는 돌아서려고 했지만 그가 나를 잡아 다시 끌어당겼다. 그의 몸이 나를 압박해 왔고 나는 그가 단단해져 있는 것을 느낄 수 있었다. 그리고 갑자기 깨달았다. 조금 더 나이가 들었더라면, 훨씬 더 빨리 깨달았을 것이다. 그것은 우리 둘 사이에 흐르는 욕망이었다. 그가 나를 원했고 나도 그를 원했다. 내가 할 일은 그에게 진실을 말하는 것이었다.

"다니엘, 이건 사실이에요. 나는 국왕이 서거할 걸 예언했고, 서거 일도 맞췄어요. 레이디 제인이 여왕의 자리에 오를 것도 미리 알았어요. 메리 공주가 여왕이 되리라는 것도 알았고, 그녀의 미래도 미리 엿볼 수 있었어요. 폐하의 미래는 불행하고, 그리고 잉글랜드의 미래도 불확실해요. 존 디 선생은 내가 미래를 내다보는 능력이 있대요. 그리고 그 능력은 어쩌면 내가 처녀이기 때문에 가질 수 있는 것이래요. 나는 그 능력을 지키고 싶어요. 그리고 당신과 결혼하고 싶어요. 나는 당신을 원해요. 그러면서도 로버트 경을 사랑하는 마음을 어쩔 수가 없고요. 이 모든 게 다 진실이에요."

나는 이마를 그의 가슴에 기대고 있었고, 그의 재킷 단추가 이마에 느껴졌다. 고개를 들면 내 이마에 그의 단추 자국이 찍혀 있을 것이고, 그러면 내 모습이 우스꽝스럽게 보일 거라는 생각에 불안해졌다. 그렇지만 나는 그에게서 몸을 떼지 않은 채 그가 갑자기 알게 된 수많은 진실에 대해 생각하도록 내버려두었다. 잠시 후 그는 나를 떼어놓더니 내 눈을 들여다보았다.

"그에 대한 사랑은 주인에 대한 순수한 감정이오?"

그는 내 눈이 그의 진지한 시선을 피하는 것을 보았다. 그리고 내 턱을 잡아 내 얼굴을 똑바로 쳐다보았다.

"말해요, 한나. 당신은 내 아내가 될 사람이오. 나는 알 권리가 있어요. 그 사랑에 불순한 감정은 없어요?"

입술이 떨리고 눈에는 눈물이 맺혔다.

"모든 게 엉망이에요."

나는 기어들어가는 목소리로 말했다.

"그 사람의 모든 걸 사랑해요……."

더 이상 말을 할 수가 없었다. 로버트 경의 매력을 다니엘에게 제대로 설명하기란 불가능했기 때문이다. 그의 외모, 그의 옷차림, 그의 재산, 그의 신발, 그의 말투, 모두 말로는 설명할 수가 없는 것들이었다.

"그는…… 근사해요."

나는 감히 다니엘의 눈을 똑바로 볼 수가 없었다.

"나는 그의 미래도 사랑해요. 그는 자유의 몸이 되어서, 위대한 사람이 될 거예요, 다니엘. 그는 왕자의 기운을 타고 났대요. 그런데 그런 사람이 지금 런던탑에 갇혀 있어요. 사형선고를 기다리면서요.

그 사람을 생각하면, 내 어머니가 생각나요. 형장으로 끌려 나갈 아침을 기다리는 그 사람처럼 내 어머니도……."

나는 더는 말을 잇지 못하고 고개를 저었다.

"내 어머니처럼 그 사람도 갇혀 있어요. 내 어머니처럼 그도 곧 죽게 될 거예요. 그래요, 난 그 사람을 사랑해요."

그는 잠시 동안 나를 안고 있더니, 나를 차갑게 밀어냈다. 조용한 인쇄실의 차가운 공기가 우리 두 사람 사이에 흐르는 것 같았다.

"그 사람은 당신 어머니가 아니오. 믿음 때문에 거기에 갇혀 있는 것도 아니고. 그 사람은 종교 재판을 받는 게 아니라 당신이 자비롭고 현명하다고 자랑하는 여왕의 심판을 받고 있어요. 음모를 꾸미고 반란을 획책한 남자를 어떻게 사랑할 수 있어요? 그는 제인을 왕위에 앉히고 당신이 사랑한다는 그 여왕의 목을 쳤을 거요. 그는 올바른 남자가 아니오."

그가 조용히 말했다.

나는 뭐라고 말하려고 했지만 할 말이 없었다.

"당신은 여러 가지로 그와 연관되어 있어요. 그의 무리, 그의 반역 음모, 게다가 그에게 불순한 감정까지 품고 있어요. 그걸 사랑이라고 부르지는 않겠어요. 당신의 감정이 어린 소녀가 품은 동경 이상이라고 조금이라도 의심하게 되면 나는 여기를 나가서 당신 아버지에게 정혼을 파기하겠다고 말해야 하니까요. 하지만 이것만은 알아 둬요. 당신이 본 로버트 더들리의 미래가 어떻든, 그를 돕는 건 당장 그만둬요. 존 디와도 가까이 하지 말고, 당신의 그 예지력이라는 것도 포기해요. 여왕을 모시는 것도 당신이 열여섯이 될 때까지만이오. 그 사이에도 모든 언행에 있어서 내 정혼자로서의 역할에 충실해야 해요. 18개월 후에 당신이 열여섯 살이 되면 우리는 결혼할 거요. 그리고 당신은 궁을 나와야 해요."

"18개월이라고요?"

내 목소리는 가라앉아 있었다.

그는 내 손을 잡아 입으로 가져가더니 엄지손가락 아래의 도톰한 부분을 깨물었다. 떠돌이 장사꾼이나 시장 바닥에서 손님을 끌어 모으는 점쟁이들은 이 부분이 부풀어 올랐나를 보고 여성의 성적 성숙도를 점친다고 했다.

"18개월. 안 그러면, 다른 여자를 아내로 맞을 거요. 예언자든, 반역자든, 여왕이든 그들 때문에 당신의 앞날이 어떻게 되든 상관하지 않을 거요."

그는 무덤덤하게 말했다.

* * *

추운 겨울이었다. 크리스마스도 사람들에게 즐거움을 주지는 못했다. 여왕에게는 하루가 멀다 하고 사소한 불평들과 봉기 소식이 새롭게 들려왔다. 매번 들려오는 소식은 그다지 신경 쓸 필요 없는 소요에 관한 것들이었다. 스페인 대사에게 눈 뭉치를 던지거나, 교회 통로에 고양이를 던져 놓거나, 교회 묘지에서 종말을 예언하는 것 등이었다. 개개의 사건들로 보면 지방의 사제들이나 귀족들을 위협할 만한 수준은 아니었지만, 연이어 일어나는 사태는 소요가 확산되고 있다는 부인할 수 없는 증거였다.

여왕은 화이트홀 궁에서 크리스마스를 보냈고, 연회를 관장할 진행자를 임명하여 전통적인 방식으로 크리스마스 분위기를 만들도록 명했지만 그다지 효과가 없었다. 크리스마스 연회에 빈자리들이 속속 드러났으며 그들은 저마다 사연이 있었다. 엘리자베스 공주는 여왕을 알현조차 하지 않고 북로에 있는 자신의 애쉬릿지 성에 머물렀다. 여차하면 런던으로 진격해 오기 딱 좋은 위치였다. 여왕의 자문 위원들 가운데 대여섯 명은 이유 없이 모습을 감췄다. 프랑스 대사 는 크리스마스 기간에 누구보다도 바빴다. 왕위를 둘러싸고 뭔가 심 상치 않은 일이 벌어지고 있음을 여왕도 우리도 모두 알고 있었다.

대법관, 가디너 주교, 스페인 대사는 여왕에게 런던탑으로 옮겨 전 시태세를 갖추거나 런던을 떠나, 윈저성을 포위 공격하거나 어떤 돌 발적인 비상사태에 대비해야 한다고 조언했다. 하지만 여왕과 내가 마부 한 사람만 데리고 잉글랜드를 떠돌 때 그녀의 얼굴에 나타났던 결연한 의지가 다시 돌아왔다. 여왕은 즉위 후 처음 맞는 크리스마 스에 궁을 버리고 달아나는 일은 절대로 없을 것이라고 다짐했다. 즉위 후 석 달도 되지 않아 제인 그레이의 전철을 밟을 것인가? 자신 과 몇 안 되는 신하들을 이끌고 런던탑에 칩거한 채, 자신보다 높은 인기를 누리는 공주가 군대를 소집하여 런던으로 진격준비를 하도 록 내버려 둘 것인가? 메리 여왕은 크리스마스부터 부활절까지 화이 트홀을 떠나지 않을 것이며, 자신의 패배에 대한 어떠한 소문에도 굴복하지 않을 것이라고 선언했다.

"정말 우울한 크리스마스지, 한나? 이 크리스마스를 평생 기다렸 는데, 사람들은 즐기는 법을 잊은 것 같구나."

여왕이 서글픈 어조로 말했다.

우리는 여왕의 방에서 쓸쓸히 크리스마스를 보냈다. 제인 도머는 퇴창에 앉아 저물어 가는 음울한 오후의 햇빛을 도와 바느질을 하고 있었다. 시녀 한 사람은 류트로 구슬픈 음악을 연주했고, 다른 사람 은 수실을 펼쳐 놓고 실타래에서 실을 뽑아 감고 있었다. 전혀 흥이 나지 않았다. 마치 결혼이 아니라 죽음을 목전에 둔 여왕의 궁정 같 았다.

"내년에는 상황이 나아지겠지요. 폐하께서 결혼하시고 펠리페 왕자님이 오실 테니까요."

펠리페의 이름만 들어도 여왕의 파리한 얼굴은 홍조를 띠었다.

"쉿. 그 사람에게서 그런 걸 바라면 안 돼. 펠리페 왕자는 다른 왕국들을 돌보느라 여기에 머무를 시간이 많지 않을 테니까. 그는 세계에서 가장 거대한 제국을 다스리게 될 거잖아"

여왕은 눈을 반짝였다.

"예. 스페인은 정말 강대한 제국이지요."

나는 화형장의 불길을 떠올리며 대답했다.

"그래, 너도 알겠구나. 이제부터 스페인어로만 말해야 해, 스페인어 악센트를 연습해야 하거든. 지금부터 스페인어를 쓰자."

여왕은 내가 스페인 출신임을 떠올렸다.

제인 도머가 고개를 들고 소리 내어 웃었다.

"아이고, 그럼 우리도 모두 조만간 스페인어로 말해야 하겠네요."

"그 사람은 그런 걸 강요하지 않을 거야."

여왕은 혹시 자신의 개인 공간인 이 방 안에도 첩자가 있을지도 모른다는 생각에 얼른 변명했다.

"잉글랜드의 이익을 위해 최선을 다할 테니까."

"지당하신 말씀이세요. 농담이었습니다, 폐하."

제인이 여왕을 안심시키려는 듯 말했다.

여왕은 고개를 끄덕였지만, 얼굴의 주름은 사라지지 않았다.

"엘리자베스에게 편지를 써서 궁으로 돌아오라고 했다. 크리스마스 연회에 맞춰 돌아와야 해. 그 애를 떠나게 내버려두는 것이 아니었어."

"공주님이 돌아온다고 해서 분위기가 나아지지는 않을 것 같은걸요."

제인이 대수롭지 않게 말했다.

"와서 분위기를 밝게 만들라는 것이 아니야. 그 애의 행방을 파악하고 있어야 안심이 된단 말이야."

여왕의 말투가 날카로웠다.

"그냥 두고 보시는 것이 어떨까요? 어쩌면 너무 몸이 아파서 오지 못할지도……."

"정말 아프다면 그래야겠지. 하지만 그렇게 아픈 아이가 애쉬릿지에서 도닝턴 성으로 옮긴 이유는 뭘까? 여행도 못 할 정도로 아픈 아이가 편안히 간호를 받을 수 있는 런던을 놔두고 잉글랜드 한복판에, 포위 공격에 가장 이상적인 성에는 왜 갔을까?"

모두들 눈치를 보며 말을 아꼈다.

"온 나라의 관심이 펠리페 왕자님께로 쏠릴 거예요. 그러면 모든 근심도 사라지게 될 거고요."

제인 도머가 부드럽게 위로했다.

갑자기 문밖의 경비병이 긴박하게 문을 두드리더니, 문이 활짝 열렸다. 갑작스러운 소음에 놀란 나는 재빨리 자리에서 일어났다. 가슴이 세차게 뛰었다. 문가에는 전령이 서 있었고, 그 옆에는 대법관과 전투 경험이 많은 토머스 하워드 노퍽 공작이 서 있었다. 모두 굳은 표정이었다.

나는 여왕의 뒤에 숨기라도 하려는 듯 뒤로 물러섰다. 한순간, 그들이 나를 잡으러 온 것이 틀림없다고 직감했다. 그들이 마침내 내 정체를 알아 버렸고, 유대인 이교도를 잡아들이러 영장을 가지고 온 것이라고 믿었다.

하지만 나는 곧 그들이 내 쪽을 전혀 보고 있지 않다는 것을 깨달았다. 그들은 입을 굳게 다물고 냉혹한 표정으로 여왕을 보고 있었다.

"저런, 안 돼."

내가 중얼거렸다.

여왕은 아마 최후의 순간이 왔다고 생각했던 것 같다. 그녀는 자리에서 천천히 일어나 굳어진 얼굴들을 하나하나 차례로 바라보았다. 노퍽 공작이 순식간에 돌변했고, 추밀원이 재빨리 음모를 꾸몄을 것이다. 전에도 그런 식으로 제인을 몰아냈으니, 이번에는 메리 여왕의 차례였다. 하지만 여왕은 안색 하나 변하지 않았고, 마치 식사 초대를 하러 온 손님을 맞듯 의연한 태도를 잃지 않았다. 그 순간 나는 여왕의 용기와, 두려움을 드러내지 않는 여왕다운 극도의 강인함에 빠져들었다.

"무슨 일들이시오, 경들? 다들 표정이 굳어 있는 것을 보니 내가 바라는 좋은 소식은 아닌 듯하오."

노퍽 공 일행이 방 한가운데까지 들어와 여왕을 매섭게 바라보는데도, 여왕의 쾌활한 목소리에는 아무 동요도 느껴지지 않았다.

"폐하, 나쁜 소식입니다."

가디너 주교가 침착하게 말했다.

"반란군이 이리로 진격해 오고 있습니다. 저의 젊은 친구 에드워드 코트니가 다행히 제게 고백하고 폐하의 자비를 구하고 있습니다."

여왕이 머릿속으로 재빨리 사태를 파악하는 동안, 그녀의 시선이 한쪽으로 쏠렸다. 하지만 미소 띤 표정에는 여전히 변화가 없었다.

"에드워드가 뭐라고 하던가요?"

"런던으로 진격하여 폐하를 런던탑에 가두고, 엘리자베스 공주를 폐하 대신 옹립하려는 기도가 진행 중이라고 했습니다. 반란을 주도한 무리들의 이름도 알아냈습니다. 윌리엄 피커링 경, 데본의 피터 커루 경, 켄트의 토머스 와이어트 경, 제임스 크로프츠 경입니다."

여왕의 얼굴에 처음으로 동요의 빛이 떠올랐다.

"피터 커루, 지난 가을 내가 위기에 처했을 때 나를 도와준 인물이

아닌가? 데본에서 나를 위해 군사를 일으켰던?'

"그렇습니다."

"제임스 크로프츠 경은 내 절친한 친구였는데?"

"그렇습니다, 폐하."

나는 여왕 뒤에 계속 숨어 있었다. 모두 로버트 경이 존 디에게 전하라고 내게 일러준 이름들이었다. 물질들을 화합하여 은을 금으로 대신할 사람들이었다. 그때야 나는 로버트 경의 말이 무슨 뜻인지 이해할 수 있을 것 같았다. 그의 비유 속에서 은은 누구이고, 금은 누구인지도 분명해지는 것 같았다. 내가 또다시 여왕을 배신했던 것이다. 여왕의 녹을 받고 있는 내가. 아마 머지않아 그 음모의 촉매 역할을 한 것이 누군지도 밝혀질 것이다.

여왕은 숨을 크게 들이쉬더니 자세를 가다듬었다.

"다른 사람들은 없소?"

가디너 주교가 나를 보았다. 나는 그의 시선을 피해 흠칫 뒷걸음질 쳤다. 하지만 그의 시선은 그대로 나를 지나쳤다. 나는 보이지도 않는 듯, 그는 여왕에게 최악의 소식을 전했다.

"서퍽 공작이 쉰의 자택에서 사라졌습니다. 아무도 그가 어디로 갔는지 모릅니다."

창가에 앉아 있던 제인 도머가 흠칫했다. 서퍽 공작이 없어졌다면 이유는 하나밖에 없었다. 수백 명의 소작인들과 가신들로 병력을 일으켜 자신의 딸 제인을 다시 옹립하려는 것이었다. 여왕은 이제 엘리자베스 공주를 내세운 봉기와 제인을 옹립하려는 반란군에 동시에 맞서야 했다. 두 사람의 이름이면 이 나라의 반은 들고 일어날 것이다. 여왕이 보여 준 용기와 확고한 의지가 물거품이 되어버릴지도 모르는 순간이었다.

"엘리자베스 공주는 어디에 있소? 공주도 이 사실을 알고 있소?

그 애는 아직 애쉬릿지에 있나?"

"코트니 말로는 공주님이 그와 결혼하려 했다고 합니다. 두 사람은 폐하의 왕위를 찬탈하고 함께 이 나라를 통치하려 했습니다. 다행히 코트니가 무모한 짓을 하지 않고 너무 늦지 않게 우리에게 와 주었습니다. 공주님은 모든 걸 알고 만반의 태세를 갖추고 계십니다. 프랑스 왕이 엘리자베스 공주의 왕위 계승을 지지할 것이며, 공주님을 돕기 위해 군대를 보낼 것입니다. 아마 지금쯤 반란군을 진두지휘하러 가는 중일지도 모르지요."

나는 여왕의 얼굴에서 핏기가 사라지는 것을 보았다.

"확실하오? 내 동생 엘리자베스가 나를 죽이러 오고 있다는 것이?"

"그렇습니다. 반란에 깊이 관여하고 있습니다."

노펙 공작이 잘라 말했다.

"코트니가 이제라도 우리에게 알려 와서 정말 다행입니다."

주교가 끼어들었다.

"아직 안전하게 피신할 시간은 있습니다."

"코트니가 그런 일을 꾸미지 않을 정도의 상식이 있는 자였다면 더 다행일 뻔했군."

여왕이 쌀쌀맞게 쏘아붙였다.

"그대의 젊은 친구는 바보로군. 그것도 나약하고 불충한 바보야."

여왕은 주교가 대꾸할 틈도 주지 않고 말했다.

"그래, 이젠 어떻게 해야 하오?"

노펙 공작이 앞으로 나섰다.

"프램링햄으로 즉시 가셔야 합니다, 폐하. 폐하를 스페인으로 모실 군함을 대기해 놓겠습니다. 싸워서 이기실 수 없는 전쟁입니다. 스페인에서 일단 안전을 돌보신 다음 다시 반격을 도모하심이. 어쩌면 펠리페 왕자가……."

여왕이 의자 등받이를 꽉 움켜쥐었다.

"프램링햄에서 런던으로 입성한 지 불과 육 개월이오. 백성들은 나를 여왕으로 받들었소."

"그들은 노섬벌랜드 공작과 그가 내세운 허수아비 여왕 제인 대신 폐하를 선택한 것입니다."

노퍽 공작이 잔인하게 기억을 되살렸다.

"엘리자베스 공주님보다 폐하를 선호했던 것은 아니지요. 백성들은 신교와 신교도 공주를 원합니다. 신교를 위해서 죽음도 무릅쓸 자들입니다. 폐하께서 스페인의 펠리페 왕자를 끌어들이도록 내버려두지 않을 겁니다."

"런던을 떠나지 않을 것이오. 어머니가 나를 위해 지켜낸 왕위를 평생 기다렸소. 이제 와서 포기할 수는 없소."

"폐하께는 선택의 여지가 없습니다. 며칠 후면 반란군이 런던에 입성할 것입니다."

공작이 경고했다.

"그때까지 기다리겠소."

"폐하, 윈저성으로라도 일단 피하시는 것이……."

이번에는 주교가 말했다.

여왕은 주교 쪽으로 돌아섰다.

"윈저도, 런던탑도 어디로도 안 갈 것이오! 나는 잉글랜드의 여왕이고 사람들이 나를 더 이상 잉글랜드의 여왕으로서 원하지 않는다고 할 때까지는 여기가 내 자리요. 내게 떠나라고 하지 마시오. 궁을 버리는 것은 생각조차 할 수 없소."

주교는 여왕의 기세에 눌렸다.

"뜻대로 하십시오, 폐하. 하지만 어수선한 시절이니 폐하의 목숨이 위태로울 수도······."

"시절은 어수선할지 모르나, 내 뜻은 확고하오."

여왕은 강하게 몰아붙였다.

"왕위뿐 아니라 생명을 건 도박입니다."

노퍽 공작은 거의 여왕에게 고함치다시피 했다.

"알고 있소!"

여왕도 지지 않았다.

공작이 크게 숨을 들이마시더니 말했다.

"왕실 수비대와 런던의 훈련받은 병력을 소집하여 켄트에서 와이어트를 진압하도록 하명해 주십시오."

"좋소. 하지만 도시를 포위하거나 마을을 약탈해서는 안 되오."

"그런 작전은 불가합니다! 전투에서 전장을 보존할 수는 없습니다."

공작이 반발했다.

"명령이오. 내 땅의 밀밭이 내전에 짓밟히게 할 수는 없소. 특히 지금은 식량이 부족한 시기요. 해충을 박멸하듯 반란군을 진압하시오. 무고한 양민들이 다쳐서는 안 되오."

여왕은 냉혹하게 말했다.

그는 뭐라고 반박하려고 하는 듯했다. 그러자 여왕이 공작에게로 몸을 숙였다.

"나를 믿으시오."

여왕은 간곡하게 말했다.

"나는 알고 있소. 나는 처녀 여왕이오. 백성들은 내 자식이나 다름없소. 내가 그들을 사랑하고 보호한다는 것을 그들에게 보여 주어야 하오. 백성들의 피가 뿌려진 땅에서 결혼식을 올릴 수는 없단 말이오. 작전은 평화적으로, 그러나 확실하게 수행되어야 하오. 기회는 한 번뿐이오. 할 수 있겠소?"

공작은 고개를 저었다.

"안 됩니다. 그런 작전은 아무도 성공할 수 없습니다. 반란군은 수백, 수천에 달합니다. 그들을 설득할 방법은 오직 하나, 힘입니다. 교차로의 교수대와 창에 꽂힌 반역자의 머리만이 그들을 진압할 수 있습니다. 자비만으로는 잉글랜드를 다스릴 수 없습니다, 폐하."

그는 빈말로 시간을 낭비하려 하지 않았다.

"그건 그대의 오해요. 나는 기적의 힘으로 왕위에 올랐고, 하느님은 그 뜻을 바꾸지 않으시오. 우리는 하느님의 사랑으로 그자들의 마음을 되돌릴 수 있소. 그 일은 내 명령대로 그대가 수행해야 하오. 신의 뜻대로 작전을 수행하지 않는다면, 하느님의 기적은 이루어질 수 없소."

여왕도 물러서지 않고 팽팽하게 맞섰다.

공작은 뭐라고 대꾸하려고 했다.

"그것이 내 명령이오."

여왕은 잘라 말했다.

공작은 어깨를 으쓱하더니 고개를 숙였다.

"분부대로 실행하겠습니다. 결과에 대해서는 장담할 수 없습니다."

여왕은 공작의 머리 너머로 나를 보았다. 여왕은 나의 의견을 묻기라도 하듯 기묘한 표정을 지었다. 나는 가볍게 고개를 숙였다. 내가 느끼는 엄청난 불안감을 여왕에게 들키고 싶지 않았다.

1553년~1554년 겨울

　나는 그때 여왕에게 경고하지 않은 것을 후회하게 되었다. 노퍽 공은 소년 도제(徒弟)들과 여왕의 근위대를 소집하여 켄트로 진격해 와이어트의 병력과 맞서 싸웠다. 치밀한 계획 하에 진행된 전투여서 켄트인들은 하루면 격파될 것 같았다. 하지만 여왕의 군대가 와이어트의 반란군과 맞닥뜨린 순간, 그들은 켄트인들의 얼굴에 나타난 정직함과 결연한 의지에 감화되었다. 결국 여왕을 보호하겠다고 나선 군대는 모자를 벗어 공중에 던지며 외쳤다.

　"우리는 모두 형제다!"

　단 한 발의 포성도 들리지 않았다. 양쪽 군사들은 서로를 껴안고 형제애를 다졌으며, 지휘관과 여왕에 대항하여 뭉쳤다. 공작은 자신의 목숨을 위해 필사적으로 달아났고, 런던으로 줄행랑을 쳤다. 결국 와이어트의 오합지졸에 훈련된 병력을 보충해 준 꼴이 되었다. 그 결과 반란군은 더 빠른 속도로, 전보다 더 굳건해진 전의로 무장한 채 런던으로 진격해 오고 있었다.

　메드웨이 강에 정박해 있던 전함의 수병들은 여왕의 명령을 어기고 한마음으로 와이어트 편에 합류했다. 언제나 여론을 선도해 온 강력한 세력이었던 그들은 스페인에 대한 적개심과 신교도 여왕을 옹립하고자 하는 결의로 똘똘 뭉쳤다. 그들이 배와 무기고에서 훔친 소총뿐 아니라, 그들의 숙련된 전투력까지 반란군에게 넘어갔다.

프램링햄에서 야머스로부터 온 수병들의 지원을 받고 전세가 얼마나 순식간에 우리에게 유리한 방향으로 역전되었는지 아직도 그때를 기억하고 있다. 당시 수병들이 육지로 올라와 우리를 돕겠다고 나섰을 때, 그것은 백성들에 의한 전투였고, 백성들이 힘을 합치면 어떤 막강한 군대가 와도 막을 수 없다는 것을 우리는 알고 있었다. 이제 그들이 다시 뭉쳤다. 그러나 이번에는 우리에게 총구를 겨누고 있었다.

여왕이 메드웨이 사태에 관한 소식을 들었을 때, 나는 그녀가 패배를 인정할 것이라고 생각했다.

여왕의 자문위원회는 그 수가 매우 줄어든 채 퀴퀴한 죽음의 냄새가 감도는 방에 모여 앉아 있었다.

"자문위원들의 반은 자신의 영지로 돌아갔어. 지금쯤 안전을 조금이라도 더 보장받으려고 엘리자베스에게 편지를 쓰고 있겠지. 이기는 쪽에 붙으려고 말이야."

여왕은 빈 자리들을 둘러보며 제인 도머에게 말했다.

여왕을 성가시게 하는 조언들이 빗발쳤다. 궁에 남아 있던 사람들은 결혼을 취소하고 신교도의 왕자를 신랑감으로 맞아야 한다는 파와, 스페인에게 원군을 요청해 반란군들의 씨를 말려야 한다고 주장하는 파로 나뉘었다.

"그래, 나는 무능한 여왕이라고 만천하에 알리란 말이군?"

여왕이 내뱉었다.

토머스 와이어트의 군대는 런던으로 진격하는 도중 도처에서 합류한 지원병들로 규모가 점점 불어나고 있었다. 사기가 충천한 반란군들이 템스 강 남쪽 기슭에 이르렀을 때, 런던 브리지는 적의 접근을 막으려고 올려져 있었고, 런던탑의 포문은 적들이 진격해 오는 남쪽을 향하고 있었다.

"발포해서는 안 되오."

여왕이 못을 박았다.

"폐하, 신의 가호로……."

여왕은 고개를 저었다.

"서더크에는 새로이 여왕이 된 나를 환호해준 백성들이 있소. 그들을 향해 발포할 수는 없소. 런던시민들을 향해 포문을 열지는 않을 것이오."

"반란군은 지금 사정거리 내에 진을 치고 있습니다. 지금 발포하면 대포 한 방에 적을 쓸어버릴 수 있습니다."

"우리가 군대를 소집하여 그들을 몰아낼 수 있을 때까지 내버려두시오."

"폐하, 군대는 없습니다. 아무도 폐하를 위해 싸워주지 않을 것입니다."

여왕의 얼굴은 창백했지만 한 치의 흔들림도 없었다.

"아직은 그렇지."

여왕은 '아직은' 이라는 말에 힘을 주었다.

"하지만 런던의 훌륭한 시민들이 나를 위해 싸워 줄 것이오."

자문위원회의 충고에도, 템스 강 기슭에 진영을 치고 날로 강대해져 가는 반란군의 막강한 세력에도 아랑곳하지 않고, 여왕은 성대한 대례복 차림으로 시청 청사에 나가 시장과 런던시민들 앞에 섰다. 제인 도머를 비롯한 시녀들과 나는 가능한 위엄 있고 당당하게 차려입고 그 뒤를 따랐다. 비록 재앙이 임박했음을 모두 알고 있었지만.

"자네는 뭐 하러 가나? 여왕 뒤를 따라다니며 어릿광대짓을 할 사람이라면 벌써 차고 넘치는걸."

자문단의 늙은 위원 하나가 나를 콕 집어 말했다.

"저는 거룩한 광대예요. 순결한 존재라고요."

나는 지지 않고 맞섰다.

"순수한 영혼은 눈을 씻고 봐도 없는걸요. 나리도 다를 바 없는 것 같고요."

"여기 남아 있는 것 자체가 어리석은 광대 짓이지."

그가 씁쓸하게 말했다.

여왕의 자문위원단과 시녀들 가운데 런던을 살아 빠져나갈 수 있을지 모른다는 일말의 희망을 갖고 있는 사람은 나와 제인 도머뿐이었다. 제인과 나는 프램링햄에서의 여왕을 보았고, 불가능을 가능케 하는 그녀의 힘을 알고 있었다. 우리는 여왕의 검은 눈에 어린 날카로움과 그녀의 태도에 어린 긍지를 느낄 수 있었다. 시청으로 나서기 전 여왕은 자그마한 검은 머리에 왕관을 쓰고 거울속의 자신을 바라보며 웃었다. 승산이 없는 싸움을 앞두고 두려움에 떠는 모습은 어디에도 없었다. 마치 자신의 인생을 한 판의 퀴이츠(고리 던지기) 게임이라고 생각하는 듯했다. 여왕은 자신이 믿는 신과 함께 재앙에 당당히 맞설 때 가장 위대해 보였다. 적이 런던의 바로 코앞까지 진격해 온 마당에 어떤 여왕이 그녀보다 더 당당할 수 있을 것인가.

하지만 그녀가 보여 준 용기에도 불구하고, 나는 두려웠다. 나는 참혹하게 죽어가는 수많은 사람들을 보았었고, 화형대에서 피어오르는 연기냄새를 맡았었다. 여왕의 시녀들 몇 명과 더불어 나는 죽음이 무엇인지 알고 있었다.

"한나, 나와 같이 가겠니?"

여왕은 시청으로 들어가는 계단을 오르며 내게 상냥하게 물었다.

"물론입니다, 폐하."

나는 얼어붙은 입술로 대답했다.

시청에는 여왕을 위한 왕좌가 마련되어 있었고, 런던시민의 반은 모여 있는 것 같았다. 그들은 순전히 호기심에서, 대체 여왕이 목숨을 구하기 위해 어떤 주장을 펼지 궁금해서 모여 있는 것 같았다.

여왕이 군중 앞에 섰다. 육중한 황금 관과 무거운 대례복이 그녀의 작은 체구를 압도하는 가운데, 나는 잠시 여왕이 시민들에게 믿음을 주지 못할 것 같다는 생각을 했다. 여왕은 지나치게 연약해 보였고, 남편의 지배를 받는 평범하고 신뢰할 수 없는 여자로 보였다.

여왕은 입을 열었지만, 아무 소리도 나오지 않았다.

"제발, 말씀하세요."

나는 두려움 때문에 여왕의 목소리가 제대로 나오지 않는 것이라고 생각했다. 나는 와이어트가 시청으로 들어와 엘리자베스 공주에게 왕위를 바치려면 지금이 적시라고 생각했다. 여왕은 자신을 방어할 수 없을 것 같았기 때문이다. 하지만 그 순간, 여왕의 목소리가 터져 나왔다. 한 마디 한 마디가 우렁찬 외침 같았지만, 동시에 또렷하고 편안한 말소리는 마치 크리스마스 날 듣는 성가대의 노랫소리 같았다.

여왕은 시민들에게 모든 것을 가능한 간결하게 이야기했다. 여왕은 자신이 왕위를 물려받기까지의 사연을 이야기했다. 자신이 왕의 딸이며, 아버지의 권력은 그녀의 것임을 주장했고, 시민들의 충성을 호소했다. 여왕은 시민들에게 자식이 없는 처녀왕으로서 어머니가 자식을 사랑하는 마음으로 백성들을 사랑한다고, 그들의 군주로서 백성들을 아낀다고 말했다. 또한 그들을 향한 사랑이 너무나 크나큰 나머지 백성들도 그녀를 사랑해 줄 것을 믿어 의심치 않는다고 말했다.

여왕의 흡인력은 대단했다. 언제나 병약하고, 핍박받고, 사실상의 연금 상태에서 고독하게 살아오다가 처음으로 지배자의 자리에 오른 우리의 메리 여왕이 사람들 앞에 서 있었다. 그녀가 뿜어내는 열정은 사람들의 마음에 불을 붙였고, 마침내 모두들 그녀와 하나가 되었다.

여왕은 시민들에게 자신의 결혼은 백성들의 안녕을 위한 것이며, 단지 이 나라가 필요로 하는 후계자를 얻기 위한 것일 뿐이라고 맹세했다. 만약 백성들이 결혼은 최선의 방법이 아니라고 한다면, 그녀는 평생 그들을 위해 처녀왕으로 살다가 죽을 것이라고도 했다. 자신은 백성들을 위한 여왕이며, 남자는 그녀의 인생에 아무런 의미가 없다고 시민들을 설득했다. 중요한 것은 그녀가 물려받은 왕위와, 그 왕위를 물려줄 그녀의 아들을 얻는 것이라고 말했다. 그보다 더 중요한 것은 아무것도 없으며 결혼을 함에 있어서, 그리고 다른 모든 사안에 있어서, 여왕은 백성들의 뜻을 따를 것을 약속했다. 그녀는 여왕으로서 홀로 백성들을 다스릴 것이며, 그 약속은 결혼을 하건 안 하건 상관없이 지킬 것이라고 말했다. 여왕은 백성들의 군주이며, 백성들은 여왕의 신하이고 그 어떤 것도 그 둘의 관계를 변화시키지는 못할 것이라고 말했다.

사람들의 얼굴에 미소가 떠올랐고, 사람들은 고개를 끄덕이기 시작했다. 그들이 원하는 것은 사랑받는 여왕, 이 세상이 질서정연하게 돌아가고, 여성도 자신의 욕망을 억제할 수 있으며, 이 나라는 안전하다는 믿음, 그리고 하루아침에 모든 것이 변하지 않으리라는 안도감이었다.

여왕은 백성들이 자신을 진심으로 대한다면, 자신도 백성들을 진심으로 대할 것이라고 맹세하고, 마치 모든 것이 하나의 게임이라는 듯 빙그레 웃었다. 내게 익숙한 웃음과 어조였다. 프램링햄에서 여왕은 똑같은 웃음과 똑같은 어조로 말했었다. 저 막강한 적에 대항해 싸우지 못할 이유가 어디 있냐고, 자신의 왕위를 위해 싸우지 못할 이유가 어디 있냐고 자문하던 그때 그대로였다. 그리고 이제, 다시 한 번 그녀를 향한 막강한 적의 공세가 시작되었다. 백성들의 지지를 받는 군대가 서더크에 진을 치고 있으며, 백성들이 사랑하는 공주가 여왕을 치기 위해 달려오고 있었다. 유럽 최강의 군대가 소집되었고, 그 어디에도 여왕의 동지는 없었다. 무거운 왕관을 쓴 여왕의 머리가 뒤로 젖혀지면서 다이아몬드에 반사된 빛이 곳곳에 화살처럼 퍼졌다. 여왕은 운집한 런던시민들을 향해 웃었다. 마치 그들 하나하나가 자신을 숭배하기라도 하듯. 바로 그 순간, 사람들은 정말로 여왕을 숭배했다.

"자, 나의 충성스러운 백성들이여, 그대들의 마음을 드높이고, 저 흉악한 폭도들에 맞서 용감하게 나서시오. 아무것도 두려워하지 마시오. 나 또한 그들이 전혀 두렵지 않으니!"

여왕의 힘은 놀라웠다. 사람들은 모두 모자를 벗어 하늘로 던졌고, 마치 성모마리아가 강림한 듯 여왕을 환호했다. 그들은 밖으로 달려나가, 미처 시청에 입장하지 못한 사람들에게 그들이 들은 대로 전했다. 마침내, 온 런던 시내가 백성들이 자신을 사랑해 준다면, 자신도 그들을 어머니처럼 보살피고, 군주로서 보호하며, 백성의 뜻에 따라 결혼 여부를 결정하겠다는 여왕의 약속에 열광했다.

런던은 메리 여왕에 대한 애정으로 흥분했다. 남자들은 폭도들에 대항해 싸우겠다고 나섰고, 여자들은 자신들이 가지고 있는 가장 좋은 리넨 천을 찢어 붕대를 만들고, 자원병들의 배낭에 싸 줄 빵을 구웠다. 수백, 수천의 장정들이 자원했고, 전투는 이미 여왕의 승리였다. 와이어트의 군대가 자원병들에게 밀려 패배하기 며칠 전, 바로 그날 오후, 메리 여왕이 사람들 앞에 당당히 서서 머리를 높이 치켜들고, 처녀왕으로서 백성들에게 베풀 애정의 대가로 그들의 애정을 호소했을 때 모든 것은 이미 끝나 있었다.

* * *

　다시 한 번, 여왕은 왕위를 얻는 것보다 그것을 지키는 것이 더 어렵다는 교훈을 얻었다. 반란 이후 며칠 동안 여왕은 자신에게 대항했다가, 극적으로 진압된 폭도들을 어떻게 해야 할지에 대한 문제로 고민하면서 자신의 양심과 싸웠다. 신은 분명 그녀의 왕위를 지켜주었지만, 신이 언제까지 그녀의 편일 수는 없었다. 여왕은 스스로를 보호할 방책을 강구해야 했다.

　주변에서는 모두 입을 모아 말썽을 일으키는 무리들을 모조리 잡아들여, 반역죄를 묻고, 처형해야 한다고 조언했다. 아무리 마음씨 고운 여왕이라도 더 이상 자비만을 베풀어서는 안 된다는 것이었다. 과거, 제인 그레이와 더들리 형제를 죽이지 않고 런던탑에 가두어 두기로 한 여왕의 결정을 환영했던 사람들도 이제는 끝장을 보아야 한다고, 반역자들을 처형해야 한다고 목소리를 높였다. 제인 그레이가 폭도들을 선동한 것이 아니라고 해서 달라질 것은 없었다. 과거에 그녀를 왕위에 올렸던 폭도들도 그녀의 의지와 무관하게 움직였었다. 그들이 그녀의 머리에 왕관을 씌우려고 했던 만큼, 이제 그녀의 목을 베어 본보기로 삼아야 했다.

　"제인 그레이가 성공했다면, 폐하를 살려 두지 않았을 것입니다."

　조언자들은 여왕에게 넌지시 말했다.

　"그 애는 겨우 열여섯이오."

　여왕은 지끈지끈 아파오는 관자놀이를 손가락으로 누르며 말했다.

　"제인 그레이의 아비는 그녀를 옹립하기 위해 폭동에 가담했습니다. 다른 무리들은 엘리자베스 공주를 옹립하려 했습니다. 이 두 여인이야말로 폐하에게 가장 치명적인 존재들입니다. 그들은 태어날 때부터 폐하의 적들이었습니다. 그들의 존재 자체가 폐하의 생명을 끊임없이 위협할 것입니다. 둘 다 없애버려야 합니다."

여왕은 신 앞에 무릎을 꿇었다.

"제인은 죄가 없습니다. 다만 혈육을 잘못 만났을 뿐입니다."

여왕은 낮은 소리로 중얼거렸다.

"어떻게 어린 친척과 동생을 사형대에 올리겠습니까?"

제인 도머가 내게 눈짓을 했다. 우리 둘은 앉아 있던 의자를 조금씩 움직여 여왕의 모습과 기도소리가 다른 시녀들에게 새어나가지 않도록 했다. 여왕은 자신이 진정으로 신뢰하는 유일한 조언자에게 지혜를 구하고 있었다. 십자가에 못 박힌 맨발의 구세주에게 여왕은 어떤 선택을 해야 할지 조언을 구하고 있었다.

추밀원은 엘리자베스 공주가 폭도들과 내통한 충분한 증거를 확보했다. 공주는 토머스 와이어트와 윌리엄 피커링, 두 사람을 모두 만났다. 폭동이 시작된 이후에도 그녀는 그 두 사람과 계속 만났다. 내 생각이지만 음모에 도가 튼 엘리자베스 공주는 내가 전달한 로버트 경의 메시지를 어렵지 않게 이해했을 것이다. 에드워드 코트니가 마음을 바꾸지 않고, 폭동이 성공했다면, 지금 회의를 주관하는 것도, 친척과 자매의 목숨을 놓고 고민하는 역할도 모두 여왕의 자리에 오른 엘리자베스 공주의 몫이었을 것임을 나도 여왕도 알고 있었다. 엘리자베스 공주 역시 한참 동안을 무릎을 꿇고 고민했을 것이다. 적어도 나는 그렇게 믿었다. 하지만 엘리자베스 공주는 결국 두 사람을 죽이는 데 동의했을 것이다.

경비병이 문을 두드리더니, 조용한 방 안을 들여다보았다.

"무슨 일이오?"

제인 도머가 조용히 물었다.

"광대에게 전갈이 왔습니다. 뒷문에서 기다리고 있습니다."

젊은 병사가 대답했다.

나는 고개를 끄덕이고 방을 나와 커다란 알현실을 지났다. 알현실의 문이 열리자 안에 있던 사람들의 시선이 일시에 여왕의 거처에서 나오는 내게로 쏠렸다. 모두들 여왕에게 대항해 들고 일어났던 웨일즈, 데본, 켄트로부터 온 청원자들이었다. 그들은 이제 자신들이 몰아내려 했던 여왕의 자비를 구하려고 하고 있었다. 나는 문이 열렸을 때, 내게로 향했던 희망에 가득 찬 얼굴들을 보았다. 여왕이 몇 시간이고 신 앞에 무릎을 꿇고 고민하는 것도 무리가 아니었다. 여왕은 이미 한 번 자신을 무너뜨리려고 한 무리들에게 자비를 베풀었다. 이제 다시 한 번 자비를 베풀어야 하는가? 그렇다면 다음번에는, 그리고 또 그 다음번에는 어떻게 해야 할까?

나는 반역자들에게 어떠한 예의도 차릴 필요가 없었다. 나는 그들을 향해 얼굴을 찌푸린 다음 사람들을 밀치고 밖으로 나왔다. 그들에게 참을 수 없는 분노를 느꼈다. 여왕을 한 번도 아니고 두 번씩이나 쓰러뜨리려고 한 그들이 어떻게 이제 와서, 손에 든 모자를 초조하게 비틀며, 머리를 조아리고 다시 한 번 살아 돌아가 또다시 음모를 꾸밀 기회를 달라고 할 수 있을까.

나는 그들을 지나 꼬불꼬불한 돌계단을 내려가 출입문으로 향했다. 어느새 나는 다니엘이 와 주었기를 기대하고 있었다. 그래서 나를 기다리고 있던 낯선 심부름꾼의 모습에 적잖이 실망했다. 그의 옷은 집에서 만든 것 같았다. 제복도, 배지도 없었다.

"왜 나를 기다렸니?"

나는 순간 긴장해서 물었다.

"로버트 경에게 보낼 물건들을 가지고 왔어요."

"누가 보낸 건데?"

그는 고개를 저었다.

"로버트 경이 찾는 물건이랬어요. 로버트 경에게 갖다주라고 하면 좋아할 거라면서."

　미처 내가 대꾸할 사이도 없이 소년은 어둠 속으로 사라지더니, 어느새 몸을 낮추고 담벼락을 엄호삼아 달리고 있었다. 내 손에는 두 권의 책이 들려져 있었다.

　궁으로 돌아가기 전에 나는 책을 뒤집어 보기도 하고, 숨겨진 메시지가 없는지 속표지를 확인해 보기도 했다. 아무것도 없었다. 내가 원한다면 로버트 경에게 갖다줄 수도 있었다. 하지만 정말 내가 그를 만나러 가야 하는지 확신이 서지 않았다.

＊＊＊

　나는 아침 일찍 런던탑에 다녀오기로 했다. 훤한 대낮에 가야 떳떳해 보였다. 나는 정문의 간수에게 책을 보여 주었다. 그도 이번에는 뭔가 숨겨진 것이 없는지 확인하려는 듯 책장을 하나하나 훑어보고, 책 등도 살펴보았다. 그는 활자들을 노려보았다.

　"이게 뭐야?"

　"그리스어예요. 다른 책은 라틴어구요."

　그는 나를 아래위로 훑어보더니 말했다.

　"재킷 안쪽도 보여줘. 호주머니도 뒤집어 보고."

　나는 시키는 대로 했다.

　"너는 사내아이냐, 계집아이냐, 아니면 이것도 저것도 아니냐?"

　"난 여왕의 광대예요. 순순히 보내주는 게 좋을걸요?"

　"아이고, 하느님!"

　간수가 갑자기 반색을 하며 말했다.

　"폐하의 취미가 아무리 해괴하더라도, 부디 굽어 살피소서."

　그는 나를 풀밭을 지나 새로운 건물로 통하는 길을 따라 안내했다.

나는 보통 참수대가 세워지는 쪽을 애써 외면하며 그를 따랐다.

우리는 양쪽으로 열리는 근사한 문 안으로 들어가 구불구불한 돌계단을 올라갔다. 간수는 맨 꼭대기까지 올라가더니 한쪽으로 비켜서서 문의 자물쇠를 열고 나를 들여보냈다.

로버트 경은 창가에 서서 강으로부터 불어오는 찬 공기를 들이마시고 있었다. 그는 문 열리는 소리에 뒤를 돌아보았다. 나를 반기는 표정이 역력했다.

"남장 아가씨! 이제야 왔군!"

지난번 왔을 때보다 크고 좋은 방이었다. 나는 바깥의 어두운 정원을 내다보았다. 하늘 높이 치솟은 화이트 타워가 나를 노려보고 있었다. 커다란 난로가 방의 대부분을 차지하고 있었다. 난로에는 가문을 상징하는 문장들과 이름의 머리글자들이 수도 없이 새겨져 있었다. 이곳에 오랫동안 갇혀 있던 사람들이 주머니칼로 새겨 넣은 것들이었다. 더들리 가의 문장도 있었다. 로버트 경의 동생과 아버지가 판결을 기다리고, 창밖에 사형대가 완성되는 동안 새겨 넣은 것이었다.

탑에 몇 달 갇혀 있는 동안, 로버트 경의 얼굴도 눈에 띄게 변했다. 피부에 핏기는 사라져, 마치 겨우내 햇빛을 보지 못한 사람처럼 창백했다. 폭동 이후 그에게는 정원을 거니는 것이 허용되지 않았다. 잉글랜드 최고 권력자의 아들로 영화를 누리던 시절에 비해 눈도 푹 꺼졌다. 하지만 리넨 옷은 깨끗했고, 뺨은 면도를 해서 말쑥했다. 머리카락은 반짝였고, 부드러워 보였다. 그의 모습에 내 심장은 세차게 고동쳤다. 일부러 멀찌감치 떨어져 그를 있는 그대로 보려 해도 소용없었다. 그가 반역자이며 죽음을 목전에 둔 사형수라는 생각도 별로 도움이 되지 않았다.

그는 내 표정을 단번에 읽었다.

"내가 반갑지 않은 모양이구나, 남장 아가씨? 나 때문에 언짢은 거냐?"

나는 고개를 저었다.

"아닙니다, 나리."

그는 내게 다가왔다. 그의 신발에서 풍기는 깨끗한 가죽 냄새와, 벨벳 재킷에서 묻어나오는 따뜻한 향수 냄새에도 불구하고 나는 그에게서 몸을 피했다.

그는 내 턱을 손에 쥐더니 내 얼굴을 쳐들었다.

"너는 지금 불행하구나. 왜 그러지? 정혼자 때문인가?"

"아닙니다."

"그럼 스페인으로 돌아가고 싶어서?"

"아니요."

"궁에서 무슨 일이 있니? 여자들이 괴롭히니?"

나는 고개를 가로저었다.

"여기 온 게 싫어서 그래? 오기 싫은데 억지로 온 거야?"

순간 내 얼굴을 스치는 작은 감정의 동요를 그는 놓치지 않았다.

"맙소사, 세상에 믿을 사람이 없구나! 그새 마음이 변했나 보구나, 꼬마 아가씨. 첩자들이란 으레 그러기 마련이니까. 너는 날 배신하고 이젠 나를 감시하고 있는 거로구나."

"아니에요. 그런 일은 없어요. 절대로 나리를 감시하지 않을 거예요."

나는 황급히 말했다.

나는 도망치려고 했지만 그는 양손으로 내 얼굴을 잡고 꼼짝 못 하게 했다. 그러더니 마치 암호를 풀 듯 내 눈빛을 읽으려 했다.

"내가 실패해서 실망했구나. 그래서 내게는 더 이상 희망이 없으니, 여왕에게 돌아선 거지? 여왕을 사랑하는구나."

그는 나를 비난했다.

"누구나 여왕 폐하를 사랑하지 않을 수 없을 거예요. 폐하는 세상에서 가장 아름다운 여인이세요. 제가 아는 가장 용감한 여인이세요. 하루하루, 자신의 믿음과 세상을 상대로 싸우고 계세요. 성녀와도 같은 분이세요."

나는 변명하듯 대답했다.

그는 빙그레 웃었다.

"정말 너답구나."

그는 나를 조롱하듯 말했다.

"넌 항상 누군가를 사랑하지. 이젠 나보다 여왕이 더 좋다는 거니? 너의 진정한 주인인 나보다?"

"아니에요. 여기 이렇게 와 있잖아요, 나리의 분부대로. 낯선 사람이 저를 부르러 왔는데도, 제 안전이 확실치 않은 상황인데도 왔잖아요."

그는 어깨를 으쓱했다.

"그럼 말해봐, 정말 날 배신하지 않았어?"

"언제요?"

나는 충격을 받았다.

"엘리자베스 공주와 내 스승에게 전할 메시지를 부탁했을 때."

배신이라는 생각만으로도 공포에 일그러지는 내 얼굴을 그도 보았을 것이다.

"맙소사, 아니에요, 나리. 전 두 분 모두에게 그대로 전했어요. 다른 사람에게는 아무 말도 안 했어요."

"그럼 어떻게 일이 그렇게 잘못될 수 있단 말이야?"

그는 내 얼굴을 잡고 있던 손을 놓더니 고개를 돌렸다. 그는 창가로 가더니 책상으로 사용하는 테이블로 다시 돌아왔다가 테이블 앞에서 다시 몸을 돌려 난로로 갔다. 나는 그것이 그의 습관적인 행동임을 깨달았다. 탁자까지 네 걸음, 난로까지 네 걸음, 다시 창문까지 네 걸음. 이것이 한때는 아침 식사 전에 말을 달리고, 온종일 사냥을 하고, 밤새도록 귀부인들과 춤을 즐기던 그에게 허용된 공간이었다.

"나리, 그건 간단해요. 에드워드 코트니가 가디너 주교에게 사실을 고백했고, 계획이 발각되었어요."

나는 조용히 말했다.

"주교는 폐하께 보고했고요."

그는 나를 향해 휙 돌아섰다.

"그 겁쟁이 애송이가 마음대로 돌아다니게 내버려 뒀단 말이야!"

"주교는 뭔가 이상한 낌새를 눈치 챘어요. 다들 뭔가가 진행되고 있다는 걸 알고 있었거든요."

그는 고개를 끄덕였다.

"토머스 와이어트는 항상 떠벌리길 좋아했지."

"그 사람은 대가를 치를 거예요. 지금 심문을 받고 있어요."

"누가 음모에 가담했는지 밝히려고?"

"엘리자베스 공주의 가담 사실을 밝히려고요."

로버트 경은 두 주먹으로 창틀을 밀었다. 돌로 된 창틀을 늘여 창공을 훨훨 날기라도 하려는 듯했다.

"공주의 가담을 증명할 증거가 있나?"

"셀 수도 없을 정도예요. 폐하는 지금도 무릎을 꿇고 기도하고 계세요. 만일 신의 뜻이 그렇다고 판단한다면, 폐하는 엘리자베스 공주를 희생시켜야 해요. 공주님에게 불리한 증거들이 너무나 많아요."

나는 심술궂게 말했다.

"제인 그레이는?"

"폐하께서는 제인 아가씨를 구하려고 애쓰고 계세요. 제인 아가씨에게 진정한 신앙을 가르쳐야 한다고 말씀하셨죠. 아가씨가 과거의 신앙을 버리고 용서받기를 바라세요."

로버트 경은 코웃음을 쳤다.

"진정한 신앙이라고 했니, 꼬마 아가씨?"

내 얼굴은 빨갛게 달아올랐다.

"저는 단지 궁에서는 다들 부르는 대로……."

"너는 그들 편이 되었구나, 이 꼬마 콘베르사, 누에바 크리스티나 (개종한 유대인: 역주)?"

"예, 나리."

나는 그의 눈을 똑바로 바라보며 떳떳하게 대답했다.

"열여섯 살짜리 여자 아이에게 그런 타협을 강요하다니. 가엾은 제인. 신앙과 죽음 가운데 하나를 선택해야 하다니. 여왕은 어린 친척을 순교자로 만들 셈인가?"

"폐하께서 바라시는 것은 개종이에요. 제인 아가씨를 죽음과 저주로부터 구하시려는 거예요."

"그럼 나는? 나도 구원받을까, 아니면 지옥 불에서 타게 될까, 어떻게 생각해?"

그의 목소리가 가라앉았다.

나는 고개를 저었다.

"모르겠어요, 나리. 하지만 폐하께서 주변의 충고를 따르신다면 충성심을 의심받는 자들은 모두 목이 매달릴 거예요. 벌써 거리마다 폭동에 가담했던 병사들이 사형대에 오르고 있어요."

"그럼 이 책들이나 빨리 읽어야겠군. 책을 읽다 보면 구원의 빛이 내게도 밝아올지 모르잖아, 안 그래, 남장 아가씨? 넌 어때? 너랑 네가 말하는 그 진정한 신앙도 빛을 얻었니?"

그는 무덤덤하게 말했다.

갑자기 문을 두드리는 소리가 나더니, 간수가 문을 벌컥 열었다.

"광대는 아직 안 갔소?"

"금방 갈 거요. 아직 돈을 안 줬소. 잠깐 기다리시오."

로버트 경이 서둘러 대답했다.

간수는 우리 두 사람을 의심스러운 눈초리로 쏘아보더니, 문을 쾅 닫고 다시 잠가 버렸다. 잠시 불편한 침묵이 흘렀다.

"나리, 저를 괴롭히지 말아 주세요. 전 달라진 게 없어요. 예전처럼 나리를 섬기는 종이에요."

나는 별안간 입을 열었다.

그는 숨을 크게 들이쉬더니, 억지로 미소를 지었다.

"남장 아가씨, 난 이제 죽은 목숨이야. 나를 위해 울어주고, 그리고 잊어버려. 나를 알게 되어서 꼭 나쁜 일만 있었던 것은 아니잖아? 내 덕에 천하를 얻은 여왕의 총애를 받게 됐으니 말이야. 너한테는 잘된 일이잖아, 꼬마 아가씨? 널 궁에 데리고 들어간 건 잘한 일이라고 생각한다."

그는 체념한 듯 말했다.

"나리, 나리는 돌아가시지 않아요. 디 선생님께서 거울을 통해 나리의 미래를 보셨어요. 틀림없어요. 이렇게 끝나지 않을 거예요. 디 선생님은 나리가 편안한 죽음을 맞으실 거랬어요. 그리고 여왕의 총애를 받을 거랬어요, 크나큰 사랑을요."

내 목소리에는 진심이 담겨 있었다.

내 말에 그는 잠시 얼굴을 찌푸리더니 가볍게 한숨을 쉬었다. 헛된 희망에 끌린 남자의 모습이었다.

"며칠 전이었다면, 내 운명을 더 자세히 알고 싶어 안달했을 거야. 하지만 이젠 너무 늦었다. 간수가 올 거야. 너도 가야지. 한마디만

명심해라. 앞으로는 나와 내 뜻에 따를 필요 없다. 나를 위한 봉사는 여기까지다. 궁에서 평안하게 잘살다가, 정혼자와 결혼해라. 이전 정말 여왕의 광대로서의 본분에 충실하고 나를 잊어라."

나는 그에게 조금 다가갔다.

"절대로 나리를 잊을 수는 없을 거예요."

로버트 경은 빙그레 웃었다.

"고맙구나. 저승 가는 길에 기도나 해주려무나. 어떤 신에게 올리는 기도건 난 상관하지 않는단다. 진심에서 우러나는 기도일 테니. 게다가 나를 사랑하는 마음에서 해주는 네 마음의 기도라면."

"뭐 전하고 싶은 말씀은 없으신가요? 디 선생님이나, 엘리자베스 공주님에게라도."

나는 정말로 그를 위해 뭔가 해주고 싶었다.

그는 고개를 저었다.

"아무것도 없어. 다 끝났다. 내 친구들은 이제 곧 천국에서 볼 텐데 뭘. 아닌가? 어느 쪽 하느님이 진짜인지 가서 보면 알겠군."

"돌아가시지 않을 거예요."

나는 속상해서 울음을 터뜨렸다.

"선택의 여지가 별로 없을 것 같구나."

그가 느낄 울분을 생각하니 참을 수가 없었다.

"나리, 정말 제가 해드릴 수 있는 일이 없나요? 아무것도?"

나는 나지막하게 물었다.

"있지, 여왕에게 제인과 엘리자베스를 살려주라고 한번 설득해 보렴. 제인은 아무 죄가 없어. 엘리자베스는 죽기에는 아까운 여자고. 그런 여자가 이렇게 허무하게 죽을 수는 없어. 네가 그렇게만 해준다면, 그래서 성공한다면, 난 좀더 편안하게 죽을 수 있을 것 같구나."

"나리 자신을 위해서는요?"

그는 다시 내 턱을 잡더니 짙은 갈색 머리를 굽혀 내 입술에 부드럽게 키스했다.

"나를 위해서 해줄 것은 아무것도 없어."

그의 목소리는 부드러웠다.

"나는 이제 죽은 목숨이다. 그리고 방금 한 키스는 꼬마야, 내가 너에게 주는 마지막 키스야. 작별의 입맞춤이지."

그는 창문 쪽으로 돌아서더니 소리쳤다.

"간수!"

문이 열렸다. 이제 차가운 방에 그를 두고 떠날 수밖에 없었다. 내가 가고 나면 그는 어두운 바깥을 내다보며 사형대가 완성되었고, 집행인이 기다리고 있다는 소식을 기다리다가 그렇게 생을 마칠 것이다.

* * *

나는 충격과 혼란으로 입을 굳게 다문 채 궁으로 돌아왔다. 하루에 네 번 보는 미사시간에 나는 힘없이 무릎을 꿇고 여왕을 구원한 그 신이 로버트 경도 구원해 주기를 정성을 다해 기도했다.

나의 이런 지치고 비관적인 분위기는 여왕의 기분과도 다르지 않았다. 승리한 도시 한복판에 있는, 승리한 왕실이라는 것이 믿기지 않을 정도였다. 왕실은 이러지도 저러지도 못한 채, 근심으로 병들어가고 있었다. 매일 미사가 끝나고 아침 식사를 마치면 여왕은 강변을 거닐었다. 차가운 손을 머프 (두꺼운 옷감이나 모피로 만든 원통형 방한용구: 역주)에 깊숙이 찔러 넣고 걷다 보면, 차가운 바람에 치마는 앞으로 펄럭이고 걸음은 빨라졌다. 나는 검은 망토를 어깨에 단단히 두르고, 옷깃이 얼굴을 덮을 정도로 목을 잔뜩 움츠린 채 여왕의 뒤에서 함께 걸었다. 광대 제복에 딸린 두꺼운 호스(몸에 붙는 바지: 역주)와 따뜻한 재킷이 있어서 그나마 다행이었다. 스페인 왕자들이 다 나를 보러 온다고 해도, 이렇게 추운 날 여자 옷은 절대 입고 싶지 않았다.

나는 여왕의 마음이 편치 않다는 것을 알고 있었기 때문에, 말없이 걷기만 했다. 나는 두 발짝 뒤에서 여왕을 따라 걸었다. 여왕은 함께 걷는 사람의, 꽁꽁 언 자갈길을 밟으며 따라오는 발소리를 좋아한다는 것을 나는 알고 있었다. 여왕은 너무나 오랫동안 혼자 지내며, 너무나 많은 시간을 혼자서 걸었다. 이제 누군가 말없이 함께 해주고 있음을 느끼고 싶어했다.

강에서 불어오는 바람이 너무 차서, 여왕은 두꺼운 망토와 모피 깃을 두르고도 오래 걸을 수가 없었다. 여왕이 뒤돌아서는 바람에, 고개를 푹 숙이고 힘겹게 걷고 있던 나는 그녀와 거의 부딪칠 뻔했다.

"송구합니다, 폐하."

나는 얼른 고개를 살짝 숙이고 옆으로 물러났다.

"내 옆으로 오너라."

나는 여왕의 곁에서 그녀가 뭔가 말하기를 기다리며 조용히 걸었다. 정원으로 들어가는 작은 문 앞에 다다를 때까지 여왕은 아무 말도 하지 않았다. 경비병이 문을 열어주었고, 안에서는 하녀가 여왕의 망토를 벗기고 마른 신발을 내어 주었다. 나는 팔에 망토를 두르고 발을 녹이려고 동동 굴렸다.

"따라오너라."

여왕은 어깨 너머로 말하고 구불구불한 돌계단을 지나 방으로 올라갔다. 나는 여왕이 왜 바깥으로 난 계단을 이용하는지 알고 있었다. 건물 안으로 해서 올라가면 홀과 안쪽 계단과 청원인들로 가득

한 알현실을 지나야 했다. 청원인들 가운데 반은 토머스 와이어트와 함께 사형당하게 될 사람들의 부모나 형제들이었다. 여왕이 미사를 보러 갈 때나, 만찬을 들러 갈 때마다 눈물범벅이 된 여자들이 그녀 주변에 모여들었다. 그들은 손을 내밀고, 양손을 꼭 맞잡고 여왕의 이름을 큰소리로 불렀다. 그들은 끈질기게 자비를 구걸했고, 여왕은 매번 거절했다. 혼자서 정원을 거닐고, 남들 눈에 띄지 않는 계단으로 다니고 싶어하는 것도 당연했다.

계단을 올라가면 작은 로비가 나왔고, 거기서 다시 여왕의 사저로 통했다. 제인 도머는 창가에 앉아서 바느질을 하고 있었고, 그 주위에 대여섯 명의 여자들이 앉아 일을 하고 있었다. 시녀 중 한 명은 시편의 한 구절을 읽고 있었다. 여왕은 마치 착한 학생들을 둘러보며 흐뭇하게 고개를 끄덕이는 교장선생님 같았다. 차분하고 신실한 궁전 식솔들이 언젠가 올 펠리페 왕자를 맞을 것이다.

"한나, 이리 오너라."

여왕은 난롯가에 앉더니 나에게도 곁에 있는 의자에 앉으라고 손짓을 했다.

나는 바닥에 무릎을 세우고 앉아 여왕을 쳐다보았다.

"나를 위해 일을 하나 해주었으면 좋겠구나."

여왕의 느닷없는 주문이었다.

"분부만 하십시오, 폐하."

내가 벌떡 일어나 여왕의 심부름을 기다리려고 하는데, 여왕은 손으로 내 어깨를 눌렀다.

"말을 전하는 심부름이 아니다. 나를 위해 뭘 좀 알아봐 줘야겠다."

"무엇을 말입니까, 폐하?"

"너의 능력을 이용해라. 네 안에 있는 영혼의 눈 말이다."

나는 대답을 망설였다.

"폐하, 노력은 하겠습니다만 제가 마음대로 부릴 수 있는 능력이 아닙니다."

"알고 있다 하지만 너는 두 번이나 내 미래를 보았다. 한 번은 내가 여왕이 될 것을 예견했고 또 한 번은 내게 닥칠 불행을 예고했지. 내게 닥칠 위험을 한 번만 더 봐주려무나."

"어떤 위험 말씀이세요?"

여왕을 따라 나도 목소리를 잔뜩 낮추었다. 난로 안에서 장작 타는 소리 때문에 방 안에 있는 아무도 우리가 하는 이야기를 들을 수 없었을 것이다.

"엘리자베스가 야기할 위험 말이다."

여왕은 소리죽여 말했다.

잠시 나는 아무 말도 하지 않고 커다란 사과나무 장작더미 아래에 타다 남은 조각이 아직도 빨갛게 빛나고 있는 곳을 뚫어지게 바라보았다.

"폐하, 그런 일이라면 저보다 더 현명한 사람들이 얼마든지 있습니다."

나는 어렵사리 말을 꺼냈다. 내 눈에 비친 빨간 불빛이 마치 공주의 머리카락과 자신감에 찬 매혹적인 미소 같았다.

"너만큼 신뢰하는 자는 없다. 너와 같은 능력을 가진 자는 더더욱 없지."

나는 여전히 머뭇거렸다.

"공주님께서 궁으로 오시나요?"

여왕은 고개를 저었다.

"그 애는 안 올 거야. 아프다는구나. 아파서 죽을 것 같대. 배와 팔다리가 부풀어 올랐고, 너무 아파서 움직일 수조차 없다는군. 오랫동안 앓아온 지병이지. 적어도 난 그렇게 믿어. 하지만 항상 때맞춰 아프더군."

"어떤 때 말씀이세요?"

"아주 두려울 때지. 궁지에 몰렸을 때. 제일 처음 그런 증상을 보인 건 토머스 시모어가 죽었을 때였어. 이제 또다시 음모를 꾸몄다는 혐의를 받게 되는 것이 두려운 거야. 그 애에게 의사들을 보낼 거다. 너도 그들과 동행해라."

여왕의 목소리는 여전히 속삭이는 듯했다.

"분부대로 하겠습니다."

나로서는 이 말밖에 할 수 없었다.

"그 애 곁에서 책도 읽어 주고 말동무도 해주어라. 나한테 했던 것처럼. 궁으로 돌아올 수 있을 정도로 회복되면, 런던으로 오는 여행길에 그 애의 기운을 북돋아 주거라. 그 애가 죽어 간다면, 사제를 불러주고 그 애가 마음을 바꾸어 구원을 얻도록 설득해라. 아직 신에게 용서받을 기회는 있다. 그 애와 함께 기도해라."

"다른 분부는 없으십니까?"

나는 기어들어가는 목소리로 겨우 물었다. 여왕은 내 목소리를 듣기 위해 몸을 앞으로 기울여야 했다.

"그 애를 감시해라. 그 애가 무엇을 하고, 누구를 만나는지, 그리고 그 애의 측근에 있는 자들을 모두 상세히 살펴라. 그들은 하나같이 거짓말쟁이에 이단자들이다. 그들의 입에 누구의 이름이 오르내리는지, 누구와 친밀한지도 알아내라. 매일 들은 내용을 편지로 내게 알려라. 그 애가 나를 몰아낼 음모를 꾸미고 있는지 알아야겠다. 난 증거가 필요하다."

여왕의 목소리는 냉혹했다.

나는 무릎을 세우고 그 둘레에 팔을 두른 채 양손을 꼭 마주 쥐었다. 다리가 후들거리고, 손가락이 떨렸다.

"감시하라는 분부는 거두어 주십시오. 젊은 여인을 죽음으로 내 몰 수는 없습니다."

나는 작은 소리로 말했다.

"너에게 나 이외에 다른 주인은 없다. 노섬벌랜드 공작은 죽었고, 그 아들 로버트 더들리는 갇혀 있다. 내 명령을 따르는 것 이외에 다른 할 일은 없지 않니?"

여왕은 부드럽게 상기시켜 주었다.

"저는 광대이지 첩자가 아닙니다. 저는 폐하의 광대이지, 폐하의 첩자가 아닙니다."

"너는 내 광대이고, 너의 예지력을 통해 내게 조언을 해야 한다."

여왕이 명령했다.

"그리고 엘리자베스에게 가서, 나를 섬겼듯 그 아이를 섬기며, 네가 보고 들은 것을 내게 보고해라. 하지만 더 중요한 것은 네 예지의 목소리에 귀를 기울이는 것이다. 너는 그 애의 거짓말에 현혹되지 않고 그 애의 진심이 무엇인지 나에게 말해 줄 수 있으리라 믿는다."

"하지만 공주님께서 정말 돌아가실 정도로 아프시다면……."

잠시 여왕의 입가와 눈가에 서렸던 강경함이 누그러들었다.

"정말 그 애가 죽는다면 난 하나뿐인 여동생을 잃게 되겠지."

여왕은 침통하게 말했다.

"몸소 가서 그 애를 안아주어야 할 때에 심문관들을 보내고 있는 꼴이지. 아직 내 품에 안겨 있던 아기였을 때의 그 아이를 기억하고 있다. 그 애가 내 손가락을 잡고 처음 걸음마를 하던 때도."

여왕은 자신을 꼭 잡고 있는 어린 아기의 통통한 작은 손이 생각나는지 빙그레 웃더니, 고개를 저었다. 아장아장 걸음을 떼는 붉은 머리의 아기에 대한 자신의 사랑을 지워버리려는 듯했다.

"모든 것이 너무 잘 들어맞아."

여왕은 다시 냉정을 되찾았다.

"토머스 와이어트가 체포되고, 그의 군대가 무너졌어. 그러자 엘리자베스는 너무 아파서 편지를 쓸 수도, 내게 답장을 보낼 수도, 런던으로 돌아올 수도 없다며 또다시 침대에서 꼼짝도 하지 않아. 제인이 여왕으로 옹립되고, 내가 엘리자베스의 협조를 청했을 때도 그랬어. 그 애는 위험이 닥칠 때마다 아프지. 나를 위험에 빠뜨렸는데도, 그 애는 싸움에 패배한 것 말고는 아무 대가도 치르지 않았어. 조금도 마음을 움직이려고 하지 않아. 난 그 아이가 나와 함께 살아갈 수 있는 나의 후계자이자 자매인지, 아니면 최악의 경우 나를 죽이기 위해 어떤 짓도 마다하지 않을 나의 적인지 알아야겠어."

여왕의 정직한 검은 눈동자가 내게로 향했다.

"네가 알아봐 줘야 해. 그 애가 나를 미워하는지, 그래서 나를 죽이려고 했는지 내게 알려 주는 것이 결코 부도덕한 일은 아니다. 그 애를 런던으로 데리고 오거나, 아니면 그 애가 정말로 아프다는 걸 내게 편지로 알려라. 그 애 곁에서 내 눈과 귀 역할을 해야 한다. 하느님이 널 인도하실 거야."

나는 여왕의 굳은 의지에 굴복했다.

"언제 출발할까요?"

"내일 날이 밝는 대로. 오늘 아버지에게 다녀오고 싶으면 그렇게 해라. 만찬에는 빠져도 좋다."

나는 자리에서 일어나 가볍게 머리를 숙여 절을 했다. 여왕은 내게 손을 내밀었다.

"한나."

차분한 목소리로 여왕이 내 이름을 불렀다.

"예, 폐하."

"엘리자베스의 마음속을 들여다보고, 그 애가 나를 사랑할 수 있을지, 그에가 진정한 신앙의 길로 들어설 수 있을지 말해줘."

"저도 그러길 바랍니다."

나는 진심 어린 목소리로 말했다.

눈물을 참느라 여왕의 입술이 떨렸다.

"하지만 그 애가 구원받을 수 없더라도 내게 알려줘야 한다. 내 마음은 아프겠지만 상관하지 말고."

"그렇게 하겠습니다."

"그 애가 구원받을 수 있다면 우리는 함께 이 나라를 통치할 수 있을 거야. 그 애는 내 동생으로서 나를 보좌하고, 최고의 신하로서 내 뒤를 잇게 될 거다."

"제발 그렇게 되기를, 아멘."

"아멘. 그 애가 보고 싶구나. 내 곁에서 안전하게 지켜주고 싶어. 아멘."

여왕은 조용히 말했다.

* * *

나는 아버지에게 저녁에 먹을 음식을 가지고 집으로 가겠다고 전했다. 문을 두드리면서 나는 아버지가 늦게까지 일을 하고 있다는 것을 알았다. 어두운 가게 뒤쪽 인쇄실에는 환하게 불이 밝혀져 있었다. 아버지가 인쇄실의 문을 열자 불빛이 어두운 가게를 비쳤다. 아버지는 불이 켜진 양초를 높이 들고 가게로 나왔다.

"한나! *미 케리다(Mi querida)!*"

아버지는 얼른 빗장을 풀어 문을 열어 주었고, 나는 안으로 달려 들어가다시피 했다. 나는 바닥에 음식 바구니를 내려놓고 아버지를 포옹한 다음 무릎을 꿇고 아버지의 축복을 받았다.

"궁에서 음식을 가져왔어요."

아버지는 씩 웃었다.

"진수성찬을 들겠구나! 여왕도 부럽지 않겠다."

"폐하는 형편없이 드세요. 도통 잘 드시질 못하시지요. 살을 찌우는 게 소원이라면 폐하의 자문위원들처럼 먹어야 해요."

아버지는 문을 닫고 인쇄실 쪽을 향해 외쳤다.

"다니엘! 한나가 왔어!"

"다니엘이 와 있어요?"

나는 긴장했다.

"의학 서적에 쓸 자료를 찍는 걸 도와주러 왔다가 네가 온다고 하니 가지 않고 기다렸단다."

아버지는 행복한 듯 말했다.

"두 사람이 먹을 양밖에 안 되는데."

나는 퉁명스럽게 말했다. 지난번 만났을 때 좋지 않게 헤어졌던 것을 잊지 않고 있었다.

아버지는 나의 투정에 말없이 웃었다. 인쇄실 문이 열리고 다니엘이 나왔다. 그는 검은 바지에 작업용 앞치마를 두르고 있었다. 앞치마의 가슴 부분은 검은 잉크로 얼룩져 있었고, 손은 더러웠다.

"안녕하세요."

나는 무표정하게 인사를 했다.

"안녕."

"자!"

아버지는 맛있는 저녁 식사에 대한 기대로 들떠 있었다. 그가 등받이가 없는 높은 의자 세 개를 카운터 쪽으로 옮기는 동안 다니엘은 손을 씻으러 밖으로 나갔다. 나는 바구니의 내용물을 꺼냈다. 사슴

고기 파이, 아직 온기가 가시지 않은 맨치트 빵 한 덩이, 꼬챙이에
끼워 구운 쇠고기를 얇게 저며 모슬린 천에 싼 것, 얇게 자른 양갈비
구이 대여섯 조각이었다. 두 병의 질 좋은 적포도주는 여왕의 셀러
에서 꺼낸 것이었다. 야채는 없었지만, 대신 깨끗한 부엌에서 실러
버브 한 사발을 몰래 가지고 나왔다. 크림이 든 실러버브는 나중에
먹기 위해 한쪽에 놔두고, 나머지 음식들을 테이블에 늘어놓았다.
아버지는 와인을 땄고, 나는 카운터 아래에 있는 찬장에서 손잡이가
달린 컵 세 개와 뿔로 된 손잡이가 달린 나이프 두 개를 꺼냈다.

"그래 뭐 새로운 소식은 없니?"

식사를 시작하면서 아버지가 물었다.

"저는 엘리자베스 공주님에게 가야 해요. 공주님이 아프시대요.
폐하께서 공주님 말동무나 해드리라고 보내시는 거예요."

다니엘은 고개를 들었지만 아무 말도 하지 않았다.

"공주님은 어디 계신대?"

아버지가 물었다.

"애쉬릿지의 자택에요."

"혼자 가니?"

아버지가 걱정스럽게 물었다.

"아뇨. 폐하께서 의사들이랑 자문위원 한두 명을 보내세요. 다 해
서 열 명 정도예요."

아버지는 고개를 끄덕였다.

"다행이구나. 그래도 조심해야 한다. 달아난 폭도들이 고향으로
돌아가고 있어. 무장을 한 데다 앙심을 품고 있을 거다."

"폐하의 신하들이 절 안전하게 보호할 거예요."

나는 갈비뼈에 붙은 고기를 뜯어 먹다가 다니엘이 나를 보고 있는
것을 깨달았다. 입맛이 달아나면서, 나는 들고 있던 고기를 한쪽으

로 밀어 놓았다.

"언제 돌아오는데요?"

다니엘이 조용히 물었다.

"공주님이 여행할 수 있을 정도로 회복되면요."

"로버트 경한테서 소식은 없니?"

아버지가 물었다.

"저를 의무에서 풀어 주셨어요."

나는 시큰둥하게 말했다. 나는 아버지와 정혼자에게 아픈 마음을 들키지 않으려고 카운터 위로 시선을 고정시켰다.

"죽음을 맞을 준비를 하고 계세요."

"그렇겠지. 여왕이 로버트 경의 동생과 제인 그레이의 처형 허가장에 서명을 했니?"

아버지는 대수롭지 않게 말했다.

"아직요. 하지만 조만간 하실 거예요."

아버지는 고개를 끄덕였다.

"어지러운 시기야. 누가 여왕이 시민들을 설득해서 반란군을 몰아낼 수 있으리라고 생각이나 했겠니?"

나는 고개를 저었다.

"여왕이 백성들의 마음을 지금처럼 모을 수 있는 한, 이 나라는 여왕의 것이지. 아주 위대한 여왕이 될지도 몰라."

"존 디 선생한테서는 연락이 없었나요?"

"그는 여행 중이란다. 필사본을 닥치는 대로 긁어모아서 내게로 보낸단다. 내 가게에서 보관해 달라는 거지. 런던에서 떨어져 있기로 한 건 잘한 거야. 그의 이름도 거론되었잖아. 반란군들 대부분이 그와 친한 사이였으니."

"다들 왕실 측근들이잖아요."

나는 아버지 말에 반박했다.

"그러니 서로들 다 아는 게 당연하죠. 폐하만 해도 에드워드 코트니와 가까우셨어요. 결혼하려고 하신 적도 있대요."

"다른 사람들을 밀고한 것도 그 사람이라면서요?"

다니엘이 물었다.

나는 고개를 끄덕였다.

"신하로서도 친구로서도 신의를 저버렸군."

"우리가 이해할 수 없는 유혹에 빠진 거지요."

나는 재빨리 대꾸했다. 그리고 내가 알던 에드워드 코트니를 떠올렸다. 자신 없는 말투에 쉽게 흥분하는 남자였다. 아니 남자인 척하는 소년이었지만, 실상은 소년으로서도 그리 기분 좋은 성격은 아니었다. 메리 여왕이나 엘리자베스 공주의 마음에 들어 출세하는 것이 꿈인 떠버리 청년이었다.

"내 말이 지나쳤어요. 당신 말이 맞아요. 그는 좋은 신하도, 좋은 친구도 아니에요. 형편없는 남자예요."

그의 얼굴에 미소가 따뜻하게 번졌다. 보고 있는 내 마음도 따뜻해졌다. 나는 빵 한 조각을 집었다. 마음이 편해졌다.

"어머니는 어떠세요?"

나는 정중하게 물었다.

"춥고 습한 날씨 때문에 아프셨지만, 지금은 나아지셨어요."

"동생들은요?"

"다들 잘 있어요. 애쉬릿지에서 돌아오면 우리 집에 와서 동생들이랑 인사를 했으면 해요."

나는 고개를 끄덕였다. 다니엘의 여동생들과 만난다니 상상도 할 수 없었다.

"조만간 다 같이 살게 될 테니까 미리 만나 두면 서로에게 익숙해질 거요."

나는 아무 말도 하지 않았다. 지난번 만남에서 서로 남남처럼 헤어졌지만, 그는 다른 여러 가지 일들을 묵인해 왔듯 그날의 다툼도 무시하고 싶어했다. 그렇다면 우리의 정혼도 여전히 유효했다. 나는 그를 향해 미소를 지었다. 그의 집에서 그의 어머니가 시키는 대로 그들의 생활방식에 따라 살게 된다는 것이 믿어지지 않았다. 그의 여동생들이 아들로서 집안의 기대를 한 몸에 받고 있는 그의 주변을 맴돌 것이 뻔했다.

"동생들이 바지 입은 내 모습을 좋아할까요?"

나는 싸움을 걸 듯 물었다. 그의 얼굴이 벌겋게 상기되었다.

"글쎄, 별로."

그는 짤막하게 대답하고는 카운터에 기대어 와인을 한 모금 마시더니, 아버지를 향해 말했다.

"저는 가서 하던 일이나 끝낼게요."

그는 의자에서 내려서더니 손을 뻗어 앞치마를 집어들었다.

"실러버브를 안으로 갖다줄까요?"

그는 어둡고 매서운 눈으로 나를 보았다.

"아니, 달콤하면서 동시에 시큼한 맛을 내는 음식은 내 입에 맞지 않아서."

***

윌 소머스는 마구간에서 우리 일행을 위해 안장을 올리는 마부들에게 우스갯소리를 하고 있었다.

"윌 아저씨도 함께 가요?"

나는 기대에 차서 물었다.

그는 고개를 저었다.

"난 안 가! 추워서 얼어 죽을 거야! 너한테도 무리야, 한나 그린."

나는 얼굴을 찡그렸다.

"폐하께서 분부하셨어요. 엘리자베스 공주님의 마음속을 들여다보라시면서."

"마음속을 들여다보라! 마음속은커녕 마음이 어디 있는지부터 찾아야겠군!"

그는 우스꽝스럽게 내 말을 따라했다.

"내가 뭘 어쩌겠어요?"

"그렇지. 분부대로 할 수밖에."

"그럼 이제 어떻게 해야 하죠?"

"분부대로 해야지."

나는 윌에게 살짝 다가갔다.

"아저씨, 공주님이 정말 폐하를 몰아내고 왕위에 오르려고 했을까요?"

그는 세상일을 달관한 듯한 특유의 미소를 지었다.

"뻔한 것 아니야? 바보가 아니고서야 거기에 무슨 의문의 여지가 있어?"

"그럼 공주님의 병은 꾀병이고, 공주님은 거짓말쟁이라고 하면요? 내 말 한 마디에 공주님은 죽는 거네요?"

윌은 고개를 끄덕였다.

"아저씨, 공주님 같은 분에게 난 도저히 그런 일은 못 하겠어요. 마치 종달새를 쏘아 맞추는 것 같아요."

"그럼 목표물을 비껴가렴."

"폐하께 거짓말을 하라고요? 공주님은 죄가 없다고?"

"너한테는 예지력이 있잖아?"

"그런 능력 같은 건 없는 게 나아요."

"이번엔 보지 못하는 능력을 키워보렴. 아무것도 볼 수 없고, 판단할 수 없다면 아무도 너의 의견을 묻지 않을 거야. 넌 순수한 영혼의 바보잖아. 바보보다 더 순수해지려무나."

나는 고개를 끄덕였다. 조금은 기운이 나는 것 같았다. 마부 하나가 말을 끌고 나오자, 윌은 손을 동그랗게 받쳐 내가 말에 올라타도록 도와주었다.

"올라가, 점점 더 위로. 광대였다가 이제는 자문위원이군. 폐하는 정말 외로운 분이신 게야. 너 같은 광대의 조언을 구하다니."

* * *

애쉬릿지까지 30마일을 가는 데 꼬박 사흘이 걸렸다. 험한 여정이었다. 고개를 아래로 처박고 눈보라를 헤쳐가야 했고, 날씨는 몹시 추웠다. 엘리자베스 공주와 오촌간인, 윌리엄 하워드 경이 이끄는 일행은 도중에 반란군을 만날까 봐 두려워했고, 우리는 울퉁불퉁한 길을 칼바람을 맞으며 경비병들의 속도에 맞춰 가야 했다. 길에는 아무것도 없었고, 한겨울의 태양은 먹구름 사이로 파리한 얼굴을 가끔 내밀 뿐이었다.

우리는 정오경에 목적지에 도착했다. 긴 굴뚝 위로 모락모락 피어오르는 연기에 일행은 안도했다. 하지만 마구간에는 마부도 하인들도 없었다. 공주의 주변에서 시중을 드는 사람들은 아주 소수였다. 사마관(왕실 말과 사냥개 등을 관리하던 관직: 역주) 한 사람, 남자 하인 대여섯이 전부였는데, 그 중 우리 같은 일행을 맞으러 나오는 사람은 아무도 없었다. 우리는 병사들을 쉬게 하고, 건물의 정문으로 몰려갔다.

하워드 경이 직접 문을 두드리고 문손잡이를 흔들어 보았다. 문은 안에서부터 빗장으로 잠겨 있었다. 경은 뒤로 물러서더니 수비대장을 찾았다. 나는 그가 나와는 다른 목적으로 이곳에 왔다는 것을 그때야 깨달았다. 나는 공주의 속마음을 들여다보고, 여왕과의 관계를 회복시키고자 이곳에 왔지만, 그는 공주를 산 채로, 아니면 죽여서라도 런던에 데리고 가는 것이 목적이었다.

"다시 두드려 보시오. 안 되면 문을 부수어야지."

그가 엄숙하게 말했다.

문은 즉시 열렸고, 안에서는 마지못해 문을 열어 준 남자 하인들이 서슬이 퍼런 귀족과 모피 코트를 입은 의사들, 그리고 그 뒤에 무장을 하고 서 있는 병사들을 불안하게 내다보았다.

우리는 들어오라는 말도 기다리지 않고 안으로 밀고 들어갔다. 내부는 조용했고, 하인들의 발소리가 울리지 않도록 바닥에는 골풀이 잔뜩 깔려 있었으며, 강한 박하 향기로 실내 공기는 상쾌했다. 위엄이 느껴지는 엘리자베스 공주의 시녀이자 보호자인 캐트 애쉴리 부인이 홀 반대편에 서 있었다. 떡 벌어진 가슴 앞에 양손을 꼭 모아쥐고, 머리카락은 뒤로 넘겨 위엄 있는 후드 아래 감추고 있었다. 그녀는 여왕의 사절들이 마치 불한당들이라도 되는 것처럼 아래위로 훑어보았다.

위원들과 의사들이 각각 소개장을 내밀었다. 애쉴리 부인은 소개장에는 눈길도 주지 않고 손만 내밀어 받았다.

"공주님께 오셨다고 말씀은 전하겠지만, 마마께서는 너무 아프셔서 아무도 만날 수 없습니다."

그녀는 딱딱하게 말했다.

"식사는 할 수 있는 한 제대로 준비해 드리겠습니다만, 이렇게 많은 분들을 모실 방이 충분치 않습니다."

"우리는 힐햄 홀에 머물 것이오, 애쉴리 부인."

토머스 콘월리스 경이 사려 깊게 말했다.

애쉴리 부인은 그의 의견에 그다지 관심이 없다는 듯 눈썹을 치켜 올리더니 반대편 문으로 돌아섰다.

나는 그녀의 뒤를 따랐다. 그녀는 내게로 홱 돌아섰다.

"어디를 가려는 거지?"

나는 순진무구한 표정으로 그녀를 올려다보았다.

"당신을 따라가요, 애쉴리 부인. 엘리자베스 공주님을 뵈려고요."

"마마는 아무도 만나지 않으신다. 많이 아프셔."

애쉴리 부인이 잘라 말했다.

"그럼 발치에서 기도를 올리게 해주세요."

나는 조용히 말했다.

"그렇게 많이 아프시다면 저 아이의 기도가 필요하실 거요. 그 아이는 천사를 본다오."

홀에 있던 누군가가 말했다.

나를 거절할 구실이 없어져 버린 애쉴리 부인은 가볍게 고개를 끄덕여 나의 동행을 허락했다. 우리는 알현실을 지나 공주의 사저로 향했다.

알현실의 소음을 차단하기 위해, 문에는 두꺼운 다마스크 커튼이 드리워져 있었다. 이와 어울리는 커튼이 창문에도 달려 빛과 바람을 막아주고 있었다. 흔들리는 촛불만이 방 안을 밝혔고, 창백한 얼굴로 붉은 머리카락을 배게 위에 핏물처럼 펼치고 누워 있는 공주의 모습을 비춰 주었다.

그녀의 병은 사실이었다. 나는 단번에 알 수 있었다. 공주는 마치 임신한 것처럼 배가 부풀어 올라 있었고, 수놓은 이불 위에 놓여 있는 공주의 손도 부어 있었다. 스무 살짜리 젊은 아가씨가 아니라 뚱뚱한 노부인처럼 손가락은 크고 두꺼웠다. 아름답던 얼굴은 두루뭉술해졌고, 목도 굵어져 있었다.

"어디가 아프신가요?"

"수종증이야. 이전보다 훨씬 심해서. 편히 쉬서야 하는데."

"공주 마마."

나는 조용히 공주를 불렀다.

공주는 머리를 들어 부어오른 눈꺼풀 아래로 나를 힐끗 보았다.

"누구냐?"

"여왕 폐하의 광대, 한나입니다."

공주는 눈을 감았다.

"전할 말은?"

힘없는 목소리로 공주가 물었다.

"없습니다."

나는 재빨리 말하고는 덧붙였다.

"폐하께서 공주님을 곁에서 돌봐드리라고 저를 보내셨습니다."

"고맙기도 하지. 폐하께 내가 정말 아파서 혼자 안정을 취해야 한다고 아뢰어라."

공주가 들릴 듯 말 듯 중얼거렸다.

"폐하께서 마마의 병세를 완화시키기 위해 의사들을 보내셨습니다. 밖에서 마마를 알현하기를 기다리고 있습니다."

"나는 너무 아파서 아무 데도 갈 수 없다."

엘리자베스 공주는 처음으로 힘주어 말했다.

나는 웃지 않으려고 입술을 깨물었다. 공주는 정말 아파보였다. 아무도 반역죄인이 되고 싶지 않아서 손가락 관절을 붓게 할 수는 없을 것이다. 하지만 공주는 카드놀이를 하듯, 자신의 병을 이용하고 있었다.

"마마를 모실 위원들도 보내셨습니다."

"누구?"

"마마의 친척 되시는 윌리엄 하워드 경도 있습니다."

나는 공주의 부어오른 입술이 일그러지며 미소를 짓는 것을 보았다.

"내 친척까지 보내 나를 잡아오라고 하다니, 나를 벌하려고 단단히 결심을 하셨군."

"아프신 동안 제가 곁에서 모셔도 될까요?"

공주는 고개를 돌렸다.

"나는 지금 너무 피곤하다. 좀 나아지면 그때 다시 오거라."

침대 발치에서 무릎을 꿇고 있던 나는 자리에서 일어나 뒷걸음질 쳤다. 캐트 애쉴리는 머리로 문 쪽을 가리켜 나가라는 몸짓을 했다.

"마마를 잡으러 온 사람들에게 공주님은 이미 죽어가고 계신다고 말해라."

애쉴리 부인이 느닷없이 내뱉었다.

"사형대로도 마마를 위협할 수는 없다. 그냥 둬도 언제 어떻게 되실지 모를 지경이시니."

애쉴리 부인이 울먹였다. 그녀는 공주에 대한 걱정으로 신경이 팽팽하게 곤두서 있었다.

"아무도 마마를 위협하지 않습니다."

애쉴리 부인은 못 믿겠다는 듯 코웃음을 쳤다.

"다들 공주님을 데려가려고 온 거잖아?"

"맞아요. 하지만 영장도 없고, 공주님이 연금 상태에 계신 것도 아니세요."

나는 마지못해 대답했다.

"그렇다면 공주님은 안 가셔."

애쉴리 부인이 으르렁댔다.

"저분들에게는 공주님께서 여행하시기는 무리라고 말할게요. 하지만 의사들은 제가 뭐라 하건 공주님을 뵙고 싶어할 거예요."

애쉴리 부인은 더 이상 말하고 싶지 않다는 듯 콧방귀를 뀌더니 침대로 다가가 침구들을 매만졌다. 다시 절을 하고 방으로 나오던 나는 공주의 부어오른 눈꺼풀 아래로 그녀의 눈이 반짝하는 순간을 놓치지 않았다.

* * *

그로부터 기나긴 기다림의 시간이 계속되었다. 공주는 늦장을 부리는데 선수였다. 의사들이 여행을 떠나도 될 만큼 공주가 회복되었다고 판단하자, 공주는 런던에 가지고 갈 드레스를 고르느라, 시녀들은 고른 드레스를 싸느라 해질녘까지 시간을 끌었고, 결국 다시 모든 짐을 풀고 하루를 지체하게 되었다. 그 다음날이 되자 공주는 너무 피곤해서 하루종일 아무도 만날 수 없었고, 또다시 지루한 기다림이 시작되었다.

그러던 어느 날 아침, 결국 커다란 트렁크들이 겨우겨우 마차에 실렸고, 나는 엘리자베스 공주에게 가서 내가 도울 일은 없는지 물었다. 공주는 완전히 녹초가 되어 휴식용 긴 의자에 누워 있었다.

"짐은 모두 쌌어. 그런데 나는 너무 피곤해서 길을 떠날 수나 있을지 모르겠다."

몸의 부기는 다소 가라앉았지만 여전히 상태는 좋아 보이지 않았다. 뺨에 바른 쌀가루와 눈 밑의 검은 화장만 아니라면 그렇게까지 나빠 보이지 않았을 테지만. 마치 병든 여배우가 병든 여자의 역할을 연기하는 것 같았다.

"여왕 폐하께서는 어떻게 해서든 마마를 런던으로 불러들이려고 하세요."

"폐하께서 보내신 들것이 어제 도착했습니다. 들것에 누운 채 가시면 됩니다."

공주는 입술을 깨물었다.

"런던에 도착하면 언니가 내게 죄를 물을까?"

공주가 낮은 목소리로 물었다.

"나는 언니를 위해하려는 음모는 꾸민 적이 없어. 하지만 많은 사람들이 내게 불리한 이야기를 하고 나를 중상하는 거짓말을 하고 있지."

"폐하께서는 마마를 사랑하십니다. 공주님께서 폐하의 신앙을 받아들이신다면, 다시 공주님을 받아들이시고 진심으로 대하실 것입니다."

나는 공주를 안심시키려 했다.

엘리자베스 공주는 내 눈을 들여다보았다. 튜더 가 특유의 꾸밈없는 시선은 아버지와 언니를 닮아 있었다.

"지금 내게 진실을 말하고 있는 거니? 너는 거룩한 광대니, 아니면 사기꾼이니, 한나 그린?"

"둘 다 아닙니다. 로버트 더들리 경은 제 의지와 무관하게 저를 광대로 삼으셨어요. 저는 광대가 되고 싶었던 적은 한 번도 없어요. 제가 가진 예지력은 저의 의지와 무관하게 발현되고, 어떤 때는 제가 이해할 수 없는 것들을 보여 주기도 한답니다. 게다가 예지력은 아주 드물게 나타나요."

나는 공주의 눈을 똑바로 보며 말했다.

"로버트 더들리 뒤에 서 있는 천사를 보았다지?"

공주가 물었다.

나는 웃으며 말했다.

"예."

"어떻게 생겼든?"

나는 참지 못하고 키득키득 웃었다.

"공주님, 저는 로버트 경의 모습에 넋을 잃고 있었기 때문에 천사는 눈에 들어오지도 않았어요."

공주는 병자의 처지임을 잊고 허리를 펴고 앉더니 나와 함께 웃었다.

"그는 정말…… 그래…….정말 눈을 뗄 수 없는 남자야."

"한참 뒤에야 그분 뒤에 있던 사람이 천사였다는 것을 알았어요. 그 당시에는 세 분의 등장에 압도되었죠. 존 디, 로버트 경, 그리고 세 번째 천사."

나는 변명하듯 말했다.

"그럼 네가 본 것들이 현실로 나타나니? 디 선생을 도와 점을 쳤지?"

공주는 흥미롭다는 듯 물었다.

나는 발아래 땅이 갈라지는 것 같은 충격을 느끼며 대답을 주저했다.

"누구한테 들으셨어요?"

나는 조심스럽게 물었다.

하얀 여우처럼 작은 이빨들을 반짝이며 공주는 빙그레 웃었다.

"내가 뭘 아는지는 신경 쓸 것 없어. 네가 아는 게 뭔지 묻고 있잖아."

"제가 본 것들 중 어떤 것들은 현실로 나타나요. 하지만 정말로 알아야 하는 것들이나, 세상을 사는데 정말 중요한 것들은 보이지 않는답니다. 그러니 쓸모없는 능력이지요. 단 한 번이라도 미리 느낄 수 있었다면……."

나는 최대한 정직하게 대답했다.

"뭘 말이야?"

공주가 물었다.

"어머니가 돌아가실 거란 사실이오."

나는 말을 입 밖에 내자마자 후회했다. 공주처럼 예리한 사람에게 내 과거를 드러내고 싶지 않았다.

나는 공주의 얼굴을 살폈지만 공주의 얼굴에 나타난 것은 깊은 동정심이었다.

"몰랐구나. 스페인에서 그랬니? 너, 스페인에서 왔지?"

공주는 부드럽게 말했다.

"예, 스페인에서 돌아가셨어요. 흑사병으로요."

어머니에 대해 거짓말을 하면서 뱃속이 뒤틀리는 것 같은 날카로운 아픔이 느껴졌다. 하지만 이 젊은 여인이 보고 있는 앞에서 차마 종교 재판의 불길을 떠올릴 수가 없었다. 마치 내 눈동자에 비친 불꽃을 그녀에게 들키기라도 할 것 같았다.

"안 됐구나. 젊은 처녀에게 어머니가 없다는 것은 정말 힘든 일이지."

공주는 낮은 목소리로 말했다.

그녀는 잠시 자신의 처지를 떠올렸던 것이다. 동시에 간통죄를 저지른 음란한 마녀로 몰려 처형된 어머니의 죽음도 떠올렸을 것이다. 공주는 어두운 생각을 떨쳐버렸다.

"그런데 잉글랜드에는 어떻게 오게 됐지?"

"이곳에 친척이 있어요. 아버지가 정해 주신 결혼상대도 있고요. 우리는 여기서 새로 시작하고 싶었어요."

공주는 내 바지를 보며 웃었다.

"너의 정혼자도 자신의 상대가 남장 차림이라는 걸 아니?"

나는 약간 뾰로통해졌다.

"그는 제가 궁에서 일하는 걸 원하지 않아요. 제가 제복을 입고 다니는 것도, 바지 차림인 것도요."

"그래도 그가 좋니?"

"친척으로서는 좋은 사람이에요. 남편으로서는 아직 잘 모르겠지만."

"너에게 선택의 여지가 있니?"

"별로요."

나는 짤막하게 대답했다.

공주는 고개를 끄덕였다.

"여자의 인생이란 항상 그렇지."

그녀의 목소리에는 약간의 불만이 섞여 있었다.

"자신의 삶을 결정할 수 있는 사람들은 바지를 입은 자들이야. 너도 바지를 입길 잘했구나."

"이런 차림으로 다닐 날도 얼마 남지 않았어요. 아직 어릴 때는 이렇게 다니는 것이 허용되었지만……."

나는 흠칫 놀랐다. 공주에게 비밀을 털어놓고 싶지 않았다. 공주에게는 특별한 능력이 있었다. 튜더의 자손들만이 갖는, 다른 사람들로 하여금 속내를 털어놓게 하는 능력이었다.

"내가 네 나이였을 때 어떻게 하면 정말 여자가 될 수 있는지 절대로 알 수 없을 것 같았지."

공주가 내 마음을 들여다보기라도 한 듯 말했다.

"나는 학자가 되고 싶었어. 그건 어렵지 않을 것 같았거든. 훌륭한 스승이 있었는데, 그분이 내게 라틴어와 그리스어를 비롯해 모든 언어들을 가르쳐 줬어. 나는 아버지를 기쁘게 해드리려는 생각뿐이었고, 내가 에드워드처럼 영리하다면 아버지도 나를 자랑스럽게 여기

시리라 믿었지. 나는 아버지에게 그리스어로 편지를 쓰기도 했어, 믿어지니? 나는 결혼해서 잉글랜드를 떠나야 할지도 모른다는 사실이 항상 너무 두려웠어. 위대하고 학식이 뛰어난 여자로 자라서 궁에 남게 되는 것이 나의 가장 큰 소망이었으니까. 아버지가 돌아가시자, 이젠 궁에서 평생을 살아야겠다고 생각했어. 에드워드의 좋은 누나로서, 그의 아이들에게 좋은 고모로서, 그렇게 다 같이 아버지의 뜻이 이루어지는 것을 보며 살게 될 줄 알았지."

공주는 고개를 저었다.

"나에게도 너 같은 능력이 있었으면 어땠을까?"

공주가 말했다.

"내가 이런 처지가 될 줄, 나를 미워하는 언니의 그늘에서 떨게 될 줄, 사랑하는 동생은 죽고 아버지의 유지가 형편없이 무시되는 이런 상황에 처할 줄 알았더라면……."

엘리자베스 공주는 하던 말을 멈추고 나를 돌아보았다. 눈에는 눈물이 가득 고여 있었다. 공주는 한 손을 손바닥이 위로 가도록 내밀었다. 나는 그녀가 약간 떨고 있는 것을 알았다.

"내 미래를 봐 줄래? 언니가 나를 자매로 다시 받아들여 줄까? 내가 아무 죄가 없다는 걸 알아줄까? 언니에게 내 순수한 마음을 전해 줄 수 있니?"

"폐하께서도 할 수만 있다면 그렇게 하실 거예요."

나는 공주의 손을 잡았지만 내 눈은 갑자기 핏기가 가신 공주의 창백한 얼굴을 떠나지 못했다. 공주는 화려하게 수놓아진 베개에 다시 몸을 기댔다.

"정말입니다, 공주님. 폐하께서는 공주님의 친구가 되실 겁니다. 저를 믿으세요. 공주님의 무고하심을 폐하께서 아신다면 정말 아주 기뻐하실 거예요."

공주는 잡힌 손을 뺐다.

"바티칸이 나를 성녀로 떠받든대도 언니는 만족하지 않을 거야. 왠지 아니? 언니가 나를 미워하는 것은 내가 궁을 떠났기 때문도, 나의 종교 때문도 아니야. 이건 자매들 간의 문제야. 언니의 어머니가 겪은 고통, 그리고 언니 자신이 겪은 고통 때문에 언니는 나를 용서할 수 없는 거야. 내가 아버지와 왕실의 사랑을 독차지한 아이였기 때문에, 내가 아버지의 사랑을 한 몸에 받는 딸이었기 때문에 언니는 나를 죽을 때까지 미워할 거야. 내 기억 속의 언니는 어린 내 침대 발치에 앉아 있던 젊은 아가씨였지. 언제나 자장가를 불러주었지만, 그 눈은 마치 금방이라도 베개로 내 숨통을 막아버릴 것처럼 무섭게 노려보고 있었어. 언니의 마음속에는 사랑과 증오가 뒤범벅되어 있어. 나이 어린 여동생 때문에 초라해지는 건 결코 원하지 않을 거야."

나는 아무 말도 하지 않았다. 아니, 그녀의 너무나 정확한 상황판단에 할 말을 잃었다.

"젊은데다 자신보다 예쁘기까지 한 동생, 스페인 혼혈이 아닌 순수한 튜더 가의 혈통을 이어받은 동생 때문에 말이야."

나는 고개를 돌려 외면했다.

"말씀을 삼가십시오, 마마."

엘리자베스 공주는 소리 내어 웃었다. 가식 없는 가벼운 웃음이었다.

"내 진심을 알아보라고 너를 여기 보냈겠지? 언니는 자신의 삶이 신의 뜻이라고 단단히 믿고 있어. 신이 길을 보여 줄 거라고. 하지만 언니의 하느님만 믿고 있다간 언제까지고 기다려야만 할걸. 왕위에 오르기 위해 평생을 기다렸는데 나라는 반란군의 손아귀에 넘어갈 위기에 처하고. 결혼을 할까 했더니, 신랑은 자기 나라에서 정부랑

노닥거리느라 늦장을 부리고. 그래, 언니의 앞날이 어떨 거 같니, 광대 아가씨?"

나는 고개를 저었다.

"제게는 아무것도 보이지 않습니다, 마마. 제가 원한다고 보이는 게 아니에요. 그리고 저는 미래를 볼까 봐 무서워요."

"디 선생은 네가 뛰어난 예지자가 될 수 있다고 하던데. 그래서 자신을 도와 우주의 비밀을 밝힐 수 있을 거라고."

나는 내 마음의 눈에 비친 생생한 이미지와, 시커먼 거울, 내 입에서 튀어나온 알 수 없는 말들과 잉글랜드를 통치할 두 명의 여왕에 관한 예언을 들킬까 봐 고개를 돌렸다. '아이가 있으나, 아이가 아니오, 왕이 있으나 왕이 아니리라. 처녀 여왕은 기억에서 사라질 것이며, 다른 여왕은 처녀가 아니리라.' 나는 이 예언들이 누구를 의미하는지 알 수 없었다.

"디 선생과 만난 지 벌써 몇 달이 됐어요. 그분에 대해 아는 것도 별로 없고요."

나는 조심스럽게 대답했다.

"넌 전에 불쑥 다가와서 디 선생과 다른 사람들의 이름을 얘기했었잖아."

나는 잠시도 주저하지 않고 말했다.

"아니오, 마마. 잊으셨나요? 마마의 구두굽이 부러져서 제가 방까지 모셔다 드렸을 뿐이잖아요."

공주는 눈을 가늘게 뜨더니 빙그레 웃었다.

"바보는 아니구나, 한나."

"그 정도의 상식은 있습니다."

나는 재빨리 대답했다.

두 사람 사이에 잠시 침묵이 흘렀다. 공주는 자리에서 일어나 바닥을 딛고 앉았다.

"일으켜다오."

나는 공주의 팔을 잡았고, 공주는 내게 몸을 기대더니 약간 비틀거리며 일어섰다. 꾸미는 기색은 없었다. 공주는 정말로 아팠고, 그녀의 떨림이 내게 전해져 왔다. 나는 그녀가 느끼는 정신적인 공포가 육체적 고통으로 나타난다는 것을 알았다. 공주는 창가로 한 걸음 나아가더니 추운 겨울의 정원 너머를 내려다보았다. 나뭇잎들에 맺힌 얼음이 녹으면서 눈물처럼 떨어져 내렸다.

"런던에 못 가겠어. 도와줘, 한나. 못 가겠어. 로버트 더들리한테서는 무슨 말이 없었니? 존 디한테서도? 다른 사람들에게서도? 정말 나를 도와줄 사람은 아무도 없다는 거야?"

공주의 목소리는 부드러웠다.

"엘리자베스 공주님, 정말로 다 끝났어요. 공주님을 도울 수 있는 사람은 아무도 없어요. 여왕 폐하에게 대항할 군대도 없고요. 디 선생과는 몇 달째 연락이 끊겼어요. 로버트 경을 마지막으로 만났을 때 그분은 런던탑에서 죽을 날을 기다리고 계셨어요. 살아남으리라는 기대는 버린 것 같았어요. 저도 더 이상 그분의 종이 아니라고 하셨어요."

내 목소리가 아주 약간 떨렸다. 나는 심호흡을 하고 진정하려 했다.

"마지막으로 제게 남기신 말씀은 제인 아가씨를 위해 선처를 부탁해 보라는 것이었어요."

나는 로버트 경이 엘리자베스 공주 자신의 선처도 부탁했다는 말은 하지 않았다.

공주 자신도 제인만큼 죽음에 가까이 다가가 있다는 사실을 굳이 내 입으로 상기시키지 않아도 될 것 같았기 때문이다.

공주는 눈을 감고 나무 덧창에 기대섰다.

"그래서 언니에게 부탁했니? 제인은 용서받을까?"

"폐하께서는 항상 자비로우십니다."

공주는 눈물이 가득 고인 눈으로 나를 보았다.

"정말 그래야 할 텐데. 그럼 난 어떻게 되는 거지?"

공주는 수심 어린 목소리로 말했다.

* * *

다음날이 되자 공주는 더 이상 버틸 수가 없었다. 공주의 트렁크, 가구, 옷가지를 실은 마차는 이미 런던을 향해 떠나고 없었다. 여왕이 보낸 쿠션과 따뜻한 모피담요가 달린 들것은 네 마리의 흰색 노새에 실려 문 앞에 준비되어 있었고, 노새 몰이꾼도 대기 중이었다. 엘리자베스 공주가 비틀거리며 현관에 나타났다. 금방이라도 쓰러질 것 같았지만, 의사들이 곁에 있었다. 의사들은 그녀를 반은 질질 끌고, 반은 들어올리다시피 해서 들것에 서둘러 밀어 넣었다. 공주는 아파서 소리를 질렀지만, 사실 그것은 자신을 옥죄어 오는 공포 때문이었을 것이다. 공주는 공포에 시달리고 있었다. 런던에 가면 반역자로 재판을 받을 것이며, 그것은 곧 죽음을 의미했다.

런던으로 가는 행렬은 천천히 움직였다. 매번 행렬이 멈출 때마다, 공주는 좀더 쉬다가 가자고 하거나, 너무 빨리 움직여 힘들다거나, 들것에서 내려올 수가 없다거나 또는 들것 위로 다시 올라갈 수가 없다고 불평을 하며 시간을 끌었다. 공주의 몸 가운데 차가운 겨울 바람에 유일하게 노출된 얼굴은 추위에 붉어졌고, 더욱 부어올랐다. 여행하기 좋은 날씨는 아니었으며, 환자에게 적합한 날씨는 더더욱 아니었다. 하지만 여왕의 신하들은 지체되는 것을 용납하지 않았다. 엘리자베스 공주의 친척인 하워드 경이 나서서 재촉하는 가운데 나머지 신하들의 단호함은 그들에게 권한이 있다면 공주를 살려 두지 않을 것임을 보여 주었다.

아무도 다음 왕위 계승자를 그들처럼 혹독하게 다룰 수는 없을 것이다. 아무도 잉글랜드의 왕이 될 사람을 어두운 새벽에 들것에 밀어 넣고, 울퉁불퉁하게 언 땅이 미처 녹기도 전에 길을 재촉하지는 않을 것이다. 엘리자베스 공주를 이렇게 홀대하는 사람들은 그녀가 결코 여왕이 될 리가 없다고 확신하는 자들이었다.

* * *

길을 떠난 지 삼 일째였지만, 이대로라면 영원히 목적지에 도착할 수 있을 것 같지 않았다. 공주는 매일 아침 늦게 일어났고, 관절이 아프다며 정오까지 들것은 거들떠보지도 않으려 했다. 식사를 하기 위해 길에서 멈추어 설 때마다 공주는 늦게야 식탁에 나타나 들것에 다시 오르려 하지 않았다. 저녁이 되어 하룻밤 묵어갈 숙소에 당도할 때쯤이면 여왕의 신하들은 말에다 대고 화풀이를 하고는 발을 구르며 방으로 들어가 바닥에 깔린 골풀을 옆으로 차서 밀어버렸다.

"이렇게 시간을 끌면 공주님께서 뭘 얻으실 수 있나요?"

어느 날 아침 나는 하워드 경의 명으로 공주가 언제나 떠날 준비를 마칠지 알아보러 벌써 열 번째 공주의 침실을 방문 중이었다.

"더 기다린다고 해서 폐하께서 공주님을 용서할 것 같지는 않아요."

공주는 꼼짝 않고 서 있었고, 시녀가 그녀의 목에 머플러를 두르고 있었다.

"하루를 더 벌 수 있지."

"하루 더 벌어서 뭐 하시게요?"

공주는 나를 보며 빙그레 웃었지만, 두 눈은 공포로 흐려져 있었다.

"아, 한나, 하루를 더 번다는 것이 얼마나 소중한 것인지 모르는 걸 보니, 넌 나처럼 간절하게 살고 싶었던 적이 없었나 보구나. 하루를 더 살기 위해서라면 난 무슨 짓이든 할 수 있어. 그리고 그 다음 날도 마찬가지야. 런던에 도착하는 날이 하루하루 늦춰질수록, 내 삶도 하루하루 늘어나. 아침에 눈을 떠서 새로이 맞는 하루, 밤이 되어 눈을 감을 때까지 무사히 살아낸 하루가 나에게는 값진 승리란다."

네 번째 날 우리는 윌리엄 하워드 경에게 편지를 전하러 온 전령과 마주쳤다. 하워드 경은 편지를 읽더니 재킷 앞섶에 밀어 넣었다. 그의 얼굴이 갑자기 어두워졌다. 엘리자베스 공주는 그가 보지 않는 틈을 타 부어오른 손가락으로 내게 가까이 오라고 손짓을 했다. 나는 말을 몰아 들것 가까이로 다가갔다.

"저 편지에 뭐가 적혀 있는지 알아오면 후한 사례를 하마. 가서 듣고 와. 아무도 너의 존재는 신경 쓰지 않을 거야."

저녁 식사를 위해 잠시 멈췄을 때 드디어 기회가 왔다. 하워드 경과 다른 신하들은 자신들의 말이 마구간으로 들어가는 것을 지켜보고 있었다. 나는 하워드 경이 재킷 안에서 편지를 꺼내는 것을 보고 승마용 장화를 고쳐 신는 척하며 그의 곁에 멈춰 섰다.

"제인 그레이가 죽었소. 이틀 전에 길포드 더들리의 뒤를 이어 형이 집행되었다 하오."

하워드 경이 담담하게 말했다.

"로버트 경은요?"

나는 불쑥 고개를 들며 황급히 물었다. 주변의 웅성거림 속에서 내 목소리가 날카롭게 울렸다.

"로버트 더들리 경은요?"

광대에게는 모두들 관대한 법이었다. 하워드 경은 나의 호기심에 고개를 끄덕이며 말했다.

"로버트 경에 관한 소식은 없구나. 아마 동생과 함께 처형되었겠지."

갑자기 내 주변의 세상이 뿌옇게 변해 버리는 듯하더니 나는 거의 기절할 지경이 되었다. 나는 차가운 계단 위에 철퍼덕 주저앉아 두 손으로 머리를 감싸 쥐었다.

"로버트 나리."

나는 무릎에 얼굴을 대고 혼자 중얼거렸다.

"주인님."

그가 죽었다니 믿을 수 없었다. 그 갈색 눈이 뿜어내던 밝은 생명력을 다시는 느낄 수 없다니, 사형 집행인이 여느 반역자에게 하듯 그의 머리를 무자비하게 도려냈다니, 갈색 눈동자와 사랑스러운 미소와, 유쾌한 매력이 사형대 위에서 아무런 힘을 발하지 못하고 그를 죽게 내버려 뒀다니 믿을 수 없었다. 어떻게 그렇게 사랑스러운 사람을 죽일 수 있었을까? 누가 그의 사형을 허락하는 문서에 서명하고, 어떤 집행인이 그런 짓을 할 수 있었을까? 더욱 믿기 어려운 일은 그에 관한 나의 예언이 틀렸다는 사실이었다. 내 입에서 나오는 예언의 말을 분명히 들었고, 촛불이 타는 냄새를 맡았고, 흔들리는 불꽃과 거울을 보았는데. 이 모든 것들이 만들어 내는 영상이 나를 존 디의 어두운 방으로 인도했는데. 로버트 경은 여왕의 사랑을 받을 것이며 자신의 침상에서 평화롭게 죽음을 맞을 운명이었는데. 내 눈으로 보고, 내 귀로 들었는데. 로버트 경이 죽었다면, 나는 내 인생의 연인을 잃었을 뿐 아니라, 내 능력이 한낱 터무니없는 망상에 불과하다는 사실을 가장 잔인한 방법으로 배운 셈이었다. 허공을 가르는 날카로운 도끼날에 그의 목숨과 함께 모든 것이 끝나버린 것이다.

나는 일어서 뒷걸음질쳐 돌벽에 몸을 기댔다.

"이봐, 괜찮은가?"

하워드 경의 부하 한 사람이 건성으로 내게 물었다. 하워드 경은 무심한 눈길을 힐끗 던졌을 뿐이었다.

나는 목이 메어왔지만 꾹 참고 물었다.

"엘리자베스 공주님께 제인 아가씨의 소식을 전해도 될까요? 혹시 알고 싶어하실까 봐요."

"그렇게 해라. 당연히 알고 싶겠지. 며칠 내로 다들 알게 될 거야. 제인 그레이와 더들리 형제가 수백 명의 군중 앞에서 처형당했다는 걸. 공공연한 사건이니까."

그가 대답했다.

"죄명은요?"

나는 뻔한 질문을 했다.

"반역죄지. 공주에게 말해. 반역죄인의 최후라고. 왕위를 탐한 대가라고."

그는 잘라 말했다.

다들 아무 말도 없이 엘리자베스 공주가 있는 들것 쪽으로 고개를 돌렸다. 공주는 한 손은 애쉴리 부인에게 맡기고, 다른 한 손은 문 가장자리를 잡은 채 힘겹게 들것에서 내려오고 있었다.

"반역자들에게는 죽음뿐이야."

하워드 경의 눈은 한때 가깝게 지냈던 친구들을 모두 교수대에 매달리게 한, 자신의 일족이기도 한 창백한 얼굴의 공주에게 향해 있었다.

"반역자에게는 죽음뿐이지."

"아멘."

모인 사람들 중 누군가가 조용히 말했다.

* * *

나는 공주가 저녁 식사를 마칠 때까지 기다렸다가 공주의 곁으로 다가갔다. 공주는 하급 궁정관리가 내민 물 대야에 손가락을 담그고 있다가 다시 시동에게 손을 내밀어 닦도록 했다.

"편지는?"

공주는 고개도 돌리지 않고 물었다.

"며칠 내로 공표될 겁니다. 아뢰옵기 송구하오나, 공주님. 종질 녀이신 제인 그레이 아씨와 부군께서 처형되셨고……. 그리고 로버트 더들리 경도……."

공주의 내민 손은 미동도 하지 않았다. 하지만 공주의 눈빛은 눈에 띄게 어두워졌다.

"결국 해치우셨군."

공주가 조용히 말했다.

"여왕께서 마침내 저지르셨어. 자신의 일족을, 사촌의 딸을, 아주 어릴 때부터 봐 왔던 그 아이를 죽였어."

공주가 나를 바라보았다. 그녀의 손은 이름의 머리글자 문양이 새겨진 리넨 천으로 공주의 손가락을 톡톡 두드려 닦고 있는 시동의 손만큼이나 아무런 동요가 없었다.

"여왕이 도끼 맛을 알았으니, 이제 아무도 발을 뻗고 잘 수 없겠군. 세상에, 난 아무 잘못도 없는데."

나는 고개를 끄덕였지만, 내 귀에는 아무 소리도 들리지 않았다. 내 머릿속은 온통 갈색 머리를 빳빳이 쳐들고 형장으로 향하는 로버트 경에 대한 생각뿐이었다.

공주는 수건에서 손을 빼더니 식탁에서 고개를 돌렸다.

"피곤하군. 오늘은 더 이상 못 가겠어요. 쉬어야겠소."

그녀가 하워드 경에게 말했다.

"가야 합니다, 공주님."

엘리자베스 공주는 절대로 안 가겠다는 듯 고개를 설레설레 저었다.

"못 간다니까. 쉬었다가 내일 아침 일찍 떠나도록 해요."

"정말 일찍 떠난다면 좋습니다. 날이 밝는 대로 출발하지요, 공주님."

하워드 경이 마침내 동의했다.

공주는 미소를 지어 보이려 했지만 입술이 약간 움직였을 뿐이었다.

"물론이오."

* * *

아무리 시간을 끌려고 발버둥쳐도 여행은 끝이 있는 법이었다. 출발한 지 열흘이 지난 어느 늦은 저녁 우리는 하이게이트에 있는 어느 신사의 집에 도착했다.

나는 공주의 시녀들과 함께 방을 썼다. 그들은 동이 트자 일어나 공주의 런던 입성을 준비했다. 그들은 흰색 리넨과 페티코트, 새하얀 드레스를 잘 손질하고 다려서 공주의 방으로 가져갔다. 나는 그 광경을 보며 그녀가 튜더 가의 상징인 흰색과 초록색으로 차려입고 런던으로 진격해 오는 메리 공주를 맞던 그날을 생각했다. 이제 공주는 눈처럼 순수하고 순결한 신부처럼, 고결한 죽음을 맞는 순교자처럼 순백의 드레스로 차려입을 것이다. 들것이 문 앞에 대령했을 때, 공주는 출발할 채비를 모두 마친 채 기다리고 있었다. 사람들이 그녀를 보려고 몰려드는 상황에서 더 이상의 지체는 있을 수 없었다.

"커튼을 치는 것이 좋을 거요."

하워드 경이 퉁명스럽게 말했다.

"그냥 두시오. 사람들이 날 보게 내버려두시오. 내가 어떤 상태로 집에서 끌려나와 이런 끔찍한 날씨에 보름간이나 여행을 했는지 저들도 봐야 할 게 아니오."

공주는 주저 없이 말했다.

"열흘입니다. 그리고 닷새면 충분한 거리였습니다."

하워드 경은 여전히 무뚝뚝하게 말했다.

공주는 그 말에 대꾸도 하지 않고, 베개에 몸을 눕히더니 하워드 경에게 그만 가보라는 손짓을 했다. 그는 낮은 소리로 험한 말을 내뱉더니 말에 훌쩍 올라탔다. 나는 고삐를 당겨 들것 뒤쪽에 따라 붙었고, 일행은 뜰을 벗어나 런던으로 향하는 길로 들어섰다.

* * *

런던에는 죽음의 그림자가 어둡게 드리워져 있었다. 길목마다 세워진 교수대에는 끔찍한 형체들이 대롱대롱 매달려 있었다. 목을 조금만 빼고 기웃거리면 입을 헤벌리고, 튀어나온 눈으로 지나가는 사람을 노려보며 죽어 있는 시체를 볼 수 있었다. 바람이 불면 시체 썩는 냄새가 온 거리에 진동을 했고, 코트자락을 바람에 휘날리며 이리저리 흔들리는 시체들은 아직도 살겠다고 처절하게 몸부림치고 있는 것 같았다.

엘리자베스 공주는 시선을 앞으로 똑바로 향한 채 움직이지 않았지만, 골목마다 시체들이 매달려 있는 것을 모를 리 없었다. 그들 중 반은 그녀가 아는 사람들이었고, 그녀의 부름을 받아 싸웠다고 믿으며 반란군의 일원으로 죽어갔다. 공주의 얼굴은 처음 들것 위에 누울 때부터 그녀가 입은 드레스처럼 창백했지만, 킹즈가(街)를 지날 무렵에는 핏기가 완전히 가시고 백지장처럼 되어버렸다.

몇몇 사람들이 그녀를 보고 소리를 질렀다.

"공주 마마께 신의 가호가 있기를!"

공주는 정신을 차리고, 애처로운 표정으로 사람들에게 힘없는 손을 들어주었다. 공주는 마치 죽으러 가는 순교자 같았다. 교수대가 즐비한 이 거리에서 그녀가 느끼는 공포가 어땠을지 짐작하고도 남음이 있었다.

엘리자베스 공주는 반란의 중심에 있었고, 목이 매달린 채 바람에 흔들리는 마흔다섯 구의 시신들은 반란이 실패로 돌아갔음을 분명히 보여 주고 있었다. 그들 마흔다섯 명을 처형하기로 결정했던 심판대에 이제 엘리자베스 공주도 오를 것이다. 모두 그녀의 죽음을 예견하고 있었다.

말을 탄 행렬이 천천히 화이트홀 궁으로 다가가자, 거대한 정문이 열렸다. 엘리자베스 공주는 들것 위에서 몸을 세우고 궁전으로 오르는 거대한 계단을 바라보았다. 여왕의 모습은 보이지 않았고, 궁에서는 아무도 그녀를 맞으러 나오지 않았다. 정적만이 감도는 가운데 공주는 굴욕을 참으며 궁에 도착했다. 계단 위에는 단 한 사람의 신사 계급인 시종만이 서 있었지만, 그는 엘리자베스 공주가 호송되어 온 죄인이라도 되는 듯 하워드 경과 몇 마디를 주고받았을 뿐이다.

하워드 경은 들것으로 다가와 손을 내밀었다.

"숙소가 준비되어 있습니다. 수행인은 두 명만 데리고 가실 수 있습니다."

"시녀들은 모두 내 시중을 들어야 하오. 나는 몸 상태가 좋지 않소."

공주는 즉각 반발했다.

"두 명 이상은 안 된다는 명령이 내려왔습니다. 선택하십시오."

하워드 경은 잘라 말했다.

런던으로 오는 내내 차갑기만 하던 그의 음성에 이제는 독기마저 서렸다. 런던에 온 이상, 수많은 눈과 귀들에 둘러싸인 이곳에서 반역자에게 친절을 베푸는 모습을 보여서는 안 된다는 것을 하워드 경은 잘 알고 있었던 것이다.

"어서 고르십시오."

"애쉴리 부인, 그리고……."

주위를 둘러보던 엘리자베스 공주의 시선이 내게 꽂혔다. 나는 뒷걸음질쳤다. 나는 더 이상 희망 없는 공주와 엮이고 싶지 않아 안절부절못하는 변절자의 심정이었다. 하지만 나를 통해서만이 여왕과 접촉할 수 있다는 사실을 그녀는 너무도 잘 알고 있었다.

"애쉴리 부인과 광대 한나를 데리고 가지."

공주가 말했다.

하워드 경은 소리 내어 웃었다.

"세 사람의 어리석은 광대들이로군."

혼잣말처럼 중얼거리며 그는 마중 나온 신사에게 손을 흔들어 우리를 엘리자베스 공주의 숙소로 데리고 가게 했다.

* * *

나는 공주가 숙소에 무사히 도착해 짐을 풀기도 전에 윌 소머스를 찾아 나섰다. 그는 대연회장의 긴 의자에 앉아 졸고 있었다. 누군가 잠든 그의 몸에 망토를 덮어 준 모양이었다. 그는 모든 이들의 사랑을 받고 있었다.

나는 그의 곁에 다가앉아, 그를 깨워야 할지 말지 망설였다.

눈도 뜨지 않고 그가 입을 열었다.

"우린 정말 한 쌍의 바보들인가 봐. 한참을 떨어져 있었는데도 서로 말도 하지 않잖아."

그는 갑자기 벌떡 일어나 앉더니 내 어깨를 끌어안았다.

"주무시는 줄 알았어요."

"일하는 중이었어. 잠자는 어릿광대가 깨어 있는 어릿광대보다 더 우스울 거라는 결론을 내렸거든, 특히 여기 궁에서는 말이야."

그는 위엄 있게 말했다.

"왜요?"

나는 경계하는 말투로 물었다.

"아무도 내 말에 웃질 않잖아. 그래서 내가 입을 다물면 웃는지 한번 보기로 했지. 그랬더니 조용히 있는 편을 더 좋아하잖아. 그러니 잠자는 광대도 좋아할 거다 싶었지. 그리고 잠이 들면 사람들이 웃는지 안 웃는지 알 수 없으니까, 난 아주 웃긴 광대라고 스스로 위안을 삼을 수도 있고. 꿈에서 본 나의 재치 있는 입담에 웃으면서 잠에서 깰 수도 있지. 정말 괜찮은 생각이지?"

"그러네요."

그는 나를 향해 돌아앉았다.

"공주 마마가 오셨지?"

나는 고개를 끄덕였다.

"몸이 아프시니?"

"아주 많이오. 정말로 아프신 것 같아요."

"폐하께서는 단번에 모든 고통을 가시게 해주실 수 있는데. 외과 의사가 되셨어. 전공은 절단."

"제발 그렇게 되지 말아야 할 텐데. 그런데 아저씨, 로버트 더들리 경은 어떻게 돌아가셨어요? 고통 없이 한 번에 가셨나요?"

나는 재빨리 말했다.

"아직 멀쩡해. 고난과 역경에도 불구하고."

나는 심장이 터질 것 같았다.

"세상에, 로버트 경이 참수당했댔어요."

"진정해라. 자, 머리를 무릎 사이에 끼워 봐."

그의 목소리가 아주 먼 곳에서 들리는 것 같았다.

"이젠 좀 낫니? 사랑에 눈이 먼 꼬마 아가씨?"

나는 고개를 번쩍 들었다.

"얼굴이 빨개졌네. 이렇게 피가 쉽게 끓어오르는 걸 보니 곧 그 바지는 벗어 던져버리겠군."

"살아도 사는 게 아니지. 아버지, 남동생, 그리고 불쌍한 제수가 끌려 나가 자신의 방 창문 바로 아래에서 처형당했는데 자신만 아직 살아 있다니."

월이 말했다.

"충격으로 머리카락이 하얘졌는지는 몰라도, 아직 목은 그대로 붙어 있단다."

"아직 살아 있단 말예요? 정말이죠?"

나는 아직도 믿을 수가 없었다.

"지금 당장은."

"몰래 그분을 만날 수 있을까요?"

그는 껄껄 웃었다.

"더들리 일가는 항상 말썽을 일으킨다니까."

"의심받지 않고 만날 수 없나요?"

월은 고개를 저었다.

"궁에는 이제 어둠이 드리웠어. 무슨 일을 하건 의심이 따라다니지. 그래서 나는 잠이나 자기로 한 거야. 자는 동안만큼은 의심을 피할 수 있으니까. 난 아무 생각 안 하고 그냥 잠만 잔단다. 꿈도 안 꾸려고 애쓰지."

그는 서글프게 말했다.

"그냥 한번 보기만이라도 했으면 좋겠어요."

내 목소리에는 간절함이 묻어나왔다.

"그냥 한번 보고 그분이 살아계시고, 앞으로도 계속 살아 계실 거라는 걸 확인하고 싶어요."

"그도 인간이야. 언젠가는 죽는 존재지. 오늘은 확실히 살아 있을 거야. 하지만 얼마나 살지는 아무도 몰라. 그냥 그렇게 생각하렴."

윌의 말이 옳았다.

1554년 봄

그로부터 며칠 동안 나는 여왕과 엘리자베스 공주의 처소를 오갔지만, 양쪽 어디에서도 마음이 편치 않았다. 여왕은 입을 굳게 다문 채 단호한 태도로 일관했다. 그녀는 엘리자베스 공주가 반역죄를 범한 대가로 죽어야 한다는 것을 알고 있었지만, 차마 어린 동생을 런던탑에 보낼 수가 없었다. 자문위원회는 공주를 조사했고 그녀가 반란의 모든 정황을 알고 있었으며, 그 중 반은 그녀가 꾸민 일로써, 반란군이 런던 남쪽을 장악하는 동안 엘리자베스 공주 자신은 애쉬릿지를 중심으로 런던 북쪽을 장악할 생각이었다고 확신했다. 그러나 가장 무서운 혐의는 그녀가 반란을 위해 프랑스군을 끌어들이려 했다는 점이었다. 여왕이 왕좌를 지키고 공주를 잡아들일 수 있었던 것은 충성스러운 런던시민들의 덕이었다.

모든 이들의 강력한 주장에도 불구하고, 여왕은 엘리자베스 공주에게 반역죄를 적용시키기를 주저하고 있었다. 백성들이 들고 일어날까 봐 두려웠던 것이다. 엘리자베스 공주를 옹립하고자 일어난 반란군의 규모에 여왕은 이미 압도당했었다. 이제 공주의 목숨을 구하기 위해 또 얼마나 많은 사람들이 들고 일어날지 알 수 없는 일이었다. 삼십 명의 반란군이 추가로 켄트로 끌려가 자신들의 고향 마을에서 교수형을 당했지만, 신교도 공주가 사형대에 오르게 된다는 소문은 수백 명의 또 다른 반란군을 양산할지 모르는 일이었다.

그보다 더 심각한 위험은 메리 여왕이 자신의 의지를 실행에 옮길 수 없다는 데 있었다. 그녀는 엘리자베스 공주가 참회하는 모습으로 돌아와 두 사람 사이에 화해가 이루어지기를 기대했었다. 엘리자베스 공주가, 메리 여왕의 힘의 우월함을, 켄트인의 반을 호령할 수 있는 자신보다 런던 전체를 동원할 수 있는 메리 여왕의 능력이 우세함을 깨달았기를 기대했었다. 하지만 엘리자베스 공주는 자백할 준비도, 언니의 자비를 구걸할 준비도 되어 있지 않았다. 그녀는 여전히 오만하고 고집스러운 태도로 자신은 아무 죄가 없다고 주장하고 있었다. 메리 여왕은 엘리자베스 공주의 입에서 나오는 거짓말을 더 이상 참을 수가 없었다. 몇 시간이고 여왕은 기도대에 무릎을 꿇고 앉아, 양손을 턱 아래 모으고, 두 눈은 십자가상에 고정시킨 채 반역을 범한 동생을 어찌하면 좋을지 신의 인도를 구했다.

"엘리자베스 공주가 이겼다면 폐하는 벌써 참수 당했을걸요."

제인 도머가 거침없이 말했다. 여왕은 기도대에서 몸을 일으키더니 난로가로 걸어가 머리를 돌로 된 벽난로에 기대고 불꽃을 들여다보았다.

"공주가 머리에 왕관을 쓰는 그 순간, 폐하의 목이 달아났을 거라고요. 폐하의 죄명이 시기이든 반역이든 개의치 않았을 거예요. 폐하께서는 왕위를 물려받으실 신분이라는 이유만으로 죽임을 당하셨을 거예요."

"그 애는 내 동생이야. 난 그 애에게 걸음마를 가르쳤어. 아장아장 걷는 그 아이의 손을 잡아줬지. 그런데 이제 내 손으로 그 애를 죽이라는 건가?"

여왕이 대답했다.

제인 도머는 수긍할 수 없다는 듯 어깨를 으쓱하더니 바느질감을 집어들었다.

"하느님께서 인도해 주실 거야. 엘리자베스와 함께 살아갈 수 있는 길을 반드시 찾아야 해."

여왕은 조용히 말했다.

* * *

3월이 되자 날씨는 포근해졌고 해도 길어졌다. 궁전에서는 모두들 숨소리도 크게 내지 않으려고 조심했으며 공주에게 무슨 일이 일어날지 예의 주시했다. 공주는 하루가 멀다 하고 추밀원의 조사를 받았지만, 여왕은 공주와의 대면을 피했다.

"못 하겠어."

여왕은 이렇게만 말했지만, 나는 그녀가 엘리자베스 공주를 재판정에 세울 마음의 준비를 하고 있음을 알았다. 일단 재판정에 서면 사형대에 오르는 것은 시간 문제였다.

증거는 충분했지만 여왕은 여전히 망설였다. 부활절 직전에 나는 아버지로부터 휴가를 얻어 일주일만 가게에서 함께 지내자는 편지를 받고 정말 기뻤다. 아버지는 몸이 좋지 않아 대신 가게 문을 열고 닫아 줄 사람이 필요하다고 썼다. 하지만 나는 별로 걱정하지 않았다. 보나마나 대수롭지 않은 감기일 테고, 다니엘이 매일같이 와주고 있었기 때문이었다.

다니엘과 계속 함께 있어야 한다는 생각에 마음이 편치는 않았지만, 어쨌든 편지를 여왕에게 보여 주고 휴가를 얻었다. 나는 여분의 바지와 깨끗한 새 리넨 셔츠를 싸서 공주의 거처로 향했다.

"휴가를 얻어 잠시 집에 다녀오겠습니다."

나는 엘리자베스 공주 앞에 무릎을 꿇으며 말했다. 위층에서 요란한 소음이 들려왔다. 바로 위층은 얼마 전부터 여왕의 사촌 레이디 마가렛 더글러스의 부엌으로 사용되고 있었는데, 아무도 그들에게 아래층의 환자를 배려해 달라는 주의를 주지 않았던 모양이다. 요란스러운 소리로 미루어, 그들은 작정을 하고 소란을 피우는 것 같았다. 레이디 마가렛은 표독스러운 인상의 튜더 가 여인으로 엘리자베스 공주가 죽는다면 유력한 왕위 계승 후보로 떠오르게 될 위치에 있었으므로, 공주를 의도적으로 지치게 만들 충분한 이유가 있었다.

엘리자베스 공주는 갑자기 들려오는 쾅 소리에 흠칫 놀랐다.

"간다고? 언제 올 건데?"

"일주일 안에요, 마마."

공주는 고개를 끄덕이는 듯하더니 갑자기 입술을 떨며 금방이라도 울음을 터뜨릴 같았다.

"꼭 가야 하니, 한나?"

공주는 기어들어가는 목소리로 물었다.

"예. 아버지가 열이 오르고 몸이 아프세요. 아버지를 보러 가야 해요."

공주는 나를 외면하더니 손등으로 눈을 문질렀다.

"세상에, 유모를 떠나보내는 아이같이 이게 무슨 꼴이람."

"왜 그러십니까?"

공주가 그렇게 우울해 하는 모습은 처음이었다. 몸이 부어오르고 병석에 몸져누웠을 때에도 두 눈만은 총명한 기지로 번득였다.

"무슨 일로 그러세요?"

"무서워서 뼛속까지 얼어붙는 것 같아. 공포가 춥고 어두운 것이라면, 지금 나는 시베리아 벌판에 서 있는 것 같아. 나를 보는 사람들마다 나를 심문하려고 하고, 나에게서 뭔가를 캐내려고 해. 아무도 내게 웃어주지 않고, 모두 내 마음속을 꿰뚫고 있다는 듯 나를 노려봐. 이 넓은 세상에 그나마 나와 친했던 사람들은 모두 추방당했거나, 감옥에 갇혔거나 처형당했어. 난 겨우 스무 살인데, 내 주위에는 아무도 없어. 아직 이렇게 어린데 아무도 나를 사랑으로 돌봐주려고 하지 않아. 내 곁에 와주는 사람은 캐트와 너뿐인데, 이제 너마저 떠난다니."

"아버지를 만나야 해요. 하지만 아버지가 회복되는 대로 돌아올게요."

그녀의 얼굴에서 당당한 공주의 표정은 사라지고 없었다. 그녀는 더 이상 열렬한 가톨릭 왕실을 위협하는 위험한 신교도가 아니었다. 나를 향한 공주의 얼굴은 젊은 여인의 얼굴, 아버지도, 어머니도, 친구도 없는 외로운 여인의 얼굴이었고, 다가올 죽음을 의연하게 맞이할 용기를 갖고자 애쓰는 여인의 얼굴이었다.

"꼭 돌아와야 해, 한나. 너한테 정이 들었어. 너랑 캐트 말고 내 곁에는 아무도 없어. 공주로서가 아니라, 친구로서 부탁할게. 돌아올 거지?"

"예."

나는 공주의 손을 잡고 약속했다. 뼛속까지 얼어붙는 추위는 결코 과장이 아니었다. 공주의 손을 잡자 죽은 사람의 몸에 손을 댄 듯 한기가 느껴졌다.

"꼭 돌아올게요."

땀으로 축축하게 젖은 공주의 손이 내 손을 꼭 잡았다.

"내가 겁쟁이라고 생각하겠지? 하지만 나를 향해 따뜻하게 웃어주는 사람이 아무도 없는 상황에서 용기를 잃지 않는 것은 불가능해. 그리고 이제 곧 내가 가진 용기를 모두 동원해야 할 순간이 올 거야. 꼭 돌아와 줘. 가능한 빨리."

* * *

　아직 이른 시간이었는데도 아버지의 가게에는 덧창이 닫혀 있었다. 잰 걸음으로 걸어가면서 나는 처음으로 아버지가 돌아가실지도 모른다는 생각에 가슴이 죄어 옴을 느꼈다. 로버트 더들리처럼 아버지도 인간이기에 언젠가는 죽음을 맞을 것이며, 우리들 중 그 누구도 자신의 앞날을 짐작할 수 없었다.

　다니엘이 덧창에 마지막 빗장을 채우다가 급하게 달려오는 내 발소리에 몸을 돌렸다.

　"잘됐네, 어서 들어와요."

　나는 그의 팔을 잡았다.

　"다니엘, 아버지는 많이 아프신가요?"

　그는 자신의 팔을 잡은 내 손에 자신의 손을 잠깐 얹더니 말했다.

　"들어오기나 해요."

　나는 가게 안으로 들어갔다. 카운터의 책들은 모두 치워져 있었고, 인쇄실은 조용했다. 나는 가게 뒤쪽의 낡은 계단을 올라가 방구석에 놓인 바퀴 달린 작은 침대로 시선을 던졌다. 그곳에 내 아버지가 일어서지도 못할 정도로 심하게 앓고 있을 것만 같았다.

　침대 위에는 종이와 옷가지들이 쌓여 있었고, 아버지는 그 앞에 서 있었다. 나는 긴 여행을 떠날 채비를 하고 있음을 한눈에 알아챘다.

　"세상에, 안 돼요."

　아버지가 돌아섰다.

　"이제 떠날 때가 되었다. 일주일 휴가를 얻었니?"

　"네, 하지만 돌아가야 해요. 아프신 줄 알고 마음을 졸이며 달려왔잖아요."

　"그럼 일주일의 여유가 생기는구나."

아버지는 내 불평은 아랑곳하지 않고 말했다.

"프랑스까지 가기에는 충분한 시간이다."

"다시는 안 떠나요. 잉글랜드에서 계속 살 거라고 하셨잖아요."

나는 단호하게 말했다.

"여긴 안전하지 않아요."

어느새 방으로 들어와 내 뒤에 서 있던 다니엘이 주장했다.

"여왕은 결혼을 추진할 거요. 스페인의 펠리페 왕자는 잉글랜드에 종교 재판소를 세울 거요. 골목마다 교수대가 설치됐고, 마을마다 밀고자들이 생겼어요. 여기선 더 이상 살 수 없어요."

"여기서 잉글랜드인으로 살아갈 거라고 하셨잖아요."

나는 다니엘을 무시한 채 아버지에게 항의했다.

"교수대는 이교도가 아니라, 반역자들을 처형하기 위한 것이에요."

"지금은 반역자들이 목표이지만, 곧 이교도들도 교수대에 서게 될 거요. 여왕은 자신의 안전을 보장하는 유일한 길은 피를 보는 것임을 깨달았어요. 자신의 친척도 처형했고, 이제 동생도 죽일 거요. 당신이라고 안전할 것 같아요?"

나는 고개를 저었다.

"폐하는 엘리자베스 공주를 죽이지 않아요. 자비를 베풀려고 애쓰고 있어요. 문제는 공주의 종교가 아니라, 복종하려는 태도예요. 우리는 폐하께 순종할 거예요. 그리고 폐하는 저를 아끼세요."

다니엘은 단호했다.

다니엘은 내 손을 잡아 필사본 두루마리들로 뒤덮인 침대 쪽으로 끌고 갔다.

"보여요? 이제 이것들은 다 금서들이오. 이것들은 당신 아버지의 재산이고, 당신의 지참금이오. 당신 아버지가 잉글랜드에 처음 왔을 때, 이 책들은 아버지가 소장한 자랑스러운 보물이었어요. 하지만 이제 그 보물들 때문에 아버지가 위험에 처할 거요. 이것들을 어떻게 해야겠소? 우리가 타죽기 전에 다 태워버릴까요?"

"나중을 위해 안전하게 보관해 두면 돼요."

나는 어쩔 수 없는 서적상의 딸이었다.

그는 고개를 저었다.

"안전하게 보관할 곳은 없어요. 스페인의 지배를 받는 이 땅에서 이 책들의 주인도 무사하지 못할 거요. 우리는 이것들을 가지고 떠나야 해요."

"하지만 이제 와서 어디로 가요?"

내가 외쳤다. 너무 오랜 여행에 지친 어린아이가 울부짖는 것 같았다.

"베네치아."

그는 주저 없이 대답했다.

"프랑스로 갔다가, 이탈리아로, 거기서 다시 베네치아로 가는 거요. 나는 파도바에서 공부를 계속할 거고, 당신 아버지는 베네치아에서 가게를 내시면 돼요. 그곳에 가면 안전할 거요. 이탈리아 사람들은 학문을 사랑하고, 베네치아는 학자들의 천국이오. 아버지는 다시 책을 사고파실 수 있어요."

나는 아무 말도 하지 않았다. 그 다음에 나올 말을 너무나도 명백히 알고 있었던 것이다.

"그리고 우리는 결혼하는 거요. 프랑스에 도착하는 대로 결혼하자고요."

다니엘이 말했다.

"당신 어머니와 동생들은요?"

내가 물었다. 나는 결혼만큼이나 그들과 함께 살아갈 현실이 두려였다.

"내 가족들도 지금 짐을 싸고 있어요."

"언제 떠나요?"

"이틀 뒤, 동틀 무렵에. 종려주일이오."

"왜 그렇게 급히 떠나야 해요?"

나는 충격으로 숨을 몰아쉬었다.

"벌써 조사관들이 들이닥쳤으니까요."

나는 그의 말을 믿을 수가 없어서 가만히 그를 노려보기만 했다. 하지만 최악의 상황이 현실로 드러나고 있다는 생각에 말할 수 없는 공포가 나를 옥죄어 왔다.

"아버지를 조사하러 왔나요?"

"존 디를 찾으러 가게에 왔더구나."

아버지가 조용히 말했다.

"그가 로버트 경에게 책을 보낸 사실을 이미 알고 있었어. 그가 엘리자베스 공주를 만났던 사실도. 그가 젊은 왕의 죽음을 예언했는데, 그건 반역행위란다. 그가 내게 맡긴 책들을 보여 달라고 했어."

나는 양손을 서로 비틀었다.

"책이오? 무슨 책이오? 책을 숨겨두고 계셨어요?"

"창고에 안전하게 보관해 두었지. 하지만 마룻바닥을 들어내면 다 발각되고 만다."

"왜 금지된 책을 가게에 뒀어요? 왜 존 디의 책을 아버지가 숨겨줘요?"

나는 절망과 분노로 외쳤다.

아버지의 표정은 온화했다.

"한 나라가 공황상태에 빠지면, 모든 책은 금서가 된단다. 사형대가 골목마다 세워지고, 읽어서는 안 되는 책들의 목록이 만들어지지. 그것이 정해진 수순이야. 존 디나 로버트 경이나, 심지어는 여기 있는 다니엘과 나, 그리고 네가 가진 지식도 어느 날 갑자기 불법이 되어버려. 금지된 책들을 못 읽게 하려면 책을 모두 불살라 버리면 돼. 하지만 금지된 지식에 물든 사람들이 금지된 생각을 하지 못하게 하려면 그들의 머리를 잘라 버리는 수밖에 없지."

"우리는 반역자가 아녜요. 로버트 경은 아직 살아 있고, 존 디도 마찬가지예요. 그들의 죄명은 이단적인 사고가 아니라 반역죄라고요. 폐하는 자비로우신……."

나는 고집스럽게 버텼다.

"엘리자베스가 자백하면? 그녀가 다른 반역자들을 고해바치면 어떻게 되는데요? 토머스 와이어트뿐 아니라, 로버트 더들리, 존 디, 그리고 아마 당신도 걸려들걸? 공주에게 편지를 전하거나, 그녀의 심부름을 한 적 없어요? 맹세할 수 있어요?"

다니엘이 쏘아붙였다.

나는 망설였다.

"공주님은 절대로 고백하지 않아요. 그 대가가 어떤 것인지 아시니까요."

"공주도 여자요. 처음에는 위협하다가, 용서해 주겠다고 회유하면 뭐든 다 불어버릴걸."

다니엘이 무시하듯 말했다.

"당신은 공주님에 대해서도, 이 일에 관해서도 아무것도 몰라요!"

나는 벌컥 화를 냈다.

"나는 그분을 알아요. 그분은 쉽게 두려움에 굴복하는 보통 여자들과는 달라요. 두렵다고 울거나 하지도 않고요. 두려울수록 더 독하게 싸울 거예요. 포기하고 울기나 하는 그런 여자가 아녜요."

"그래봐야 여자일 뿐이오."

다니엘은 다시 한 번 말했다.

"게다가 그 여자는 더들리, 디, 와이어트, 그 밖에 많은 사람들과 얽혀 있어요. 내가 미리 얘기했지요? 궁 안에서 이편저편 왔다갔다 하다가 당신뿐 아니라 우리 모두 다 위험해 질 거라고. 이제 어쩔래요? 우리 집 문턱까지 위험이 닥쳤는데?"

나는 분노로 숨조차 제대로 쉴 수 없었다.

"무슨 집이오? 집 같은 건 없어요. 우리는 항상 길바닥을 전전했죠. 프랑스까지 가려면 바다를 건너야겠네요. 거지떼처럼 궁상맞게. 왜 그럴까요? 바로 당신 때문이에요. 겁쟁이 당신이 자신의 그림자에 겁을 먹고 달아나려고 하기 때문이라고요."

순간 나는 다니엘이 나를 때리려는 줄 알았다. 그의 손이 올라가더니 공중에 가만히 멈춰 있었다.

"당신 아버지의 면전에서 나를 겁쟁이라고 부르다니, 정말 유감이군."

그가 내뱉었다.

"나를 그렇게밖에 생각하지 않다니, 남편이 될 남자를, 그것도 당신과 당신 아버지를 참혹한 죽음에서 구하려고 애쓰고 있는 사람을. 당신이 나에 대해 어떻게 생각하든 상관없어요. 지금은 우선 아버지가 짐 싸시는 걸 도와드리고 떠날 준비나 해요."

나는 크게 숨을 들이마셨다. 심장은 여전히 분노로 두근거리고 있었다.

"난 안 가요."

내가 잘라 말했다.

"얘야!"

아버지가 흠칫 놀라며 나를 불렀다.

나는 아버지를 향해 말했다.

"아버지는 가고 싶으시면 가세요. 하지만 저는 확실하지도 않은 위험을 피해 달아나고 싶지 않아요. 저는 폐하의 총애를 받고 있어요. 폐하는 저에게 어떤 위협도 가하지 않으세요. 그리고 저는 추밀원의 주목을 받기에는 너무나 하찮은 존재예요. 아버지에게 위험이 닥쳤다는 말도 믿을 수 없어요. 여기서 새로 시작한 것들을 그냥 버리지 말아 주세요. 또다시 도망 다닐 수는 없어요."

아버지는 나를 두 팔로 안고, 내 머리를 자신의 어깨에 기댔다. 아버지에게 잠시 편안히 기대는 동안 나는 다시 어린 소녀로 돌아가 아버지의 도움을 청하고 싶었다. 아버지의 판단이 언제나 옳다고 믿고 싶었다.

"여기서 살자고 하셨잖아요, 여기가 우리 집이라고 하셨잖아요."

나는 아버지에게 속삭였다.

"*케리다(querida)*, 우린 가야 해."

아버지의 목소리는 조용했다.

"그들은 반드시 올 거야. 처음에는 반역자를 찾아서, 그 다음에는 신교도를 찾아서, 그리고 결국에는 우리를 잡으러 올 거야."

나는 고개를 들고 아버지에게서 한 걸음 물러났다.

"아버지, 평생을 도망 다니면서 보낼 수는 없어요. 저는 집을 갖고 싶어요."

"딸아, 우리 민족에게 집은 없어."

아무도 입을 열지 않았다.

"집도 없는 민족의 일원이 되고 싶지는 않아요. 이젠 궁전이 제 집이고, 거기에 제 친구들과 제 자리가 있어요. 프랑스도 이탈리아도 가고 싶지 않아요."

아버지는 잠시 생각하더니 말했다.

"네가 그렇게 말할 줄 알았다. 강요하고 싶지는 않다. 너의 미래는 스스로 결정해라. 하지만 네가 나와 함께 갔으면 좋겠구나."

다니엘은 다락방 창문 쪽으로 몇 발짝 다가가더니 돌아서서 나를 바라보았다.

"한나 베르데, 당신의 남편이 될 사람으로서 명령하는 거요. 나와 함께 가요."

나는 허리를 펴고 그에게 정면으로 맞섰다.

"안 가요."

"그럼 우리의 정혼도 여기서 끝이오."

아버지는 손을 들어 반대의 뜻을 표했지만 아무 말도 하지 않았다.

"그렇게 해요."

나도 물러서지 않았다. 몸이 떨려왔다.

"정말 정혼을 파기하고 싶어요?"

나에게 거절당했다는 사실이 믿기지 않는 듯 그가 물었다. 그의 오만함에 나는 결심을 더욱 굳혔다.

"정혼을 파기하는 것은 제 뜻이에요. 당신은 더 이상 결혼의 약속을 지킬 의무가 없어요. 그러니 나도 의무에서 풀어주세요."

나도 그 못지않게 담담한 목소리로 말했다.

"어려울 거 없지. 당신도 풀어줄게요, 한나. 그리고 절대로 오늘 결정을 후회하지 않기를 바랄게요."

그는 획 돌아서더니 계단으로 걸어갔다. 계단 앞에서 멈춰선 그가 말했다.

"하지만 어쨌든 아버지를 도와드려요."

여전히 명령조의 말투가 거슬렸다.

"마음이 바뀌면 우리와 같이 가도 좋아요. 당신에게 앙심 같은 건 품지 않아요. 당신 아버지의 딸로서, 나와는 아무 상관없는 사람으로 가는 거요."

"내 마음은 바뀌지 않아요."

나는 매몰차게 말했다.

"그리고 내 아버지를 도우라 마라 명령할 필요 없어요. 나는 지금도 착한 딸이고, 앞으로도 좋은 남자를 만나 좋은 아내가 될 테니까요."

"그 좋은 남자가 누굴까요?"

다니엘은 코웃음을 쳤다.

"유부남에 유죄가 증명된 반역자요?"

"자, 자, 두 사람 헤어지기로 합의했잖아."

아버지가 말했다.

"나를 그런 사람으로밖에 생각 안 했다니 유감이군요."

나는 차갑게 말했다.

"내 아버지는 내가 돌볼 테니, 당신은 가서 마차나 차질 없이 준비해요."

다니엘은 계단을 쿵쾅거리며 내려갔다. 잠시 후 가게 문이 쾅 닫히는 소리와 함께 그는 가버렸다.

* * *

그 다음 이틀 동안 아버지와 나는 거의 아무 말도 하지 않은 채 일만 했다. 나는 아버지가 책을 묶는 것을 도와드렸고, 필사본들을 두루마리로 만들어 통에 넣은 다음 인쇄실의 인쇄기 뒤에 밀어 넣었다. 아버지는 가장 중요한 책들만 골라야 했다. 나머지는 나중에 가지고 가야 했다.

"너도 함께 갔으면 좋겠다. 혼자 여기 남아서 살아가기에 넌 아직 너무 어려."

아버지가 간절히 말했다.

"저는 여왕 폐하의 보호를 받고 있어요. 그리고 궁전에는 제 또래의 아이들이 수백 명이나 있고요."

"너는 진리를 증언하기 위해 선택된 민족의 딸이다. 너의 민족과 함께 해야 해."

아버지의 목소리는 낮았지만 힘이 느껴졌다.

"진리를 증언하기 위해 선택되었다고요? 그게 아니라 평생 정착하지 못하도록 선택된 것 같은데요. 항상 뭘 가져가고, 뭘 버려야 하는지 결정하도록 선택된 것은 아닐까요? 화형대의 불길이나 교수대의 올가미를 언제나 아슬아슬하게 피해가도록 선택된 것은 아니고요?"

나는 울분을 토했다.

"아슬아슬하게라도 피해갈 수 있다면 다행이지."

아버지는 자조적으로 말했다.

우리는 마지막 밤을 꼬박 새며 짐을 쌌다. 식사도 하지 않고 일만 고집하는 아버지를 보며, 나는 아버지가 딸을 잃어버린 슬픔에 괴로워하고 있다는 것을 알았다. 동틀 무렵 들려온 마차바퀴 소리에 나는 아래층 창밖을 내다보았다. 거무스름한 형체의 마차 한 대가 우리 가게 쪽으로 덜커덕거리며 다가오고 있었다. 마차를 끄는 두 마리 건장한 말을 다니엘이 몰고 있었다.

"왔어요."

나는 아버지에게 조용히 말하고 책 상자들을 문밖으로 끌어냈다. 마차가 내 옆에 서더니 다니엘이 다가와 슬며시 나를 밀어냈다.

"내가 할게요."

그는 상자들을 들어 마차 뒤에 실었다. 마차 안에 있는 네 개의 창백한 얼굴들이 보였다. 그의 어머니와 여동생들이었다.

"안녕하세요."

나는 어색하게 인사를 하고 가게로 들어갔다.

기분이 너무 울적해서 가게 뒤에 있는 상자들을 밖으로 내다가 다니엘에 넘겨주는 일도 제대로 하기 힘들었다. 아버지는 아무것도 하지 않고 벽에 머리를 기대고 서 있었다.

"인쇄기."

아버지의 목소리는 가라앉아 있었다.

"잘 옮겨서, 안전하게 싸 놓도록 할게요. 다른 것들도 다 함께요. 돌아오시면, 다시 시작하실 수 있도록 준비해 둘게요."

내가 약속했다.

"우리는 돌아오지 않아요. 이 나라는 스페인의 지배를 받을 거요. 어떻게 여기서 안전하게 살 수 있겠어요? 당신도 여기서는 안전할 수 없어요. 종교 재판관들이 바보인 줄 알아요? 당신 이름은 달아난 이단자로 그들의 기록에 남겨져 있을 거요. 여기서도 종교 재판이 열릴 거고, 온 나라 여기저기에 법정이 설 거요. 당신과 아버지가 무사할 것 같아요? 스페인에서 온 지 얼마 되지 않은 베르데란 이름으로요? 사람들이 당신을 한나 그린이라는 잉글랜드 여자로 계속 봐줄 거라고 생각했어요? 그 말투하며, 외모는 어떻고요?"

다니엘이 말했다.

나는 두 손으로 얼굴을 귀까지 가렸다.

"얘야."

아버지가 말했다.

나는 더 이상 참을 수 없었다.

"좋아요. 그만하세요! 알았다고요! 갈게요."

나는 무섭게 외쳤다. 절망과 분노가 몰려왔다.

다니엘은 아무 말도 하지 않았다. 자신의 승리를 기뻐하는 미소조차 띠지 않았다. 아버지는 말을 제대로 잇지 못했다.

"하느님 감사합니다."

아버지는 마치 스무 살 청년이라도 된 듯 상자를 번쩍 들더니 마차 뒤에 실었다. 순식간에 준비가 끝났고 나는 가게 문을 잠갔다.

"일 년 치 임대료를 미리 내고 갈 거요. 나중에 나머지 짐을 찾으러 와야 하니까."

다니엘이 말했다.

"그럼 인쇄기를 가지고 잉글랜드랑 프랑스를 거쳐 이탈리아까지 가겠단 말이에요?"

나는 심술궂게 쏘아붙였다.

"필요하다면 그렇게 해야지요."

다니엘이 단호하게 말했다.

아버지는 마차 뒤로 올라가 손을 내밀었다. 나는 망설였다. 세 여동생의 하얀 얼굴들이 내게로 향했다. 그들의 얼굴에는 무표정한 적의가 담겨 있었다.

"같이 가기로 했나 보군?"

그 둘 중 하나가 말했다.

"마차 모는 걸 도와줘요."

다니엘이 얼른 끼어들었고, 나는 가까이에 있는 말 머리 쪽으로 다가갔다

말들은 뒷골목의 미끄러운 자갈길이 익숙하지 않은 듯했다. 우리는 곧 잘 포장된 플리트가로 나와 시내로 향했다.

"어디로 가는 거예요?"

내가 물었다.

"선창가로. 조수를 맞추어 배가 우리를 기다리고 있어요. 프랑스까지 가는 배편을 예약해 두었어요."

"내 뱃삯은 내가 낼게요."

그는 착잡한 미소를 지었다.

"당신 것도 이미 지불했어요. 같이 갈 줄 알았거든."

나는 그의 오만함에 이를 악물었다.

"자, 어서 가자!"

말이 무슨 잘못이라도 한 것처럼 나는 세게 말고삐를 당겼다. 발굽에 와 닿는 정돈된 바닥의 감촉에 말은 안정된 걸음걸이를 되찾았다. 나는 마차의 마부석으로 올라탔다. 잠시 후 다니엘이 내 곁에 앉았다.

"화나게 할 생각은 아니었어요. 당신이 옳은 선택을 하리라는 걸 알았다는 뜻이었어요. 아버지와 동족들을 떠나서 영원히 이방인으로 살 수는 없잖아요."

다니엘이 무뚝뚝하게 말했다.

나는 고개를 저었다. 차가운 새벽의 여명과 템스 강에서 피어오르는 물안개 속으로 강 너머의 거대한 궁전들과 강변을 따라 이어진 아름다운 정원들이 보였다. 여왕의 사랑받는 신하로서 그녀가 이끄는 행렬 속에서 벅차게 바라보았던 장소들이었다. 우리는 이제 막 하루를 시작하는 시내로 들어갔다. 빵집 굴뚝에서 피어오르는 연기를 바라보며, 다시금 향냄새가 그윽한 세인트 폴 성당을 지나 런던 탑으로 향하는 익숙한 길로 접어들었다.

외벽의 그림자가 왜소한 마차 위에 드리울 때 다니엘은 내가 로버트 더들리를 생각하고 있음을 알아챘다. 나는 벽 너머 치솟은 흰색 탑을 올려다보았다. 마치 불끈 쥔 주먹을 하늘로 뻗어 흔들며 런던 탑을 장악한 자가 런던을 장악하며, 정의와 자비는 설 곳이 없다고 호통치는 것 같았다.

"그 사람이 벽을 타고 기어 내려오기라도 하나 보지요?"

다니엘이 말했다.

나는 고개를 돌렸다.

"지금 난 당신을 따라가고 있어요, 그걸로 충분한 거 아닌가요?"

나는 필요 이상으로 날카롭게 반응했다.

창 하나에 불이 들어와 있었다. 작은 촛불이었다. 나는 창가에 바싹 붙여진 로버트 더들리의 테이블과 의자를 생각했다. 밤에 잠 못 이루며, 죽음을 기다리는 그를 상상했다. 자신이 죽음으로 몰고 간 사람들을 위해 슬퍼하고, 언제 올지 모를 최후의 순간 때문에 마음 졸이고 있는 엘리자베스 공주 같은 사람들 때문에 걱정하고 있을 그의 모습을 지울 수가 없었다. 그가 어둠을 도와 멀리 떠나는 나의 존재를 느끼고 있을까, 그의 곁에 있고 싶지만 한 발짝 한 발짝 그를 배반하는 길로 가고 있는 나를 느끼고 있을까.

"가만히 있어요."

마치 내가 자리에서 몸을 들썩이기라도 했다는 듯, 다니엘이 조용히 말했다.

"당신이 할 수 있는 일은 아무것도 없어요."

나는 풀이 죽어 두꺼운 외벽과 경비가 삼엄한 음산한 입구를 말없이 바라보았다. 마차는 탑의 외벽을 빙 돌아 마침내 강가에 도착했다.

다니엘의 여동생 하나가 머리를 쑥 내밀었다.

"다 왔어요?"

그녀의 목소리는 공포로 날이 서 있었다.

"다 왔다."

다니엘이 다정하게 말했다.

"새로운 가족에게 인사해요, 한나. 이쪽은 메리요."

"안녕, 메리."

내가 인사를 건넸다.

그녀는 고개만 끄덕하더니 성 바돌로메 축일에 구경거리로 나온 괴물을 보듯 나를 응시했다. 그녀의 시선은 호사스러운 내 망토와 질 좋은 리넨 천에 꽂히는가 싶더니 반짝이는 내 장화와 수가 놓인 양말과 바지를 훑어보았다. 그러더니 아무 말도 없이 그녀는 나를 외면하고 마차 안으로 들어가 버렸다. 그녀가 다른 동생들에게 뭐라고 소곤거리자 다들 키득거리며 웃기 시작했다.

"수줍어서 그래요. 무례하게 굴려는 것은 아닐 거요."

다니엘이 말했다.

나는 그녀가 일부러 내게 무례하게 굴고 있다고 확신했지만, 다니엘에게 불평해봐야 소용없는 일이었다. 나는 망토로 단단히 몸을 감싸고 말없이 검은 강물을 내려다보았다. 마차는 서서히 선창가로 다가갔다.

그때 강 상류 쪽으로 무심히 눈을 돌린 나는 뜻밖의 광경에 다니엘을 손으로 막으며 말했다.

"멈춰요!"

다니엘은 속도를 늦추지 않았다.

"왜? 뭐가 있는데요?"

"멈추라니까요! 강 위에 뭔가가 있어요."

그제야 다니엘은 말을 멈췄다. 말들은 고삐가 당겨지자 방향을 약간 틀었다. 강에는 왕실의 바지선이 떠 있었지만, 왕실 기는 보이지 않았다. 메리 여왕이 평소 사용하는 배였지만 여왕은 타고 있지 않았다. 북소리에 맞춰 사공들이 노를 젓고 있었고, 배 앞쪽에 거무스름한 사람의 형체가 보였다. 두건으로 얼굴을 가린 남자들이 뱃머리와 뱃고물에 하나씩 서서 만일의 소란에 대비해 강독 쪽을 살피고 있었다.

"공주 마마를 잡아가나 봐요."

"그걸 어떻게 알아요? 설령 그렇다 해도 어쩔 건데요? 우리하고는 아무 상관없어요. 어차피 정해진 수순이었잖아요, 와이어트가……."

그는 나를 쏘아보았다.

"저대로 런던탑으로 향한다면, 그리고 공주님이 정말 타고 있다면 마마는 죽어요. 로버트 경도 죽겠죠."

내 목소리는 담담했다.

다니엘은 다시 말을 출발시키려고 했지만, 나는 그의 손목을 꼭 잡고 놓아주지 않았다.

"가만히 좀 있어 봐요."

나는 거칠게 내뱉었다.

그는 잠시 기다려 주었다. 바지선이 방향을 바꾸더니 갑작스럽게 거칠어진 물살을 힘겹게 헤치며 런던탑 쪽으로 향했다. 어두운 수문(강물로부터 런던탑을 지키는 육중한 내리닫이문)이 위로 열렸다. 바지선의 도착이 미리 예정되어 있었던 듯 모든 것은 조용하고 비밀스럽게 처리되었다. 바지선이 안으로 들어가고 수문이 아래로 내려오자, 강물이 철썩철썩 강둑에 부딪치는 소리 말고는 아무 소리도 안 들렸다. 조용히 움직이던 바지선도 뱃머리와 뱃고물에서 주변을 살피던 남자들도 마치 처음부터 없었던 것 같았다.

나는 마차에서 내려와 앞바퀴에 기대서서 눈을 감았다. 수문에서부터 런던탑 내부에 자신을 위해 마련된 방까지 가는 동안 엘리자베스 공주가 일 분이라도 더 시간을 벌기 위해 이런저런 구실을 대며 발버둥치는 모습이 눈에 선했다. 모래시계의 모래알 하나하나에 언제나 사력을 다했던 것처럼 앞으로도 외로운 싸움을 계속할 그녀의 모습이 보이는 듯했다. 한순간이라도 더 살기 위해 새로운 약속을 하는 그녀는 마침내 자신을 위한 참수대가 지어지는 모습을 방에서 내려다보게 될 것이다. 자신의 어머니의 머리가 프랑스 검의 날카로운 칼날 아래 잘려 나갔던 그 잔디밭 바로 위에서.

다니엘이 어느새 내 곁에 서 있었다.

"공주님께 가야 해요."

나는 꿈에서 깨어난 듯 눈을 번쩍 뜨고 말했다.

"가야 해요, 돌아간다고 마마께 약속했어요. 더구나 지금 공주님은 죽음의 문턱에 와 있어요. 죽어가는 사람과 한 약속을 깨트릴 수는 없어요."

"당신도 그들과 같은 꼴을 당하게 될 거요. 하인들 틈에 섞여 함께 목이 매달리겠지."

다니엘은 격한 감정을 억누르지 못한 채 속삭였다. 나는 대답도 하지 않았다. 마음속에 뭔가 계속 걸리는 것이 있었다.

"와이어트에 대해서 뭐라고 말하려고 했어요?"

그의 얼굴이 붉어졌다. 순간 나는 뭔가가 있음을 알아챘다.

"아무것도 아니오."

"무슨 말을 하려다 말았잖아요. 내가 바지선을 발견했을 때. 와이어트에 대해서 말하려다가 그만뒀어요. 뭐예요?"

"그는 재판을 받았고 유죄가 밝혀져 사형선고가 내려졌어요. 엘리자베스 공주가 관여했다는 자백을 했어요."

그가 불쑥 내뱉었다.

"알고 있으면서 나한테 숨겼군요?"

"그래요."

나는 망토를 단단히 두르고 마차 뒤로 갔다.

"어디 가요?"

그가 손을 뻗어 내 팔을 잡았다.

"가방 가지러 가요. 공주님이 있는 런던탑으로 갈 거예요. 마마가 돌아가실 때까지 곁에 있다가 뒤따라갈게요."

"당신 혼자서 이탈리아까지 올 수는 없어요. 이런 식으로 나를 거역할 수는 없어. 당신은 내 정혼자요, 난 당신에게 함께 가자고 말했어. 봐요, 내 어머니도, 내 여동생들도 모두 내 말에 복종해. 당신이라고 다를 수는 없어."

그의 분노가 폭발했다.

나는 이를 악물고 그에게 정면으로 맞섰다. 마치 남자 옷을 입은 여자가 아니라 진짜 남자가 된 것 같았다.

"난 당신에게 복종하지 않아요, 알겠어요?"

나는 거침없이 말했다.

"잘 들어요, 난 당신 여동생들과 달라요. 내가 당신의 아내라고 해도 마찬가지예요. 그러니까 이 손 치워요. 큰소리쳐봤자 하나도 겁 안 나요. 난 왕실의 일을 돌보는 사람이고, 내 몸에 함부로 손대는 건 반역행위예요. 비켜요!"

아버지가 마차에서 내려왔고, 다니엘의 여동생 메리가 그 뒤를 따랐다. 그녀의 얼굴은 흥분으로 빛났다.

"무슨 일이냐?"

아버지가 물었다.

"공주 마마가 방금 런던탑으로 끌려갔어요. 왕실 바지선이 수문으로 들어가는 걸 봤어요. 틀림없이 공주님도 타고 계세요. 전 마마께 돌아가겠다고 약속했어요. 약속을 어기고 이탈리아로 함께 가려고 했지만, 공주님이 사형선고를 받고 탑으로 끌려간 마당에 돌아가는 게 도리라고 생각해요. 가겠어요."

아버지는 다니엘의 결정에 따르겠다는 듯 그를 돌아보았다.

"다니엘과는 상관없어요."

나는 화내지 않으려고 애쓰며 말했다.

"이 사람의 결정에 기대려고 하지 마세요. 제가 결정한 거예요."

"우리는 예정대로 프랑스로 갈 거요. 하지만 칼레에서 당신을 기다릴게요. 공주의 형이 집행될 때까지 기다릴 테니 뒤따라 와요."

다니엘의 목소리는 차분했다.

나는 망설였다. 칼레는 잉글랜드의 영토였고 프랑스 내에 유일하게 남아 있는 잉글랜드 왕국의 일부로 잉글랜드 정착민들이 거주하는 곳이었다.

"칼레에도 종교 재판 바람이 불 거예요. 그들이 이곳까지 온다면 칼레에도 공문이 갈 거라고요."

"그렇게 되면 프랑스로 가야지요. 미리 알 수 있을 거요. 꼭 뒤따라올 거지요?"

다니엘이 물었다.

"네, 약속할게요. 공주님이 무사하든 죽든 상황이 매듭지어지면 꼭 따라갈게요."

나는 어느새 분노와 공포가 사라지는 것을 느꼈다.

"공주가 죽었다는 소식이 들리면 데리러 올게요. 그때 인쇄기와 나머지 문서들도 가지고 가요."

아버지는 내 두 손을 꼭 잡았다.

"꼭 와야 한다, *케리다.* 알겠지?"

아버지가 따뜻하게 말했다.

"사랑해요, 아버지. 반드시 아버지 곁으로 돌아갈게요. 하지만 전 공주 마마도 사랑해요. 마마는 지금 겁에 질려 있고, 전 곁에 있어 주겠다고 마마와 약속했어요."

내가 작은 소리로 말했다.

"마마를 사랑한다고? 신교도 공주를?"

아버지가 놀라서 물었다.

"공주님은 제가 아는 가장 용감하고 영리한 여자예요. 명석한 사자 같아요. 물론 여왕 폐하도 사랑해요. 누구나 그분을 사랑할 수밖에 없을 거예요. 하지만 공주님은 타오르는 불꽃 같아서 사람들은 그분에게 자기도 모르게 빨려들죠. 그런 공주님이 죽음을 기다리며 공포와 싸우고 있을 거예요. 전 그분 곁에 있어야 해요."

"쟤, 지금 대체 뭐 하는 거래?"

다니엘의 여동생 하나가 마차 뒤에서 속삭이는 소리가 들렸다. 목소리에는 비난과 야유가 섞여 있었다. 메리가 얼른 마차에 올랐고 흥분한 여자들이 수군거리기 시작했다.

"내 가방 주세요, 갈래요."

나는 마차 뒤로 가서 여자들에게 인사했다.

"안녕히 가세요."

다니엘은 내 가방을 길바닥에 던졌다.

"데리러 올 거요."

그가 다시 한 번 말했다.

"알아요."

나 역시 냉랭한 목소리로 말했다.

아버지가 내 이마에 입을 맞추고 한 손을 내 머리에 얹어 축복해 주더니 한 마디 말도 없이 마차에 올라탔다. 다니엘은 아버지가 자리를 잡을 때까지 기다렸다가 내게로 손을 뻗쳤다. 나는 뿌리치려고 했지만 그는 나를 와락 잡아당겨 내 입술에 격하게 키스했다. 욕망과 분노가 가득한 그의 키스에 나는 흠칫 물러서려 했지만, 그가 갑자기 나를 놓아주고 마차에 올라타 버렸을 때 나는 깨닫고 말았다. 내가 그의 키스를 원하고, 그와 더 오래 키스를 나누고 싶어한다는 것을. 하지만 나의 그런 마음을 털어놓기에도, 뭔가 다른 행동을 하기에도 너무 늦어 버렸다. 다니엘이 모는 마차는 나를 지나가 버렸고, 나는 차가운 런던의 아침 공기 속에 홀로 남겨졌다. 가진 것이라 곤 작은 가방 하나와 격한 키스로 부어오른 입술과 반역자와 맺은 약속에 대한 의무뿐이었다.

* * *

엘리자베스 공주와 런던탑에서 보낸 몇 주가 내 인생에서나 공주의 인생에서 가장 힘든 시기였다. 공주는 불행과 공포로 인해 일종의 최면상태에 빠진 것 같았다. 그녀는 자신의 어머니 앤 불린과 외숙모 제인 로치포드, 어머니의 사촌이자 계모인 캐서린 하워드, 그리고 종질녀 제인 그레이가 모두 참수된 바로 그 자리에서 자신도 죽으리라는 것을 알고 있었다. 일족의 피가 이미 흥건한 그 땅 위에 자신의 피도 곧 뿌려질 것이다. 런던탑 외벽 안쪽의 아무 표시도 되어 있지 않은 잔디밭 위의 그곳, 화이트 타워의 그림자가 드리워진 그곳에서 그녀 일족의 여자들이 죽어갔다. 그곳에 가까워졌을 때 공주는 스스로의 죽음을 예감했고, 자신이 붉게 충혈된 눈으로 내려다보는 그 자리가 바로 자신이 죽을 자리라는 것을 확신하게 되었다.

엘리자베스 공주가 도착할 당시 벌어진 소동에 한차례 진땀을 흘렸던 간수장은 시간이 지날수록 더욱 경악을 금치 못했다. 첫 날 수문의 계단에 주저앉아 비가 오는 뜰을 지나 탑으로 들어가지 않겠다고 고집을 부렸던 공주는 이제 극도의 공포와 절망에 빠져들었고, 그 효과는 억지를 부릴 때의 과장된 연기보다 더 심각했기 때문이다. 간수들은 공주에게 자신들의 정원에서 산책하도록 허락했다. 외벽으로 둘러싸여 안전하리라고 생각했지만, 어느 조그만 사내아이가 꽃 한 묶음을 들고 정문 틈으로 훔쳐보더니, 그 다음날도 똑같은 행동을 한 것이 알려졌다. 세 번째 날도 같은 일이 반복되자, 불안감과 악의에 찬 추밀원 의원들은 안전을 이유로 공주에게 잠깐의 운동을 하는 즐거움도 허락해서는 안 된다는 결론을 내렸다. 공주는 다시 방에 갇히게 되었다. 공주는 정말로 사자처럼 방 안을 배회하더니, 침대에 드러누워 멍하니 침대 위의 천장만 바라보고 있었다.

나는 그녀가 죽음을 준비하고 있다고 생각하고 사제를 만나겠느냐고 물었다. 공주는 생기라고는 전혀 없는 눈으로 나를 보았다. 마치 눈에서부터 아래쪽으로 죽음이 퍼져가고 있는 것 같았다. 살아 있는 사람의 에너지는 모두 빠져나가고 남은 것이라고는 극도의 공포뿐인 것 같았다.

"사람들이 너한테 그러라고 시키던? 사제가 나의 마음을 평화롭게 해준대? 내일이 그날이래?"

공주가 내 귀에 대고 속삭였다.

"아니에요!"

나는 황급히 말했다. 쓸데없는 말을 해서 상황을 어렵게 만드는 내 자신이 미웠다.

"전 그냥 공주님께서 편안한 마음으로 구원받으시도록 기도를 하고 싶어하시지 않을까 해서."

공주는 활 쏘는 구멍 쪽으로 고개를 돌렸다. 그 가느다란 틈만이 그녀에게 회색 하늘을 보여 주고 차가운 공기를 들이마시게 해주는 유일한 통로였다.

"아니."

공주는 잘라 말했다.

"언니가 보낸 사제 따위는 필요 없어. 제인 그레이도 용서받을지 모른다는 헛된 희망으로 마음만 졸이다 죽었잖아."

"폐하는 제인 그레이 아가씨가 개종하기를 기대하셨어요."

나는 공주의 심기를 건드리지 않으려고 애쓰며 말했다.

"목숨을 담보로 개종을 요구하다니."

공주의 입은 경멸로 일그러졌다.

"어린아이를 상대로 그런 거래를 하다니. 그런데 제인이 용감하게 거절했으니 언니만 꼴이 우습게 되었지."

공주의 눈은 다시 어두워지더니 침대보만 가만히 들여다보았다.

"나는 그런 용기가 없어. 신앙을 위해 목숨을 버리고 싶지 않아. 난 살아야 해."

공주가 재판을 기다리는 기간 동안 나는 옷가지를 챙기고 새로운 소식이나 들을까 하고 두 번 궁에 다녀왔다. 궁에 처음 갔을 때 나는 여왕을 잠시 동안 알현했다. 여왕은 공주가 어떻게 지내는지 차갑게 물었다.

"그 아이가 조금이나마 뉘우치도록 애써 봐라. 그것만이 그 애를 살릴 수 있으니. 가서 전해. 죄를 자백한다면 용서해 주겠다고. 그것만이 사형대를 피하는 방법이다."

"예, 그렇게 하겠습니다. 하지만 마마를 용서해 주실 수 없나요, 폐하?"

여왕은 눈을 들어 나를 마주보았다. 두 눈에는 눈물이 가득 고여 있었다.

"마음으로는 안 되는구나."

여왕은 부드럽게 말했다.

"하지만 그 애가 반역자로서 죽음을 맞지 않도록 할 수 있다면 그렇게 하겠다. 나도 내 아버지의 딸이 죄인으로서 생을 마감하는 걸 보고 싶지는 않아. 하지만 그러려면 우선 자백을 받아야 해."

내가 두 번째 궁에 갔을 때 여왕은 추밀원 회의에 참석 중이었다. 나는 대연회장의 긴 의자에 앉아 개를 데리고 놀고 있는 윌을 보았다.

"웬일로 깨어 있네요?"

"웬일로 목이 잘리지 않았구나?"

월이 되받아쳤다.

"공주님을 따라가야만 했어요. 마마께서 간청하셨거든요."

"공주님의 마지막 소원이 되지는 말아야 할 텐데. 죽기 전에 마지막으로 널 먹겠다고 하면 어쩌니?"

"공주님은 처형당하실까요?"

나는 목소리를 낮추어 물었다.

"물론이지. 와이어트는 처형되기 직전에 공주님의 죄를 부인했지만 수많은 증거들이 공주님이 유죄를 입증하고 있어."

"와이어트가 공주님이 무죄라고 증언했단 말이에요?"

나는 기대에 차서 물었다.

월은 껄껄 웃었다.

"그자는 모두의 죄를 부인했어. 반란군은 애초부터 없었고, 자기 혼자 반란을 일으켰다나 봐. 이미 자백을 한 코트니까지 무죄라고 주장했다니까! 와이어트의 증언이 크게 영향을 미칠 것 같지는 않아. 그리고 다시는 들을 수 없게 되었지. 자기가 한 말을 다시 되풀이할 수 없게 되었으니."

"폐하는 공주님을 처형하기로 결심하셨나요?"

"모든 증거들이 공주님을 처형해야 한다고 말하고 있지. 수백 명의 목을 매단 지금 그 우두머리를 살려 둘 수는 없는 노릇이야. 오래된 고기에 구더기가 들끓듯, 엘리자베스 공주의 주변에는 반역자들이 끊이지 않을 거야. 고기는 썩게 내버려두고 파리만 쫓아서 되겠니?"

"형은 곧 집행될까요?"

나는 한숨을 쉬었다.

"직접 여쭤 보렴."

월은 말을 멈추고 알현실의 문을 향해 고갯짓을 해 보였다. 문이 열리고 여왕이 나타났다. 여왕은 나를 보자 반갑게 웃었고 나는 앞으로 걸어나가 여왕 앞에 한쪽 무릎을 꿇었다.

"한나!"

"폐하, 다시 뵙게 되어 기쁩니다."

여왕의 얼굴에 어두운 빛이 스쳤다.

"런던탑에서 오는 길이냐?"

"폐하의 분부 받잡고 있습니다."

나는 재빨리 말했다.

여왕은 고개를 끄덕였다.

"그 애의 근황은 알고 싶지 않다."

여왕의 냉랭한 표정에 나는 입을 굳게 다물고 고개를 숙였다.

말없이 복종하는 나를 보고 여왕은 고개를 끄덕였다.

"함께 가자. 말을 타러 가는 길이었다."

나는 여왕의 수행 행렬에 합류했다. 두세 명의 낯선 귀부인들과 신사들이 있었다. 하지만 여왕의 수행원들치고는 무난한 차림이었고, 나들이 삼아 말을 타러 가는 젊은 사람들치고 몹시 조용했다. 궁정은 불편한 곳이 되었다.

모두들 런던을 벗어나 북쪽으로 말을 몰았다. 아름다운 사우스햄프턴 하우스를 지나 탁 트인 전원이 나타나자 나는 말을 몰아 여왕의 곁으로 갔다.

"폐하, 공주 마마 곁에 계속 있어도 될까요?"

나는 잠시 적당한 말을 찾아 망설이다가 겨우 말을 맺었다.

"마지막 날까지 말입니다."

"그렇게 그 애가 좋으니? 이제 그 아이의 사람이 되었니?"

여왕은 비통한 듯 말했다.

"아닙니다. 마마가 가여워서 그래요. 폐하께서도 마마를 보신다면 저와 같은 마음이실 겁니다."

"난 그 애를 보지 않아."

여왕은 단호했다.

"그 애를 불쌍히 여길 수도 없구나. 하지만 좋다. 그 애 곁에 있어 주어라. 넌 좋은 아이다, 한나. 너와 함께 런던으로 진격했던 그날을 잊지 않을 것이다."

여왕은 시내 쪽을 돌아보았다. 런던의 거리는 많이 달라져 있었다. 골목마다 세워진 교수대에는 목이 매달린 반역자의 시체가 걸려 있었고, 집집마다 지붕 위에는 풍족한 먹이에 통통하게 살이 오른 까마귀들이 앉아 있었다. 마치 전염병을 실은 바람처럼 시내 곳곳에서 풍기는 악취가 코를 찔렀다. 지독한 반역의 냄새였다.

"그때는 위대한 꿈이 있었지. 그 꿈은 다시 살아날 거야, 꼭."

"저도 꼭 그럴 거라고 생각합니다."

마음에도 없는 빈 말이었다.

"스페인의 펠리페 왕자가 오면, 우리는 많은 변화를 겪을 것이다. 너도 알게 되겠지만, 상황이 많이 나아질 거야."

여왕이 다짐했다.

"왕자님이 곧 오시나요?"

"이번 달에 온단다."

나는 고개를 끄덕였다. 그가 오는 날이 엘리자베스 공주의 사형선고일이 될 것이다. 그는 신교도 공주가 버젓이 살아 있는 잉글랜드에는 오지 않겠다고 선언했었다. 그렇다면 엘리자베스 공주에게는 이제 이십여 일밖에 남지 않은 셈이다.

"폐하, 제 옛 주인 로버트 더들리가 아직 런던탑에 있습니다."

나는 조심스럽게 말을 꺼냈다.

"알고 있다. 다른 반역자들도 마찬가지지. 그들에 관해서는 아무 말도 듣고 싶지 않구나. 국가의 안녕을 위해 죄가 밝혀진 자들은 죽어야 한다."

여왕이 조용히 말했다.

"폐하의 공명정대하심은 알고 있습니다. 그리고 폐하께서 자비로우심도 알고 있습니다."

나는 대답을 기다렸다.

"물론 나는 공명정대하게 그들을 대할 것이다. 하지만 엘리자베스를 비롯한 몇 명의 행위는 내 자비로움의 한계를 넘어섰다. 그 아이는 이제 신의 자비를 구하는 편이 나을 것이다."

여왕은 채찍으로 말의 옆구리를 가볍게 쳤다. 행렬은 귀가 길에 올랐고 나는 더 이상 아무 말도 할 수 없었다.

1554년 여름

여왕의 결혼식이 열리기로 되어 있는 5월도 중순으로 접어들었다. 날씨는 점점 따뜻해졌지만, 엘리자베스 공주의 참수대는 아직 세워지지 않았고, 스페인의 펠리페도 아직 오지 않았다. 그러던 어느 날 런던탑에 갑작스러운 변화가 생겼다. 노퍽의 대지주가 푸른 제복의 부하들을 이끌고 탑 영내로 들어왔다. 엘리자베스 공주는 무서워서 어쩔 줄 몰라 하며 문에서 창가를 오갔다. 목을 빼고 화살 구멍을 내다보기도 하고 문의 열쇠 구멍을 통해 밖을 엿보기도 하면서 무슨 일인지 알아내려고 했다. 마침내 공주는 나를 밖으로 보내 노퍽 지주가 자신의 사형 집행을 지휘하러 온 것은 아닌지 알아보게 했고, 문 앞의 간수에게 처형대가 세워지고 있는지 물었다. 다들 그런 것은 아니라고 대답했지만, 공주는 그래도 나를 시켜 상황을 보고 오게 했다. 그녀는 아무도 믿을 수 없었고, 자신의 눈으로 확인하기 전에는 안심할 수 없었지만 밖으로 나가는 것이 허용되지 않았다.

"저를 믿으세요."

내가 분명하게 말했다.

공주는 내 두 손을 잡았다.

"거짓말 안 한다고 맹세해. 오늘이 그날이라면 꼭 알아야 해. 나는 준비를 해야 한단 말이야."

공주는 이미 수없이 쥐어뜯어 갈라지고 상처 난 입술을 깨물었다.

"난 겨우 스무 살이야, 한나. 내일 당장 죽을 준비가 안 됐어."

나는 고개를 끄덕여 보이고 밖으로 나왔다. 잔디밭은 텅 비어 있었고 톱으로 잘라 놓은 널빤지도 없었다. 엘리자베스 공주는 적어도 하루는 더 살 수 있었다. 나는 수문에서 걸음을 멈추고 푸른 제복의 남자와 이야기를 나누었다. 그에게서 놀라운 이야기를 들은 나는 단숨에 공주에게로 달려갔다.

"공주님, 살았어요."

나는 좁은 방 안으로 달려 들어가며 말했다. 캐트 애쉴리는 나를 보고 성호를 그었다. 두려움에 옛날 버릇이 나온 것이다.

창턱에 올라가 무릎을 꿇고 앉아서 빙글빙글 원을 그리며 날아다니는 갈매기들을 보고 있던 엘리자베스 공주는 나를 돌아보았다. 얼굴은 창백했고, 눈꺼풀은 붉었다.

"뭐라고?"

"런던탑에서 풀려나 헨리 베딩필드 경을 따라 우드스톡 궁으로 가시게 된대요."

공주의 반응은 시큰둥했다.

"그리고 어떻게 된대?"

"연금 상태로 계시게 된대요."

"무죄가 선언되는 게 아니고? 다시 궁으로 돌아가는 게 아니래?"

"재판도 받지 않고, 사형도 면하게 됐잖아요. 그리고 런던탑에서 풀려나시게 돼요. 아직 여기에 남아 있는 사람들도 많잖아요. 그런 사람들에 비하면 훨씬 나은 거죠."

나는 공주의 주의를 돌리려고 하였다.

"나를 우드스톡에 묻으려는 거야. 나를 런던에서 멀리 데리고 나가 사람들의 기억에서 지워지게 만들려는 거야. 나를 안 보이는 곳에 끌고 가 독살한 다음 궁에서 멀리 떨어진 곳에 묻을 거야."

공주가 말했다.

"폐하께서 그럴 생각이셨다면 벌써 자객을 보내셨겠죠. 공주님은 이제 자유예요, 아니 적어도 지금보다는 훨씬 자유로워지는 거예요. 기뻐하실 줄 알았는데요."

엘리자베스 공주는 여전히 무표정했다.

"우리 어머니가 언니의 어머니에게 무슨 짓을 했는지 아니?"

공주는 조용히 말했다.

"시골의 외딴 성을 전전하게 만들었어. 매번 더 작고 형편없는 곳으로 옮기게 했지. 결국 그 불쌍한 여인은 춥고 습한 오지에서 병을 얻어 죽고 말았어. 치료 한 번 못 받고, 먹을 것을 살 돈도 없어 굶주림에 시달리며 딸의 이름을 부르다 죽었지. 언니는 그런 어머니를 만날 수조차 없었어. 캐서린 왕비가 궁핍하고 비참하게 죽어가는 동안 그 딸은 하녀처럼 내 뒤치다꺼리나 해야 했어. 그 딸이 그때의 일을 잊었을까? 나에게 똑같이 갚아 주려고 하지 않을까? 이건 메리 언니의 복수야. 아니라면 어떻게 이렇게 딱 맞아 떨어질 수 있어?"

"마마는 아직 젊으세요. 세상에는 별의 별 일이 다 일어나는 법이죠."

"난 병에 걸리고 말 거야. 나는 잠을 이룰 수 없어. 두 살 때 사생아로 전락한 이후 내 삶은 항상 살얼음판을 걷는 것 같았어. 이대로 잊히면 난 죽고 말 거야. 독이건 한밤중에 숨어든 암살자의 칼이건 날 죽이고 말 거야. 아니, 외로움과 두려움 때문에라도 얼마 버티지 못할 거야."

"하지만 공주님. 살아 있는 매순간이 공주님에게는 값진 승리라고 말씀하셨잖아요. 이곳을 떠남으로써 공주님은 또 한순간을 얻게 되시는 거예요."

나는 애원하듯 말했다.

"이곳을 떠나면 난 아무도 모르는 곳에서 치욕스러운 죽음을 맞게 될 거야."

공주는 힘없이 말했다. 그녀는 창가에서 내려와 침대 앞으로 가 무릎을 꿇더니 얼굴은 두 손에 묻고 수가 놓인 침대보에 기댔다.

"여기서 날 죽이면 그나마 순교한 공주로 남을 거야. 제인 그레이보다 더 위대한 순교자가 되는 거지. 하지만 저들은 날 사형대에 올릴 용기조차 없나 봐. 아무도 모르는 곳에 숨겨두었다가 쥐도 새도 모르게 죽일 셈인 거야."

* * *

나는 런던탑을 떠나기 전에 로버트 경을 만나야 했다. 그는 엘리자베스 공주와 같은 구역에 있었다. 공주의 방 반대편, 아버지와 동생이 벽난로의 맨틀피스에 더들리 가의 문장을 새겨 놓은 바로 그 방에 그가 있었다. 그 방에서 아버지와 동생이 처형당했던, 그리고 자신의 참수대가 놓일 바로 그 잔디밭을 내려다보며 사는 것이 그를 얼마나 더 침울하게 만들지 나는 짐작할 수 있었다.

그의 방을 지키는 인원이 두 배로 늘어나 있었다. 그의 방에 들어가기 전에 나는 수색을 당했고, 처음으로 다른 사람이 지켜보는 가운데 그를 만나야 했다. 엘리자베스 공주를 위해 일한다는 사실은 여왕에 대한 나의 충성을 의심받게 했다.

문이 열리자 창가 책상에 앉아 있는 그가 보였다. 저녁 무렵의 뜨거운 태양이 창문으로 흘러들어오는 창가에서 작은 책을 햇빛에 비춰보며 그가 독서를 하고 있었다. 문 열리는 소리에 그는 앉은 자리에서 몸을 돌려 방에 들어서는 나를 보았다. 그의 입가에 삶에 지친 듯한 미소가 떠올랐다. 나는 방에 들어서자마자 그의 달라진 모습을 알아챘다. 그의 몸은 불어 있었고, 얼굴은 피로와 지루함으로 부어 있었다. 수개월간 갇혀 지낸 탓에 피부는 창백했지만, 짙은 갈색 눈은 의젓했고 한때 즐겁게 웃던 입은 미소 짓는 대신 위쪽으로 일그러졌다.

"남장 아가씨군. 너를 위해 보내 줬는데, 왜 내 말을 듣지 않고 돌아온 거니, 꼬마야?"

"떠났었어요."

내 뒤에 서 있는 간수를 어색하게 의식하며 나는 방으로 들어갔다.

"하지만 폐하께서 엘리자베스 공주님을 곁에서 모시라는 분부를 내리셔서, 내내 나리 가까이에 있었어요. 하지만 나리를 뵙는 것은 허락되지 않았지요."

그의 눈이 흥미를 띠었다.

"그래, 공주 마마는 잘 계시냐?"

일부러 태연한 듯 그가 물었다.

"몸이 많이 아프신 데다, 계속 불안해하세요. 오늘 찾아온 이유는 내일 공주님과 함께 떠나게 되었기 때문이에요. 마마께서는 이곳에서 풀려나시는 대신 헨리 베딩필드 경의 성에서 가택연금 상태로 계시게 되었어요. 그래서 내일 우드스톡 궁으로 떠나요."

로버트 경은 자리에서 일어나 창가로 걸어가 밖을 내다보았다. 그의 심장이 희망으로 요동치고 있다는 것을 나만이 짐작할 수 있었을 것이다.

"풀려나는군. 왜 여왕이 용서를 베푸는 거지?"

그는 조용히 말했다.

나는 어깨를 으쓱했다. 물론 여왕의 이해에 반하는 결론이지만, 그것이 여왕만의 특이한 성품이기도 했다.

"폐하께서는 지금도 공주 마마께 애정을 갖고 계세요."

나는 시키지도 않은 말을 꺼냈다.

"폐하께 마마는 아직도 어린 여동생이시니까요. 부군이 되실 펠리페 왕자의 희망도 폐하로 하여금 마마를 사형대에 오르게 하진 못했어요."

"엘리자베스는 항상 운이 좋았지."

그가 말했다.

"나리는요?"

나의 목소리에는 미처 감추지 못한 애정이 담겨 있었다.

그는 고개를 돌려 내게 미소를 지어 보였다.

"이제는 이곳에도 적응이 되는구나. 죽고 사는 일은 내가 어쩔 수 없는 일이지. 이젠 그걸 이해하게 되었다. 하지만 미래에 대해서 계속 궁금했었다. 내가 내 침대에서 죽는다고 했었지? 아직도 그렇게 생각하니?"

나는 간수 쪽을 어색하게 곁눈질했다.

"예, 그렇게 생각해요. 그뿐만이 아니라 나리는 여왕의 사랑을 받으실 분이에요."

그는 웃으려고 했지만 좁은 방 안의 공기는 웃음조차 허락하지 않았다.

"정말 그렇게 생각하니?"

나는 고개를 끄덕였다.

"그리고 나리는 세계의 역사를 바꿀 왕자의 자질을 가지고 계세요."

그는 얼굴을 찌푸렸다.

"정말이니? 정말 그렇게 생각하는 거야?"

간수가 갑자기 헛기침을 하더니 거북한 듯 말했다.

"죄송하지만 암호는 안 됩니다."

로버트 경은 간수의 우둔함에 고개를 설레설레 저었지만, 짜증을 가라앉혔다.

"좋아, 내가 내 아버지처럼 되지 않는다고 생각해 준다니 기분 좋구나."

그는 나를 보며 웃었다. 그리고 창밖의 잔디밭을 향해 고개를 끄덕였다.

"수감 생활에도 익숙해지고 있단다. 책도 있고, 가끔 찾아오는 사람들도 있고, 대우도 나쁘지 않아. 아버지와 동생의 죽음을 슬퍼하는 법도 배웠다."

그는 벽난로 쪽으로 손을 뻗어 거기에 새겨진 더들리 가의 문장을 쓰다듬었다.

"그들의 반역 행위는 잘못이지만, 그래도 명복을 빌고 있단다."

문 두드리는 소리가 들렸다.

"조금만 기다려 주세요!"

내가 고개를 돌리며 외쳤다. 하지만 문가에 서 있는 사람은 간수가 아니라 여자였다. 갈색 머리와 희고 고운 피부, 부드러운 갈색 눈의 아름다운 여인이었다. 옷차림도 훌륭했다. 재빨리 한 번 훑어보기만 했는데, 드레스에 수놓아진 문양과 벨벳과 실크 안감이 드러나도록 절개선을 넣은 소매가 눈에 들어왔다. 그녀는 모자에 달린 리본을 한 손에 아무렇게나 들고 있었고, 다른 손에는 신선한 야채가 든 바구니를 들고 있었다.

벌겋게 달아오른 내 얼굴, 내 눈에 가득 고인 눈물, 자리에 앉아 부드럽게 웃고 있는 로버트 경, 이 모든 광경으로 사태를 어느 정도 짐작한 듯 그녀는 방을 가로질러 로버트 경에게 다가갔고, 그는 자리에서 일어나 그녀를 맞았다. 그녀는 그의 양 뺨에 건성으로 키스를 하더니 한 손을 그의 팔에 낀 채 마치 '너는 누구냐'고 묻듯 내게로 돌아섰다.

"이 애는 누구죠?"

그녀는 그에게 묻더니 이내 말했다.

"아하, 네가 여왕의 어릿광대로구나."

나는 잠시 아무 말도 못 하고 가만히 있었다. 그 이전까지 어릿광대라는 내 신분에 대해 불만을 가졌던 적은 없었다. 하지만 그녀의 말투가 나로 하여금 아무 말도 할 수 없게 만들었다. 나는 로버트 경이 뭔가 말해주기를 기다렸다. 이 아이는 신성한 어릿광대라고, 플리트가에 나타난 천사도 보았고, 디 선생을 위해 수정 점도 쳐 주었다고. 그러나 로버트 경은 아무 말도 하지 않았다.

"당신은 더들리 부인이시군요?"

나는 그녀의 정체를 확인하기 위해 어릿광대의 특권을 빌어 거침없이 물었다.

그녀는 고개를 끄덕이더니 조용히 말하고는 남편에게로 돌아섰다.

"그만 가봐라."

하지만 로버트 경이 그녀를 막았다.

"한나 그린과 아직 할 얘기가 남았소."

그는 아내를 자신의 책상 옆 의자에 앉힌 다음 그녀가 우리의 이야기를 듣지 못하도록 나를 다른 쪽 창가로 데리고 갔다.

"한나, 다시 너를 나의 일에 끌어들일 수 없다. 넌 더 이상 나에 대한 사랑의 맹세를 지킬 필요가 없어. 하지만 네가 나를 기억해 준다면 고맙겠구나."

그의 목소리는 조용했다.

"나리를 항상 기억할 겁니다."

내가 속삭였다.

"그럼 여왕에게 나의 사면에 대해 이야기를 해 보렴."

"나리, 그렇게 하겠습니다. 런던탑에 수감 중인 사람들에 대해서는 아무 얘기도 듣고 싶어하지 않으시지만, 다시 한 번 해볼게요. 포기하지 않겠습니다."

"그리고 여왕과 공주 사이에 변화가 생기거나, 존 디와 만날 기회가 생기면 내게 소상히 알려 주지 않겠니?"

내 손을 잡는 그의 손, 그가 살아 있고 다시 살고 싶어함을 확인시켜 주는 그의 말들에 나는 빙그레 웃었다.

"편지를 쓰겠습니다. 알려 드릴 수 있는 건 전부 알려 드릴게요. 전 폐하께 불충을 범할 수는……."

"엘리자베스에게도 마찬가지겠지?"

그가 웃으며 말했다.

"공주님은 정말 대단한 분이세요. 공주님을 모시다 보면 그분을 우러러보지 않을 수 없어요."

그가 껄껄 웃으며 말했다.

"애야, 넌 항상 사랑하고 사랑받고 싶어서 어쩔 줄 모르는 아이 같구나. 그러니 항상 동시에 모든 사람의 편에 서는 거야."

나는 고개를 저었다.

"아무도 저를 비난할 수 없어요. 폐하를 모시는 사람들은 모두 폐하를 사랑해요. 그리고 공주 마마는……. 그분은 엘리자베스 마마시잖아요."

"난 그녀를 평생 보아왔다. 그녀에게 조랑말을 타고 뛰어오르는 법을 가르친 것도 나였지. 그때 그녀는 정말 대단한 아이였어. 자라면서 어린 여왕의 면모를 보여 주었지."

"어린 공주겠지요."

내가 바로잡아 주었다.

"그래, 공주."

그도 자신의 말을 정정했다.

"공주에게 내 안부를 전해 줘. 내 사랑과 충심도. 공주와 함께 죽을 수만 있었다면 그렇게 했을 거라고."

나는 대답 대신 고개를 끄덕였다.

"정말 그 아버지에 그 딸이지."

그의 목소리에는 애정이 담겨 있었다.

"정말이지 헨리 베딩필드가 안 됐군. 일단 두려움이 가시고 나면 그녀는 그 불쌍한 친구를 자기 마음대로 부릴 텐데. 그 사람 자신도 엘리자베스를 압도할 만한 위인이 못 되는데다가, 추밀원이 모두 그를 지지하는 것도 아니니. 지혜로 보나 세력으로 보나 그는 엘리자베스를 못 당할 테고, 크게 낭패를 보게 될 거야."

"여보?"

에이미가 자리에서 일어났다.

"부인?"

그는 내 손을 놓고 아내에게로 다가갔다.

"당신과 단둘이 있고 싶어요."

에이미가 말했다.

갑자기 그녀에 대한 참을 수 없는 증오가 밀려 왔고, 그와 함께 떠오른 너무나 참혹한 뭔가가 느껴졌다. 나는 놀라 뒤로 한 발짝 물러서며 숨을 거칠게 몰아쉬었다. 낯선 개에게 갑자기 달려들려고 하는 고양이 같았다.

"왜 그러니?"

로버트 경이 물었다.

"아무것도 아닙니다."

나는 고개를 저으며 갑자기 떠오른 영상을 지우려 하였다. 아무것도 아니었다. 아무것도 명확하게 떠오르지 않았고, 아무것도 할 말이 없었다. 에이미가 로버트 더들리로부터 떠밀려 나가는 모습이었다. 나는 그녀가 죽음과 같은 어두운 암흑 속으로 난폭하게 밀려 떨어지는 그 영상이 나의 질투와 악의에서 비롯된 것임을 알고 있었다.

"아무것도 아닙니다."

나는 다시 한 번 다짐했다.

그는 의아하다는 듯 나를 내려다보았지만 더는 캐묻지 않았다.

"그만 가 봐라. 날 잊지 마라, 한나."

그가 조용히 말했다.

나는 고개를 끄덕이고 문 쪽으로 걸어갔다. 간수가 문을 열어 주었고, 나는 레이디 더들리에게 절을 하였다. 그녀는 내게 나가 보라는 뜻으로 가볍게 고개를 흔들었다. 남편과 오붓한 시간을 갖고 싶다는 생각에 사로잡혀 하녀나 다름없는 나에게 최소한의 예의조차 보여 주 여유가 없었던 것이다.

"안녕히 계십시오, 부인."

난 그녀로부터 무슨 말이든 듣고 싶어 쓸데없이 시간을 끌었다.

하지만 그녀는 끝까지 나를 무시했다. 마치 내가 이미 가버리고 없는 사람처럼 나에게 등을 돌려 버렸다.

* * *

엘리자베스 공주가 느끼는 우울함과 공포는 그녀를 태운 들것이 런던탑의 정문에서 검은 내리닫이 창살 문 아래를 지나 런던 시내로 들어설 때까지 가시지 않았다. 일단 시내를 벗어나자 나와 네댓 명의 시녀들은 행렬의 뒤로 처졌다. 런던에서 서쪽으로 점점 멀어져 갈수록 행렬은 점점 당당해졌다. 작은 마을들을 지날 때면 재갈의 덜컹거리는 소리와 말발굽 소리를 듣고 사람들이 달려나와 도로변에서 겅중겅중 뛰기도 하고 춤을 추기도 했다. 아이들은 신교도 공주의 모습을 볼 수 있도록 높이 안아 달라고 칭얼댔다. 여왕의 성이 있는 윈저의 소도시와 이튼, 와이콤비에서도 사람들이 쏟아져 나와 웃으며 손을 흔들었고, 언제나 사람들의 시선을 의식하는 공주는 두드려 불룩하게 만든 베개들을 겹쳐 기대앉았다. 사람들에게 자신을 보여 주고 동시에 자신도 그들을 보기 위해서였다.

　사람들은 음식과 포도주 등의 선물을 가지고 나왔다. 얼마 안 가 마차는 케이크, 과자류, 길가에 핀 꽃들을 꺾어 만든 꽃다발로 가득 찼다. 그들은 산사나무 가지를 꺾어 공주의 들것 앞에 뿌렸다. 그들은 또 앵초와 데이지 꽃으로 조그맣게 꽃다발을 만들어 공주에게 던졌다. 헨리 경은 행렬 앞뒤를 왔다갔다하면서 몰려드는 사람들을 막고 공주에 대한 사랑과 충성을 다짐하는 사람들을 필사적으로 저지하려고 했지만 역부족이었다. 사람들은 공주를 찬미했고, 헨리 경이 병사들을 마을로 보내어 사람들이 집밖으로 나오지 못하도록 막자 그들은 창문 너머로 몸을 내밀고 공주의 이름을 불렀다. 엘리자베스 공주는 구릿빛 머리카락을 어깨 위로 잘 빗어 내리고, 창백하던 얼굴을 붉게 물들인 채 양 옆을 돌아보며, 늘씬한 손을 사람들에게 흔들어 보였다. 그런 그녀는 순교당하기 위해 끌려가는 순교자의 모습과 백성들의 애정을 흔쾌히 받아들이는 공주의 모습을 동시에 띠고 있었다. 그녀만이 연출할 수 있는 이중적인 모습이었다.

　그 다음날도, 또 그 다음날도 공주가 지나간다는 소식은 우리를 앞서 퍼졌고, 우리가 지나가는 마을마다 그 마을 교회의 종소리가 울려 퍼졌다. 너무 많은 성직자들이 신교도 공주를 위해 종을 울려대는 바람에 공주는 그들이 나중에 주교에게 문책을 받지 않을까 염려

해야 할 정도였다. 하지만 종을 울리는 사람들이 너무 많아 통제가 불가능했다. 헨리 경이 할 수 있었던 일이라고는 겨우 병사들로 하여금 들것에 바짝 붙어 공주를 구출하려는 소동이 벌어지지 않도록 막는 것뿐이었다.

사람들의 열렬한 반응은 공주에게 어떤 음식이나 음료보다 더 큰 효과를 나타냈다. 그녀의 부어오른 손가락과 관절은 정상적인 상태로 가라앉았고, 얼굴은 홍조를 띠었으며 눈에는 생기가 넘쳤고, 한 마디 한 마디에는 날카로운 재치가 번뜩였다. 저녁이면 공주는 왕위 계승자를 반기는 사람들의 융숭한 대접을 받으며, 그들의 집에서 저녁 식사를 하고 잠을 잤다. 아침이면 일찍 일어나 기꺼이 길을 떠났다. 햇빛은 한 잔의 포도주처럼 그녀의 피부를 아름답게 빛나게 했다. 매일 아침 수백 번의 빗질을 한 그녀의 머리카락은 어깨 양 옆으로 흘러내려 사각거렸고, 튜더 가의 상징인 초록색 리본이 달린 모자는 세련되게 한쪽으로 비스듬히 기울어 있었다. 모든 병사들, 그녀의 건강을 기원하는 모든 사람들에게 그녀는 미소를 지어주었다. 초여름 들꽃이 흐드러지게 피어난 잉글랜드를 바라보는 엘리자베스 공주는 비록 가택연금을 당할 처지였지만 한껏 들떠 있었다.

* * *

우드스톡은 수년 동안 돌보지 않아 다 쓰러져 가는 낡은 궁전이었다. 엘리자베스 공주를 위해 게이트하우스를 손보고 필요한 물건들을 들여놓았지만 준비상태가 엉성하기 그지없어서 창문과 마루널판 아래로부터 외풍이 거셌다. 런던탑보다는 상황이 나았지만 여전히 공주가 수감상태의 죄인이라는 사실에는 변함이 없었다. 처음에 엘리자베스 공주는 게이트하우스 내의 네 개의 방들만 출입할 수 있었

다. 하지만 그녀는 특유의 방식으로 정원으로, 그 다음에는 넓은 과
수원으로 그 활동범위를 넓혀 갔다.

처음에는 종이와 펜이 필요할 때마다 그때그때 요청해야만 했지
만, 시간이 갈수록 그리고 엘리자베스 공주가 점점 더 많은 요구를
해서 헨리 경을 성가시게 할수록 공주는 점점 더 많은 자유를 누리
게 되었다. 그녀는 여왕에게 편지를 써야 한다고 우겼고, 여왕의 자
문위원회에 탄원할 권리를 달라고 요구했다. 날씨가 따뜻해지자 공
주는 영지 밖으로 나갈 수 있게 해달라고 요구했다.

공주는 점점 헨리 경이 자신을 죽이지 않을 것이라는 확신을 갖게
되었고, 그를 무서워하는 대신 경멸하게 되었다. 불쌍한 헨리 경은
로버트 경이 예견한 대로 여왕의 신임을 가장 크게 잃은 죄수의 오
만한 태도에 늙고 여위어갔다.

* * *

초여름 어느 날, 런던에서 전령이 왔다. 그는 엘리자베스 공주 앞
으로 온 서류뭉치와 내 앞으로 온 한 통의 편지를 가져왔다. '엘리자
베스 공주와 함께 런던탑에 기거하는 한나 그린' 앞으로 온 낯선 필
체의 편지였다.

한나에게
당신의 아버지가 무사히 칼레에 도착하셨다는 소식을 전하기 위해
이 편지를 써요. 우리는 집과 가게를 얻었고 아버지는 다시 책과 원
고를 거래하기 시작하셨어요. 어머니께서 아버지를 위해 집안일을
돌보고 계시고, 여동생들은 일자리를 구했어요. 하나는 모자 가게에,
다른 하나는 장갑 가게에, 그리고 마지막 하나는 가정부로 취직했어

요. 난 의과 의사의 조수로 일하게 되었어요. 일은 힘들지만 우리 선생님은 매우 솜씨가 좋은 분이라 배울 점이 아주 많아요.

함께 오지 못해 정말 섭섭하군요. 그리고 나의 말하는 방식이 당신에게 믿음을 주지 못했던 것 같아 미안하고. 아마 내가 무례하고 까다로운 사람이라고 생각하겠지요? 하지만 내가 벌써 몇 년 째 우리 가족을 이끌어온 가장이고 내 누이들과 어머니가 보여 주는 순종하는 태도에 익숙해져 있다는 점을 이해해 줬으면 좋겠어요. 당신은 양친 밑에서 비교적 자유롭게 당신의 의지대로 살았고, 위험한 일을 많이 겪었다는 것을 알고 있어요. 지금은 어느 누구의 간섭도 받지 않는다는 것도요. 그래서 당신이 내 명령에 순종하지도, 순종을 요구하는 나의 태도를 이해하지 못한다는 것도 알고 있어요. 여자답지는 못하지만 그것이 당신의 진실한 모습이라는 것도.

분명히 해두고 싶은 점이 있어요. 난 당신이 하자는 대로 끌려 다니는 허수아비가 될 수는 없어요. 당신을 상전처럼 모실 수도 없고. 나는 남자로서 내 가정과 결혼생활을 이끌어야 하고, 그것이 옳다고 생각해요. 당신을 소유하는 것은 신이 내게 부여하신 권리요. 하지만 나의 의지에 따라 당신에게 연민과 친절을 베풀 수도 있고, 당신을 당신 자신과 내가 변할지도 모르는 과오로부터 보호할 수도 있어요. 하지만 어쨌든 난 당신의 주인이오. 가장의 권위를 당신에게 넘겨줄 수는 없어. 그건 내 의무이자 책임이지, 당신의 것이 될 수는 없으니까.

이렇게 합시다. 내가 좋은 남편이 될게요. 내 여동생들에게 물어봐도 좋아요. 나는 쉽게 화를 내지도, 변덕스럽지도 않아요. 동생들을 때린 적은 한 번도 없고, 항상 다정하게 대해 왔어요. 당신에게도 그렇게 할 거요. 당신이 상상하는 것보다 훨씬 더 다정한 사람이 될 거요. 아니, 당신에게 정말 다정한 사람이 되고 싶어요, 한나.

솔직히 말할게요. 난 당신과의 정혼을 깨트린 걸 후회하고 있어요. 그래서 다시 한 번 나의 아내가 되어 주겠다는 약속을 해줬으면 하고 이 편지를 쓰고 있어요. 당신과 결혼하고 싶어요, 한나.

난 항상 당신 생각뿐이고, 당신을 보고 싶고, 만지고 싶어요. 우리가 헤어질 때, 내가 너무 거칠게 키스해서 당신이 싫어지지는 않았는지 걱정이 돼요. 당신을 괴롭히려는 건 아니었어요. 화도 나고, 당신을 갖고 싶은 욕망도 억제할 수 없어서, 마음이 너무 복잡해서 당신 감정은 미처 생각하지 못했어요. 내 키스 때문에 당신이 너무 놀라지 않았기를 진심으로 바랄게요. 그리고 무엇보다, 내가 당신을 사랑하는 것 같아요.

그런 것이 아니라면 달리 내 마음과 몸을 뒤흔드는 이 뜨거운 감정을 표현할 길이 없어요. 잠도 잘 수 없고, 밥을 먹을 수도 없어요. 할 수 있는 일은 다 해보지만, 어디에도 마음을 둘 수가 없어요. 내 말에 화가 났다면 미안해요. 하지만 어떻게 해야 좋을지 모르겠어요. 당신에게 말하길 잘한 거지요? 우리가 결혼한 사이라면, 이런 얘기는 우리 둘만의 비밀이겠지요. 하지만 난 당신과 결혼해서 잠자리를 함께 하는 사이가 된다는 생각만으로도 피가 뜨거워지는 것 같아요.

제발 이 편지를 읽는 대로 답장을 해줘요. 당신이 뭘 원하는지 알고 싶어요. 당신이 이 편지를 읽고 나를 비웃을 생각을 하면 당장 찢어 버리고 싶어요. 어쩌면 이런 편지는 보내지 않는 것이 좋을지도 모르겠어요. 끝내 보내지 못한 다른 수십 통의 편지들처럼 말이오. 내 감정을 어떻게 표현해야 할지 모르겠어요. 내가 원하는 걸 어떻게 당신에게 전해야 할지도 모르겠어요. 당신에 대한 나의 감정이 얼마나 깊고, 내가 당신을 얼마나 원하는지 말로는 표현할 수 없으니까요.

당장 기다릴게요. 아무쪼록 내가 앓고 있는 사랑의 열병이 당신에게 제대로 전해졌기를.

다니엘

사랑을 받아들일 준비가 되어 있는 여자라면 당장 답장을 했을 것이다. 진정한 여자가 될 준비가 된 소녀라면 적어도 어떤 방식으로든 반응을 보였을 것이다. 나는 편지를 처음부터 끝까지 꼼꼼히 읽은 다음 불에 태워버렸다. 마치 그의 편지와 함께 나의 욕망도 태워버리려는 것 같았다. 적어도 나는 내 욕망을 인정할 만큼 정직했다. 그가 어두컴컴한 인쇄실에서 나를 안았을 때 나는 처음 욕망을 느꼈고, 우리가 헤어지던 날 그의 품안에서 내 욕망은 불타올랐다. 하지만 만약 내가 답장을 했다면, 그는 나를 데리러 왔을 것이고, 그러면 나는 그의 아내가 되어 여자로 길들여졌을 것이다. 그는 신이 자신에게 나의 본성을 지배할 권리를 주었다고 생각하는 남자였다. 그를 사랑하는 여자는 복종하는 법을 배워야 했다. 나는 아직 순종적인 아내가 될 준비가 되어 있지 않았다.

게다가 나는 다니엘이나 내 미래에 대해 생각할 틈이 없었다. 런던에서 온 전령은 엘리자베스 공주에게도 수많은 편지들을 전했다. 내가 그녀의 방에 들어갔을 때, 그녀는 여왕의 결혼과 함께 자신의 상속권이 박탈될지도 모른다는 생각에 제정신이 아니었다.

그녀는 마치 잔뜩 예민해진 고양이처럼 방 안을 이리저리 돌아다니고 있었다. 공주는 여왕의 시종장으로부터 펠리페 왕자가 스페인을 떠나 새로운 고향, 잉글랜드로 오고 있으며, 왕실은 윈체스터에서 그를 맞겠지만, 엘리자베스 공주는 참석할 필요가 없다는 냉담한 편지를 받았다. 그녀의 상처 난 자존심을 더욱 다치게 한 것은 편지를 받는 즉시 나를 궁으로 돌려보내라는 명령이었다. 공주인 자신이 어릿광대보다 못한 취급을 받게 된 것이었다. 그녀를 돌보는 것이 내 의무라는 사실에는 아무도 신경 쓰지 않았다. 엘리자베스 공주가 잊혔듯, 그녀를 위한 나의 의무도 잊힌 것 같았다.

"날 모욕하려는 거야."

공주가 내뱉었다.

"여왕으로서 행차하시는 게 아닐지도 몰라요. 그냥 왕실 사람들만 조촐하게 모이는 걸 거예요."

나는 그녀를 위로하려고 했다.

"나도 왕실의 한 사람이야!"

나는 아무 말도 하지 않았다. 그녀가 왕실 행사 때마다 아프다는 핑계로 빠지거나 이런저런 이유를 둘러대어 늑장을 부린 적이 몇 번인지 굳이 말해 봐야 좋을 것이 없다고 생각했기 때문이다.

"날 옆에 세우고 펠리페 왕자를 만날 용기조차 없는 모양이군!"

그녀가 잔인한 혀를 놀렸다.

"그가 늙어빠진 여왕과 젊은 공주 중에 누구를 더 좋아할지 언니 자신도 알고 있을 테니까!"

나는 그녀의 오류를 지적하지 않았다. 지금과 같은 모습이라면 아무도 그녀를 원하지 않을 것이다. 그녀의 몸은 병 때문에 또다시 부어올랐고, 두 눈은 빨갛게 충혈되었다. 분노만이 그녀를 두 다리로 버틸 수 있도록 지탱해 주고 있었다.

"왕자님은 폐하와 정혼하셨어요. 누구를 원하고 원하지 않느냐의 문제가 아니에요."

나는 조용히 말했다.

"어떻게 나를 이런 곳에서 썩게 내버려 둘 수가 있어! 난 여기서 죽을 거야, 한나! 아파서 죽을 뻔했는데도 아무도 나를 돌봐주지 않아. 언니는 의사도 보내주지 않고 내가 죽기만을 바라고 있어!"

"절대로 그렇지는……."

"그럼 왜 나를 불러들이지 않겠니?"

나는 고개를 저었다. 끝없이 방 안을 빙글빙글 도는 그녀처럼 우리의 대화도 아무런 진전이 없었다. 갑자기 그녀가 걸음을 멈추더니 한 손을 가슴에 댔다.

"난 아파."

공주는 착 가라앉은 목소리로 말했다.

"내 심장이 불안으로 요동치고, 나는 너무 아파서 아침에 일어날 수조차 없어. 정말이야, 한나. 누가 봐주길 바라고 일부러 그러는 게 아니야. 난 참을 수가 없어. 더 이상 이렇게 지낼 수는 없다고. 매일 언니가 나를 죽이기로 결정했다는 소식이 들려오지는 않을까 조마조마해. 매일 아침 나를 잡으러 병사들이 들이닥치면 어쩌나 불안해하며 잠에서 깨어나. 이런 상태로 내가 얼마나 더 버틸 수 있을 것 같니? 난 아직 젊어, 겨우 스무 살이라고! 내 성년 축하 잔치를 가슴 설레며 기다리고, 무슨 선물을 받을까 기대에 부풀어 있어야 할 나이잖아. 지금쯤은 결혼 상대도 정해져 있어야 해! 그런데 어떻게 내게 이렇게 끝도 없는 공포를 견디라는 거야? 아무도 이런 내 괴로움을 모를 거야."

나는 고개를 끄덕였다. 그녀의 괴로움을 이해해 줄 수 있는 사람은 메리 여왕뿐이었다. 여왕 자신도 한때는 모두가 미워하는 왕위 계승자였다. 하지만 엘리자베스 공주는 여왕의 사랑을 스스로 밀어내 버렸고, 이제 와서 다시 그 사랑을 되찾는 것은 쉽지 않을 것이다.

"앉으세요. 부드러운 에일을 갖다 드릴게요."

내가 다정하게 말했다.

"그런 건 필요 없어."

다리에 힘이 빠지는 것을 느끼면서도 그녀는 차갑게 쏘아붙였다.

"난 궁에 돌아가 내 자리를 찾고 싶어. 내게 필요한 건 자유야."

"자유로워지실 거예요."

나는 찬장에서 주전자와 컵을 가져왔다. 공주는 음료수를 한 모금 마시더니 나를 쏘아보았다.

"넌 상관없겠지. 넌 죄수가 아니고 내 하녀도 아니니까. 넌 오고 싶으면 오고, 가고 싶으면 갈 수 있잖아. 언니는 널 곁에 두고 싶어 해. 윈체스터에 가서 결혼식을 보러 온 너의 그 대단한 친구들을 다 만날 수 있겠네. 새 재킷과 양말도 받겠구나. 넌 남자도 여자도 아닌 여왕의 장난감이니까 여왕의 결혼식 행렬에 빠지지 않겠지."

공주가 심술궂게 말했다.

"그럴 거예요."

"한나, 넌 못 가."

공주의 목소리는 냉랭했다.

"공주님, 전 가야 해요. 폐하께서 분부하신 일이에요."

"언니는 널 나에게 보냈어."

"하지만 다시 불러들이셨어요."

"한나!"

공주는 울분을 터뜨렸다.

나는 천천히 그녀의 발치에 무릎을 꿇고 그녀의 얼굴을 올려다보았다. 엘리자베스 공주는 언제나 끓어오르는 감정과 치밀한 계산이 뒤엉켜 종잡을 수 없는 사람이었다.

"공주님?"

"한나, 이곳에서 나는 너와 캐트, 그리고 그 멍청한 헨리 경밖에 의지할 사람이 없어. 난 아직 젊어. 지금이 내 인생에서 가장 아름답고 총명할 때이지만 외롭게 갇혀 지내면서 보모와 광대와 멍청이를 벗 삼아야 해."

"그럼 광대 하나 없어진다고 별로 아쉽지는 않으시겠네요."

나는 시큰둥하게 말했다. 공주를 웃기려고 한 말이었지만, 공주의 눈에는 눈물이 가득 고였다.

"그 중에서 광대가 가장 필요해. 난 친구도, 이야기를 나눌 사람도, 나를 돌봐 줄 사람도 없어."

공주는 벌떡 일어나더니 명령했다.

"나와 함께 걸어."

우리는 낡은 궁전 복도와 문짝이 떨어져 나가기 직전의 출입문을 지나 정원으로 나갔다. 내게 기대어 오는 공주의 몸이 연약하게 느껴졌다. 정원의 통행로에는 풀이 자라고 있었고, 도랑마다 쐐기풀이 돋아나 있었다.

엘리자베스 공주와 나는 두 사람의 노파처럼 서로에게 의지하며 황폐한 정원을 이리저리 걸었다. 잠깐 동안 나는 그녀가 정말로 두려워하고 있을지도 모른다는 생각이 들었다. 여왕이 도끼를 든 형 집행인을 보내지 않더라도, 갇혀서 지내는 생활 자체가 그녀에게는 죽음과 같았다. 우리는 흔들 문을 지나 과수원으로 들어갔다. 꽃잎이 풀밭 위에 눈처럼 흩어져 있었고, 하얀 꽃이 만발한 가지는 무게를 이기지 못하고 아래로 기울어져 있었다. 엘리자베스 공주는 주위를 둘러보더니 내 팔을 잡아 끌어당겼다.

"난 이제 희망이 없어."

공주의 목소리에는 힘이 없었다.

"언니가 아들을 낳으면 난 이제 끝장이야."

공주는 나를 세워 두고 혼자 풀밭을 가로질러 걸었다. 초라한 검은색 드레스가 풀밭 위를 쓸고 지나가자 촉촉한 꽃잎이 치맛자락에 달라붙었다.

"아들이라……."

공주가 중얼거렸다. 절망 속에서도 그녀는 목소리를 높이지 않으려고 주의했다.

"빌어먹을 스페인의 피를 이어받은 아들. 빌어먹을 스페인 구교도의 아들. 이제 잉글랜드는 스페인 제국의 식민지로 전락하고 말 거야. 잉글랜드, 나의 잉글랜드가 스페인의 앞잡이가 되어버리다니. 가톨릭 사제들이 돌아오고, 화형대에 불이 붙고, 내 아버지의 신앙과 내 아버지의 유지가 미처 피어보기도 전에 땅에 떨어지겠지. 빌어먹을 메리. 메리도 아직 생기지 않은 그 자식도 저주를 받을 거야."

"엘리자베스 공주님! 그런 말씀 하시면 안 돼요!"

내가 외쳤다.

공주는 나를 돌아보았다. 불끈 쥔 양손을 들어올린 그녀는 내가 가까이 있었더라면 주먹으로 나를 칠 기세였다. 감정이 격해진 그녀는 자신이 무슨 짓을 하고 있는지도 모르는 것 같았다.

"메리도, 메리의 편을 드는 너도 저주를 받을 거야."

"예상 못 한 일도 아니잖아요. 결혼 합의는 이미 이루어졌고, 왕자님도 영원히 결혼식을 미루지는……."

"언니가 결혼하리라는 걸 내가 어떻게 예상했겠어? 누가 언니 같은 여자랑 결혼하겠어? 늙고 못생긴 얼굴에 반평생을 사생아로 살았어. 유럽의 왕자들 반은 이미 퇴짜를 놓았지. 그 빌어먹을 스페인 혈통만 아니라면 펠리페도 언니랑 절대로 결혼하지 않을걸? 결혼하기 싫다고 아버지에게 빌었을 거야. 그 늙고 쭈글쭈글한 처녀에게 발목 잡히느니 다른 어떤 운명도 달게 받아들이겠다고 무릎 꿇고 기도했을 거야."

"엘리자베스!"

나는 너무나 놀라서 소리를 질렀다.

"왜?"

공주의 두 눈은 분노로 이글이글 타고 있었다. 난 그녀가 자신이 무슨 말을 하고 있는지 모르는 거라고 믿었다.

"왜, 내 말이 틀려? 펠리페는 젊고 잘생긴 데다 유럽의 반을 다스릴 남자야. 그런데 언니는 나이보다도 늙어보일 뿐만 아니라, 실제로도 이미 늙었어. 그 두 사람이 발정 난 돼지들처럼 서로 엉켜 있을 꼴을 생각하면 구역질이 나. 정말 역겹다고. 게다가 캐서린 왕비를 생각해봐. 언니의 아이들도 뱃속에서 이미 죽어서 나올 거야."

나는 양손으로 귀를 막았다.

"정말 들어줄 수가 없군요."

나는 솔직히 말했다.

엘리자베스 공주가 내게 달려들어 외쳤다.

"그러는 넌 믿을 수 없는 배신자야. 넌 내 편이 되어야지, 무슨 일이 생기든, 내가 무슨 말을 하건 내 편을 들어야지! 나 같으면 언니처럼 젊은 남자 꽁무니나 좇는 수치스러운 짓은 안 해. 아들뻘 되는 어린 남자의 사랑을 구걸하느니 차라리 죽어 버리고 말지. 언니처럼 나이 먹고 볼품없고 따분하고 쓸모없는데다 누구한테도 환영받지 못하는 노처녀가 되느니 죽어버리겠다고!"

"저는 믿을 수 없는 사람이 아니에요. 그리고 전 공주 마마의 동무가 되어 드리러 온 것이지 공주 마마의 어릿광대가 되려고 온 것은 아니에요. 공주님의 친구가 되어 드릴 수는 있어요. 하지만 장사꾼 아낙처럼 상스러운 말로 폐하를 욕하는 것은 들어줄 수가 없어요."

공주는 내 말에 울부짖으며 땅에 주저앉았다. 공주의 얼굴은 사과꽃처럼 하얗게 질렸고, 머리카락은 어깨 위에 아무렇게나 헝클어졌으며, 두 손은 입을 가렸다.

나는 공주 곁에 무릎을 꿇고 그녀의 손을 잡았다. 얼음장처럼 차가운 손이었다. 그녀는 금방이라도 쓰러질 것 같았다.

"엘리자베스 공주님."

나는 따뜻하게 위로하듯 말했다.

"진정하세요. 두 분은 결혼하실 거예요. 공주님이 무슨 짓을 해도 막을 수는 없어요."

"하지만 초대도 안 하다니……."

공주는 작은 소리로 울먹였다.

"심한 처사이긴 해요. 하지만 폐하께서는 공주님께 자비를 베푸셨어요."

나는 잠시 멈추었다가 말을 이었다.

"잊으셨어요? 공주님께서는 참수당하실지도 모르는 상황이었어요."

"그래서 고마워해야 한다는 거야?"

"마음을 가라앉혀 보세요. 그리고 기다리세요."

고개를 들어 나를 보는 그녀의 표정은 얼음처럼 차가웠다.

"언니가 펠리페와 결혼해서 아들을 낳는다면, 내게는 어느 구교도 왕자와 억지로 결혼을 하거나 죽는 일만 남겠지."

"하루라도 더 살아남는 것이 공주님께는 값진 승리라고 하셨잖아요."

나는 공주의 말을 상기시켰다.

하지만 공주는 웃지도 않고 고개를 저었다.

"살아 있는 것은 중요하지 않아. 중요한 것은 잉글랜드의 공주로서 살아 있는 거야. 살아서 왕위를 계승하는 거야."

나는 잠자코 있었다. 그 순간만큼은 그것이 그녀의 진심이었는지도 모른다. 하지만 엘리자베스 공주를 이미 너무나 잘 아는 나는 그녀가 오직 나라를 위해 살아갈 여자로는 보이지 않았다. 하지만 더 이상 그녀를 자극하고 싶지 않았다.

"꼭 그렇게 하세요. 잉글랜드를 위해 살아남으셔야 해요. 그러니까 지금은 기다리세요."

나는 위로하듯 말했다.

* * *

그 다음날 잔치에 참석 못 하게 된 어린아이처럼 여전히 심통을 부리면서도 공주는 나를 보내주었다. 나는 그녀를 정말로 화나게 하는 것이 구교로 다시 돌아간 잉글랜드에서 유일한 신교도 공주인 자신의 처지인지, 아니면 금란평원에서의 축제 이후 기독교 세계 최대의 행사에 자신이 초대받지 못했다는 사실인지 알 수 없었다. 떠나는 나에게 말없이 손을 흔들고 뾰로통한 표정으로 고개를 돌리는 그녀를 보며 나는 그날 아침 그녀를 가장 비참하게 만든 것은 결혼식에 참석하지 못한다는 사실이라고 생각했다.

윈체스터 궁이 어디 있는지 모르는 사람도 문제없이 길을 찾을 수 있을 정도로 도로는 결혼식을 보러 가는 사람들로 붐볐다. 남녀노소를 불문하고 모두들 여왕이 마침내 결혼하는 모습을 보고 싶어하는 것 같았다. 최대의 장터가 될 결혼식 장소로 농작물을 싣고 가는 농부들, 길을 따라 빼곡하게 천막을 친 떠돌이 흥행사들, 매춘부와 야바위꾼, 약장사, 거위 치는 여자들로 도로는 붐볐다. 거기에 윈체스터 궁으로 이동하는 왕실 행렬도 한 몫을 했다. 전령들은 이리저리 바삐 움직였고, 시동들과 군인들, 행렬의 선두를 달리는 무리들과 뒤쳐지지 않으려고 필사적으로 말을 모는 이 등 각양각색이었다.

헨리 경의 부하들은 엘리자베스 공주에 관해 추밀원에 보고할 것이 있었기 때문에 우리는 주교의 거처인 월버시 궁 입구에서 헤어졌다. 나는 곧바로 여왕이 머무르고 있는 궁 안으로 들어갔다. 방 입구마다 수많은 청원인이 혹시나 하는 마음에 서로 밀치며 안으로 들어가려 하고 있었다. 나는 사람들 사이를 겨우 비집고, 장식벽과 육중한 지방 유지들 사이를 살금살금 지나 미늘창을 서로 엇갈리게 든 채 문을 막고 서 있는 두 명의 보초병 앞에 도달했다.

"폐하의 광대예요."

내가 신원을 밝히자, 두 병사들 중 하나가 나를 알아보고 길을 열어 주었다. 두 사람이 밀려드는 군중을 막고 있는 동안 나는 열린 문틈으로 재빨리 들어갔다.

알현실 내부도 상황은 마찬가지였다. 다른 점이 있다면 화려한 옷차림과 프랑스어, 스페인어, 영어로 정신없이 오가는 대화들이었다. 이곳에 모인 사람들은 새로운 왕의 눈에 들어 새로이 편성될 조정에서 어떻게든 좋은 자리를 차지해 보려는 야심을 가진 남녀 인사들이었다. 그들은 왕이 우겨서 스페인에서 데리고 온 수백 명의 수행인들이 아닌 순수 잉글랜드인들에게도 기회가 올 것이라고, 아니 반드시 와야 한다고 믿고 있었다.

알현실 안을 한 바퀴 도는 동안 여기저기서 수군대는 소리가 들려왔다. 젊고 잘생긴 왕자가 늙은 여왕을 어떻게 아내로 맞을 것인지에 대해 이러쿵저러쿵 하는 소리도 적지 않았다. 나는 어느새 분노로 얼굴이 달아오르는 것을 느꼈고 여왕의 내실 문 앞에 도달했을 때에는 이를 악물고 있었다.

보초병이 나를 보고 고개를 끄덕이고는 문을 열어 주었다. 내실도 결코 평화롭지 않았다. 평소보다 더 많은 시녀들과 종자들, 연주자들과 가수들, 호위병들과 쓸데없이 알랑대기 위해 모인 사람들로 방안은 붐볐다. 나는 여왕을 찾아보았지만, 여왕은 보이지 않았고 평소에 그녀가 사용하던 난롯가의 의자도 비어 있었다. 제인 도머는 북적대는 사람들에게 눈길 한번 주지 않고 창가에 앉아 바느질을 하고 있었다. 그녀의 모습은 왕위에 오를 희망도 없이 병마와 시달리던 여왕을 내가 처음 찾아갔던 그날처럼 의연했다.

"폐하를 뵈러 왔어요."

나는 그녀에게 가볍게 절을 한 후 말했다.

"그런 사람들이 너 말고도 한둘이 아니야."

제인은 퉁명스럽게 말했다.

"저도 봤어요. 런던에서 오신 이후 계속 이랬나요?"

"매일 매일 더 많은 사람들이 꾸역꾸역 몰려들더구나. 폐하의 마음이 누그러졌다고, 판단까지 흐려졌을까 봐. 세 번이나 왕위를 빼앗길 뻔하시고도 또 속으실 줄 아나, 원."

"들어가도 될까요?"

"지금 기도 중이시다. 하지만 널 보고 싶어하실 거야."

제인은 자리에서 일어나더니, 누구도 함부로 들여보내지 않겠다는 듯 안쪽으로 통하는 좁은 통로 앞에 버티고 섰다. 문을 열고 안을 들여다 본 그녀는 손짓으로 내게 들어가라는 신호를 했다.

여왕은 금과 자개로 화려하게 장식된 성상 앞에서 기도를 마치고, 평온하면서도 밝은 표정으로 앉아 있었다. 기쁨과 행복으로 충만한 채 무릎을 꿇고 앉아 있는 모습은 평화롭고 아름다웠다. 누가 봐도 그녀가 결혼식 날 아침의 신부임을, 사랑을 향해 나설 준비를 하고 있는 여인임을 알 수 있었다.

문이 닫히는 소리에 여왕은 천천히 고개를 돌리더니 빙그레 웃었다.

"아, 한나! 잘 왔다. 시간 맞춰서 왔구나."

나는 방을 가로질러 그녀 앞으로 가서 무릎을 꿇었다.

"가장 상서로운 이날 폐하께 주님의 축복이 있기를 빕니다."

여왕은 여느 때처럼 애정이 담긴 손길로 나를 축복해 주었다.

"정말 좋은 날이지?"

나는 고개를 들어 태양처럼 환하게 빛나는 여왕의 얼굴을 보며 말했다.

"그렇습니다, 폐하."

나는 정말로 한 치도 의심하지 않았다.

"폐하께 더 없이 좋은 날입니다."

"오늘은 내게 새로운 삶이 시작되는 첫날이야. 결혼한 여자로서, 또 여왕으로서 나를 보필해 줄 남편과 평화로운 내 나라와 기독교 세계에서 최강의 힘을 가진 동맹국이자 내 어머니의 모국으로부터 든든한 지원을 얻게 되었으니 말이야."

나는 여전히 무릎을 꿇은 채 웃으며 여왕을 올려다보았다.

"내가 아이를 가질 수 있을지 봐줄래, 한나?"

"틀림없이 그러실 겁니다."

나는 조용히 말했다.

여왕의 얼굴에 환희가 번졌다.

"그건 너의 바람이냐 아니면 너의 예지력이 가르쳐 준 것이냐?"

여왕이 황급히 물었다.

"둘 다입니다. 틀림없습니다, 폐하."

여왕은 두 눈을 감고 잠시 아무 말도 하지 않았다. 나는 그녀가 나를 통해 들은 확실한 대답과 앞으로 펼쳐질 잉글랜드의 평화와 종교 분쟁의 종식에 대해 신에게 감사하고 있다는 것을 알았다.

"이제 준비를 해야겠다. 제인에게 말해서 하녀들을 들여보내라고 해라, 한나. 옷을 입어야겠구나."

여왕이 자리에서 일어나며 말했다.

***

나는 결혼예식을 제대로 보지 못했다. 펠리페 왕자가 윈체스터 성당의 찬란한 금빛 제단으로 걸어가는 모습을 언뜻 보았을 뿐, 그 다음부터는 내 앞에 서 있던 서머싯에서 온 뚱뚱한 지주가 갑자기 내 시야를 가리는 바람에 결혼 미사곡을 부르는 여왕의 성가대원들의 점점 높아지는 목소리와 가디너 대주교가 신랑신부의 꼭 맞잡은 손을 들어올려 결혼이 성사되었고, 여왕이 이제는 결혼한 몸임을 알릴 때 터져 나오던 부드러운 탄성밖에 듣지 못했다.

나는 결혼 축하연에서 펠리페 왕자를 좀더 분명히 볼 수 있을 것이라고 기대했다. 대연회장으로 급히 가던 길에 스페인 근위대가 소지한 무기들이 철컥거리는 소리가 들려왔다. 내가 창가로 급히 물러나자 행진하는 무장한 군인들 뒤로 펠리페의 측근들이 허겁지겁 나타났고, 왕자 본인은 그 가운데에 있었다. 바로 그때, 부산스러운 움직임의 한가운데에서 나에게 어떤 변화가 생겼다.

실크와 벨벳, 자수 장식과 다이아몬드, 그리고 호화로운 검은 머리의 스페인 귀족들, 그들의 머리와 수염에서 풍기는 포마드 향, 허리띠에 금빛 버클로 고정시킨 향료 갑, 군인들이 착용한 상감을 아로새긴 값비싼 가슴받이, 아름답게 세공한 검들이 벽에 부딪쳐 내는 소리, 그리고 무엇보다 너무나도 오랫동안 이방인으로 살아야 했던 내게 고향의 새소리처럼 반가운 그들의 빠르게 주고받는 말소리, 이 모든 것들이 나를 꼼짝 못 하게 만들었다.

그들의 향기와 그들의 모습과 그들의 말소리는 이제껏 한 번도 경험해보지 못한 느낌으로 내게 다가왔다. 나는 비틀거리며 뒷걸음질 쳤고, 차가운 벽에 몸을 기댔다. 향수와 고향 스페인에 대한 간절함이 너무나 강렬하게 나를 압도하여 나는 정신이 혼미해졌다. 내가 얼떨결에 소리를 지르는 바람에 왕자의 일행 중 누군가가 친근한 검은 눈동자를 돌려 나를 보았다.

"이봐, 왜 그래?"

내 금빛 시동 복장을 보며 그가 물었다.

"여왕의 신성한 광대군."

다른 한 사람이 스페인어로 말했다.

"여왕의 노리개인가 보군. 암컷도 수컷도 아닌 애완동물이라."

"맙소사, 시들어가는 노처녀에 광대조차 처녀가 아니라니."

카스티야 악센트를 쓰는 누군가가 비아냥거렸다. 왕자는 "쉿." 하고 주의를 주었지만, 별로 마음에 두지 않는 것 같았다. 새 신부를 보호하기 위해서가 아니라 이미 익숙한 무례를 질책하려는 것 같았다.

"애야, 어디 아프니?"

왕자가 스페인어로 물었다.

일행 중 한 사람이 나서서 내 손을 잡았다.

"왕자님께서 어디가 아프냐고 물으신다."

그는 영어로 조심스럽게 말했다.

내 손이 떨렸다. 스페인 귀족의 손에 닿은 내 피부가 떨리고 있는 것이었다. 나는 그가 나의 출신을 바로 눈치 채고, 내가 그의 말을 알아들으며 영어보다 먼저 스페인어로 대답이 튀어나올 뻔했음을 알아주기를 기대했다.

"아프지 않습니다."

나는 영어로 말했다. 아무도 내 발음에 남은 스페인어의 흔적을 알아채지 못하기를 바라면서 아주 조용히 말했다.

"왕자님께서 갑자기 나타나셔서 좀 놀랐습니다."

통역을 맡은 남자는 왕자에게 돌아서며 웃었다.

"왕자님 때문에 놀랐다는군요. 이 아이의 주인도 놀라셔야 할 텐데."

왕자는 하인과 다를 바 없는 나의 존재는 아랑곳하지 않고 고개를 끄덕이며 성큼성큼 걸어가 버렸다.

"여왕 때문에 왕자님이 놀라시겠지."

누군가 뒤에서 재빨리 말했다.

"세상에, 왕자님을 어떻게 그런 늙은 여자에게 맡기지?"

"게다가 처녀라니."

또 다른 사람이 맞장구를 쳤다.

"남자 맛을 본 따뜻하고 나긋나긋한 과부도 아니고. 노처녀의 음산한 기운이 왕자님을 말려 죽일 거야."

"그리고 따분하기까지 하잖아."

첫 번째 남자가 말했다.

그의 말이 왕자의 귀에도 들어갔다. 왕자는 걸음을 멈추고 자신의 수행원들을 돌아보았다.

"그만들 해."

또렷한 스페인어로 왕자가 말했다. 자신의 일행들만 알아듣는다고 생각한 것 같았다.

"다 끝난 일이야. 난 그녀와 결혼했고, 그녀와 같이 잠자리에 들 거야. 내가 그걸 못 한다는 말이 나오면 그때 원인을 추측해 봐도 늦지 않아. 그때까지는 잠자코들 있어. 잉글랜드에 와서 그들의 여왕을 모독하는 것은 옳지 않아."

"하지만 저들도 우리를 홀대하고 있습니다."

누군가 반박했다.

"잉글랜드 얼간이들……."

"가난하고 성질도 더럽고……."

"게다가 탐욕스럽기까지!"

"그만하라니까."

왕자가 말했다.

나는 복도를 지나 대연회장으로 통하는 계단까지 그들을 따라갔다. 나는 마치 줄에 매달린 것처럼 그들 뒤를 졸졸 따르고 있었다. 마치 내 삶이 그 줄에 달린 것처럼 그들로부터 떨어질 수가 없었다. 고향 사람들을 보고, 고향의 말을 들었다. 비록 그들의 한 마디 한 마디가 모두 나에게 친절을 베푼 유일한 여인에 대한, 그리고 나의 제2의 고향인 잉글랜드에 대한 모독이었지만.

* * *

나를 제정신이 들게 한 것은 윌 소머스였다. 그는 스페인 무리를 따라 대회장으로 들어가려는 내 팔을 잡아 흔들었다.

"왜 그래, 꼬마 아가씨? 몽유병이라도 있어?"

"아저씨."

나는 쓰러질 듯 그의 소매를 잡았다.

"아, 윌 아저씨!"

"이런 한심한 꼬마 아가씨 같으니."

그는 마치 제정신이 아닌 시동을 대하듯 내 등을 가볍게 토닥여 주었다.

"아저씨, 스페인 남자들이……."

그는 나를 출입문에서 한적한 곳으로 끌고 나와 내 어깨에 팔을 둘렀다.

"조심해, 꼬마 광대. 윈체스터의 벽에는 귀가 있어. 함부로 말했다가 무슨 벼락을 맞을지 모른다고."

"남자들이 정말……."

나는 한참 동안 말을 잇지 못했다.

"정말……. 잘생겼어요!"

내가 별안간 외쳤다.

그는 나를 놓아주더니 손뼉을 치며 큰소리로 웃었다.

"잘생겼다고? 가엾은 폐하처럼 너도 스페인 *시뇨르*(영어의 Mr에 해당하는 스페인어로 각하, 씨, 나리의 경칭.)들에게 홀딱 반한 거니?"

"그게 아니라⋯⋯."

나는 또다시 한참을 생각하다가 말했다.

"향수 때문이에요. 정말 좋은 냄새가 나요."

"저런, 꼬마 아가씨, 시집갈 때가 된 거야."

그는 짐짓 심각한 표정으로 말했다.

"남자들의 뒤를 쫓고, 사냥개처럼 그들의 흔적에 코를 킁킁대다가 언젠가는 신세를 망치게 되지. 그럼 신성한 광대 역할도 끝이야."

그는 잠시 말없이 나를 살피더니 문득 생각난 듯 물었다.

"아하, 잊고 있었네. 너, 스페인에서 왔지?"

나는 고개를 끄덕였다. 굳이 뭘까지 속일 필요가 없었다.

"그 남자들 때문에 고향 생각이 났구나?"

나는 고개를 끄덕였다.

"평생 스페인이라면 이를 갈던 잉글랜드 사람들보다 넌 이 상황을 받아들이기가 쉽겠구나. 또다시 스페인 주인을 만난 것뿐이지만, 우리 같은 사람들에게는 세상이 다 끝난 것 같단다."

그는 나를 살짝 끌어당겼다.

"엘리자베스 공주는 어때?"

"화가 나 있어요. 불안해하기도 하고요. 6월에는 앓아누우셨어요. 폐하께서 의사를 보내주실 줄 알았는데 의사들이 오지 않아서 실망했어요."

"저런, 안 됐어. 오늘 같은 날 엘리자베스 공주가 오지 못할 거라

고 누가 짐작이나 했겠어? 아니 이런 날이 오기를 누가 상상이나 했겠냐고?'

"이번에는 제가 들을 차례예요. 뭐 새로운 소식 없어요?"

"로버트 경 말이냐?"

나는 고개를 끄덕였다.

"아직 갇혀 있다. 궁에서는 아무도 그를 옹호하는 사람도, 그런 말을 들으려고 하는 사람도 없어."

그때 트럼펫 소리와 함께 여왕과 왕자가 대연회장에 나타나 자리에 앉았다.

"가야겠다."

월이 말했다. 그는 입가에 커다란 미소를 띠고 평소보다 더 휘청거리며 걸어갔다.

"놀랄 거다, 꼬마야. 나, 저글링 하는 법을 배웠거든."

"떨어뜨리지 않고 잘할 수 있어요?"

나는 열려 있는 대회장 문을 향해 걸어가는 월을 따라 잡으려고 종종걸음을 걸었다.

"실은 아주 서투르단다. 기가 막히게 웃겨."

그는 상상만 해도 즐거운 듯 말했다.

그가 방으로 들어가자 사람들이 환호했다. 나는 옆으로 물러나 그가 앞으로 나가는 것을 보았다.

"평범한 여자들이 어떤지 넌 모를 거야. 여자들은 정말 웃음에 인색해."

* * *

나는 다니엘의 편지를 한 번 읽고 불 속에 던져 버렸지만 그도 그의 편지도 마음속 깊이 간직하고 있었다. 편지를 태우지 말고 잘 접어서 재킷 안쪽 깊숙이 심장 가까이에 넣어 두는 편이 나았을지도 모른다. 상사병에 걸려 매일 밤 같은 편지를 또 읽고 또 읽은 것처럼 나는 그의 편지에 적힌 한 마디 한 마디를 모두 기억하고 있었다.

나는 내가 스페인 왕자 일행이 도착한 이후 다니엘에 대해 더 자주 생각하게 되었음을 깨달았다.

여왕의 모습을 본 사람이라면 그 누구도 그녀의 결혼에 대해 비난할 수 없었을 것이다. 결혼식 다음날 아침부터 여왕은 그 이전까지 볼 수 없었던 온화함으로 빛났다. 그녀에게서는 확고한 자신감에서 나오는 침착함이 느껴졌고, 마침내 진정한 안식처를 찾은 여인의 모습을 발견할 수 있었다. 여왕은 사랑에 빠진 여인이었으며 사랑받는 아내였다. 그녀에게는 이제 신뢰할 수 있는 조언자이자 그녀 자신의 행복을 위해 헌신할 준비가 된 강력한 남편이 생겼다. 불안과 공포로 점철되었던 어린 시절과 젊은 시절을 겪은 그녀가 자신을 사랑하는 남자의 품에서 편히 쉴 수 있게 된 것이다.

나는 여왕을 보면서 여왕처럼 철저하게 금욕적이며 영적인 여성도 사랑을 할 수 있다면, 나도 할 수 있지 않을까라는 생각을 해보았다. 결혼은 여자에게 있어서 종말이나 진정한 자신을 버리는 행위가 아니라, 새로운 자신을 발견하는 기회인지도 모른다. 여자가 아내가 되기 위해 반드시 자존심과 영혼을 버려야 하는 것도 아닐지 모른다.

아내가 된다는 것은 새롭게 피어나는 것인지도 모른다. 굳이 아내의 조건에 부합하기 위해 자신이 가진 것을 쳐낼 필요는 없는 것이다. 그렇다면 나도 다니엘에게 의지할 수 있지 않을까, 나를 사랑하고, 나 때문에 잠 못 이룬다고 말해주고, 한 번 읽고 불에 던져 버렸지만 결코 잊을 수 없는 편지를 써 준 다니엘이야 말로 내가 정말 신뢰할 수 있는 남자가 아닐까. 나는 그의 편지를 한 마디도 빼놓지 않고 외울 수 있을 정도였다.

 그가 품은 불안과 염려를 나는 비웃었지만, 이제는 그의 그러한 조심스러운 태도도 이해할 수 있었다. 마치 나침반의 바늘이 북쪽을 가리키듯 내가 스페인 왕자 일행에게 끌린 것은 사실이지만, 그들은 내게 위험한 존재들이며 내 목숨까지 위협할지도 몰랐다. 물론 펠리페 왕자는 스페인에서와는 달리 유화적인 태도를 보이고 있었다. 그는 평화를 정착시키려고 애썼으며, 자신의 새로운 왕국을 자극하거나 종교적인 분란을 일으키지 않으려고 결심한 듯했다. 하지만 그는 황제인 아버지의 권력에 맞먹는 종교 재판의 절대적인 권위가 지배하는 나라에서 자라났다. 내 어머니도 그의 아버지가 정한 법률에 따라 불에 타 죽었고, 나나 내 아버지도 잡혔다면 같은 처지가 되었을 것이다. 다니엘이 염려하는 것은 당연했고, 자신의 가족과 내 아버지를 데리고 이 나라를 벗어나기로 한 것은 올바른 판단이었다.

 나는 여왕의 어릿광대라는 신분과, 어려운 시절 여왕을 떠나지 않았던 거룩하고 순수한 영혼이라는 사실 뒤에 숨을 수 있었지만, 그런 배경이 없는 사람들은 언젠가는 조사를 받을 각오를 해야만 했다. 아직 별다른 위험은 없었지만, 자신의 계승권을 위협한 자들에게는 그렇게도 관대했던 여왕의 자비심이 자신의 신앙을 모독하는 자들에게는 적용되지 않을 것 같은 불길한 조짐이 드러나고 있었다.

 나는 매일 여왕과 시녀들 틈에 섞여 미사에 빠지지 않으려고 주의했다. 스페인에서 수많은 유대인들을 죽음으로 몰고 갔던 미사의 세세한 규칙들도 신경 써서 지켰다. 언제 제단을 바라봐야 하고, 언제 고개를 숙여야 하는지 주의를 기울였고, 기도문 한 구절 한 구절도 정확히 외웠다. 별로 어렵지는 않았다. 유대교의 신에 대한 나의 믿음, 사막과 불붙은 떨기에서 나타나신 하느님, 유랑민과 핍박받는 자들의 하느님에 대한 나의 신앙은 결코 깊지도 강하지도 않았으며 항상 내 마음 깊숙이 감추어져 있었다. 고개를 조금 숙인다고 해서, 기도문을 따라 한다고 해서 나의 하느님을 부정하는 것은 아니라고 생각했다. 우리 민족이 기독교 세계로부터 이토록 비참하게 배척당하도록 한 신의 의도가 무엇인지는 모르지만, 고개를 조금 숙이는 정도는 그도 용서해 주시리라.

하지만 그런 사소한 행위 하나하나에 의미를 두는 것이 궁정의 분위기이다 보니 나는 다니엘의 조심성에 감사할 수밖에 없었다. 나는 마침내 그와 아버지에게 편지를 써서 프랑스의 공격에 대비해 칼레의 방비를 강화하는 공사에 차출되어 가는 병사들 편에 보내기로 했다. 스페인 왕자를 왕으로 맞은 지금 프랑스와의 적대관계는 더욱 심화되었다. 편지를 쓰는 일은 쉽지 않았다. 잉글랜드, 프랑스, 스페인, 베네치아, 심지어 스웨덴 첩자들이 득실대는 마당에 만의 하나 편지가 그들의 수중에 떨어질 때를 대비해 젊은 아가씨의 연애편지처럼 보이게 써야만 했기 때문이다.

다니엘에게

좀더 일찍 답장을 쓰려고 했지만, 뭐라고 해야 할지 떠오르지 않았어요. 게다가 우드스톡에서 공주님을 모시느라 편지 쓸 짬이 없었고요. 지금은 윈체스터에서 폐하를 모시고 있어요. 조만간 런던으로 가게 되면 그때 이 편지도 부칠 생각이에요.

일 때문에 당신이 칼레로 가게 되어 다행이에요. 전에 약속 했듯이 여기 사정이 달라지는 대로 나도 당신과 아버지가 있는 칼레로 갈게요. 그때 떠나길 잘했어요. 나도 언젠가는 당신을 따라갈 준비가 되어 있어요.

당신 편지를 꼼꼼히 읽어 보았고, 자주 당신 생각을 해요. 솔직하게 대답할게요. 아직은 결혼하고 싶은 마음이 간절하지는 않지만,

당신 편지를 읽었을 때, 그리고 그보다 앞서 우리가 헤어지던 날 당신이 나에게 키스했을 때, 내가 느낀 감정은 두려움이나 거부감이 아니라 표현하기 힘든 즐거움이었어요. 진작을 빼려는 게 아니라 정말 어떻게 표현해야 하는지 몰라서 그래요. 당신이 키스했을 때 나는 하나도 무섭지 않았고 오히려 기뻤어요, 다니엘. 내가 궁에서 나가게 되면 적당한 때에, 우리 두 사람 모두 준비가 되었을 때에 당신을 남편으로 맞고 싶어요. 신부가 된다니 좀 두렵기는 하지만 폐하께서 행복하게 결혼생활을 하시는 걸 보면 나의 결혼도 기대하게 돼요. 다시 서로의 정혼자로 돌아가자는 당신의 제안에 찬성하지만 나도 분명히 해두고 싶은 것이 있어요.

나도 당신이 당신 집에서 허수아비 노릇을 하길 바라지 않아요. 내가 당신을 가장으로서 존중하지 않을까 봐 걱정한다면 그건 당신의 오해에서 비롯된 거예요. 난 당신 위에서 군림할 생각은 없지만, 그렇다고 당신이 군림하기를 바라지도 않아요. 난 그냥 누군가의 아내가 아니라, 스스로의 권리를 가진 한 사람의 여자로 남길 바랄 뿐이에요. 당신 어머니도, 어쩌면 내 아버지도 이해하지 못하시겠지만, 당신도 말했듯이 나는 스스로 판단하는데 익숙해져 있어요. 그게 나라는 여자가 살아온 방식이에요. 난 아주 먼 길을 여행했고 내 스스로의 힘으로 살아왔어요. 남자 옷을 입으면서 남자의 자존심까지 갖게 되었나 봐요. 하지만 남자 옷을 벗어 버리더라도 자존심만은 버리고 싶지 않아요. 나에 대한 당신의 사랑으로 나의 이런 모습까지 감싸주었으면 좋겠어요. 오해는 하지 말았으면 해요, 다니엘. 난 남편의 종이 될 수는 없지만 좋은 친구, 좋은 동료가 될 거예요. 그런 아내라도 상관없나요?

내 말에 마음 상하지 않았으면 좋겠어요. 이런 이야기를 글로 표현하기란 몹시 어렵지만, 그동안 이런 이야기가 나올 때마다 항상 다

튰기 때문에 글로 쓰면 서로를 이해하기가 좀더 쉽지 않을까 해서 편지로 쓰는 거예요. 당신과 다투고 싶지 않아요. 우리의 정혼이 두 사람 모두 신뢰할 수 있는 조건하에 이루어져야 한다고 생각해요.

아버지께 드리는 편지도 동봉할게요. 내가 어떻게 지내는지 아버지께서 자세히 얘기해 주실 거예요. 난 이곳 궁에서 무사히 잘 지내고 있어요. 만일 지금의 이런 생활에 변화가 온다면 약속대로 당신에게 갈게요. 당신을 떠난 것은 공주님이 런던탑에 갇혀 있는 동안 곁에 있어 드리기 위해서였다는 전 잊지 않고 있어요. 공주님은 탑에서 풀려 나셨지만, 여전히 갇혀 계세요. 사실대로 말하자면 난 아직도 폐하와 공주 마마에 대한 내 의무가 끝나지 않았다고 생각해요. 그리고 명령 받은 대로 두 분 모두를 곁에서 모셔야 한다고 믿어요. 상황이 달라져서 폐하께서 나를 더 이상 필요로 하지 않으시게 되면 그때 당신에게 갈게요. 하지만 이곳의 일은 내가 지켜야 할 의무예요. 내가 평범한 여자였다면 당신에 대한 의무보다 더 중요한 일은 없겠지만, 다니엘, 난 그런 평범한 여자가 아니에요. 폐하에 대한 의무를 마친 후에, 그런 후에야 비로소 당신에게 갈 수 있어요. 이해해 주세요.

하지만 당신과 다시 정혼하고 싶어요, 당신이 받아들인다면……

한나

다 쓴 편지를 다시 한 번 읽어보니, 편지를 쓴 나조차도 웃음이 나올 정도로 지나치게 대담했다가 갑자기 한 걸음 물러서는 이상한 글이었다. 좀더 분명하게 썼으면 했지만, 아직 나도 확신이 없었다. 나는 8월에 런던으로 돌아가면 바로 다니엘에게 보낼 수 있도록 편지를 접어 잘 보관해 두었다.

* * *

　여왕은 남편의 런던 입성을 성대하게 준비했다. 메리에게 언제나 우호적인 런던은 교수대의 악몽과 악취에서 벗어나 개선문으로 단장하고 새 신부가 된 여왕의 입성을 고대하고 있었다. 스페인 왕자는 결코 환영받을 만한 신랑감은 아니었지만, 금빛 드레스를 입고 환하게 미소 짓는 여왕의 모습과 결혼을 기정사실로 받아들임으로써 얻게 될 안정과 평화에 대한 확신은 런던에 있는 대부분의 권력자들을 만족시키기에 충분했다. 게다가 두 사람의 결합으로 활짝 열리게 될 스페인령 네덜란드의 시장은 부유한 잉글랜드의 무역상들에게 재산을 더욱 늘릴 수 있는 확실한 기회로 다가왔다.

　여왕과 그녀의 남편은 화이트홀 궁에 신접살림을 차리고 공동통치 체제의 기반을 다지기 시작했다.

　어느 날 아침 일찍 나는 여왕의 내실에서 여왕이 미사를 보러 가기 위해 나오기를 기다리고 있었다. 여왕은 잠옷 바람으로 침실에서 나와 기도대 앞에 조용히 무릎을 꿇었다. 여왕의 침묵으로 그녀가 뭔가에 깊이 감화되었음을 깨달은 나는 그녀 뒤에 무릎을 꿇고 머리를 숙인 채 기다렸다. 제인 도머가 침실에서 뒤따라나왔다. 왕이 아내의 침실을 찾지 않을 때에는 제인 도머가 여왕의 침실에서 잠을 잤다. 제인 역시 무릎을 꿇고 머리를 숙였다. 뭔가 중요한 일이 벌어진 것이 틀림없었다. 그렇게 말없이 기도만 하면서 반시간이 흘렀다. 여전히 여왕은 뭔가에 몰입한 채 무릎을 꿇고 있었다. 나는 제인 도머에게 살금살금 다가가 제인의 어깨에 몸을 기댄 채 여왕에게는 들리지 않을 작은 소리로 물었다.

　"무슨 일이에요?"

　"매달 치르던 그것이 없어."

"매달 치르던 그것이라뇨?"

"월경 말이야. 아기를 잉태하신 것 같아."

갑자기 내 뱃속에서 뭔가가 꿈틀대는 것 같은 느낌과 함께, 누군가 내 명치 바로 위에 차가운 손을 대고 있는 것 같았다.

"벌써요?"

"한 번 만에 아기가 생기기도 해. 두 분 사이라면 벌써 생겨도 여러 번 생겼지."

제인은 스스럼없이 말했다.

"그래서 정말 아기를 가지셨단 말이에요?"

내가 이미 예언한 대로였지만, 나조차도 믿기 어려웠다. 게다가 여왕의 꿈이 실현되는 바로 그 순간에 나는 당연히 느끼리라고 기대했던 기쁨을 느낄 수가 없었다.

"정말이에요?"

제인은 내 목소리에 담긴 의심을 알아채고 나를 무섭게 쏘아보았다.

"누구를 의심하는 거야, 이 광대야? 내 말을 못 믿는 거냐? 아니면 폐하의 말을 못 믿는 거냐? 아니면 우리가 모르는 뭔가를 알고 있기라도 한 거야?"

제인 도머가 나를 광대라고 부르는 것은 그녀가 화가 났다는 증거였다.

"아무도 의심하지 않아요. 제발 임신이 사실이기를 저도 바라는 걸요. 그리고 저보다 더 폐하의 잉태를 바라는 사람은 없을 거예요."

제인은 고개를 저었다.

"아무리 그래도 폐하만큼은 아닐 거야."

제인은 무릎을 꿇고 있는 여왕을 향해 고개를 끄덕여 보이며 말했다.

"폐하께서는 거의 일 년 동안을 지금 이 순간을 위해 기도하셨어. 사실은 기도하실 수 있는 나이가 되고부터 줄곧 잉글랜드를 이끌어 갈 사내아이를 갖게 해달라고 기도하셨지."

〈2권으로 이어집니다.〉

블러디 메리 ①

The Queen's Fool 1

초판 1쇄 인쇄일 / 2007년 07월 10일
초판 1쇄 발행일 / 2007년 07월 15일

지은이 / 필리파 그레고리
옮긴이 / 윤승희
발행처 / 현대문화센타
발행인 / 양장목
출판등록 / 1992년 11월 19일
등록번호 / 제3-448호
주소 / 서울특별시 은평구 대조동 191-1(122-842)
대표전화 / 384-0690~1   팩시밀리 / 384-0692
이메일 / hdpub@hanmail.net

ISBN 978-89-7428-312-4(04840)
      978-89-7428-311-7(전2권)

값 13,000원

잘못 만들어진 책은 구입하신 서점에서 교환하여 드립니다.

뉴욕 타임스가 20세기를 마감하면서
지난 천 년 동안 가장 유명한 스캔들로 선정한
세기의 사랑!!!

The Other Boleyn Girl

천일의 앤 불린 1, 2

헨리 8세의 사랑과 두 자매간의 치열한 권력 투쟁, 사랑과 경쟁!
권력을 향한 집착에 사로잡힌 암투, 금지된 사랑, 가문의 영예를 위해 욕망
의 재물이 된 세 남매의 불운과 야망에 눈이 멀어 혈육을 파멸로 내모는 한
가문의 파란만장한 흥망사이다. 단순한 궁중 로맨스의 수준을 뛰어넘어 유
럽 전역에서 벌어졌던 정치적 종교적 충돌을 놀라운 통찰력으로 담아낸다.

필리파 그레고리 지음_허윤 옮김 | 값 각권 **15,000원** 전화 02)384-0690~1 팩스 02)384-0692